Mary Kuniz

Ewig brennt die Erinnerung

EWIG BRENNT DIE ERINNERUNG

MARY KUNIZ

ISBN: 9798355749125

Herausgeber:
Mary Kuniz, c/o autorenglück.de
Franz-Mehring-Str. 15,
01237 Dresden
kontakt@marykuniz.de
www.marykuniz.de

Für meine Testleserinnen

Ohne Euch und Euer wertvolles Feedback
wäre dieser Roman nicht möglich gewesen –

Danke von Herzen für Eure Zeit.

Ein kleiner Hinweis zu den Gegebenheiten:

Würdest du gern wissen, wer wie verbandelt ist und wo wer wohnt, dann schau dir die Skizze des Ortsplans von Butwanjendorf und das Personenverzeichnis am Ende des Romans auf den Seiten 355-358 an.

Adam Goldbach

3:07 Uhr
Donnerstag, den 10.3.2000, Butwanjendorf

Hatte ich noch bis vor wenigen Sekunden wie ein angeschossenes Tier geschrien, so sehe ich jetzt verstummt und regungslos zu, wie sie meine Frau und meinen Sohn in schwarzen Plastiksäcken, einem großen für Verena und einem winzigen für Joel, auf Bahren über den Hof zum Leichenwagen schieben.

Da liegen sie. Nicht durch die lodernden Flammen in unserem Haus gestorben, sondern durch eine vom Feuer ausgelöste Rauchgasvergiftung, die binnen weniger Minuten zum Tod geführt hat. Ich weiß das, ich bin Berufsfeuerwehrmann. Verena und Joel sind im Schlaf vergiftet worden. Und ich bin für ihren Tod verantwortlich – ich bin ein Mörder. Der Mörder meiner kleinen Familie.

Kurz senke ich den Blick und atme tief durch, bevor ich auf die Menschentraube starre, die sich auf der Straße vor den weit geöffneten Toren unseres Hauses gebildet hat. Ganz Butwanjendorf scheint auf den Beinen zu sein und steht in gebührendem Abstand zum Ort des Geschehens hinter der Absperrung in der Dunkelheit. Ich kann die

Gesichter der Einwohner nicht erkennen. Nur die Blaulichter der Feuerwehr- und Krankenwagen in unserem Hof durchbrechen die Schwärze der sonst stockfinsteren Nacht. Lediglich einzelne Rauchschwaden von dem Feuer, das mittlerweile gelöscht worden war, hängen noch in der Luft.

Ich wende mich wieder dem Leichenwagen zu, als die Türen in der ansonsten beklemmenden Totenstille zuschlagen. Ein Sanitäter läuft zu einem der Krankenwagen, und in mir steigt ein unkontrollierbares Lachen empor. Wofür einen Krankenwagen? Sie sind tot! Sie waren schon tot, als ich sie aus dem Haus über die Terrasse in den Garten getragen habe. Zuerst Joel aus seinem Kinderzimmer im ersten Stock gleich neben der Treppe, und dann Verena, die im Erdgeschoss zwischen dem Wohnzimmer und der daran angrenzenden Küchenzeile auf dem Boden gelegen hatte. Sie hatten friedlich ausgesehen. Beide. Joel wie ein Engel. Und auch Verenas Gesichtszüge hatten nicht mehr so verbissen gewirkt wie noch Stunden zuvor bei unserem letzten Streit. Hätte ich da schon geahnt, dass ich sie zum letzten Mal lebend sehen würde, hätte ich mich zurückgenommen und ihr versprochen, dass alles gut werden würde.

Mein innerliches Lachen versiegt, als unser Dorfarzt, der alte Tillmann Siefer, auf mich zukommt und mitfühlend sagt: »Komm jetzt bitte mit, ich muss mich um deine Brandwunden kümmern.«

Habe ich Verbrennungen? Wirklich? Von was? Von den Flammen, die im Wohnzimmer die Treppe hinaufgelodert sind? Es war so viel Rauch überall gewesen und … und es hat eine Verpuffung stattgefunden, als ich Verena rausgetragen habe. Glaube ich. Ich weiß es nicht. Ich spüre nichts. Gar nichts.

Widerstandslos lasse ich mich am Arm zu einem der Krankenwagen führen. Doch ein Raunen der Menschenansammlung lässt mich verharren und als ich mich umdrehe, sehe ich, wie sich die Menge kurz teilt. Mein Schwiegervater, gefolgt von meiner Schwiegermutter und Verenas Brüdern hasten die Straße entlang direkt auf mich zu. Mit einem Ruck befreie ich mich aus dem Griff des Arztes und gehe der Familie meiner toten Frau entgegen.

Roman Fink, Verenas älterer Bruder, ist zuerst bei mir und schlägt mich mit einem gezielten Schlag aufs Kinn nieder. Hart pralle ich auf den Asphalt, höre den entsetzten Ausruf »Neeeein« des alten Arztes und rapple mich in Sekundenschnelle wieder auf. Ein weiterer Hieb trifft meine Magengrube, sodass ich mich zusammenkrümme. Noch bevor ich mich wieder aufrichten kann, sind mein Schwiegervater und sein jüngerer Sohn Manuel bei mir angekommen und prügeln wild auf mich ein.

Willenlos lasse ich es geschehen, höre mein eigenes Stöhnen und schmecke mein Blut, aber spüren tue ich nichts – gar nichts.

»Schlagt ihn tot, diesen Mörder«, kreischt meine Schwiegermutter hysterisch.

Kurz verharren sie und ich erhebe mich mühsam – wappne mich, um noch mehr Prügel zu beziehen. Verdiente Prügel!

»Nein!«, höre ich meine eigene Mutter aufschreien und frage mich, wo sie ist. Sie soll das nicht sehen, soll nicht wissen, was ich getan habe. Aber so schnell der Gedanke mich beherrscht, verschwindet er wieder.

Ein weiterer Schlag trifft mich und zwingt mich erneut in die Knie.

Herbeieilende Sanitäter versuchen, Verenas aufgebrachte und blindwütige Familie davon abzuhalten, weiter auf mich einzuprügeln.

»Lasst sie mich totschlagen«, wimmere ich und richte mich dabei wankend auf.

Für einen Moment tritt Stille um mich herum ein und die Männer verharren. War mein gefühltes Wimmern doch einem Schreien gleichgekommen?

Ich sehe zu Jan und meinen anderen Feuerwehrkameraden, die tatenlos beobachten, wie ich Prügel beziehe. Dann kommt Helge, der Dorfpolizist, in mein Sichtfeld, der sich in diesem Augenblick mit betretener Miene abwendet. Doktor Siefer sieht mich aus wenigen Metern Entfernung mitfühlend an und schüttelt bedauernd den Kopf. Ich richte den Blick auf die Meute der Schaulustigen, die eine einzige schwarze Traube vor meinen Augen bilden.

Eine Stimme ohne Gesicht aus der Menschenmenge unterbricht mit lautem Schreien die Stille: »Schlagt ihn tot, den Mörder.«

Und sie schlagen zu. Und sie brüllen Mörder. Und sie treten. Und sie kreischen.

Ich blende die Stimmen aus. In meinem Kopf herrscht Grabesstille.

Ja, ich bin der Mörder meiner Frau Verena und meines geliebten Sohns Joel.

Schlagt mich tot!

Kapitel 1

»Sie sitzen auf meinem Platz!«

Luca schreckte aus ihrem Dämmerschlaf hoch und schüttelte sich leicht, als eine Gänsehaut ihren Körper überzog und ihre Schultermuskeln sich verkrampften. Ein wenig irritiert von der rauen Männerstimme und ihrer Reaktion auf diese, sah sie zunächst auf den Hosenschlitz einer verwaschenen, schwarzen Jeans und die unübersehbare Ausbeulung, bevor ihr Blick jedoch hastig, aber keinesfalls verlegen nach oben wanderte.

Im Bruchteil einer Sekunde scannte sie den kräftigen Oberkörper, der in einem grauen Shirt und einer schwarzen Lederjacke steckte, um ihr Augenmerk im nächsten Moment auf das Gesicht des Mannes zu richten. Alles, was ihr dazu einfiel, war: Düster! Ein gepflegter langer schwarzer Vollbart, pechschwarze, kurze Haare und dunkle Augen, die sie zusammengekniffen musterten. Während sie noch überlegte, wie alt der Mann sein könnte und ihn so um die vierzig Jahre schätzte, richtete sie sich ein wenig auf und startete einen Erklärungsversuch: »Ähm, heute …«

»Abteil 12, Platz 66, der ist mir!«

Luca suchte den Blick ihres Gegenübers, dem freundlichen jungen Mann, mit dem sie nach ihrem Einstieg in den ICE in Mainz eine Weile nett geplaudert hatte. Dieser jedoch starrte nur wie gebannt den Zugestiegenen an und blieb dabei stumm. Die anderen vier Plätze im Abteil waren mittlerweile von geschäftig wirkenden Herren besetzt, doch keiner sagte etwas zu dem in Lucas Augen recht anmaßenden Auftreten des Mannes, sondern jeder war in die digitale Welt seines Smartphones oder Laptops vertieft.

»Ähm, aber …«

»Was?« Mit einem Ruck pfefferte er seinen grünen Seesack über ihr in die Ablage. »Brauchen Sie einen Beweis?« Die rechte Hand des dunklen Hünen, der das ganze Abteil allein auszufüllen schien, verschwand für Sekunden in seiner Jackentasche. »Hier!«

Augenblicklich genervt von der barschen Art des Fremden, setzte Luca einen herablassenden Blick auf. »Danke, interessiert mich nicht. Heute sind im ganzen Zug …«

»Und das interessiert mich nicht.« Seine dunklen Augen funkelten bedrohlich. »Das ist mein …«

Der Neuankömmling verstummte, als knatternd eine Durchsage aus dem Lautsprecher an der Decke ertönte, und der Hinweis, dass in diesem Ersatzzug alle Sitzplatzreservierungen aufgehoben waren, wiederholt wurde.

»Ha!« Luca lächelte siegessicher und hob den Finger. »Da hören Sie es. Heute gibt es keine …«

»Das ist mir egal«, unterbrach sie der finstere Zeitgenosse.

Sie konnte nicht sagen, ob er unhöflich, schroff oder abwertend mit ihr sprach, er sagte es einfach, als ob er keinen Widerspruch dulden würde. Luca richtete sich auf. Sollte sie ihre Marke hervorholen, um ihn in seine Schranken zu weisen? Nein, das wollte sie nicht. Sie konnte diese morgendliche Auseinandersetzung auch ohne ihren Dienstausweis gewinnen. Was sollte er schon tun? Sie etwa vom Sitz heben und in den Gang stellen? Was beim Blick auf seine Muskeln bestimmt ein Leichtes für ihn wäre. Belustigt von dem Gedanken, setzte Luca ihr freundlichstes Lächeln auf. »Also Sie hören mir jetzt mal zu. Ich werde nicht auf…«

»Und wie Sie werden, meine Liebe«, unterbrach er sie erneut und achtete nicht auf die mitreisenden Männer, die allesamt verstohlen von ihren Kommunikationsmitteln aufsahen.

Luca war für Sekunden sprachlos. Der hatte Eier in der Hose – und nicht nur offensichtlich, wie sie abermals feststellen musste. Sie hasste ihre ungünstige Sitzposition.

»Wissen Sie was?!« Der nette Mann ihr gegenüber stand auf und griff nach seinem Gepäckstück. An Luca gewandt sagte er: »Ich muss sowieso an der nächsten Haltestelle aussteigen. Sie können gern …«

Noch bevor er den Satz beenden konnte, ließ sich der Hüne in den Sitz fallen, streifte seine Jacke von den Schultern, sagte knapp »Danke« und steckte sich Kopfhörer in die Ohren. Als wäre nichts geschehen, richtete er den Blick aus dem Fenster und streckte seine langen Beine ein wenig aus.

Der junge Mann blickte bedauernd zu Luca. »Es war nett in Ihrer Gesellschaft. Gute Reise noch.«

Luca lächelte ihn an, sagte herzlich »Danke, Ihnen noch einen schönen Tag« und lehnte sich wieder zurück. Ohne ihrem neuen Gegenüber weiter Beachtung zu schenken, versuchte sie, eine bequeme Sitzposition zu finden, um erneut ein wenig zu ruhen. Der Haarknoten in ihrem Nacken hinderte sie allerdings daran, sich entspannt zurückzulehnen, und so löste sie den Haargummi. Mit gespreizten Fingern strich sie ihr langes, hellblondes Haar glatt nach unten und seufzte leise, als sie ihren Kopf in den Schal, der ihr als Kissen diente, presste. Augenblicklich wurden ihre Lider schwer und sie versuchte, sich zu entspannen.

Doch aufgewühlt durch den kurzen Vorfall, das beste Beispiel für sie, dass eine Zugfahrt einfach nur nervig ist, sank ihre Stimmung auf den Nullpunkt.

Wie schon so oft in den letzten Wochen, verfluchte sie den Zustand, ohne ihr Auto – ihren geliebten *Karmann Ghia* – dazustehen. Doch sie ärgerte sich noch mehr über sich selbst, dass sie sich in den emotionalen Stunden am Sterbebett ihrer siebenundneunzigjährigen Großmutter zu dem Versprechen hatte hinreißen lassen, ihren zwei Jahre jüngeren Bruder Daniel in diesem kleinen Kaff in Norddeutschland aufzusuchen. Und warum hatte sie eingewilligt? Zum Teil aus Neugierde, die die Erzählungen ihrer Oma nachträglich in ihr geweckt hatte, aber auch aus Schuldgefühl über ihre seit Jahren nicht aufrechtgehaltene familiäre Bindung. Luca verzog gequält das Gesicht – sie und eine Bindung zu Daniel. Lächerlich.

Carola Heller, die Mutter ihres Vaters, hatte immer gehofft, dass sich ihre Enkelkinder irgendwann besser verstehen würden, aber Luca hatte keinerlei Interesse gehabt, ihrem jüngeren Bruder wieder näherzukommen. Das Schicksal hatte sie beide früh in ihrem Leben geprägt und ihnen zwei völlig unterschiedliche Lebenswege beschert. Luca war mit ihrem bis vor kurzem absolut zufrieden gewesen und hätte leichten Herzens auf ein Wiedersehen mit Daniel verzichten können.

Ihre Gedanken wanderten zu den letzten, durch die schnelle Erschöpfung ihrer Großmutter immer recht kurzen Erzählungen. Sie waren äußerst verwirrend für Luca gewesen. Und wenn sie ehrlich zu sich selbst war, musste sie sich eingestehen, dass sie ihrer Oma oft nur halbherzig zugehört hatte, was ihr im Nachhinein leidtat.

Luca seufzte still in sich hinein und rekelte sich ein wenig. Dabei rutschte der Schal in ihrem Nacken nach unten und drückte als unangenehmer Knäuel in ihren Rücken. Bei dem Versuch, ihn umständlich hinter sich hervorzuziehen, trat sie gegen den Schuh des Mannes ihr gegenüber. »Oh, Entschuldigung«, sagte sie automatisch und presste sich zurück in den Sitz.

Der Fremde sah sie an, ohne den Kopf zu bewegen, und verzog kurz den Mund.

Sollte das ein Lächeln sein, fragte sie sich und sah ihn unverhohlen an, als sein Blick wieder auf die vorbeirauschende Landschaft wanderte. Ja, es schien so. Trotz des schwarzen Barts konnte sie sehen, wie sich seine vollen Lippen verzogen und sich die Mundwinkel ein wenig hoben.

Von einer seltsamen Unruhe erfasst, spielte sie mit den Fingern in ihrem Haar und strich es sich immer wieder glatt über die Brust. Eine leichte Gänsehaut überkam sie und die Muskeln in ihren Schultern verspannten sich. Sie verspürte das ihr bekannte Gefahrensignal, das sie noch nie im Stich gelassen hatte, und das sich bereits bei seinem Betreten des Abteils eingestellt hatte – der Mann strahlte eindeutig Gefahr aus.

Wieder ertönte eine knackende Ansage, bereits die dritte seit Bonn, mit dem Hinweis an alle Zugestiegenen in Köln, dass sie sich in einem Ersatzzug befanden. Kurz schaute Luca auf den mächtigen Dom, verlor sich jedoch sogleich wieder gedanklich bei dem eigenbrötlerischen Fremden. Sein dunkler Bart war unnatürlich lang, wirkte aber äußerst gepflegt.

Seine schwarzen Haare waren seitlich sehr kurz geschnitten und am Oberkopf länger, ganz der Mode entsprechend, und doch wirkte es nicht im Geringsten modisch, sondern eher verwegen. Ab und an fuhr er sich mit der Hand über

den Kopf, um sich die Strähnen aus der Stirn zu streichen, was sie faszinierte. Sein Brustkorb hatte eine beachtliche Größe und auch die Muskeln seiner Oberarme, die beidseitig tätowiert waren, an einem Arm bis zum Handgelenk, waren beeindruckend.

Vor Lucas innerem Auge erschien der Fremde mit einem Mal nackt und ihr gefiel, was ihr Hirn ihr suggerierte. Normalerweise stand sie nicht auf dieses Bad Boy Image, aber dieser Mann hatte etwas an sich, was sie faszinierte. Er strahlte pure sexuelle Energie aus. Energie, die sie erreichte und gegen die sie sich nicht sehr intensiv zu wehren versuchte.

Sie war in keiner Beziehung, schon seit drei Jahren nicht mehr, und stillte ihr Verlangen ab und an mit losen Männerbekanntschaften. Mit ihren siebenunddreißig Jahren hatte sie gelernt, ihre Bedürfnisse auszuleben und nicht mehr auf die große Liebe zu warten, die es nach einer kurzen, unglücklichen Ehe in ihren Augen sowieso nicht geben konnte. Leise seufzte sie auf.

Erst der durchdringende Blick ihres Gegenübers machte sie darauf aufmerksam, dass sie ihn noch immer anstarrte. Sie war versucht, wegzuschauen, doch irgendetwas an ihm, seinem nur allzu deutlichen Mustern ihrerseits, hinderte sie daran. Sie hielt dem Augenkontakt stand, auch wenn ihr ein wenig mulmig zumute war. Von neuem stellten sich die Härchen an ihren Armen auf und ihre Schultermuskeln begannen zu schmerzen – Gefahr.

Die nahezu greifbare Spannung zwischen ihnen ließ das Gefahrensignal in den Hintergrund treten, und sie wickelte eine Strähne ihres Haars um einen Finger. Unbewusst, oder auch ein wenig gezielt, leckte sie sich über die Lippen.

Seine dunklen Augen weiteten sich und er runzelte die Stirn, als überlege er, wie er ihren Blick deuten sollte.

Da sie selbst nicht wusste, was sie genau bezweckte, strich sie sich nervös mit der Hand am Hals entlang. Irritiert nahm sie wahr, dass sich ihre Haut leicht feucht anfühlte. In diesem Moment hob er eine Braue und starrte ungeniert auf ihren Busen, der in der engen grünen Bluse üppig zu Geltung kam.

Ruckartig stand Luca auf, verließ eilig das Abteil und drängte sich an ein paar Menschen im Gang vorbei zum Zug-WC.

Beim Händewaschen in dem engen, aber erfreulich sauberen Toilettenraum überlegte sie, was sie diesem düsteren Typ für eine Botschaft geschickt haben mochte – seine überaus männliche Attraktivität hatte sie in Unruhe versetzt. Und sein unverhohlen bewunderndes Mustern hatte dieses beklemmende Gefühl noch verstärkt.

Dass sie selbst nicht gerade einer schielenden Ziege ähnelte, wusste Luca. Sie war über ein Meter siebzig groß, durchtrainiert und hatte lange Beine. Ihre Rundungen waren weiblich, und ihr blondes Haar, das ihr in leichten Wellen über die Schultern fiel, sowie ihre tiefblauen Augen sorgten des Öfteren dafür, dass die Männerwelt einen zweiten Blick riskierte. Die vielen Sommersprossen in ihrem Gesicht ließen sie jünger wirken und meist wurde sie auf dreißig geschätzt, was ihr privat schmeichelte, aber sie beruflich schon das eine oder andere Mal benachteiligt hatte. Sie war zwar nicht eitel, sorgte aber dennoch immer dafür, dass ihr Erscheinungsbild gepflegt war. Nur in einem war sie ein wenig eigen. Da das Tragen einer Brille sie störte, trug sie meist Kontaktlinsen, auch wenn ihr der Fremdkörper im Auge oftmals unangenehm war.

Mit einem kurzen Blick in den Spiegel drehte sie sich aufseufzend um und entriegelte die Toilettentür, um in den Gang des Zugs zu treten.

Schlagartig wurde Luca von einer Hitzewelle erfasst. Der attraktive Fremde stand vor ihr – hünenhaft und finster …

Kurt Wagner

Elektromeister

2:59 Uhr

Donnerstag, den 10.3.2000, Butwanjendorf

Hat schon jemand die Finks informiert? Hat sie jemand gesehen?«, fragt uns die Malermeistergattin Westermann aufgeregt und sieht mich direkt an.

Ich sowie die Leute um mich herum, die teils nur einen Mantel über ihren Pyjama gezogen haben und in Hausschuhen dastehen, schütteln die Köpfe.

Mir erschließt sich zwar nicht, warum die Rosi die Bankiersfamilie Fink, die ein wenig außerhalb in einem villenähnlichen Haus lebt, unbedingt finden will, aber wirklich interessieren tut es mich nicht.

»Was ist da vorn los?«, erkundige ich mich und nicke in Richtung von Adams Haus.

Die Rosi, die immer über alles Bescheid weiß, neigt sich ein wenig vor und spricht in einem leiseren Ton: »Der Adam hat gesagt, er hätte sie umgebracht. Beide. Kind und Frau.«

»Was?« O Gott, nein. Das glaube ich nicht. Nie hat er seinem geliebten Sohn etwas angetan. »Wie kommst du darauf?«

»Ich habe es zufällig gehört, als ich einen der Feuerwehrleute gefragt habe, ob die Finks schon informiert worden sind. Adam steht mit Jan unter seiner großen Platane.« Sie zeigt auf den Baum, der sich in dem an den weitläufigen Hof angrenzenden Vorgarten vor dem Haus befindet. »Und er hat es ganz deutlich zu Jan gesagt. Wortwörtlich: Ich bin ein Mörder.«

Die Umstehenden, die neugierig die Ohren gespitzt haben, stöhnen genauso entsetzt auf wie ich.

»Also hat er den Brand gelegt?!«, schlussfolgere ich. Gut! Nein, nicht gut. O verdammt, was für eine Scheiße.

»Ja, sieht so aus«, sagt Rosi Westermann nickend und schaut sich wieder suchend um. »Ich will wissen, ob die Finks schon da sind, sie müssen doch informiert werden.«

Ohne uns weiter zu beachten, drängt sie sich durch die Menge und ich höre, wie Rosi immer wieder nach den Eltern von Verena fragt. Etwas angewidert von ihrer Sensationsgier drehe ich mich um – die Rosi mag die Finks doch überhaupt nicht, vor allem die Sonja nicht.

Ich spüre, wie mein Gesicht vor Scham zu brennen anfängt. Bin ich besser? Ich bin zwar nicht sensationslüstern, aber bestimmt ein schlechter Mensch, weil ich dankbar bin, dieses schreckliche Geständnis von Adam als etwas Gutes für mich zu betrachten. Schließlich haben mein Christian und ich in dem alten Haus alle Elektroleitungen neu gelegt. Und was wäre es für eine Schande für uns, wenn wir dabei irgendetwas falsch gemacht und so vielleicht einen Kabelbrand verursacht hätten! Aber nein, wir haben wie immer ordentliche Arbeit geleistet und dieser junge Goldbachkerl hat hier eine unverzeihliche Tat begangen.

»Vater, was ist passiert?«

Blass und nur mit einer Decke über ihrem Schlafanzug steht meine schwangere Tochter Agnes mit ihrem Mann Björn plötzlich vor mir. Dahinter taucht unser Apotheker Sven Leber auf und fragt ebenfalls: »Wie ist es zu dem Brand gekommen?«

Ich zucke zunächst mit den Schultern, sage aber dann selbstsicher: »Alle Elektroarbeiten waren tadellos, der Adam hat das Feuer gelegt und Verena und Joel sind darin umgekommen.«

Ich sehe in drei entsetzte Gesichter.

»Die Verena ist tot und … und der Junge auch?«, wiederholt mein Schwiegersohn, als ob es erst durch nochmaliges Aussprechen wahr werden würde.

Ich nicke. »Sie sind tot. Und Rosi hat gehört, wie Adam gestanden hat, dass er der Mörder ist.«

Der Apotheker schüttelt bestürzt den Kopf. »Wie schrecklich.«

»Und … der kleine Joel war wirklich … er war auch im Haus?«, stottert meine Tochter und Tränen treten in ihre Augen.

O Gott, die Arme, sie scheint erst jetzt realisiert zu haben, dass auch der Junge tot ist. »Ja, grauenhaft, ich weiß.«

Agnes hält sich fassungslos die Hände vors Gesicht und ich lege ihr schnell einen Arm um die Schulter, als sie ein wenig zu schwanken beginnt.

Ich will mir gar nicht vor Augen führen, dass sie anstelle von Verena in diesem Haus mit Adam hätte leben können und jetzt vielleicht darin umgekommen wäre. Schließlich war der finstere Geselle ihre große Liebe, dem sie lange nachgetrauert hat, bevor sie auf den viel besser zu ihr passenden Björn getroffen war. Auch wenn meine Hilde und ich ein wenig erstaunt gewesen waren, dass sie den jungen Mann aus Nordendamm ziemlich schnell geheiratet hat, sind wir heute sehr froh darüber. So hat sie diesen Goldbachkerl endlich vergessen können – und sie steht nun hier bei mir und liegt nicht irgendwo da drin tot herum. Gott, was für ein fürchterliches Drama.

»Was ist passiert?«, höre ich auf einmal die Stimme von Gernot Fuhrmann, dem zukünftigen Schwager Adams, und werde ruckartig an der Schulter umgedreht.

Ich werfe meiner Agnes einen Blick zu, die die Hände wieder gesenkt hat und fassungslos vor sich hinstarrt. »Björn, es ist vielleicht besser, du bringst Agnes nach Hause.«

Mein Schwiegersohn nickt und fasst nach dem Arm meiner Tochter. Mit einem hilflosen Blick zu mir und dem Apotheker lässt sie sich mitziehen.

»Verdammt, was ist denn jetzt passiert?«, wiederholt Gernot Fuhrmann seine Frage ungeduldig.

Sven Leber antwortet an meiner Stelle: »Verena und der Kleine sind tot. Adam hat sie umgebracht.«

Im Schein der kreisenden Blaulichter kann ich sehen, wie der Fabrikantensohn erbleicht.

»Sie ist nicht tot …«, flüstert er und starrt auf das Haus, aus dem noch immer leichte Rauchschwaden aufsteigen.

Hinter ihm kommt sein Vater, der Ortsbürgermeister, auf uns zu, und noch ehe er fragen kann, sagt Gernot: »Verena ist tot. Adam hat sie umgebracht.«

»Und den Jungen auch«, füge ich hinzu, verwundert, dass Gernot ihn nicht erwähnt.

»Nein!« Der alte Fuhrmann fährt zusammen. »Wo ist Annemie?«

Gernot und ich sowie die übrigen Zuhörer unseres Gesprächs zucken mit den Schultern – keiner scheint zu wissen, wo Adams Mutter ist.

Während sich die beiden Fuhrmänner durch die Schaulustigen nach vorn drängen, sehe ich von weitem Annemie Goldbach, die sich mit besorgter Miene einen Weg durch die Butwanjendörfer auf das Haus ihres Sohnes zu bahnt. Sie ist spät, dafür, dass sie direkt neben dem Brandhaus wohnt. Aber vermutlich war sie nach ihrer großen Feier im ersten Tiefschlaf. Die Arme. Wenn sie erfährt, was passiert ist, wird eine Welt für sie zusammenbrechen.

Maria, Adams Schwester, schlängelt sich durch die Menge auf mich zu. »Gernot?«, ruft sie panisch nach ihrem Verlobten und über sie wundere ich mich ebenfalls kurz – wieso will sie nicht wissen, wie es ihrem Bruder und seiner Familie geht? Schließlich hat es in deren Haus gebrannt.

Ich traue mich nicht, ihr zu sagen, was ich Schreckliches erfahren habe, und zeige wortlos durch die Leute.

Während Maria weitereilt, steht mit einem Mal der seit wenigen Wochen in unserem Dorf lebende Daniel vor mir. An seinem Arm hängt Alma Fuhrmann, die knapp achtzigjährige Textilfabrikgründerin, bei der er wohnt.

»Was ist passiert?« Ihre Augen sind vor Schreck geweitet. Der Junge im Teenageralter dagegen schaut abwesend, als verstünde er nicht, was hier vor sich geht. Kein Wunder, er ist nicht gerade besonders helle, was seinen Nachnamen Heller für mich ein wenig zu einem schlechten Scherz macht.

»Verena und ihr Kleiner sind tot. Adam hat sie umgebracht.«

Erschüttert stöhnt Alma auf, sackt dabei ein wenig zusammen und nur mein reaktionsschnelles Eingreifen und das vom Apotheker Leber retten sie vor einem Sturz. Daniel dagegen brüllt wie irre los, dreht sich um und rennt schreiend die Straße entlang. Die Menge verstummt für einen Moment und jeder reckt den Kopf, um den kreischenden Jungen zu beobachten, der in der Dunkelheit verschwindet.

Ohne weiter auf den eigentümlichen Kerl zu achten, versichere ich mich, dass sich ein paar Butwanjendörfer um Alma Fuhrmann kümmern und gehe langsam weiter durch die Reihen.

Nahezu das ganze Dorf befindet sich auf den Beinen und überall höre ich das Getuschel um den Mörder Adam Goldbach. So etwas Schreckliches hat unser Örtchen noch nie erlebt.

Als ich vorn an der Straße am Absperrband zum Anwesen von Adam ankomme, stelle ich mich neben die Fuhrmanns. »Hat Maria dich gefunden?«, wispere ich Gernot zu.

Er schüttelt den Kopf. Es scheint ihn nicht zu interessieren, dass seine Verlobte ihn sucht. Auf jeden Fall macht er keine Anzeichen, sich nach ihr umzusehen.

Urplötzlich verstummen die leisen Gespräche, nicht einmal ein Tuscheln ist zu hören. In meinem Kopf hallt immer noch das Gebrüll des Hellerjungen, doch ansonsten senkt sich eine gespenstige Ruhe über Butwanjendorf.

Ich schaue auf das Haus der Goldbachs. Das Gartentor neben dem Wohngebäude öffnet sich und der Bestatter tritt langsam in den Hof, gefolgt von seinen Helfern mit zwei Bahren, auf denen in schwarzen Plastiksäcken verhüllt menschliche Körper liegen.

Gleichzeitig tritt auch Adam Goldbach aus dem Schatten der mächtigen Platane in den Hof und schreit schier unmenschlich auf.

In diesem Moment wird aus der gespenstigen Ruhe Totenstille …

Kapitel 2

Erstarrt stand Luca im Rahmen der Toilettentür des Zuges und konnte aus nächster Nähe die beeindruckenden Brustmuskeln des fremden Mannes unter dem engen Shirt bewundern.

Mit einem schiefen Lächeln ließ er die Musterung zu und schaute sie mit einem Blick an, der mehr als nur deutlich machte, was er von ihr wollte.

Luca schluckte schwer und griff sich unwillkürlich an den Hals.

»Willst du?«, war alles, was er rau hervorstieß.

Ihr Herzschlag erhöhte sich. Sie wusste genau, was er meinte. Wollte sie? Gefährlich und fremd, nicht gerade eine vertrauenserweckende Kombination. Noch während sie die Situation abwog, fixierte sie ihn und verlor sich in seinem stechenden Blick. Instinktiv nickte Luca – und wie sie wollte!

Rasch schaute er nach links und rechts und schob sie einen Sekundenbruchteil später an den Hüften zurück in die winzige Zugtoilette und schloss die Tür hinter sich.

Im nächsten Moment war Luca zwischen dem Waschbecken und dem Hünen eingeklemmt. Erwartungsvoll und sogleich besorgt starrte sie den Fremden an. Was tat sie hier? Safer Sex! Wichtig, schoss ihr noch in den Sinn, da neigte er auch schon seinen Kopf.

Mit seinen kräftigen Händen umschloss er ihr Gesicht, sah begehrlich auf ihre Lippen, die feucht glänzten, und raunte »Was für eine äußerst faszinierende Zugfahrt«, bevor er seinen Mund hart auf ihren presste.

Sehnsüchtig versank sie in seinen schwarzen Pupillen und öffnete die Lippen. Nie zuvor hatte Luca einen Mann mit Vollbart geküsst und war erstaunt, wie erregend sich das für sie anfühlte.

Sein Kuss war fordernd – er drückte ganz deutlich seine Begierde aus.

Auch Lucas Sehnsucht wandelte sich in ungeduldiges Begehren und ihre Finger krallten sich in seine Rückenmuskulatur. Automatisch streckte sie sich ein wenig, um ihren Größenunterschied so gut es ging wettzumachen. Fest drückte er sich an sie und sie konnte seine Erregung deutlich spüren. Das jäh einsetzende Ziehen in ihrem Unterleib empfand sie beinah als schmerzhaft. Beinah.

Er küsste sie dermaßen intensiv, erforschte mit seiner Zunge ihren Mund auf solch intime Weise, dass sie am ganzen Körper zu zittern begann. Seine Hände hielten immer noch ihre Wangen umschlossen und doch hatte sie das berauschende Empfinden, als würde er sie überall berühren.

Wie war das möglich, schoss ihr in den Sinn. Aufgewühlt fuhr sie mit ihren Fingern unter sein Shirt, streichelte über seinen Rücken und zeichnete die harten Muskeln nach. Er stöhnte in ihrem Mund und Luca genoss es, seinen angenehmen Atem ihre Kehle entlangrinnen zu spüren.

Ohne von ihren Lippen zu lassen, löste er seine Hände von ihrem Gesicht, schob eine Hand zwischen Waschbecken und Luca und umfasste kraftvoll eine ihrer Pobacken in der engen Jeans. Mit der anderen Hand strich er ihren Hals entlang über ihr Dekolleté, knöpfte problemlos ihre Bluse auf und umkreiste mit seinen Fingern eine ihrer Brustwarzen durch den zarten Spitzenbüstenhalter. Lucas Körper bäumte sich ihm entgegen, doch ihr heftiges Aufstöhnen wurde von seinem Kuss verschluckt.

Nur widerwillig löste sie sich ein Stück von ihm und streifte ungeduldig sein Shirt nach oben. Mit einer schnellen Handbewegung entledigte er sich des unnötigen Stoffs und platzierte ihn zwischen Lucas Po und dem Waschbecken. Mit großen Augen sah sie ihn an. Bewundernd fuhr sie die Sehnen und Muskeln seiner tätowierten Oberarme nach.

Doch er ließ ihr weder Zeit, um ihn eingehend zu betrachten, noch ihre aufreizende Erkundungstour fortzusetzen.

»In wenigen Minu… erreichen … Soling…«, ertönte es knackend aus dem Lautsprecher und sie zuckten beide gleichzeitig zusammen. Im selben Moment wurde die

Klinke der Toilettentür heruntergedrückt. Kurz starrten sie sich an. Fast schwarze Pupillen fixierten fragend ihre blauen Augen.

Luca sagte nichts, sondern lächelte ihn nur aufreizend an.

Er interpretierte ihre unausgesprochene Einladung richtig, schob mit einer flinken Bewegung ihre Jeans samt Höschen über die Hüften und betrachtete sie sehnsüchtig.

Nur wenige Sekunden später hatte sie ihre Hose samt Slip nach unten gestrampelt, sodass beides nur noch um einen ihrer Boots gewickelt war. Und wiederum nur einen Wimpernschlag später hatte er sich seine Jeans heruntergezogen und von irgendwoher zu Lucas Beruhigung ein Kondom gezaubert.

Ein spitzer Schrei entsprang Luca, als er gleichzeitig von ihren Lippen sowie ihr Besitz nahm. Heftig umschlang sie seine Hüften mit ihren Beinen, während sich ihre Hände in seine Schultermuskeln krallten. Schon ewig hatte sie nicht mehr eine solch heftige Leidenschaft empfunden.

Sie spürte, wie sich jeder Muskel, jede Sehne unter ihren Händen anspannte und sein erneutes Stöhnen in ihrem Mund widerhallte, während er sie zu einem berauschenden Höhepunkt mit sich riss.

»Hallo?!« Es klopfte lautstark an der Tür. »Alles in Ordnung bei Ihnen? Soll ich Hilfe holen?«

Langsam löste er seine Lippen von ihren und sah sie fragend an. Ihr war klar, dass sie antworten musste. »Nein, alles gut, danke.«

Wortlos zog er sich zurück und ließ sie herunter. Er griff um sie herum nach den Papiertüchern am Waschbecken und Luca sah ihm schamfrei dabei zu, wie er das Kondom abstreifte, in ein Papiertuch hüllte und in den Müll warf. Umständlich drehten sie sich und versuchten, in ihre Kleidung zu steigen. Erst jetzt wurde ihr die Enge der Zugtoilette wieder bewusst. Um einiges schneller war er in seine Jeans geschlüpft und wartete ab, sie eindringlich fixierend, bis sie sich Slip und Hose über die Hüften gezogen hatte. Während sie, gefangen in seinen dunklen Pupillen, ihren BH zurechtschob und ihre Bluse zuknöpfte, schnappte er sich sein Shirt.

Instinktiv stoppte sie seinen Versuch, das Shirt über den Kopf zu ziehen und ließ ihre Finger über die riesige

Engelstätowierung auf seiner Brust gleiten. Sie stutzte kurz, als sie raue, in sich zusammengezogene Haut ertastete.

Bestimmt legte er eine Hand auf ihre Finger, unterband damit abrupt ihr Streicheln und streifte sich sein Shirt über.

Ein erneutes Klopfen veranlasste ihn, sich zur Tür zu drehen. Als er diese entriegeln wollte, zögerte er kurz und wandte sich noch einmal um. Sanft zog er sie am Nacken zu sich und neigte sich vor. Ganz dicht an ihrem Gesicht raunte er: »Es war ein unvergessliches Erlebnis ...« Fragend hob er eine Braue.

Gefangen in seinem eindringlichen Blick wusste sie, was er hören wollte und hauchte: »Luc...«, verbesserte sich aber sogleich: »Luisa.«

Mit einem unergründlichen Lächeln neigte er sich vor, umschloss ihren Mund und küsste sie auf ein Neues begehrlich. »Danke, Luisa ... wirklich unvergesslich«, raunte er an ihren Lippen.

*

Als der Bus, in dem sie seit vier Haltestellen der einzige Fahrgast war, hielt, wurde Luca jäh aus ihren noch immer im Zug hängenden Gedanken gerissen.

»Butwanjendorf – was für ein Nest! Was mach ich hier bloß?« Kopfschüttelnd stieg sie aus, nickte dem Fahrer freundlich zu, als dieser hinter ihr die Türen schloss, und stellte ihren Koffer auf dem Gehweg am Marktplatz ab, dem einzigen Stopp im Dorf. »Halb zwei. Sind die alle arbeiten oder herrscht auch hier im hohen Norden Siesta«, murmelte sie sarkastisch vor sich hin, als sie auf ihre Armbanduhr schaute. Anders war ihrer Meinung nach die gespenstische Stille um sie herum nicht zu erklären. Weit und breit war keine Menschenseele zu sehen. Wahrscheinlich sitzen alle brav zu Hause, bis die Mittagsruhe vorbei ist.

Brav? Die letzten Worte ihrer Oma schossen ihr plötzlich in den Sinn: In Butwanjendorf stimmt etwas nicht, hatte sie kurz vor ihrem Tod immer wieder zu Luca gesagt und ihr Notizen in die Hand gedrückt, die sie noch im Krankenhaus mit altersschwacher Schrift auf einen Zettel gekritzelt hatte. Für Luca standen dort nur zusammenhanglose

Sätze, die sie genauso wenig verstand wie die für sie mehr als wirren Erzählungen der Großmutter. Zudem ließ Carola Hellers einst hervorragendes Namensgedächtnis doch sehr zu wünschen übrig, was die alte Dame selbst am meisten geärgert hatte.

Wehmütig und voller Trauer dachte sie an ihre Oma und die letzten gemeinsamen Stunden.

Als die Ärzte am vergangenen Donnerstag die Siebenundneunzigjährige auf eigenen Wunsch hin entlassen hatten, brachte Luca ihre Großmutter zurück in das Haus in Boppard, wo sie am nächsten Morgen verstarb.

In den letzten Stunden vor deren Tod war Luca ihrer Oma kaum von der Seite gewichen. Mit Dankbarkeit hatte sie die alte Dame, die meist schlief, betrachtet, und schalte sich auch jetzt noch für ihr Desinteresse, was die Erzählungen Carolas anbelangte, genauso wie für die zahlreichen Ausreden der letzten Jahre, wenn es um Besuche bei ihr gegangen war. Ihre Oma Carola hätte mehr Aufmerksamkeit von ihr verdient, als nur am Sterbebett zu sitzen. Schließlich hatte die damals kurz vor ihrer Pensionierung stehende Kommissarin die zwölfjährige Luca gemeinsam mit ihrem zehnjährigen Bruder Daniel nach dem Unfalltod der Mutter als Halbwaisen bei sich aufgenommen.

Am Freitagmorgen hatte dann eine Pflegerin Luca für eine Weile am Bett der Großmutter abgelöst, und als sie sich wieder zu ihr gesetzt hatte, berichtete die alte Dame ganz aufgeregt: »Daniel hat angerufen. Er war vollkommen aufgelöst. Annemie Goldbach ist heute Nacht gestorben.«

Luca wusste, dass es die Frau war, die sich seit Jahren gemeinsam mit einer alten Freundin der Großmutter um Daniel in dessen Wahlheimat kümmerte. Und sie wusste auch, dass es die Frau war, die durch zwei Anrufe in den letzten Wochen ihre Großmutter sehr beunruhigt hatte. Worum es bei den Telefonaten allerdings ging, entzog sich ihrer Kenntnis. Noch.

»Wenn du zu Daniel nach Butwanjendorf fährst, um ihm von meinem Tod zu berichten, dann sieh dich in der kleinen Gemeinde genau um. Da stimmt was nicht, und du musst herausbekommen, was«, hatte sie mit ihrer alten Resolutheit und ihrem Gespür für dubiose Fälle ihre Enkelin aufgefordert.

Und hier stand Luca nun in jenem Butwanjendorf, schaute sich um und fragte sich auch jetzt wieder, was hier nicht stimmen sollte.

Als ihr Augenmerk auf die gegenüberliegende Bäckerei fiel, begann ihr Magen lautstark zu knurren. Doch als sie das Geschlossen-Schild entdeckte, verflog ihr kurzer Anflug von Freude, gleich etwas zu essen zu bekommen. Leider war auch in der Metzgerei direkt nebenan kein Licht zu sehen, und der an der Ecke gelegene *Einkauf bei Brahms* wirkte ebenso verlassen.

Um kurz nach sechs am heutigen Morgen war sie in Mainz in den Zug gestiegen und hatte nach ihrem Kampf um einen Platz nur auf einen mitgebrachten Apfel sowie einen Schokoriegel zurückgreifen können. Dabei hätte sie nach diesen aufregenden Stunden Stärkung bitter nötig.

Seufzend nahm sie ihr Handy zur Hand und suchte nach der Adresse ihres Bruders. Laut Navi waren es nur sechs Gehminuten, was sie keineswegs wunderte – sie vermutete, dass der Marktplatz der Dorfmittelpunkt in diesem Hundertseelendorf war, von dem aus wahrscheinlich alles in ein paar Minuten zu erreichen war. Dass es hier überhaupt einen größeren Industriebetrieb am Ortsrand gab, in dem ihr Bruder seit zwanzig Jahren arbeitete, verwunderte sie doch sehr.

Sie schnappte sich ihren Trolley und ging los. Für sie ungewöhnlich desinteressiert ließ Luca ihren Blick über die in Norddeutschland typischen Backsteinhäuser gleiten, nahm hier und da eine Bewegung hinter den Gardinen wahr und dachte bei sich, dass die Rollen ihres Koffers wohl ein absolut fremdes Geräusch in dem Dörfchen waren. Belustigt verzog sie die Miene, hier war vermutlich schon der Paketzusteller von Amazon oder ein Auto mit dem Kennzeichen eines anderen Landkreises eine Sensation.

Nachdem sie dreimal abgebogen war, befand sie sich auch schon in der Gartenstraße vor Haus Nummer sieben. Sie suchte auf den zwei Klingelschildern nach dem Namen *Heller* und stellte verwundert fest, dass beide so beschriftet waren.

Seltsam.

Sie überlegte, welche Klingel sie drücken sollte, entschied sich für die obere und wartete eine Weile, doch nichts passierte. Also drückte sie auf die untere. Als nach mehrmaligem Läuten niemand öffnete, setzte sie sich verstimmt auf ihren kleinen Hartschalenkoffer und warf einen prüfenden Blick auf die Armbanduhr. Ihr hätte klar sein müssen, dass Daniel um kurz vor zwei am Mittag noch auf der Arbeit war.

»Mist, warum habe ich mich nicht angemeldet?!«, murmelte sie unwillig vor sich hin. Weil sie seine Fragen, die er unweigerlich zu dem Grund ihres Besuchs gehabt hätte, nicht am Telefon beantworten wollte. Und natürlich aus Rücksicht auf seine Gefühle, weil man bestimmte Nachrichten seinem Bruder einfach persönlich mitteilt. »Verdammte Hacke, und das habe ich jetzt davon.«

Mürrisch schaute sie sich um. Schräg gegenüber auf der anderen Straßenseite befand sich eine Kneipe, hinter der sich als höchstes Gebäude im Ort ein Kirchturm erhob. *Zum Angerer* las sie über der riesigen Eingangstür. Kurz keimte in Luca die Hoffnung auf, eine Brat- oder sogar Currywurst mit ein paar Pommes bekommen zu können, die jedoch beim genauerem Hinsehen zunichtegemacht wurde – auch dort hing an der Tür ein Geschlossen-Schild.

Nichts lief nach Plan.

»Was machen Sie hier?«, riss sie eine eigenartig quietschende und aufgeregt klingende Stimme aus ihren Gedanken.

Ein Mann mittleren Alters eilte über die Straße auf sie zu und fixierte sie ohne Hemmungen.

»Wie bitte?« Verdutzt von dieser merkwürdigen Begrüßung stand Luca auf und fixierte nun ihrerseits den Mann vor sich. Er wirkte eigentümlich auf sie.

»Sie gehören nicht in unser Dorf«, fuhr er fort, ohne auf die Frage zu reagieren. »Warum klingeln Sie bei Daniel? Kennt er Sie? Hat er Sie etwa eingeladen? Weiß Lina davon? Oder …« Für wenige Sekunden verstummte er. Dann fuhr sein Kopf ruckartig herum und mit weit aufgerissenen Augen stierte er die Straße hoch und runter. »Oder sind Sie mit dem Mörder hier?«

Mörder?

»Daniel kennt ihn«, fuhr er mit zitternder Stimme fort und zuckte nervös mit den Lidern, als er sie wieder ansah. »Er …«

Jetzt reichte es Luca und sie hob mahnend die Hand, was den Mann sofort verstummen ließ. »Sie kennen meinen Bruder?« Sie hätte ihm am liebsten ganz andere Fragen zu seinem zusammenhanglosen Gefasel gestellt, sah aber ein, dass es wohl vergebene Liebesmühe wäre – dass der Mann nicht ganz bei sich war, war offensichtlich.

»Welchen Bruder?«, fragte er nun irritiert und starrte sie mit offenem Mund an.

»Daniel Heller.«

»Eike!«, hallte es lautstark über die Straße und der Mann zuckte zusammen. Aus einem gegenüberliegenden Haus trat eine Frau, die sich auf einen Stock gestützt zu ihnen bemühte. »Was soll das? Warum sprichst du wildfremde Frauen an?« Sie blieb vor Luca stehen und sagte entschuldigend: »Eike ist geistig zurückgeblieben. Wer sind Sie?«

Na super, schoss Luca in den Kopf, noch einer, der geistig nicht ganz auf der Höhe ist. Da passt mein Bruder ja wunderbar in dieses Kaff.

Jan Brecht

Feuerwehrmann

2:38 Uhr

Donnerstag, den 10.3.2000, Butwanjendorf

Ich betrachte mir meinen Freund und Feuerwehrkameraden Adam nochmals genau, sehe ganz deutlich die Verbrennungen, die sich unterhalb seines Kehlkopfs entlang zur versengten Brust ziehen. Sein Oberkörper ist nur noch von wenigen in seine Haut eingebrannten Shirtfetzen bedeckt, die seine eigentlich beeindruckenden Muskeln lachhaft wirken lassen. Hat der ein Meter neunzig Mann in den vergangenen Stunden an Körpermasse verloren, oder wirkt er nur so zerbrechlich, weil er in sich zusammengesunken vor mir steht? Selbst hier, einige Schritte von ihm entfernt, rieche ich trotz des beißenden Rauch- und Versengungsgestanks die Alkoholausdünstungen seines Körpers.

»Adam?« Ich trete ein Stück auf ihn zu. »Adam, was ist passiert?«

Sein Kopf hebt sich in Zeitlupe. Im Schein der Straßenlampe kann ich erkennen, wie er mich anstiert, nein, durch mich hindurch. Seine dunkelbraunen Augen wirken grau, farblos – gefühllos.

»Adam?«, versuche ich es erneut. Ich blende alles um mich herum aus. Die kreisenden Blaulichter, die Rufe meiner Kollegen, den beißenden Geruch verbrannten Fleischs und das versucht leise Getuschel hinter vorgehaltener Hand der Schaulustigen. Dass vor mir mein Kindheitsfreund steht – der einzige Überlebende des Brandes, verdränge ich ebenfalls.

Professionell möchte ich ihn dazu bringen, zu reden und vor allem sich untersuchen zu lassen. Er sieht übel aus. Seine langen Haare, die er meist zu einem dicken, pechschwarzen Pferdeschwanz trägt, sind versengt, an manchen Stellen fast bis zur Kopfhaut. Offenbar ist er bei seiner Rettungsaktion irgendwo dagegen gelaufen, denn er hat eine blutende Wunde an der Stirn und sein linkes Auge ist leicht geschwollen. Seine Hände, die er mit angewinkelten Armen von sich weghält, als würde er etwas tragen, weisen im Gegensatz zu seiner Brust nur leichte Verbrennungen auf. Wie es aussieht, war er trotz seines alkoholisierten Zustands nach der Geburtstagsfeier seiner Mutter auf der für ihn typischen nächtlichen Joggingrunde gewesen, denn er trägt eine lange Sporthose und Turnschuhe. War er deswegen verschont geblieben und nicht mit seiner Frau und seinem Kind an einer Rauchgasvergiftung gestorben? War er gar nicht im Haus gewesen, als das Feuer ausbrach?

»Adam, du musst ins Krankenhaus, du bist verletzt«, setze ich erneut an und will ihn am Arm berühren, traue mich jedoch nicht. Rohes Fleisch ist an einigen Stellen sichtbar. Zudem beschleicht mich das dumpfe Gefühl, dass er ausrasten könnte, wenn ich ihn anfasse – oder zusammenbrechen.

Er schüttelt den Kopf.

»Du verstehst, was ich sage, oder?«

Adam nickt. Aber auf mich wirkt es, als stünde er total neben sich oder wäre unter Drogen.

»Was ist passiert?«

»Ich …« Er senkt die Arme für Sekunden, doch sie bewegen sich wie von selbst wieder nach oben. »Ich …«

Ich sehe Tränen in seinen leblos wirkenden Augen schimmern. Nein, sie sind nicht leblos, sondern von Trauer gezeichnet, mahne ich mich und eine Welle des Mitgefühls für meinen Freund erfasst mich. Er hat seine

Frau und seinen Sohn aus dem brennenden Haus geborgen – tot!

»Ich … ich habe …« Abermals bricht er ab und starrt durch mich hindurch.

»Du hast Schreckliches durchgemacht, Adam. Du musst dich untersuchen lassen, du brauchst Hilfe.«

»Sie … sie sind … sie sind tot …«

»Ja, sie sind tot. Im Schlaf erstickt. Ein sanfter Tod.« Als ob das irgendetwas besser machen würde. Aber so haben wir es in unserer Ausbildung gelernt. Das Wissen, dass ihre Lieben nicht qualvoll gestorben sind, nimmt den Angehörigen ein wenig von ihrem unsagbaren Leid. Man spricht meist von einem schnellen Tod bei einem Unfall, und von Ohnmacht und Bewusstlosigkeit bei Bränden.

»Wie …?« Er lässt die Hände sinken. Verzieht dabei das Gesicht schmerzvoll und hebt sie sogleich wieder. »Ich habe ihn … hier … hier in meinen Armen … Joel …«

Ich bin als Feuerwehrmann einiges gewohnt, bereits mit meinen erst dreiundzwanzig Jahren. Aber meinen Kindheitsfreund und Kameraden, der selbst schon mehr als einmal sein Leben für andere riskiert hat, so hilflos zu sehen, zerreißt mich innerlich.

Das Bild von Adam, wie er sich über seinen Sohn auf dem Rasen beugt, ihm immer wieder Luft in die Lungen pustet und kontrolliert eine Herzdruckmassage durchführt, schleicht sich in mein Hirn. Ich hatte mit einem Blick in Joels leicht bläulich verfärbtes Gesicht erkannt, dass er bereits tot war. Adam hätte es auch gemerkt, wäre es nicht sein eigener Sohn gewesen.

Leblos und mit zahlreichen Verbrennungen am Körper hatte Verena in einem Nachthemdchen neben ihrem Sohn gelegen. Notärzte hatten sich um sie gekümmert, jedoch nach wenigen Minuten aufgegeben. Keiner von uns hatte sich getraut, Joel zu nahe zu kommen. Nur Tillmann Siefer, unser Dorfarzt, hatte Adam gebeten, ihn seinen Sohn untersuchen zu lassen. Als der Arzt ihm nach wenigen Minuten mit einem bedauernden Kopfschütteln das Unglaubliche mitteilte, hatte mein Freund aufgeschrien, als würde ihm jemand ein Messer ins Herz rammen. Er hatte Joels leblosen Körper an sich gerissen und in seinen Armen gewiegt, ihn liebkost und unter jämmerlichem Gewimmer immer wieder seinen Namen gemurmelt, ihn um Verzeihung gebeten und gesagt, wie sehr er ihn liebe.

Das alles war gut eine Stunde her. Irgendwann haben wir es mit gutem Zureden geschafft, ihn von seinem Sohn zu lösen. Verena hatte er in diesem schmerzvollen Moment nur noch einen kurzen gequälten, jedoch auch resignierten Blick zugeworfen.

Ich bin mit ihm vom hinteren Garten aus, wo Adam seine Frau und sein Kind neben der Terrasse abgelegt hatte, ums Haus herum durch das Gartentor in den Hof – weit weg von den Leichnamen seiner Lieben. Obwohl ich es hätte besser wissen müssen, schließlich bin ich hier großgeworden, hatte ich irgendwie nicht damit gerechnet, dass innerhalb kürzester Zeit ganz Butwanjendorf auf den Beinen sein und durch das weit geöffnete Hoftor von der Straße aus auf das gut einsehbare Anwesen starren würde. Also habe ich ihn in den Schatten der großen Platane in den seitlich gelegenen Vorgarten gezogen, um Adam vor den Gaffern einigermaßen zu schützen.

»Ich … ich habe sie …« Erneut senkt er die Arme. Doch wie automatisiert gehen sie zurück nach oben. Es wirkt auf mich, als ob er seinen Sohn immer noch halten würde.

Leicht berühre ich ihn an der Schulter. Bedacht, keine offene Wunde zu treffen. »Es war ein Unglück, ein schreckliches Unglück, mein Freund.«

Zum ersten Mal schaut er mich direkt an. Nicht nur durch mich hindurch. Sein Blick ist gläsern, die Pupillen riesig und erneut beschleicht mich ein seltsames Gefühl – hat Adam etwa Drogen genommen? Nein! Noch nie hat er sich für solche interessiert, sondern sie immer auf das Schlimmste verteufelt.

»Ich habe sie umgebracht«, kommt es fast tonlos über seine Lippen.

Ich zucke zusammen. »Nein, nein, hast du nicht. Es war ein Unglück.«

»Doch!« Er nickt. »Doch!«

»Adam, bitte. Komm mit mir, du musst dich untersuchen lassen«, flehe ich ihn an und will mir am liebsten die Ohren zuhalten.

»Ich bin ein Mörder, Jan.«

Mein Herz zieht sich zusammen. Verdammt, sag so etwas nicht. Bitte nicht.

Adams Schultern straffen sich ein wenig. »Ich habe meine Frau und mein Kind auf dem Gewissen.« Er nickt wieder, sieht mich fest an. »Ich habe es verdient, zu sterben. Ich bin ein Mörder.«

Eiskalt läuft es mir über den Rücken, und ich wünschte, Adam würde seine Worte zurücknehmen. Mein Kindheitsfreund ist kein Mörder!

Kapitel 3

Für einen Moment betrachtete Luca stumm die Frau, die durch den Gehstock und die zusammengeknoteten grauen Haare älter wirkte, als ihre Gesichtszüge vermuten ließen. Deutlich erkannte sie die Ähnlichkeit mit dem Mann, der sie mit leicht geöffnetem Mund anstierte, und nahm an, dass es sich um deren Sohn handelte.

Wahrscheinlich ist er ein guter Freund von meinem dämlichen Bruder, dachte sie und ermahnte sich innerlich, nicht so abwertend über Daniel zu urteilen. Er konnte schließlich nichts für seine verminderte Denkfähigkeit. Nicht von Geburt an eingeschränkt – aber seit nunmehr fast fünfundzwanzig Jahren.

Morgen ist es genau ein viertel Jahrhundert her, stellte Luca betrübt fest. Wie sie dieses Datum, diesen 10. März hasste. Diesen Tag, an dem sie jedes Jahr hilflos von Erinnerungen an den grauenhaften Autounfall überrollt wurde und den Bildern nur schwer entfliehen konnte.

Energisch wischte Luca die Gedanken beiseite, ignorierte die Frage der Frau, wer sie denn wäre, und antwortete mit einer Gegenfrage: »Kennen Sie Daniel Heller?«

»Natürlich kenne ich Daniel. Jeder hier kennt ihn.« Sie schüttelte verständnislos den Kopf. »Sind Sie wegen der Beerdigung hier?«

»Beerdigung? Aber er weiß doch überhaupt nicht …« Luca brach ab, als ihr dämmerte, dass die Frau wohl die Beisetzung von Annemie Goldbach meinte. »Ich bin nicht wegen … Ach, egal! Ich bin Luca Frey, die Schwester von Daniel.«

»Was? Dem Daniel seine Schwester? Sie waren aber noch nie hier in all den Jahren.«

»Ähm, richtig, war ich nicht.«

»Moin, Rosi, wer ist das?« Eine zweite Frau gesellte sich zu ihnen und sah Luca prüfend von oben bis unten an.

»Moin, Irmi. Sie sagt, sie wäre dem Hellerjung seine Schwester.«

»Was? Vom Daniel die Schwester? Sie waren ja noch nie hier.« Ohne Scham setzte die Frau namens Irmi ihre Musterung fort und sagte dann an Rosi gewandt: »Aber ähnlich sehen die zwei sich überhaupt nicht.«

Luca war sowohl genervt als auch amüsiert und immer noch zu verblüfft von der Art, wie hier mit oder besser gesagt über sie geredet wurde, als dass sie etwas sagen konnte.

»Moin, Sven, schau mal, das ist die Schwester von unserem Daniel.« Heftig winkte Irmi über die Straße einem Mann zu, der sogleich zu ihnen herüberkam.

Unserem Daniel?! Luca fand diese Wortwahl erstaunlich.

»So, dem Hellerjung seine Schwester. Sven Leber, ich bin der Apotheker in unserem wunderschönen Örtchen.« Der knapp sechzigjährige, überaus attraktive Mann reichte Luca die Hand und betrachtete sie wohlwollend. »Moin und herzlich willkommen zum ersten Mal in Butwanjendorf. Und ich hoffe doch nicht zum letzten Mal.« Er zwinkerte ihr anzüglich zu und hielt ihre Hand länger als nötig in seiner.

»Ähm …« Hier habe ich es wohl mit dem alternden Dorfcasanova zu tun, dachte Luca amüsiert und entschied sich, das alles hier mit ein wenig mehr Humor zu nehmen. Ernst würde es früh genug werden, wenn sie auf ihren Bruder traf.

»Oh, hallo, Ida«, rief die Frau namens Rosi in diesem Moment einer Person zu, die sich von weitem der Gruppe näherte, und lächelte dabei unergründlich.

Rasch löste der Apotheker seine Finger von Lucas und sah sich erschrocken um.

»Ach, Entschuldigung, das ist ja gar nicht deine Ida, sondern Ines, hab die Namen verwechselt.« Unschuldig sah die sich schwer auf ihren Stock stützende Frau den Apotheker an. »Wo kommst du denn her, Sven? Machst du nicht um zwei auf? Hattest wohl eine schöne Mittagspause und die Zeit vergessen, was?«

»Die … die Agnes ist im Laden«, erklärte sich Sven Leber hastig und schnappte nach Luft. »Ich muss los.«

Luca nahm sehr deutlich wahr, dass ihm die durchdringenden Blicke der zwei Damen und der des komplett verstummten Mannes unangenehm waren, und wunderte sich keineswegs, als er sich brüsk umdrehte und schnellen Schrittes weiterlief. Mit wem er wohl seine Pause verbracht hatte? Dass es irgendeine Frau und bestimmt nicht seine eigene gewesen sein musste, konnte sich Luca anhand der Reaktion denken. Puh, sicherlich nicht einfach, in einem solchen Kaff eine Liebschaft geheim zu halten, stellte sie innerlich grinsend fest.

Bevor der Apotheker um die nächste Ecke bog, warf er noch einmal einen Blick zurück, schenkte Luca ein aufreizendes Lächeln und zwinkerte abermals anzüglich.

Luca schüttelte verblüfft den Kopf. Hatte sie heute eine ganz spezielle Ausstrahlung oder wie war das Gezwinker und vor allem das Zugabenteuer zu erklären? Bei dem Gedanken an den bärtigen Fremden im ICE fühlte sie sogleich ein wohliges Kribbeln im Unterleib und musste innerlich schmunzeln.

»Wer ist das?«, fragte die Frau namens Ines, die mittlerweile bei der Damengruppe angekommen war, dicht vor Luca stehenblieb und sie ohne Scham musterte.

»Das ist die Schwester von unserem Daniel.«

»Was? Das ist die Enkelin von der Carola?«, brachte die Frau erstaunt hervor und fixierte Luca.

Ah, jemand, der Oma noch kannte, stellte Luca fest und überlegte, ob sie sagen sollte, dass sie gestorben war. Nein, beschloss sie, erst musste sie ihren Bruder darüber informieren.

Die Neuangekommene, die Luca so um die sechzig Jahre schätzte, schüttelte den Kopf und murmelte: »Sie war doch noch nie hier. Und ähnlich sieht sie weder der Carola noch dem Daniel.«

»Ich komme nach unserer Mutter und Daniel mehr nach unserem Vater«, erklärte sich Luca, ohne nachzudenken. Unglaublich, warum tat sie das? Sie schaute sich um, während sie weiter abschätzend taxiert wurde, und sah mit einem Mal immer mehr Menschen auf der Straße – alle Augen waren auf sie gerichtet, die offensichtliche Dorfattraktion in diesem verschlafenen Nest. Wow, wenn ich schon einen solchen Auflauf verursache, was würde wohl passieren, wenn unsere Kanzlerin Frau Merkel hier auftauchen würde, schoss es Luca in den Sinn und sie lächelte amüsiert. Bestimmt käme dann ein Fanfarenzug in Trachten zum Einsatz.

»Moin, die Damen. Eike. Und wer ist das?«, rief ein alter Mann mit Rollator, der sich auf der anderen Seite heftig schnaufend mühevoll vorwärtsbewegte.

Luca warf einen Blick die Straße hoch und runter und erkannte, dass die Straße, in der ihr Bruder wohnte, an einem Feld mit einem Fußgängerweg endete. Wahrscheinlich hatte das Geräusch des Rollkoffers die Bewohner aus ihren Mittagsschläfchen geholt, dachte Luca, weiterhin belustigt von dem ganzen Schauspiel. Und offenbar waren einige von ihnen dem ungewohnten Lärm neugierig gefolgt. Anders konnte sie sich den Menschenauflauf an einem Montag zur Mittagszeit in dieser Sackgasse nicht erklären.

»Moin, Gunnar, das ist die Schwester von unserem Daniel«, antworteten die drei Frauen beinahe unisono.

Da war es wieder – unserem Daniel. Offenbar hatte ihr Bruder hier ein echtes Zuhause gefunden.

»Was? Die war doch noch nie hier.« Verwundert blieb der Mann auf der anderen Seite stehen und nickte Luca zu. »Moin auch. Weiß Daniel, dass du hier bist?«

»Ähm, nein.« Außer dass sie nun bereits zum vierten Mal gehört hatte, dass sie noch nie hier gewesen war, waren sie jetzt auch schon beim Du. »Können Sie mir sagen …«

Der Mann hörte ihr überhaupt nicht zu, sondern schnappte einen Jungen am Arm, der in diesem Moment vorbeilief, und sagte etwas zu ihm, was Luca nicht verstand. Während der Kleine eifrig nickte und losrannte, lief der Alte weiter und blickte zu den Frauen. »Dann bist du die Enkelin von der Carola aus Deichdorf?«

»Richtig«, erwiderte Luca und registrierte erfreut, dass sich noch jemand an ihre Oma erinnerte, die im Nachbarort aufgewachsen war.

»Du siehst weder dem Lütten noch der Carola ähnlich«, knurrte er kopfschüttelnd und wackelte schwerfällig davon.

»Kümmern Sie sich nicht um die knurrige Art unseres Seniormetzgermeisters. Der alte Brecht hat bestimmt wieder Probleme mit seiner Arthritis. Außerdem ist er seitdem sein Sohn, also der Tobias, nicht der Jan, im Gefängnis gelandet ist und er seine Metzgerei verpachten musste noch grantiger als zuvor. Da hat er sich über Jahrzehnte bemüht, für den Kerl seinen Laden am Laufen zu halten, und dann wird der zu so einem Halunken.« Sie schüttelte verständnislos den Kopf und Luca zuckte verwirrt mit den Schultern – zu viele Informationen, die sie nicht interessierten, über Menschen, die sie nicht kannte.

»Da hab ich es mit meinem Eike ja noch gut«, plapperte die Frau einfach weiter drauf los. »Auch wenn er mit beinahe fünfzig noch zu Hause wohnt.«

Sie warf ihrem Sohn einen kurzen Blick zu und seufzte tief. Offenbar hatte seine Mutter jede Hoffnung aufgegeben, ihn aus dem Haus zu bekommen oder vielleicht sogar unter die Haube – was Luca keineswegs überraschend fand.

Rosi zeigte auf Lucas Rollkoffer. »Wollen Sie etwa bei Ihrem Bruder schlafen? Weiß er das oder …« Sie unterbrach sich, als der nächste Butwanjendörfer sich ihnen näherte.

Vergnügt fragte Luca sich, ob jetzt die Polizei kommen würde. Wundern würde es sie nicht. In was für ein irres Dorf hatte es ihren Bruder vor zwei Jahrzehnten bloß verschlagen?

»Guten Tag, Frau …« Der Mann stand mit ausgestrecktem Arm vor Luca. Automatisch ergriff sie die Hand.

»Hallo, Luca Frey, ich bin die …«

»Moin, Frau Frey, ich weiß, Sie sind die Schwester von unserem Daniel. Fuhrmann mein Name. Gernot Fuhrmann, ich bin der Ortsbürgermeister von Butwanjendorf. Es freut mich, Sie kennenzulernen.«

Der überaus wohlwollende Blick des Bürgermeisters sagte mehr als tausend Worte. In seinen Augen stand wie schon zuvor in denen des Apothekers geschrieben: Frischfleisch!

»Was führt Sie in unser beschauliches Dörfchen? Wollen Sie Ihren Bruder am morgigen Abend begleiten und ihm übermorgen zur Seite stehen? Es hat ihn wirklich tief getroffen und er ist bestimmt froh, Sie zu sehen.«

Warum spricht hier eigentlich jeder in Rätseln, wunderte Luca sich. Es konnte schließlich keiner wissen, dass sie über den Tod von Annemie Goldbach Bescheid wusste. Sie wollte gerade zu einer Erwiderung ansetzen, als sie ihren Namen hörte.

»Luisa!«

Luisa?

Luca erstarrte innerlich und es versetzte sie augenblicklich zurück in ihre Kindheit. Damals hatten sie nur ihr kleiner Bruder und ihre verstorbene Mutter so genannt. Für alle anderen war sie von jeher Luca gewesen – eine Abkürzung für Luisa-Carola, die Vornamen ihrer zwei Großmütter.

Sie zog ihre Hand aus den Fingern des Ortsbürgermeisters, die er ihrer Meinung nach viel zu lange umschlossen hielt, drehte sich um und beobachtete ihren Bruder, der mit hochrotem Kopf die Straße entlanggeeilt kam. Die Buschtrommeln schienen hier gut zu funktionieren.

Etwas unsicher lächelte sie ihm entgegen. Wie sie vermutet hatte, wich bei Daniels Auftauchen ihre Belustigung über das merkwürdige Verhalten der Dörfler und machte der Ernsthaftigkeit ihres Besuchs Platz.

Daniel sah unverändert aus, noch immer bullig und leicht übergewichtig, mit dunkelblondem Haar, das wirr vom Kopf abstand, und der Narbe, die sich von seinem etwas schiefen Mund übers Kinn zog. Als er atemlos vor ihr zum Stehen kam, sah sie in seine wässrig blauen Augen und suchte in deren Innerem vergeblich nach so etwas wie einem geschwisterlichen Gefühl.

Die Verbundenheit, die sie als Kinder zueinander verspürt hatten, hatte sich am Tag ihres schrecklichen Autounfalls vor fünfundzwanzig Jahren in Luft aufgelöst. Seitdem war Luca ihr Bruder Daniel fremd und sie wünschte sich, das bevorstehende Gespräch bereits hinter sich zu haben.

Wie oft hatte sie ihren jüngeren Bruder eigentlich in den letzten zwei Jahrzehnten gesehen? Doch immer nur dann, wenn Daniel zu Besuch bei der Großmutter in Boppard gewesen war, und Carola Heller vehement drauf bestanden hatte, dass auch Luca kommen sollte. Ihrer Oma zuliebe war sie deren Wunsch zwar das ein oder andere Mal nachgekommen, aber wohl hatte sie sich nie gefühlt. Und nun dieser unvermeidbare, elende Besuch hier, nur weil sie ihrer Großmutter am Sterbebett ein Versprechen gegeben hatte.

Luca hielt sich an ihr Wort, sie stand immer zu ihrem Gesagten und ihren Taten. Wenn sie auch manchmal wünschte, sie wäre nicht so überaus korrekt. Allerdings war ihr Fehler vor ein paar Wochen alles andere als korrekt und ihr scheinbar fehlerloses Leben hatte Risse bekommen, worüber sie sich maßlos ärgerte. Doch ändern konnte sie daran nichts mehr – ihr war ein folgenschwerer Fehler passiert, der sowohl ihr privates als auch berufliches Leben durcheinandergewirbelt hatte, und für den sie sich selbst aufs Schlimmste verurteilte.

»Hallo, Daniel«, sagte Luca nach einem kurzen Moment des betretenen Schweigens und wusste nicht, ob sie ihrem Bruder die Hand reichen oder ihn kurz umarmen sollte.

Zum Glück nahm er ihr die Entscheidung ab, als er ihr seine riesige Pranke entgegenstreckte und sie begrüßte: »Moin, Luisa. Danke, dass du da bist.«

Danke, dass sie hier war? Warum dankte er ihr? Er kannte doch den Grund für ihr Hiersein überhaupt nicht. Und wenn er ihn erfahren würde, wäre er bestimmt nicht mehr dankbar.

Ah, stopp, folgerte sie, auch er vermutet sicherlich, ich sei wegen Annemie Goldbachs Tod hier. Wahrscheinlich denkt er, Oma hat mich auf Grund seines Anrufs am Freitag zu ihm geschickt.

»Wie geht es dir, Daniel?« Luca versuchte, die Menschen um sich herum, die sie allesamt anstarrten, auszublenden.

Ohne ihr zu antworten, brachte er mit versteinerter Miene nichts weiter hervor als: »Annemie ist tot.«

Annemie Goldbach

Jubilarin

1:04 Uhr

Donnerstag, den 10.3.2000, Butwanjendorf

Wie kannst du nur so etwas Fürchterliches von Verena denken?«, will ich entsetzt von meiner Tochter wissen und weiß zugleich, dass Maria wahrscheinlich gar nicht so falschliegt.

»Sie macht doch allen schöne Augen und auf meinen Gernot hat sie es immer noch abgesehen.« Marias Gesicht ist hochrot und sie stampft wütend die Treppe zu ihrem Zimmer hoch.

»Sie ist mit deinem Bruder verheiratet«, versuche ich nicht wirklich überzeugend zu argumentieren. Ich selbst glaube nicht, dass sich meine Schwiegertochter deshalb von irgendetwas abhalten lässt – ihre angeblichen außerehelichen Fehltritte sorgen im Ort für stetigen Gesprächsstoff. »Und du glaubst doch nicht wirklich, dass dein Gernot etwas mit ihr hat. Dann kannst du ihn doch unmöglich heiraten wollen.«

Maria dreht sich auf der Treppe um und zischt: »Wenn die ihre dreckigen Finger nicht von meinem Gernot lässt, dann … dann …« Ohne ihren Satz zu beenden, macht sie auf dem Absatz kehrt und rennt mit Tränen in den Augen die Stufen hoch.

Mein Mutterherz zieht sich zusammen. Es ist einfach grausam, meine beiden Kinder in unglücklichen Beziehungen feststecken zu sehen und ihnen so gar nicht helfen zu können.

»Sie wollen sich aber auch nicht helfen lassen«, seufze ich leise, lösche das Licht und gehe nach oben in mein Zimmer. Hundemüde verzichte ich aufs Zähneputzen und ziehe mich rasch aus, um mich in mein Bett zu kuscheln.

Meine Gedanken kreisen um Maria und ihren Verlobten Gernot. Na ja, noch nicht offiziell verlobt, aber sie hat Adam und mir gesagt, dass sie heiraten wollen. Mein Sohn war absolut fassungslos gewesen und hat ihr tagelang ins Gewissen geredet. »Schwesterherz, du hast etwas Besseres verdient und nicht so einen arroganten Kerl ohne Arsch in der Hose und offenem Hosenstall«, hat er nicht gerade taktvoll zu ihr gesagt, woraufhin Maria ausgeflippt ist und ihm vorgeworfen hat, dass er doch keine Ahnung habe und sich lieber um seine mannstolle und grenzdebile Frau kümmern solle.

Ich weiß nicht, was ich falsch gemacht habe, dass sich meine Kinder zum einen so überhaupt nicht verstehen und zum anderen jeweils Partner gesucht haben, die sie nicht glücklich zu machen scheinen.

Wäre mein Ferdi noch auf der Welt, wäre bestimmt alles anders geworden. Aber leider hat mein geliebter Mann seine Kinder nie aufwachsen sehen. Viel zu jung ist er im August nach Adams zweitem Geburtstag gestorben. Ein angeborener Herzfehler, der nie diagnostiziert worden war.

Ich seufze auf, wische mir die Tränen weg, die ich auch nach über zwanzig Jahren noch oft weine. Ferdi wäre vor vier Tagen fünfzig geworden und wir hätten mit Sicherheit zu unserem Hundertsten eingeladen. Auch wenn mir die Feier mit meinen Kindern, ihren Partnern, meinem zuckersüßen Enkel Joel und vielen Freunden und Bekannten viel Freude bereitet hat, vermisse ich Ferdi heute besonders.

Wie schnell der Tag doch vorbei war und wie schön er begonnen hat, als Adam um kurz nach sechs Uhr bei mir in der Küche gestanden und mich singend herumgewirbelt hat. Mein geliebter wilder Junge, der auch mit seinen dreiundzwanzig Jahren noch immer voller Übermut ist. Aber er ist ein herzensguter Mensch, auch wenn man anders denken könnte anhand seines beinahe düsteren Aussehens. Seine pechschwarzen Haare und dunklen Augen hat er von seinem Vater, genau wie die stattliche Größe von einem Meter neunzig. Maria kommt dagegen ganz nach mir, zierlich, blond und sanfte hellbraune Augen.

Sanfte Augen? Nicht wenn es um ihren Bruder und seine Frau geht, da verliert Maria jedes Mal die ansonsten vorhandene Beherrschung. Und wenn dann auch noch der Funken Eifersucht in Bezug auf Verena und Gernot dazukommt, blitzen ihre Augen nahezu hasserfüllt auf.

Es war aber auch alles ein wenig durcheinander mit den jungen Leuten gewesen. Erst war Adam mit Verena zusammen, dann hat er sich in die wirklich liebenswerte Apothekenangestellte Agnes verliebt, während Verena offenbar eine Zeitlang mit Gernot liiert gewesen war. Dann war zwischen Adam und Agnes plötzlich Schluss und Adam und Verena waren wieder ein Paar. Kurz darauf kam Maria mit Gernot an und nur einen Monat nachdem Verena schwanger wurde und Adam und sie geheiratet haben, hat Agnes ihrem neuen Freund Björn das Ja-Wort gegeben.

»Und keiner von ihnen scheint wirklich glücklich zu sein«, sage ich laut und erschrecke vor meiner eigenen Stimme in der Stille. Doch, die Agnes ist jetzt schwanger und bekommt bald ihr Kind. Sie hat Adam offenbar überwunden und in Björn einen guten Mann gefunden.

Sagt auf jeden Fall die Hilde. Sie meint, ihre Tochter hätte es nicht besser treffen können. Gut für die Agnes. Ich gönne ihr ihr Glück, wenn ich mir auch eingestehen muss, dass ich sie lieber als Schwiegertochter gesehen hätte als Verena.

Ich weiß, dass es in der jungen Ehe meines Sohnes nicht zum Besten steht. Bereits vor der Geburt Joels und der kurz davor stattgefundenen Hochzeit hat es ab und an gekriselt, aber ich hatte gehofft, dass die beiden sich mit der Zeit zusammenraufen würden. Doch wie so oft in den letzten Monaten beschleicht mich das Gefühl, dass Hoffnung allein nicht reichen wird, die beiden müssten wirklich hart an sich arbeiten, um gemeinsam glücklich zu werden.

Erst vorhin auf der Feier kam es mir allerdings wieder so vor, als ob die zwei niemals einen gemeinsamen Weg finden können. Mit Pastor Löwisch habe ich heute nicht zum ersten Mal über deren Eheprobleme gesprochen und auch schon Adam ins Gebet genommen, sich doch professionelle Hilfe zu suchen. Gerade weil Verena so labil ist und seit der Geburt von Joel immer wieder depressive Phasen hat. Aber Adam will nichts davon wissen und meint, sie würden schon alles in den Griff bekommen.

Verenas Mutter sieht es ähnlich wie ich und drängt auch darauf, dass ihre Tochter einen anderen Arzt aufsucht als den Tillmann, um endlich aus ihrem Tief herauszukommen.

Mir fallen die vielen beobachtenden Blicke ein, die meine Gäste heute mehr oder weniger auffällig Adam und Verena zugeworfen haben. Ganz Butwanjendorf tratscht schon seit Monaten über die beiden, was ich natürlich mitbekomme.

Sollen sich doch alle um ihre eigenen Angelegenheiten kümmern und unsere Familie in Ruhe lassen – hier hat doch jeder etwas, was er am liebsten verheimlichen würde.

Ob unser Apotheker Leber mit seinen zahllosen Affären oder der Metzgermeister Brecht, dessen Sohn Tobias bereits zweimal von der Polizei abgeführt wurde. Selbst über Adams Schwiegervater, den Bankier Fink, gibt es Gerüchte wegen angeblicher dubioser Geschäfte.

Keiner hier im Ort ist fehlerfrei.

Kapitel 4

Ja, Annemie Goldbach war tot und auch wenn ihr Bruder mit keiner Regung zeigte, wie es ihm dabei ging, erinnerte sich Luca an die Worte ihrer Oma am Freitag: Daniel war vollkommen aufgelöst am Telefon gewesen. Und Carola Heller selbst hatte die Nachricht ebenfalls aufgewühlt.

Lucas Hand umfasste die Handtasche, in der sich der bekritzelte Notizzettel ihrer Großmutter befand, fester.

Das Gefasel von diesem komischen Eike kam ihr in den Sinn. Mörder … Oder war das gar kein Gefasel? Stand nicht auch in den Notizen ihrer Oma etwas von *Eingeständnis* und *unschuldig*? Oder waren bei ihrer Oma vielleicht doch nur die kriminalistischen Gedanken einer alten Kommissarin durchgegangen? Nein, das glaubte Luca irgendwie nicht und beschloss, ab sofort genauer hinzuhören.

»Morgen ist die Trauerfeier der lieben Annemie und übermorgen die Beerdigung«, fuhr Daniel in seinem typisch monotonen und emotionslosen Tonfall fort, was Luca auch weiterhin nicht über seine Gefühlslage aufklärte. »Aber es war kein Mord. Sie hatte einen Herzinfarkt, sagt Doktor Felix Siefer. Du musst als Oberkommissarin also nicht ermitteln. Außerdem gehört Butwanjendorf nicht zu deinem Bezirk. Du bist beim Land Rheinland-Pfalz angestellt, nicht hier.«

»Das ist richtig. Aber in besonderen Fällen …«, ließ sie ihre Antwort in der Luft hängen, und ihre Erwiderung verfehlte nicht die von ihr gewollte Wirkung.

Luca schaute sich um und sah in die teils erstaunten, aber vor allem erschrockenen Gesichter der Butwanjendörfer, die allesamt die Luft anzuhalten schienen. Die

Reaktion kannte sie. Immer wenn jemand mitbekam, dass Luca Polizistin war, änderte sich die Stimmung. Die Leute waren plötzlich auf der Hut, so als ob jeder ein Verbrechen begangen hätte, das er vertuschen wollte.

»Mein Mann, der Polizist Helge Kammbaum, kann bestätigen, dass ein natürlicher Tod vorliegt«, beeilte die Frau namens Ines zu versichern.

»Ist er etwa auch Arzt?«, fragte Luca mit einem leicht ironischen Unterton.

»Arzt? Wieso Arzt?«, erwiderte Ines Kammbaum verwirrt.

»Weil nur ein Arzt feststellen und bestätigen kann, ob ein natürlicher Tod vorliegt.«

War ihre Antwort zunächst nur als spaßige Provokation gedacht, so erkannte sie in den Mienen der Umstehenden, dass hier irgendetwas sehr befremdlich war. Und ihr Bauchgefühl gepaart mit ihrer beruflichen Erfahrung ließ sie eigentlich nie im Stich.

Nicht zum ersten Mal wünschte sie, sie hätte den Ausführungen ihrer Großmutter in deren letzten Stunden mehr Gehör geschenkt. »Da stimmt was nicht und du musst herausfinden, was«, war leider das Einzige, was ihr noch bestens im Gedächtnis war.

Als die Polizistengattin sie nur mit offenem Mund anstarrte, winkte Luca mit einem leichten Lächeln ab und fragte ihren Bruder: »Können wir in deine Wohnung gehen, in der wir ein wenig Privatsphäre haben?« Langsam reichte ihr das Schaulaufen.

»Ja.« Er zeigte auf das Haus, vor dem sie standen. Ohne Vorgarten, dicht an den Gehweg gebaut, wie auch sonst jedes der Häuser in der Straße. Drei Stufen führten zu einer zu den Backsteinen passenden dunkelroten Haustür. »Das ist mein Haus. Meins allein. Und ab und an schläft die Lina bei mir ...« Er machte große Augen und nickte vielsagend.

O Gott, das will ich gar nicht wissen, dachte Luca entsetzt und sagte hastig: »Gut, lass uns reingehen.« Sie schnappte ihren kleinen Trolley und schlüpfte an den drei Frauen vorbei.

Daniel nickte, riss ihr mit den Worten »Ich trage den, ich bin der Mann« förmlich den Koffer aus der Hand und fragte: »Bleibst du länger?«

Luca zuckte ein wenig hilflos mit den Schultern und murmelte: »Eigentlich habe ich das nicht vor. Aber ... lass uns doch drin weiterreden.«

Er sah zu den Dorfbewohnern. »Das ist meine Schwester Luisa-Carola Frey«, tönte er laut. »Und sie will mit mir reden. Bis dann.«

Als ob das zuvor keiner gehört hätte, nickten alle und murmelten im Chor: »Bis dann, Daniel.«

Ich muss hier schnellstens wieder weg, schoss ihr durch den Kopf, als sie ihrem Bruder ins Haus folgte.

»Wir haben uns an Omas fünfundneunzigstem Geburtstag das letzte Mal gesehen«, sagte er, als er die Tür zu der Wohnung im Untergeschoss öffnete.

Während Luca nur stumm nickte, beobachtete sie Daniel. Ordentlich hängte er zunächst den Schlüssel an ein Brett neben der Tür und dann seine Jacke akkurat an die Garderobe zu anderen in Reih und Glied geordneten. Nach mehrmalig kräftigem Abtreten auf der Fußmatte zog er seine Schuhe aus und stellte sie in einen Schuhschrank.

»Das war vor fünfhunderteinundachtzig Tagen«, fuhr er fort und nickte dabei bestätigend. »Gib mir bitte deine Jacke.«

Luca streifte sie von ihren Schultern, reichte sie Daniel und staunte über sein Gedächtnis. Dafür, dass er geistig nicht ganz auf der Höhe war, funktionierte seine Erinnerung hervorragend. Oder hatte er sich das irgendwo aufgeschrieben? Würde zu ihm passen, überlegte sie und starrte auf ihre Schuhe. Das hieß wohl jetzt auch für sie, sich aus ihren Boots zu quälen.

»Hier die Schuhe. Deinen Koffer stelle ich in die Abstellkammer.« Daniel reichte ihr ein Paar Gästehausschuhe und verschwand dann mit ihrem Gepäck.

Luca beugte sich augenrollend nach vorn und hoffte erneut, sie würde diesem Albtraum alsbald entfliehen können. Gästehausschuhe? Sie selbst besaß überhaupt keine Hausschuhe und wenn, hätte sie diese nie mitgebracht – sie wollte schließlich nicht länger als eine Nacht bleiben.

Noch bevor ihr Bruder zurück war, schaute sie sich in dem Flur und der angrenzenden Küche um, zu der die Tür offenstand.

Alles war sauber und penibel ordentlich. Ein weiterer Unterschied zwischen den Geschwistern. In Lucas kleiner

Dachgeschosswohnung in der Mainzer Altstadt herrschte Chaos, das nur alle zwei Wochen von einer Reinemachefrau beseitigt wurde, um exakt einen Tag später wieder vorzuherrschen. So perfekt wie sie ihr Leben und ihre Arbeit im Griff hatte, so nachlässig war sie mit ihrem Zuhause. Sie legte wenig Wert auf Wohnlichkeit, da sie eh die meiste Zeit unterwegs war. Ihr Herd wurde in den letzten zehn Jahren immer nur zum Monatsende benutzt, wenn ihr Geld knapp wurde und sie sich eine weitere Essensbestellung oder einen Imbissgang verkneifen musste. Luca achtete nicht auf ihr Geld. Für sie war es da, um ausgegeben zu werden. Sie hatte keine Ambitionen auf eine größere Wohnung oder gar ein Haus. Sie kaufte sich Monat für Monat, was immer sie wollte, legte nur Geld zurück, um sich im Jahr zwei, drei wohlverdiente Erholungsurlaube leisten zu können, und ihr schicker Oldtimer, ein hellblauer *Karmann Ghia*, hatte auch jede Menge ihrer Finanzen beansprucht. Wohlgemerkt hatte.

Oh, mein schönes Auto, das jetzt Schrott ist, womit ich mir diese Zugfahrt eingebrockt habe, dachte sie wehmütig, verbannte jedoch augenblicklich jeglichen weiteren Gedanken daran. Ihr eigener, dummer Fehler hatte zu dem Unfall geführt, war nicht rückgängig zu machen, und deshalb auch nichts, über das es sich zu grübeln lohnte. Ob mit oder ohne Auto, sie konnte froh sein, dass keine beruflichen Konsequenzen folgen würden. Ihr Chef Siggi war zwar ziemlich wütend auf sie gewesen, aber umso dankbarer war sie, dass er ihr trotzdem zwei Tage freigegeben hatte, damit sie diese unangenehme Reise zu ihrem Bruder hinter sich bringen konnte. Sie rechnete es ihm noch höher an, da seit kurzem alle Behörden bundesweit besorgt den immer wahrscheinlicher werdenden Pandemieausbruch durch das Covid-19-Virus beobachteten.

»Du bist hier.« Ihr Bruder war zurückgekommen und sah sie regungslos an.

»Ja. Ich muss dir etwas mitteilen.« Luca zeigte auf eine Tür gleich neben dem Eingang. »Ist dort dein Wohnzimmer?«

Daniel nickte.

»Könnten wir reingehen und uns setzen?«

»Ja.« Er drehte sich und öffnete die Tür.

Luca folgte ihm in den großen Raum, der mit altertümlichen Möbeln eingerichtet und genauso ordentlich war wie der Rest der Wohnung. Kurz warf sie einen Blick aus dem großen Fenster, das zur Straße hinging und vor dem in wenigen Metern Entfernung immer noch die für sie äußerst seltsamen Butwanjendörfer standen und auf Daniels Haus starrten.

Kopfschüttelnd setzte sie sich auf die Couch und ihr Bruder nahm ihr gegenüber Platz.

»Du hast ja am Freitag Oma angerufen und ihr vom Tod von Annemie Goldbach erzählt«, begann sie vorsichtig.

»Ja. Oma hat sie auch gekannt. Annemie Goldbach ist eine sehr gute Frau gewesen, die sich immer um mich gekümmert und wie ihren eigenen Sohn behandelt hat. Ich mochte sie sehr, sehr gern. Sie und Alma Fuhrmann sind zwei ganz tolle Frauen. Annemie gewesen und Frau Fuhrmann ist es noch. Sie ist neunundneunzig und noch immer fit. Annemie war neunundsechzig und seit einer Weile herzkrank. Sie wäre heute siebzig geworden.« Erneut dieser emotionslose Tonfall, der es Luca so schwer machte, herauszufinden, wie sich ihr Bruder fühlte.

»Du weißt, dass Oma auch schon siebenundneunzig war.« Jetzt musste sie es ihm schonend beibringen.

»Ist! Sie ist letztes Jahr am 6. August siebenundneunzig geworden. Du warst nicht da. Ich habe sie an jedem ihrer Geburtstage in Boppard besucht.«

»Ja, ich weiß, ich war im Urlaub.« Sie straffte die Schultern. »Oma ist vor ein paar Tagen verstorben.«

»Das weiß ich nicht.« Er sah sie unvermindert emotionslos an. »Ich habe am Freitag mit ihr telefoniert.«

»Ja, ich weiß. Sie hat es mir gesagt, als ich kurz vor ihrem Tod bei ihr zu Hause war. Sie wusste, dass sie nicht mehr lange leben würde, und hat mich gebeten, dich dann zu besuchen und dir persönlich mitzuteilen, dass sie verstorben ist.« Was sie ihr natürlich versprochen hatte. Dummerweise. »Sie ist in ihrem Haus in Boppard ganz friedlich eingeschlafen.«

»Sie war alt.«

»Ja, das war sie.«

»Weiß Papa es?«

Luca verkrampfte sich. So wie sie es bereits seit Jahren vermied, an ihren Vater zu denken oder gar über ihn zu sprechen, tat sie es auch jetzt. »Das denke ich nicht.«

»Er wird traurig sein.«

Wird er das? Luca interessierte es nicht. »Das kann sein«, antwortete sie mechanisch.

»Wann ist die Beerdigung?«

»Das wollte ich mit dir klären. Oma wird verbrannt und ich wollte mit dir den Termin der Beisetzung besprechen.«

»Morgen ist Mama seit fünfundzwanzig Jahren tot«, sagte er unvermittelt.

Lucas Herz machte einen Aussetzer. Als ob sie das nicht wüsste.

»Der 10. März ist ein schreckliches Datum«, stellte Daniel nüchtern fest.

Luca musterte ihn eindringlich, überlegte dabei, ob er überhaupt zu einer Emotion fähig war, und wartete ab.

»Am 10. März vor zwanzig Jahren sind Joel und Verena gestorben.«

Sie schwieg weiterhin, erinnerte sich aber an die Erzählung ihrer Großmutter, dass es damals im März 2000 ein verheerendes Feuer mit zwei Todesopfern gegeben hatte. Zu dieser Zeit hatte Daniel noch nicht lange hier gelebt. Er musste die beiden jedoch sehr gemocht haben, wenn er selbst nach zwanzig Jahren noch an sie dachte.

»Wann ist Oma gestorben?«

»Am Freitag.«

Er überlegte kurz und sagte dann: »Der 6. März ist ein schreckliches Datum. Annemie ist am Freitag, den 6. März 2020, gestorben.«

»Am besten wäre wohl, der März wird aus dem Kalender gestrichen«, sagte sie trocken.

»Man kann einen Monat nicht aus dem Kalender streichen«, erwiderte er ernst und schüttelte den Kopf.

Luca zuckte angesichts Daniels Unfähigkeit, Ironie zu erkennen, die Schultern und richtete ihr Augenmerk auf das große Fenster zur Straße. Sie stand auf und beobachtete durch die Vorhänge das Schauspiel ein paar Meter vor dem Haus. Mindestens zwanzig Dorfbewohner standen noch immer auf der engen Straße und redeten wild gestikulierend. Vereinzelt wurde auf das Haus ihres Bruders gezeigt und ab und an nickten alle gleichzeitig. Der Wortführer war, wie sollte es anders sein, der Bürgermeister, der mit den Händen anscheinend beschwichtigend signalisierte, dass man Ruhe bewahren solle.

»Unfassbar«, stellte sie erstaunt fest. »Haben die alle nichts anderes zu tun?«

»Es ist kurz nach zwei. Bis halb drei herrscht hier Mittagsruhe. Nur die Apotheke macht schon um zwei Uhr auf.«

»Echt?« Luca kannte mittägliche Ladenschließzeiten aus der Stadt nicht, obwohl es das in dem ein oder anderen Geschäft in den umliegenden Dörfern in Rheinhessen bestimmt auch noch gab.

»Ja. Das ist hier schon immer so.«

»Klar«, murmelte sie, irgendwie passte das zu diesem sonderbaren Kaff. Trotzdem war Luca baff, was ihr Auftauchen hier für eine Unruhe verursachte. »Ist das immer so aufregend, wenn ein Fremder hierherkommt?«, fragte sie an ihren Bruder gewandt, der sie stumm betrachtete.

»Nach Butwanjendorf kommen keine Fremden. Und wenn sie kommen, bringen sie Unheil.«

Helge Kammbaum
Dorfpolizist

0:17 Uhr
Donnerstag, den 10.3.2000, Butwanjendorf

Ich strecke mich lang im Bett aus und drehe mich meiner Frau Ines zu. Sie schläft schon friedlich. Der Kinder wegen ist sie bereits gegen zehn Uhr nach Hause. Ich dagegen bin erst vor einer Viertelstunde als einer der Letzten von Annemie Goldbachs großer Feier zu ihrem Fünfzigsten die paar Schritte über die Straße in unser gegenüberliegendes kleines Häuschen gegangen. Der Bäckermeister Langer ist mit mir gekommen, und ich habe ihn noch einen Moment beobachtet, wie er die Straße entlanggewankt ist. Der junge Gernot Fuhrmann ist kurz nach uns aus dem Hoftor gekommen und hat mit einem knappen »Ich schau, dass er heil heimkommt« sich ihm angeschlossen. Wir alle haben heute mehr Alkohol zu uns genommen, als gut ist.

Durch das gekippte Schlafzimmerfenster zur Straße hin, höre ich Schritte widerhallen, gefolgt von Gelächter. Kurz darauf vernehme ich leisere Stimmen und wie das große Tor bei Annemie Goldbach ins Schloss fällt. Die Party scheint vorbei zu sein. Offenbar hat die liebe Annemie es endlich geschafft, auch die letzten feierwilligen Gäste, den Pastor Löwisch, den Apotheker Leber, unseren Ortsbürgermeister Ole Fuhrmann sowie unseren sehr geschätzten Dorfarzt Tillmann Siefer auf den Heimweg zu schicken.

Ich habe mich kurz nach Mitternacht verzogen, weil mir das selbstgefällige Gerede über den Nachwuchs von Ole und Tillmann gewaltig auf die Nerven gegangen ist. Manchmal bin ich schon ein wenig neidisch auf die beiden. Sie haben Unternehmen, die sie an ihre Söhne oder in Tillmans Fall an seinen Enkel Felix weitervererben können. Der Felix wird irgendwann unser Dorfarzt werden und der Gernot übernimmt die Textilfabrik und wird bestimmt auch mal Ortsbürgermeister. Und meine achtjährigen Zwillingsmädchen? Will ich überhaupt, dass sie in meine Fußstapfen treten und zur Polizei gehen?

Zu meinem eigenen Verdruss bin ich noch überhaupt nicht müde und wälze mich nunmehr hin und her. Der Abend heute war aufregend gewesen. Aus Polizistensicht hatte er viel Potential, um einen Krimi zu schreiben. Im ganzen Dorf gibt es Intrigen und Machtspiele. Manches Mal wünschte ich, meine Augen vor alldem verschließen zu können. Ich wünschte, ich würde nicht sehen, wie Männer ihre Frauen betrügen, Frauen ihre Männer hintergehen, Ehen zu zerbrechen drohen, wütende Menschen hasserfüllt dem ein oder anderen die Pest an den Hals wünschen und bösartiges Gerede all das Übel noch anheizt.

Ines grunzt leise neben mir, dreht sich auf den Rücken und beginnt zu schnarchen.

Auch das noch. Wenn sie jetzt lauter wird, verdrücke ich mich auf die Couch. Ich kann nicht schlafen, wenn sie solche Geräusche von sich gibt. Getrennte Schlafzimmer wären da die beste Lösung, aber ich traue mich nicht, ihr damit zu kommen. Auch so ist sie schon eine eifersüchtige Frau, und ich kann mir vorstellen, dass meine Bitte nach einem eigenen Zimmer ihr Misstrauen hervorrufen würde. Will ich sie nicht mehr? Habe ich eine andere? Und so weiter. Total unbegründet, ich liebe meine Ines. Aber bei dem, was man hier im Dorf so alles mitbekommt, ist es kein Wunder, wenn man zu zweifeln beginnt. Ich würde ihre Bedenken sogar verstehen, würde ich doch selbst wahrscheinlich auch mit Verwunderung auf einen solchen Wunsch reagieren. Also komme ich erst gar nicht mit so einem verwegenen Vorschlag und gehe ab und an auf die Couch zum Schlafen, wenn mich ihr Schnarchen zu sehr stört.

Ich kneife die Augen zu und versuche, die Geräusche meiner Frau auszublenden.

Vergeblich. Ich höre sie immer lauter und linse auf meinen Digitalwecker – schon 1:11 Uhr. In ein paar Stunden ist die Nacht rum.

Bevor ich mich weiter quäle, packe ich Kissen und Decke und gehe leise ins Wohnzimmer. Ich kippe auch hier das Fenster zur Straße und richte es mir auf der Couch gemütlich ein. Kaum liege ich, merke ich auch schon, wie mir die Augen zufallen.

Ich höre etwas wie dumpfe Schläge. Was ist das, überlege ich, merke aber, wie ich langsam eindöse und es mich nicht weiter interessiert. Sind das schnelle Schritte? Träume ich schon? Nein, ich bin noch immer wach. Oder?

Ein unangenehm beißender Geruch steigt mir in die Nase und ich vergrabe mein Gesicht im Kissen. Mist, ist Ines nochmals aufgestanden und hat sich einen Toast gemacht? Manchmal macht sie das, wenn wir von einer Feier kommen und sie Alkohol getrunken hat. Der Geruch verstärkt sich und ich öffne schwerfällig die Augen, um in Richtung Küche zu schielen.

Sie liegt im Dunklen. Aber von der Straße her leuchtet es hell.

Verdammt, wie viel Uhr ist es? Ich habe das Gefühl, gerade einmal ein paar Minuten im Halbschlaf verbracht zu haben.

Mit einem Mal nehmen meine Sinne alles deutlich wahr. Ich richte mich auf und starre aus der Dunkelheit in ein flackerndes Leuchten. Hastig schaue ich auf die große Wanduhr, deren Zeiger im Schein des Lichts sichtbar sind – 1:35 Uhr.

Ich springe auf und renne zum Fenster.

Verdammte Scheiße!

Ohne weiter nachzudenken, schnappe ich das Telefon und wähle die 112. Noch während es tutet, renne ich ins Schlafzimmer, schlüpfe in meine Hose und streife ein Hemd über.

Ines fährt aus dem Schlaf hoch, als ich laut zu sprechen anfange: »Feuer in Butwanjendorf in der Hauptstraße 9 bei Goldbach. Ein Wohnhaus steht in Flammen. Menschenleben könnten in Gefahr sein. Hier spricht Helge Kammbaum, Polizei Butwanjendorf.«

Als die Frau am anderen Ende meine Worte wiederholt, bestätige ich sie eilig, lege auf und wähle sofort eine weitere Nummer.

»Tillmann!«, begrüße ich den Dorfarzt, der bereits nach dem zweiten Klingeln abhebt. »Du musst sofort zu Adams Haus kommen. Es brennt.«

Kapitel 5

Fremde bringen Unheil?!

Verwundert schaute sie Daniel an und erinnerte sich augenblicklich an den Mann im Zug. Luca sah ihn genau vor sich, mit seinem unnatürlich langen dunklen Bart, seinem durchdringenden Blick und dem unverschämt heißen Körper. Irgendwie unheilvoll hatte sie die Begegnung mit dem Fremden zunächst empfunden. Jedoch nur zunächst …

Fremde bringen Unheil, wiederholte sie Daniels Worte gedanklich und ein leichtes Lächeln spiegelte sich in ihrer Miene wider. Na ja, das konnte man sehen, wie man wollte.

Während sie sich wieder Daniel gegenüber auf die Couch setzte, fragte sie: »Wer sagt so etwas über Fremde?«

»Alle außer Annemie.«

»Oh.« Jeder war gegen Fremde, außer der Verstorbenen. Auch wieder verwunderlich, so wie alles hier. »Was für Unheil bringen sie denn?«

Daniel zuckte mit den Schultern und forderte wie aus dem Nichts: »Ich will, dass Oma hier beerdigt wird.«

»Okay …«, gab Luca irritiert von sich, doch gleichzeitig ratterte es bei ihr. An diese Möglichkeit hatte sie in keiner Sekunde gedacht. Wie sollte das funktionieren? Die Urne müsste hierher. Wie lange würde das dauern? Könnte es noch diese Woche klappen? Wenn nicht, müsste sie dann noch einmal kommen? Oder sollte sie einfach ein paar Tage dranhängen? Aber bestimmt nicht hier in diesem Kaff. Und war es wirklich wichtig für sie, an der Beerdigung ihrer Oma teilzunehmen? Ja, war es, stellte sie traurig fest. Sie wollte ihrer Großmutter die letzte Ehre erweisen.

»Ich weiß nicht, ob das so einfach geht. Man muss, glaube ich, die Genehmigung der Gemeinde einholen, wenn ein Bürger, der nicht im Ort gemeldet war, in diesem beerdigt werden soll. Das hat irgendwas mit …« Sie brach ab, als Daniel aufsprang, den Vorhang zur Seite schob und das Fenster aufriss.

»Herr Ortsbürgermeister Fuhrmann?!«, rief er und die zunächst noch lauten Stimmen auf der Straße wenige Meter vor ihm verstummten.

»Ja, Daniel?« Gernot Fuhrmanns Kopf erschien am Fenster und er sah von Daniel zu Luca auf dem Sofa. »Was ist?«

»Kann meine Oma hier beerdigt werden? Sie ist am Freitag gestorben. Wie Annemie.«

»Ähm, ich … Ähm, also …«

Luca stand auf und trat ebenfalls ans Fenster. Sie ignorierte die Schaulustigen, die ihrem Gespräch aufmerksam lauschten und erklärte: »Daniel hätte gern, dass unsere Großmutter hier beerdigt wird. Sie wird eingeäschert und wir bräuchten ein Urnengrab. Haben Sie auf Ihrem Friedhof welche?«

»Ja. Ja, natürlich. Wir haben eine sehr schöne Urnenwand.« Er blickte von Luca zu Daniel. »Und selbstverständlich ist es kein Problem, deine Oma hier zu beerdigen, auch wenn sie ja eigentlich aus unserem Nachbarort Deichdorf stammt. Aber egal, am besten du kommst übermorgen Nachmittag, nach Annemies Beerdigung, in mein Büro und wir klären alle Einzelheiten.«

»Gut.« Daniel nickte, schloss das Fenster vor der Nase des verblüfften Bürgermeisters und zog die Gardine wieder zu. »Siehst du, es geht«, sagte er an Luca gewandt und ging zur Couch.

»Ja, sieht wohl so aus.« Nicht gerade begeistert von der Tatsache, dass sie demnach noch mindestens zwei Tage in diesem Kaff festsitzen würde, lehnte Luca sich an die Fensterbank und überlegte, was als Nächstes zu tun wäre. Zuerst musste sie den Bestatter in Boppard anrufen und dann ihrem Chef mitteilen, dass sie frühestens Donnerstag wieder zum Dienst zurück sein würde.

Ihr Magen knurrte lautstark. Aber zunächst musste sie endlich etwas essen. »Okay, also besprechen wir das übermorgen mit dem Bürgermeister. Daniel, hast du was zu essen im Haus? Ich bin echt hungrig. Und ein Glas Wasser wäre auch klasse.«

Sofort sprang ihr Bruder wieder vom Sofa auf. »Komm!«

Wenige Minuten später fand Luca sich vor einem reichhaltig gedeckten Tisch wieder. Daniel hatte Brot, Wurst, Käse, Tomaten und noch vieles mehr aus dem Kühlschrank gezaubert und auf den kleinen Küchentisch gestellt. Dazu gab es Apfelsaft und Wasser. Luca war begeistert. Ihr eigener Kühlschrank würde nicht einmal zehn Prozent hiervon hergeben und selbst davon wäre ein Teil bestimmt verschimmelt oder abgelaufen.

Mit Heißhunger langte sie zu, schaute zu ihrem Bruder, der an der Küchenzeile lehnte und fragte mit vollem Mund: »Magst du nichts essen?«

»Nein. Ich hatte um zwölf Uhr Mittagspause in der Fabrik.«

»Hast du immer um zwei Feierabend?«

Kurz überlegte Daniel, schüttelte dann den Kopf und erklärte: »Der alte Metzgermeister Gunnar Brecht hat dem Hankejungen gesagt, er soll mich holen, weil du da bist. Und da habe ich meinem Vorarbeiter gesagt, ich gehe jetzt, meine Schwester ist da. Ich arbeite sonst immer bis sechzehn Uhr dreißig.«

»Dir scheint es hier wirklich richtig gut zu gehen, oder?«

Daniel nahm ihr gegenüber Platz und nickte. »Ja. Ich lebe gern hier. Die Menschen sind nett. Auch wenn sie anfangs immer Depp oder Idiot zu mir gesagt haben. So wie du früher. Aber jetzt machen sie es kaum noch. Dank Alma und Annemie.«

Ohne seinen Vorwurf zu kommentieren, den er wahrscheinlich gar nicht so meinte, sondern einfach nur eine Tatsache aus ihrer Kindheit feststellte, fragte sie: »Und deine Arbeit gefällt dir immer noch?« Luca wusste, er arbeitete im Lager der hiesigen Textilfabrik.

Eifrig nickte er und zum ersten Mal heute nahm sie eine Emotion wahr. Offenbar liebte er seinen Job.

»Ja. Ich bin Erster Bandchef und achte darauf, dass die Stoffe vom Zuschnitt ordnungsgemäß durch die Maschine Nummer Vier aufgerollt werden. Und ich bin Regalkontrolleur.« Er nickte immer noch.

Luca konnte zwar nur ahnen, dass es diese Berufsbezeichnungen nicht gab, aber sie war sich sicher, dass der Vorgesetzte ihres Bruders ihn offenbar mit imaginären Titeln versah, um ihn und seine Arbeit aufzuwerten. Wenn das wirklich so war, empfand sie das als äußerst sympathisch. »Was macht ein Regalkontrolleur?«

»Ich kontrolliere ganz genau, ob alle Stoffballen ordnungsgemäß aufgerollt und einsortiert sind.«

Ordnungsgemäß. Ganz offensichtlich brauchte ihr Bruder viel Ordnung in seinem Leben. »Das ist schön für dich. Und das Haus hast du dir gekauft?«

»Ja. Als ich bei Alma gewohnt habe, haben Alma und Annemie immer gesagt, ich soll alles sparen, was ich in der Fabrik verdiene, und nicht verschwenderisch sein. Genau wie Oma. Und dann haben sie gesagt, ich soll mir das Haus kaufen und hier leben. Und immer Ordnung halten.«

»Na, die beiden Damen müsste ich kennenlernen«, murmelte Luca und grinste verschmitzt.

»Annemie ist tot, sie kannst du nicht kennenlernen. Aber Alma lebt noch. Sie ist neunundneunzig.« Ausdruckslos sah er sie wieder an.

Lucas Grinsen erlosch angesichts seiner stoischen Art und sie betrachtete Daniel mit einem Mal voller Trauer. Sie schluckte schwer, als sie spürte, wie lang versteckte Gefühle sie zu überrollen drohten.

Sie hatte seit fünfundzwanzig Jahren nicht mehr allein mit ihrem Bruder gesprochen und erinnerte sich plötzlich an ihre letzten in ihren Augen normalen und neckenden Worte, die sie als Kinder auf der Autofahrt nach Hause von ihrer Oma Luisa, der Mutter ihrer Mutter, kurz vor dem Horrorunfall, ausgetauscht hatten.

»Ich bin Omas Liebling«, hatte sie auf der Rückbank des Autos gesagt.

»Nein, ich«, hatte Daniel mit hochgerecktem Kinn erwidert.

»Du bist erst zehn und noch total dämlich und weißt gar nicht, was man als Lieblingsenkelkind alles machen muss«, hatte sie kopfschüttelnd geantwortet.

»Weiß ich doch. Man muss nur lieben«, war sein schlauer Spruch gekommen, den die damals zwölfjährige Luca erst einmal verarbeiten musste.

Und weil sie es nicht besser wusste, hatte sie ihn angeraunzt: »Du Blödmann, das allein reicht nicht. Du musst der Oma auch immer helfen.«

»Das tue ich doch. Eben habe ich ihr auch geholfen, den Tisch abzuräumen und die Weinflaschen vor Papa zu verstecken«, sagte Daniel daraufhin versucht leise, sodass ihre Eltern es nicht hören konnten.

»Stimmt. Vielleicht mag sie dich doch lieber«, war Lucas grüblerische Antwort gewesen.

»Hey, ihr zwei Süßen, Oma hat euch beide ganz doll lieb, genau wie Papa und ich«, hatte ihre Mutter lachend gesagt und sich zu ihnen umgedreht. »Jetzt macht die Augen zu, es dauert noch eine Weile, bis wir daheim sind.«

Luca und Daniel hatten sich angesehen, sich spielerisch in die Seite gepikst und immer wieder gerufen: »Mich hat sie lieber … Nein, mich.«

Erst ihr Vater hatte nach einer Weile dem Gerangel ein Ende gemacht. Ohne Vorwarnung hatte er sie angeschrien, endlich ruhig zu sein.

Die Geschwister waren sofort verstummt, hatten sich stocksteif in ihre Sitze gedrückt und ängstlich angeschaut.

Nur einen Moment später hatte es sie förmlich aus ihren Sitzen gerissen. Ein heftiger Aufprall, ohrenbetäubendes Krachen, ihre eigenen panischen Schreie gefolgt von einer lähmenden Stille …

»Luisa? Luisa?!«

Erschrocken fuhr Luca aus ihren Kindheitserinnerungen hoch und sah zu Daniel, der vor dem Küchentisch stand. »Was ist?«, fragte sie verwundert.

»Hör auf zu weinen«, bat ihr Bruder beinahe tonlos.

Luca starrte ihn irritiert an. Sie weinte?

Mitleidig erkannte sie, dass Daniel angesichts ihrer Tränen, die sie selbst erst jetzt bemerkte, hilflos war.

»Ach, die.« Sie schnappte sich eine Serviette vom Küchentisch, fuhr sich hastig übers Gesicht – und hoffte, mit dieser energischen Geste auch ihre Erinnerungen an den schrecklichen Autounfall, den sie mit zwölf Jahren erlebt hatte, wegzuwischen. »Alles gut. Sag mal, gibt es in eurem Kaff eine Pension, in der ich übernachten kann?«

»Pension? Warum? Du kannst hierbleiben. Im Obergeschoss habe ich eine kleine Wohnung.«

»Oh. Wirklich?« Auf ihrem Weg hierher hatte sie sich überlegt, wie sie ein solches Angebot ablehnen sollte. Sie hatte irgendwie mit etwas ganz anderem gerechnet, mit Chaos, Junggesellenbude und Dreck, und nicht mit einem so gepflegten Haus. »Gut, warum nicht.« Luca stand auf und streckte sich. »Okay, dann zeig mir mal mein Zimmer.«

»Es ist eine ganze Wohnung, nicht nur ein Zimmer«, verbesserte Daniel sie.

Luca wollte etwas erwidern, nickte dann aber nur und schickte sich an, aus der Küche zu gehen, als Daniel anfing, den Tisch abzuräumen. »Klar, Ordnungsfreak«, murmelte sie und half ihm schnell.

Eine Viertelstunde später holte Daniel ihren Koffer aus der Abstellkammer und führte sie in den ersten Stock des Häuschens. Luca war begeistert. Die kleine Wohnung war genauso sauber wie die untere und knuffig eingerichtet. Alles mit hellem Holz und bunten Tapeten. Daniel ließ sie zwischen zwei Schlafzimmern wählen und sie entschied sich für das mit dem Erker, einem kleinen Balkon zum Garten und direktem Zugang zu dem geräumigen Badezimmer.

Ihr Bruder stellte ihren Koffer in das Zimmer und sagte: »Eigentlich wollte Lina heute Abend bei mir essen, aber wenn du magst, gehen wir um sechs Uhr rüber in die Wirtschaft *Zum Angerer*.«

»Wie ihr wollt. Aber von mir aus müssen wir das nicht. Wir können gern hierbleiben.« Sie hatte keine Lust darauf, erneut angestarrt und ausgefragt zu werden. Außerdem wäre es eine gute Gelegenheit, Daniels Freundin Lina ganz in Ruhe kennenzulernen. Was das wohl für eine Frau war?

»Gut. Wir gehen ja morgen alle zum *Angerer*.«

»Wer sind ›alle‹?«

»Immer am 10. März trifft sich dort das Dorf.«

»Was? Das ganze Kaff?!«

Er nickte eifrig. »Ja. Wir …«

»Wie viele Einwohner habt ihr denn?«

»Ähm …« Zunächst etwas irritiert von ihrer Unterbrechung antwortete er dennoch gewissenhaft: »Butwanjendorf hat zweihundertzweiunddreißig Einwohner. Es werden immer weniger. Am Donnerstag waren es noch zweihundertdreiunddreißig.«

»Moment. Das Dorf hat nur eine Handvoll Bürger, aber einen Metzger, eine Bäckerei, eine Apotheke, einen Einkaufsladen und eine Kneipe. Und ich habe auch einen Kirchturm gesehen. Das ist nicht dein Ernst, oder?«

»Doch. Natürlich. Aber wir haben nur eine Kirche, die protestantische und nicht wie viele andere Dörfer auch noch eine katholische. Wir haben auch die Fabrik, einen Friseursalon und den Malermeister Westermann und den Elektromeister Wagner, den Doktor Felix Siefer und Helge, den Polizisten.« Er nickte unermüdlich. »Was wir nicht haben, sind ein Kindergarten und eine Schule. Die Kinder müssen in den Nachbarort Deichdorf in den Kindergarten und nach Nordendamm in die Schule. Butwanjendorf hat sich, seit ich 1999 hierhergezogen bin, kaum verändert, außer dass es keine dreihundertsiebenundfünfzig, sondern nur noch zweihundertzweiunddreißig Einwohner gibt.«

»Kannst du mir auch verraten, wie gut zweihundert Menschen in eine Dorfkneipe reingehen sollen?« Das interessierte sie jetzt wirklich.

»Eigentlich zweihundertzweiunddreißig mit den Kindern. Aber heute sind wir auf jeden Fall zwei weniger. Der Friedel Eichner und die Melanie Zaun sind heute ins Krankenhaus gekommen. Und ob die Else Eichner oder der Bernd Zaun mit seinen zwei Kindern kommen, glaube ich nicht.« Er überlegte kurz. »Vielleicht aber doch. Auf jeden Fall passen wir alle rein. Der *Angerer* hat hinten zwischen Kirche und Kneipe einen riesigen Saal, in dem wir uns immer alle treffen.«

»Aha. Immer am 10. März?« Sie hasste dieses Datum.

»Ja. Immer am 10. März. Und an Fastnacht. Dort ist immer der Rosenmontagsball. Und momentan auch zu Beerdigungen oder Hochzeiten, weil die Kirche, die man vom Saal aus erreicht, zurzeit renoviert wird.«

»Wie passend. Man sagt ja immer, wo sich eine Kirche befindet, ist eine Kneipe ganz in der Nähe.«

Daniel nickte zunächst und schüttelte dann jedoch den Kopf. »Die Kneipe ist nicht nur in der Nähe. Man kann nur in die Kirche, wenn man durch die Kneipe vom *Angerer* aus durch den Saal geht.«

Luca sah ihn verblüfft an. Dieses Dorf war wirklich an Eigentümlichkeit nicht zu überbieten. »Du meinst, es gibt nur den Kneipeneingang zur Kirche?« Verrückt, aber somit erklärte sich für Luca auch der riesige doppeltürige Eingang zu der Wirtschaft, der ihr vorhin schon aufgefallen war.

»Ja.« Daniels Kopf ging eifrig vor und zurück, was irgendwie sehr merkwürdig aussah. »Alma sagt, wenn ich Lina bald heirate, dann im Saal vom *Angerer*, wenn ich noch länger warte, dann in der Kirche.«

»Oh, wow, du willst heiraten?«, fragte sie erstaunt, damit hätte sie nicht gerechnet.

»Nein.« Er schüttelte heftig den Kopf. »Aber Lina will das und Alma auch.«

»Ist Alma Linas Großmutter?«

»Nein.« Erneut ein heftiges Kopfschütteln. »Alma ist die Gründerin der Textilfabrik und eine alte Freundin von Oma Carola. Bei ihr habe ich gewohnt und Alma und Annemie haben sich immer um mich gekümmert. Immer. Und Alma tut es auch jetzt noch, obwohl sie schon neunundneunzig ist. Und sie sagt, ich soll Lina zu einer ehrbaren Frau machen.«

Na klar, die alte Generation wieder. Luca lächelte und ignorierte dabei, dass ihr Bruder sich, was Alma, ihr Alter und ihr Kümmern anging, wiederholte. »Lass dich zu nichts überreden, was du nicht willst.«

Jetzt nickte er. »Du musst dann morgen etwas Schwarzes anziehen.«

»Warum?« Sie wusste nicht, weshalb sie weiterfragte, eigentlich war ihr das »Warum« doch egal. Wenn es Daniel wichtig war, würde sie es einfach tun.

»Weil wir Joel und Verena gedenken und jetzt auch Annemie.«

»Okay.« Also so etwas wie eine jährliche Trauerveranstaltung für zwei Menschen, die anscheinend jeder gern gemocht hatte. »Wann soll ich später zum Abendessen runterkommen?«

»Um sechs Uhr.« Daniel verharrte einen kleinen Moment abwartend, bevor er zögerlich fragte: »Du wirst aber nicht noch einmal weinen, oder?«

Ehrlich erstaunt und dabei auch ein wenig peinlich berührt, versicherte sie: »Nein, ganz bestimmt nicht.«

»Gut«, war alles, was er erwiderte, bevor er sich umdrehte und die Wohnungstür hinter sich schloss.

Einen Augenblick verharrte Luca im Flur und stierte auf die Tür. Wie hatte sie sich nur dermaßen in Erinnerungen verlieren können? Kein Wunder, dass ihr Bruder von ihrem für sie selbst ebenfalls unerwartet gefühlvollen Ausbruch irritiert gewesen war, fiel ihm doch seit ihrem Unfall und seiner massiven Kopfverletzung der Umgang mit Emotionen schwer. Auch wenn er momentan auf sie innerlich unbeteiligt wirkte, wusste sie von ihrer Großmutter, dass er seine eigenen Gefühle, vor allem seine Wut, oftmals nicht kontrollieren und die Gemütsbewegungen anderer kaum deuten konnte. Dem einst lausbubenhaften Zehnjährigen war innerhalb von Sekunden eine normale Zukunft geraubt worden. Und nur, weil ihr Vater es nicht einen Abend ohne Alkohol ausgehalten hatte.

»Er war ein Unmensch«, stieß Luca, augenblicklich von einem bohrenden Hassgefühl heimgesucht, hervor und verdrängte dabei die jahrelangen Beteuerungen ihrer Großmutter, dass ihr Sohn nicht die alleinige Schuld an dem Unfall getragen hatte.

Für sie hatte nur ihr Vater Schuld. Punkt.

Tillmann Siefer
Dorfarzt

0:02 Uhr
Donnerstag, den 10.3.2000, Butwanjendorf

Was für eine schöne Feier, rede ich mir glaubhaft ein und verdränge die unterschwellige Anspannung, die beinahe alle Anwesenden heute erfasst hat. Nur heute? Nein, bestimmt nicht. In unserem Dorf herrscht seit Jahren eine explosive Stimmung, die ich so aus meiner Jugendzeit nicht kenne. Früher war alles besser – schöner, leichter, also einfach viel besser. Früher? Vor was oder wem früher?

»Na die Herren, habt ihr noch alles?«

Strahlend wie ein junges Mädchen steht unsere fünfzigjährige Jubilarin Annemie vor uns und wir Männer nehmen augenblicklich Haltung an.

»Ja, danke, wir sind versorgt. Ein wirklich wunderbares Fest, meine Liebe«, antwortet Pastor Löwisch und rückt an dem Bistrotisch, um den wir sechs im Garten neben einem Heizpilz stehen, ein wenig zur Seite. »Möchtest du noch etwas mit uns trinken?«

»Nein, danke, ich habe für heute wirklich genug. Aber lasst euch bitte nicht davon abhalten, weiter die Welt bei ein paar Schnäpsen zu verbessern.« Sie lächelt herzlich und ich sehe mich rasch in der Runde um. Alle, außer dem jungen Gernot Fuhrmann, starren Annemie fasziniert an. Auch ich mit meinen knapp sechzig Jahren kann mich ihrem Charme nicht entziehen und grinse genauso dümmlich wie unser Dorfpolizist Helge Kammbaum, der Apotheker Sven Leber, unser Ortsbürgermeister Ole Fuhrmann und der Bäckermeister Langer. Selbst unser guter Pastor Löwisch schaut wie ein Mondkalb. Wie oder was macht die Frau, dass jeder in ihrer Gegenwart zu einem vom Liebeswahn gepackten Jüngling wird?

Früher. Jetzt weiß ich auch, was früher für mich bedeutet. Es war die Zeit gewesen, bevor Annemies vor gut zwei Jahrzehnten verstorbener Mann Ferdinand Goldbach nach Butwanjendorf gekommen war und sich die beliebteste Heiratskandidatin aus dem Dorf geschnappt hat.

Ich merke gar nicht, dass ich wie alle Männer an unserem Tisch der Hausherrin nachstarre, als sie zu Livke, einem der Bedienmädchen, geht und ihr freundliche Anweisungen gibt.

Erst unser Dorfpolizist reißt uns aus den Gedanken, als er auf den Tisch klopft und ankündigt: »Es ist kurz nach Mitternacht. Ich verschwinde dann mal. Treiben Sie es nicht mehr zu bunt, die Herren.« Helge lacht und nickt dem Bäckermeister zu. Langer, der schon ein wenig unsicher auf den Beinen ist, trinkt sein halbvolles Bier auf einen Zug aus und klopft ebenfalls auf den Tisch. Auch er verabschiedet sich von uns anderen, aber nicht ansatzweise so sprachgewandt wie gewohnt.

»Sind wir die Letzten?«, will Sven wissen, als die zwei durch den Hof gehen, und schaut sich im Garten um.

»Scheint so.« Auch ich sehe mich um, werfe dabei einen Blick in das Zelt und entdecke außer den Helfern fürs Aufräumen und Annemie niemanden mehr. Selbst ihr Sohn Adam ist bereits weg und auch Annemies Tochter Maria, die Verlobte von Gernot, ist nicht zu sehen. »Wo ist denn deine Holde?«, frage ich den Sohn des Ortsbürgermeisters.

Gernot zuckt nur mit den Schultern, murmelt etwas von »Schönheitsschlaf«, verabschiedet sich ebenfalls und folgt den beiden Männern zum Tor hinaus.

Mir ist sofort klar, dass es ihn wenig interessiert, wo Maria ist, und er jetzt weitaus lieber sein Bett mit der schönen Verena teilen würde. Ihm geht es nicht anders als seinem Vater vor rund zwanzig Jahren. So wie unser Ortsbürgermeister und Fabrikbesitzer Ole Fuhrmann in seiner Jugend der reizenden Annemie vergeblich den Hof gemacht hat, so hatte sich sein Sohn um die schöne Bankierstochter Verena Fink bemüht. Senior wie Junior Fuhrmann waren jedoch die Goldbachmänner in die Quere gekommen – Ole hatte Annemie an den fremden Gesellen Ferdinand verloren, und Gernot musste zusehen, wie sich Ferdis Sohn Adam die schöne Verena schnappte. Beide haben sich dann aus der Not heraus für andere Frauen entschieden. Mit dieser Entscheidung lebt Ole bis heute recht gut, Gernot dagegen scheint sich mit seinem Schicksal schwerzutun. Bisher ist kein Hochzeitstermin mit Maria festgemacht, und manchmal habe ich das Gefühl, hier könnte irgendetwas dazwischenkommen. Oder jemand.

»Auf, Männer, einer geht noch.« Unser Apotheker hat wohl immer noch nicht genug und schenkt uns allen nochmals ein.

»Mach mal langsam, Sven, musst du morgen früh etwa nicht pünktlich deinen Laden aufmachen?«, frage ich und denke mit einem unguten Gefühl daran, dass bei mir bereits um acht Uhr die ersten Patienten vor der Tür stehen werden.

»Nein. Deine Enkelin ist doch da und so kann ich mich nochmal rumdrehen und das Chefsein genießen.« Er grinst übers ganze Gesicht.

Ja, meine Enkelin Agnes ist da und hält seinen Laden am Laufen, wenn sich der feine Herr Apotheker mal wieder Freizeit gönnt. Ich höre nur halb, wie Ole einen derben Scherz über Svens Liebesleben macht, und die zwei Männer und selbst der Pastor amüsiert auflachen.

Agnes wird mich schon bald zum Uropa machen – zum ersten Mal. Mit meinen achtundfünfzig zwar etwas früh, aber dafür kann meine sechsundzwanzigjährige Enkelin nichts. Ich sowie auch meine Tochter Hilde, die den hiesigen Elektromeister geheiratet hat, sind früh Eltern geworden, bereits mit sechzehn. Agnes dagegen hat sich Zeit gelassen und auf den Richtigen gewartet. Unsere ganze Familie ist erleichtert, dass sie sich nicht schon vor Jahren an den unruhestiftenden Adam gebunden, sondern in Björn Klarmann einen hartschaffenden Fabrikarbeiter und soliden Mann aus Nordendamm gefunden hat.

Auch wenn ich es etwas befremdlich fand, dass sie schon kurz nachdem mit Adam Schluss gewesen war mit Björn angekommen war. Ich hätte nicht gedacht, dass sie sich so schnell selbst aus ihrem Tief holt. Agnes war wirklich am Boden zerstört gewesen, hatte tagelang durchgeheult und ich habe ihr sogar zweimal etwas zur Beruhigung geben müssen. Aber da sieht man mal wieder, dass wir Alten keine Ahnung vom Denken der jungen Leute haben. Ich hatte befürchtet, meine Enkelin kommt nie über den Goldbachkerl weg.

Ich grunze leise vor mich hin und kippe den Schnaps runter. So wie Annemie Goldbach auf uns Männer eine gefährliche Anziehung hat, so besitzt ihr Sohn Adam diese auf die Frauenwelt und das bestimmt nicht nur in unserem Dörfchen.

»Wollen wir uns nicht auf den Heimweg begeben?«, fragt der Ortsbürgermeister, als der Apotheker erneut die Gläser füllt.

»Einer noch und dann endet der schöne Abend«, sagt der Pastor und hebt sein Glas. »Und nochmals auf die liebe Annemie.«

Wir heben alle unsere Schnapsgläser und rufen der Jubilarin, die an einem Nebentisch Flaschen abräumt, ein lautes »Prost« zu.

»Wohl bekomms«, erwidert sie lächelnd und verrichtet weiter ihre Arbeit.

Nachdem wir ausgetrunken haben, bewegen wir uns auf Annemie zu und sind alle ganz versessen darauf, sie zum Abschied an uns drücken zu dürfen.

Es ist kurz vor halb eins, als wir auf die Straße treten. Ole, der Pastor und ich verabschieden uns vom Apotheker, der in die andere Richtung muss, und machen uns fröhlich unterhaltend auf den kurzen Heimweg.

Als wir gerade an Adams Anwesen vorbeigehen, öffnet sich das Hoftor und er kommt in Sportkleidung mit einem Babyphon in der Hand heraus. Er nickt uns nur knapp zu und joggt los.

Kopfschüttelnd über seine Disziplin, auch nach solch einem Abend nicht auf seine seit seiner Jugend regelmäßig stattfindende nächtliche Joggingtour zu verzichten, gehen wir weiter und ich komme wenige Minuten später als Erstes zu Hause an. Wir drei wohnen alle um die Kirche herum und der Pastor sowie der Ortsbürgermeister haben es nun auch nicht mehr weit.

»Nacht, Männer«, verabschiede ich mich, öffne mein Tor und gehe hinein. Ich ziehe das große Eisentor hinter mir ins Schloss und genieße die einsetzende Stille, während die Schritte der zwei Männer verhallen.

In meiner Jackentasche nach dem Hausschlüssel kramend, vernehme ich leise Stimmen auf der Straße. Es folgt ein lautes Niesen von irgendwoher, woraufhin gedämpfte Schritte an mein Ohr dringen. Ich schließe meine Haustür auf und höre dabei, wie eines der vielen altersschwachen Hoftore ganz in der Nähe quietschend auf und zu geht.

Wie schade, dass ich niemanden im Haus habe, der auf mich wartet und mit dem ich über all den Dorfklatsch sprechen kann. Meine gute Käthe ist schon vor Jahren gestorben und eine andere Frau habe ich nicht gefunden. Mit ihr würde ich mich über all die Merkwürdigkeiten, wie die nicht offizielle Verlobung von Gernot und Maria, dem Leber sein ausschweifendes Sexualleben und vor allem über die Ehe von Adam und Verena unterhalten. Meine Käthe war immer eine aufmerksame Beobachterin gewesen und ihr wären bestimmt noch mehr Dinge aufgefallen.

Ich seufze, teils wehmutsvoll meine Käthe schon so lange missen zu müssen, und teils betrübt, weil in unserem Örtchen eine so unterschwellige Spannung herrscht.

Das dem Anschein nach malerische Idyll in unserem schönen Butwanjendorf ist nämlich äußerst trügerisch.

Kapitel 6

»Ihr geht ins Wohnzimmer und ich mache sauber«, ordnete Daniel an, was Lina und Luca kommentarlos nach ihren Weingläsern greifen ließ, um aus der Küche zu gehen.

Nachdem sich Luca am Nachmittag frisch gemacht und im Anschluss ein wenig ausgeruht hatte, war sie um Punkt achtzehn Uhr am Abendbrottisch ihres Bruders gesessen und hatte Lina kennengelernt.

Zunächst war Luca erstaunt gewesen, wie hübsch seine Freundin mit ihrer zierlichen Figur, ihren langen schokofarbenen Haaren und den strahlend grünen Augen war. Sie hatte irgendwie einen anderen Typ Frau erwartet, doch wie genau dieser hätte aussehen sollen, wusste sie nicht – aber auf jeden Fall unansehnlicher. Im Laufe der Unterhaltung hatte Luca dann festgestellt, dass auch Lina, die zwar im Gegensatz zu ihrem Bruder mit ihrer kindlich unbedarften Art vor Emotionen übersprudelte, eine weitere nicht ganz so helle Kerze in diesem Dorf war.

Es war eigenartig für Luca, ihren Bruder dabei zu beobachten, wie er mit der jungen Frau umging. Lina und er berührten sich oft, waren stets einer Meinung und sprühten vor Zuvorkommenheit. Beinahe war Luca das sehr liebevolle Verhalten unangenehm, aber sie verspürte auch ein wenig Neid – egal, ob beide nun geistig auf der Höhe waren oder nicht, ihre sichtlich große Zuneigung war pur und ungekünstelt.

»Wollen wir einen Schnaps trinken?«, fragte Lina und zeigte grinsend auf das offene Fach im Wohnzimmerschrank, in dem drei Flaschen standen – Himbeergeist, Williams Christ und Kirschlikör.

»Warum nicht?« Luca zuckte mit den Schultern und setzte sich in den Sessel.

»Also nicht?« Linas Miene drückte Enttäuschung aus.

»Doch, doch gern.« Klare Antworten, mahnte Luca sich innerlich und zeigte auf eine Schnapsflasche. »Ich hätte gern einen Himbeergeist.«

»Gut.« Lina strahlte augenblicklich, schnappte sich zwei Gläschen, die ebenfalls in dem Fach standen, und schenkte ihnen beiden einen Himbeergeist ein. »Daniel mag keinen Schnaps, er mag überhaupt keinen Alkohol. Er hat ihn nur wegen mir hier.« Sie reichte Luca ein Glas und setzte sich ihr gegenüber auf die Couch. »Er sagt immer, Alkohol macht die Menschen böse. Aber mich nicht. Mich macht er lustig.«

Luca wunderte sich keineswegs darüber, dass ihr Bruder keinen Alkohol mochte. Ein paar Gläschen zu viel sorgten dafür, dass manche Menschen ihre Kontrolle verloren, und damit konnte Daniel nicht umgehen. Es fiel ihm ohnehin schon schwer, andere einzuschätzen, und die Wesensveränderung unter Alkoholeinfluss, die oftmals folgende Aggressivität oder auch Emotionalität brachten seine Lebensordnung ins Wanken. So wie bei Kindern, deren Eltern betrunken zu vollkommen fremden Menschen für sie wurden. Wie ihr Vater, der nach einem Zechgelage laut und polternd gewesen war und sich nichts mehr hatte sagen lassen – geschweige denn die kindliche Neckerei in einem Auto ertragen konnte.

Ein Schauer überlief Luca. Morgen jährte sich dieser Horrortag, an dem ihr Vater betrunken einen Unfall verursacht hatte, bei dem ihre Mutter das Leben verlor und ihrem Bruder durch seine Kopfverletzungen in Lucas Augen die Chance auf ein normales Leben genommen wurde.

»Prost.« Lina hielt ihr Gläschen hoch, schaute zur Tür und kicherte.

Lucas zuvor versteinerte Miene entspannte sich und sie brachte ein mühsames Lächeln zustande. »Prost.«

Kaum hatte Lina den Schnaps getrunken, fing sie lebhaft an, über ihre Kostümierung als Prinzessin Fiona und Daniels als Shrek am Rosenmontagsball vor zwei Wochen zu reden.

Obwohl es Luca nicht im Geringsten interessierte, hörte sie für eine Weile geduldig zu. Bereits während des Essens hatte sie den Erzählungen ihres Bruders und Linas aufmerksam gelauscht, die mit ehrlicher Begeisterung und gegenseitiger Zuneigung von sich und ihrem Leben in dem kleinen Butwanjendorf erzählt hatten. Vor allem von der Arbeit in der Fabrik, in der auch Lina eine Anstellung im Büro gefunden hatte, hatten sie beide geschwärmt. Doch jetzt war für Luca der Zeitpunkt gekommen, entweder aufzustehen und zu gehen, um einem weiteren Redeschwall über für sie Banales zu entkommen oder Lina endlich mit der Frage zu konfrontieren, die ihr wirklich unter den Nägeln brannte. »Wer waren eigentlich Joel und Verena, für die morgen Abend die Gedenkfeier stattfindet?«, unterbrach Luca sie leicht genervt.

Bin ich ein schlechter Mensch, weil mich das alles anstrengt und nervt, überlegte Luca und gestand sich ein, dass sie wirklich nicht die geduldigste und verständnisvollste Person war. Woran lag das? War zu viel Empathie in ihrem Beruf fehl am Platz? Sicherlich beeinflussten Gefühle ihr Urteilsvermögen, aber trotzdem war sie doch nicht eiskalt. In Verhören war sie normalerweise einfühlsam und versuchte, sich in die Lage des Verdächtigen oder des Zeugen hineinzuversetzen, um Zusammenhänge besser verstehen zu können und so der Wahrheit näher zu kommen.

Ein bisschen mehr Einfühlungsvermögen in Bezug auf meinen Bruder und Lina ist also ebenfalls angebracht, mahnte sie sich innerlich und nahm sich fest vor, achtsamer in ihrer Wortwahl und ihrem Mienenspiel zu sein.

»Verena und Joel waren Mutter und Sohn und sind vor zwanzig Jahren, am 10. März, bei einem Feuer umgekommen«, erklärte Lina leise.

Luca nickte. Also waren es Mutter und Kind gewesen. Das hatte Daniel nicht gesagt, als er von der morgen stattfindenden Gedenkfeier gesprochen hatte, aber sie meinte, dass ihre Großmutter das auch erwähnt hatte.

»Verena war wunderschön und Joel total süß. Daniel hat immer mit Joel gespielt.« Sie linste vorsichtig zur Tür, die nur angelehnt war, und flüsterte nunmehr nur noch: »Er mag nicht gern darüber reden.«

»Worüber?«

»Über den Brand.«

»Warum?«

»Weil …« Lina stoppte kurz und lauschte den Geräuschen in der Küche, die Daniel beim Aufräumen verursachte. Lauter als sie offenbar wollte, stieß sie hervor: »Er war in die Verena verliebt«, und hielt sich rasch eine Hand vor den Mund.

»Daniel war fünfzehn«, erwiderte Luca irritiert und fragte sich im selben Moment, was das Alter mit Verliebtsein zu tun haben sollte. Es wunderte sie einfach, dass ihr Bruder in dem Alter und mit seinem stark verlangsamten Denken in irgendjemanden verliebt gewesen sein könnte. »Aber wie alt war diese Verena, wenn sie schon ein Kind hatte?«

»Sie war sechsundzwanzig und der Joel noch kein Jahr«, erwiderte sie wieder im Flüsterton und blickte abermals zur Tür. »Die Leute sagen, der Verena ihr Mann soll sie umgebracht haben.«

Luca horchte auf – da war es wieder, noch jemand sprach von Mord. »Aber …«

»Lina! Kannst du bitte kurz kommen und mir beim Nachtisch helfen?« Lucas Bruder stand in der Tür und sah auffordernd zu seiner Freundin.

»Klar«, sagte Lina hastig, sprang auf und folgte Daniel aus dem Wohnzimmer.

Enttäuscht von der Unterbrechung lehnte Luca sich zurück und dachte angestrengt darüber nach, was ihre Oma ihr von dem Unglücksfall erzählt hatte.

Carola Heller war am Tag nach der Brandnacht für einen Besuch bei ihrem Enkel eingetroffen, der damals bereits ein gutes halbes Jahr in Butwanjendorf lebte. Im ganzen Ort hatte wegen des nächtlichen Vorfalls helle Aufregung geherrscht. Alma Fuhrmann, ihre Kindheitsfreundin, sowie auch der fünfzehnjährige Daniel hatten vollkommen neben sich gestanden, was Carola beinahe dazu veranlasst hätte, ihren Enkel wieder mit nach Boppard zu nehmen. Doch er wollte nicht, wollte in diesem seltsamen Kaff bleiben und auch Alma hatte versichert, dass sie kein Problem darin sah, Daniel weiterhin bei sich leben zu lassen. Carola hätte wohl nicht weiter über diesen Brand nachgedacht, wenn sich nicht jeder Einwohner in den kommenden Tagen ihres Aufenthalts ihr gegenüber sonderbar verhalten hätte. Sie hatte Luca erzählt, dass sich ein eigenartiges Schweigen über den Ort gelegt hätte – niemand hatte ihr in harmlosen Gesprächen Antworten darauf geben können, oder auch wollen, was denn genau passiert war.

Luca murmelte leise vor sich hin: »Seltsames Kaff, sonderbares Verhalten und eigenartiges Schweigen.« Genau diese Worte hatte ihre Oma mehrmals gebraucht und Luca konnte sich bereits nach wenigen Stunden in dem Ort problemlos ausmalen, was sie damit gemeint hatte – Butwanjendorf und seine Einwohner waren äußerst merkwürdig, damals wie heute.

»Daniel redet nicht über den Brand. Er trauert zu sehr um Joel und Verena.« Lina war zurück ins Wohnzimmer gekommen, hatte die Tür geschlossen und knüpfte einfach dort an, wo sie von Daniel unterbrochen worden waren.

»Wie alt warst du, als das alles passiert ist?«

»Gerade vierzehn. Ich habe nicht so viel mitbekommen, aber viel gehört.« Lina machte große Augen und nickte dabei leicht. »Daniel fährt mindestens einmal im Jahr Verenas Mann irgendwo am Rhein besuchen. Er mag den Kerl. Ich fand ihn als Kind immer unheimlich.«

»Er fährt zu dem Mann, der angeblich seine Frau und sein Kind umgebracht hat?« Luca kamen immer mehr Details der Erzählungen ihrer Oma in den Sinn. Auch ihre Großmutter hatte von einem Verdacht gegen den Ehemann gesprochen.

Lina nickte heftig. »Daniel ist nicht immer ganz bei sich.« Sie rollte die Augen und bewegte ihre Hand kurz vor dem Gesicht hin und her.

Nur mit Mühe konnte Luca ein Grinsen unterdrücken – sie war belustigt, das aus Linas Mund zu hören.

»Wollen wir noch einen Schnaps trinken?« Lina schaute zunächst zur Tür und dann auf die Flasche auf dem Tisch.

»Ich nicht, danke. Aber lass ihn dir schmecken.« Sie betrachtete Lina nachdenklich, als diese sich mit einem zufriedenen Lächeln hastig ein weiteres Gläschen einschenkte und trank. »Also wohnt der Mann nicht mehr hier im Ort?«

»Nein!« Lina schüttelte heftig den Kopf. »Keiner in Butwanjendorf will ihn seit damals mehr hier haben. Aber morgen will er …« Sie brach ab, als Daniel die Tür öffnete und eine große Schüssel hereinbrachte, die er auf den Couchtisch stellte.

»Ich hole noch Teller und Besteck«, sagte er und griff nach den zwei leeren Schnapsgläschen. »Ein Schnaps reicht!« Er warf sowohl Lina als auch Luca einen mahnenden Blick zu und verschwand wieder.

Eilig stand Lina auf und stellte die Flasche Himbeergeist zurück in das Fach im Schrank. »Ich sag ja, er mag Alkohol nicht.«

Sie kicherte wieder und bevor Luca Zeit hatte, sie zu bitten, ihren angefangenen Satz zu beenden, war ihr Bruder wieder da und füllte ihre Teller mit einem Obst-Quark-Gemisch.

»Morgen lernst du Alma kennen. Bei ihr habe ich bis vor einem Jahr gewohnt. Sie hat sich immer um mich gekümmert, genau wie Annemie, die aber …«

Luca rollte unauffällig die Augen und blendete das wiederholte Gerede von Daniel aus – wie oft musste sie ein und dieselbe Geschichte noch hören? Sie warf einen Blick auf die Armbanduhr und wünschte, es wäre nicht erst kurz vor halb acht. So früh wollte sie nun auch nicht ins Bett verschwinden, und der Blick aus dem Fenster sagte ihr, dass bei diesem starken Regen ein abendlicher Spaziergang nicht infrage kam.

Ohne Rücksicht unterbrach sie ihren Bruder: »Morgen diese Trauerfeier, das ist doch für die Opfer des Brandes von vor zwanzig Jahren. Was ist denn da genau passiert?«

Daniel war nicht nur verwundert über die Unterbrechung, sondern Luca konnte sofort sehen, wie sich Ärger gemischt mit Angst in seiner Miene spiegelten, während sie von Lina nur ein leises Aufstöhnen vernahm.

»Das ist … da reden wir nicht drüber …«

»Warum?«, unterbrach Luca ihn erneut und beobachtete seine Reaktion genau, als sie hinzufügte: »Verena und Joel hießen sie doch, oder? Was ist in der Brandnacht passiert?«

Ihr Bruder stand so abrupt auf, dass er mit den Knien gegen den Couchtisch stieß und die Teller darauf laut klirrten. Sein Gesichtsausdruck war nun nahezu panisch und er brachte stotternd hervor: »Wir … wir … reden nicht … nie … niemals darüber. Ich …«

»Aber warum? Ihr gedenkt ihnen doch auch. Es war doch offenbar ein schreckliches Unglück. Oder etwa nicht, Daniel?«, fragte sie mit Nachdruck.

Empathielos! Ich bin wirklich ohne jegliches Fingerspitzengefühl, schoss es Luca in den Kopf und sie bereute augenblicklich ihr Nachbohren, als sie in Daniels verwirrte und unglückliche Miene sah. Seine Finger waren ineinander verkrallt und er zuckte nervös mit dem Kopf. Er schien absolut überfordert zu sein. Ein kurzer Seitenblick zu Lina sagte ihr, dass es ihr ähnlich ging, auch sie hatte die Finger verkrampft und betrachtete ihren Verlobten ängstlich.

»Vergesst es. Ist ja auch egal. Erzählt mir lieber ein wenig von eurem Dorfleben.« Luca lenkte mit schlechtem Gewissen ein. Sie hatte kein Recht dazu, nach Jahren hier aufzutauchen und ihren Bruder mit für ihn offenbar belastenden Fragen in Unruhe zu versetzen.

Sichtlich entspannt setze sich Daniel wieder auf die Couch neben Lina, die ebenfalls ihre verkrampfte Haltung aufgab. Ohne Punkt und Komma fingen die beiden an, von all den Butwanjendörfern, die Luca getroffen hatte, oder auch nicht, zu erzählen.

Warum? Warum habe ich gefragt, dachte Luca verzweifelt und lauschte mit einem müden Lächeln den Ausführungen ihres Bruders und Linas, während sie den Rest des Nachtischs verspeiste. Ich will nach Hause, war einer ihrer Gedanken, aber noch ein weiterer mischte sich penetrant ein – was genau ist hier vor zwanzig Jahren und dann letzte Woche mit dieser Annemie, deren natürlicher Tod so betont wurde, passiert?

Ihr Interesse an den Geschehnissen war nun endgültig geweckt und sie nahm sich vor, morgen ein wenig die kleine Ortschaft zu erkunden – und vielleicht dem ein oder anderen Butwanjendörfer auf den Zahn zu fühlen.

Manuel Fink

Bankierssohn

23:48 Uhr
Mittwoch, den 9.3.2000, Butwanjendorf

Offenbar bin ich noch immer recht blass, wie Livke zum wiederholten Mal neckend anmerkt.

»Hey, da wollten es vorhin zwei ein wenig wilder treiben, das ist doch nicht schlimm«, sagt sie grinsend, stellt das polierte Weinglas auf die Theke und neigt den Kopf mit einem verlangenden Blick zu mir vor. »Ganz so wild mag ich es zwar nicht, aber ein bisschen mehr als Knutschen wäre schon schön.«

Ich nicke und winke ab. »Jaja.«

»Na, das sah mir aber eben anders aus. Du hast geguckt, als ob du einen Geist sehen würdest.« Sie schaut sich um, beugt sich noch ein wenig weiter über den Tresen und fragt: »Oder weißt du etwa, wer das war?«

Ich spüre, wie mir heiß wird. Ob ich weiß, wessen Gestöhne nur wenige Meter von uns entfernt unser harmloses Geknutsche unterbrochen hat? Ja, verdammt, leider weiß ich es.

Livke wartet meine Antwort gar nicht ab, sondern plaudert munter drauflos: »Du glaubst nicht, was ich als

Bedienung alles zu sehen und hören bekomme, da kann ich dir Geschichten erzählen …«

Aber ich will ihre Geschichten gar nicht hören. Ich will eigentlich überhaupt nichts mehr hier aus diesem beschissenen Dorf hören. Mir kommt es ernsthaft so vor, als drehe sich hier alles nur um Geld, Macht, Sex und Intrigen – der Denver-Clan in unserem Dreihundertseelenkaff. Vielleicht habe ich mich vor vier Jahren deshalb für ein Studium in Hamburg entschieden. Ein gequältes Stöhnen entspringt meiner Kehle – und warum habe ich es vor ein paar Monaten abgebrochen? Weil ich Heimweh hatte.

Heimweh nach diesem beschissenen Dorf. Verdammt!

Mein guter Freund Felix, der an der gleichen Uni wie ich Medizin studiert, um irgendwann hier die Praxis seines Opas zu übernehmen, hat mich förmlich angefleht, nicht so doof zu sein und mein Studium zu schmeißen.

Wahrscheinlich hatte er recht, wenn ich mir das heute hier betrachte. Diese Geburtstagsfeier entpuppt sich als Horrorveranstaltung. Ich muss mir wirklich ernsthaft Gedanken machen, ob ich hierbleiben will. In Hamburg hatte ich etwas mit einem ganz süßen Mädchen laufen, Annika. Aber irgendwie sind wir nie richtig zusammen gewesen. Es war seltsam. Aber auch das Rumgeknutsche mit Livke ist seltsam. Nicht dass sie nicht gut küssen könnte, im Gegenteil, sie hat Erfahrung für ihre neunzehn Jahre, das habe ich gespürt. Aber so richtig gefunkt hat es nicht. Meine Gedanken waren während unserem Geknutsche immer wieder bei Annika. Und das ekelhafte Gestöhne von der hinteren Hecke direkt am Feldrand hat mich dann endgültig abgetörnt.

Wenn Livke gesehen hätte, was mein kurzer Blick eingefangen hat, dann würde sie sich jetzt bestimmt das Maul zerreißen. Meine Schwester und … Ich schüttle angewidert den Kopf und versuche, die Bilder zu verdrängen. Ich sag's doch: Der Denver-Clan in Butwanjendorf!

»Warum nicht?«

»Was, warum nicht?« Ich hatte Livke überhaupt nicht mehr zugehört.

»Livke, würdest du bitte meiner Mutter helfen? Sie hat mit Marit angefangen, aufzuräumen«, unterbricht mein Schwager Adam uns.

Sofort lässt Livke das Glas stehen, lächelt Adam selig an und verschwindet.

Typisch. Wenn mein Schwager etwas sagt, springen die Mädchen.

Er lehnt sich neben mich an die Theke und sieht mich an. Seine dunklen Augen wirken traurig und ich weiß auch warum.

»Danke, Manuel«, ist alles, was er sagt und trinkt in einem Zug das Bier in seiner Hand leer.

Ich nicke nur. Ich weiß, er meint den Vorfall von vorhin, als mein Bruder Roman ihm vorgeworfen hat, er würde unsere Schwester schlecht behandeln. Zu meiner eigenen Verwunderung bin ich Adam beigesprungen – ich glaube nämlich wirklich, dass er Verena ein guter Ehemann ist, auch wenn viele in unserem Dorf das nicht so zu sehen scheinen.

»Schnaps?«

Ich nicke erneut.

Adam bestellt zwei Kurze bei dem jungen Mann hinter der Theke, den ich nicht kenne und der vermutlich aus Nordendamm ist.

Wortlos trinken wir.

»Ich weiß nicht, ob ich noch länger hierbleiben will«, fange ich unvermittelt ein Gespräch an. Warum ich das gerade meinem Schwager sage, weiß ich nicht. Wir waren zwar früher Klassenkameraden, hatten aber von jeher wenig Kontakt.

»Was hast du vor? Willst du dein Maschinenbaustudium in Hamburg wieder aufnehmen?« Er lässt uns noch einmal einschenken und dreht sich zu mir.

»Mmmh, ich weiß nicht. Eigentlich habe ich gedacht, das ist nichts für mich.« Ich nippe dieses Mal nur an meinem Friesengeist, während Adam sein Schnapsglas leert.

»Du hast schon acht Semester hinter dir, das hätte dir wohl eher auffallen sollen.« Er grinst leicht. »Oder hast du Liebeskummer und magst deswegen nicht mehr?«

Mir liegt eine giftige Erwiderung auf den Lippen, aber als ich aufschaue, sehe ich nicht das übliche spöttische Lächeln. Mein Schwager wirkt ehrlich interessiert. Ich zucke mit den Schultern.

»Scheiß Weiber, was?« Er legt für einen Moment seine Hand an meinen Oberarm.

Ich nicke wieder. Was soll ich mich viel erklären, Adam scheint sowieso zu wissen, um was es geht. Diese verdammte Annika mit ihrem losen Beziehungsgelaber macht mich einfach verrückt. Vielleicht sind hier im Dorf alle darauf aus, so viel und mit so vielen wie möglich herumzumachen, ich bin es auf jeden Fall nicht. Mir reicht eine Frau, um glücklich zu sein – glaube ich zumindest. Aber vielleicht brauche ich ja auch gar keine. Felix und ich haben schon oft darüber gesprochen, dass es echt anstrengend mit den Mädels ist – wir Männer gehen viel entspannter miteinander um.

»Du weißt aber schon, dass du bei ›scheiß Weiber‹ auch von meiner Schwester sprichst?«, versuche ich, das Thema von mir abzulenken.

Adams Augen verdunkeln sich und um seinen Mund bildet sich ein schmerzhafter Zug, als er leicht nickt.

»Noch einen, bitte«, sagt er zum Barmann, der damit begonnen hat, hinter der Theke alles sauber zu machen. »Du auch?«

Ich schüttle den Kopf. »Wo ist Joel?« Ich sehe mich nach dem Kinderwagen um.

»Bei meiner Mutter.« Adam zeigt zu Annemie, die mit Livke die Tische abräumt und dabei immer den Kinderwagen mit dem schlummernden Joel im Auge hat.

Er trinkt den nächsten Schnaps und ich kann beobachten, wie sein Blick immer glasiger wird. Zum ersten Mal nehme ich wahr, dass seine Pupillen riesig sind. »Sag mal, hast du was eingeschmissen?«

»Was? Bist du bescheuert? Natürlich nicht!«

»Dachte ja nur, weil … Ach, schon gut.« Weil du normalerweise trinkfest bist. Aber offenbar gehen deine Eheprobleme nicht spurlos an dir vorbei, füge ich gedanklich hinzu.

Dass er alles rund um meine Schwester nicht einfach abhakt, bringt Adam Pluspunkte bei mir ein, und er steigt weiter auf meiner Beliebtheitsskala, ohne dass ich es verhindern kann. Müsste ich nicht ihm die Schuld geben, dass Verena nur noch ein Schatten ihrer selbst ist? Doch im Gegensatz zu vielen anderen kann ich das nicht. So sehr ich meine kleine Schwester auch liebe, weiß ich doch, dass sie es ist, die sich langsam, aber sicher selbst zugrunde richtet. Und auch wenn ich mir Sorgen um sie mache, kann ich rein gar nichts tun – sie ist in ihrer eigenen Welt und lässt seit Monaten niemanden an sich heran.

»Ich weiß, dass ich bei ›scheiß Weiber‹ auch von deiner Schwester rede«, sagt er mit einem Mal leise. »Leider.«

»Keine Lösung in Sicht?«, frage ich mitfühlend, obwohl mir absolut bewusst ist, dass dafür kaum Hoffnung besteht, solange die beiden jegliche Hilfe ablehnen.

»Mmmh, vielleicht schon«, entgegnet er zu meiner Verblüffung und greift nach der Flasche Friesengeist, die ihm der Barmann mittlerweile hingestellt hat, füllt sein Glas und leert auch dieses.

Ich will nicht weiter über meine Schwester reden und sage spontan: »Ich werde morgen zurück nach Hamburg fahren und mich darum kümmern, mein Studium wieder aufnehmen zu können, und um … um Annika wiederzutreffen.« Verrückt, wie einfach meine Entscheidung gerade gefallen ist.

Adam klopft mir auf die Schulter, sagt düster »Hoffentlich fährst du auch« und lässt mich stehen.

Ich sehe ihm nach, wie er leicht schwankend mit der Schnapsflasche in der Hand am großen Zelt vorbei in der Dunkelheit verschwindet. Innerlich grinsend stelle ich fest, dass er heute wohl nicht auf eine seiner üblichen nächtlichen Joggingtouren starten wird. Oder vielleicht doch, um den Kopf wieder frei zu bekommen?

Gerade als ich mich umdrehen will, um nach Livke zu schauen, damit ich mich von ihr verabschieden kann, sehe ich, wie Adam zurückkommt.

Ohne die Flasche in der Hand geht er mit entschlossenem Gesichtsausdruck auf seine Mutter zu und sagt etwas zu ihr, während er die Bremse des Kinderwagens löst, in dem Joel schlummert.

Ich beobachte Annemies besorgte Miene, als sie auf Adam einredet und dabei den Kopf schüttelt. Hat Annemie vorhin nicht zu meinen Eltern gesagt, dass Joel heute Nacht bei ihr schläft? Offenbar hat Adam es sich anders überlegt, denn nur Sekunden später schiebt er den Kinderwagen in Richtung seines Grundstücks und ruft seiner Mutter noch ein »Gute Nacht« über die Schulter zu.

Annemie wirkt mehr als nur besorgt auf mich. Ihr Blick folgt ängstlich ihrem Sohn und Enkelkind.

Muss ich mir etwa auch Sorgen machen?

Kapitel 7

Was für ein Abend.

Luca kroch unter die flauschige Bettdecke, löschte die Nachttischlampe und senkte den Kopf schwer auf das Kissen. Sie konnte sich nicht erinnern, wann sie das letzte Mal vor zehn Uhr abends im Bett gelegen hatte, normalerweise war sie eher ein Nachtmensch. Doch Daniel und Lina hatten vor einer guten halben Stunde verkündet, sie würden jetzt schlafen gehen, da sie müde seien, und Luca hatte nicht wirklich etwas dagegen gehabt – die vielen Geschichten aus dem Dorf hatten sie ebenfalls ermüdet.

Sie starrte in der Dunkelheit.

All die vielen Informationen über die Dorfbewohner, die sie durch die Erzählungen von Daniel und Lina gewonnen hatte, kreisten in ihrem Kopf. Von Rosi, Dirk, Eike und Alma über Gernot Fuhrmann zu Sven, Gunnar, Agnes und den Ärzten Felix und Tillmann bis hin zu Ines samt Ehemann Helge Kammbaum, dem Polizisten im Dorf.

Luca versuchte, die Eindrücke des heutigen Tages auszublenden und ihre unbefriedigte Neugier bezüglich der Brandnacht zu zügeln. Sie wollte nur in Ruhe einschlafen.

Doch die zuvor empfundene Müdigkeit war mit einem Mal wie weggeblasen und so richtete sie sich wieder auf, schaltete die Nachttischlampe an und griff nach ihrer Tasche neben dem Bett. Sie kramte den Zettel ihrer Großmutter hervor und nahm ihre Brille vom Nachttisch.

Auch dieses Mal konnte sie nur schwer eine für sie sinnvolle Verbindung zwischen dem Geschriebenen und den verworrenen Erzählungen der alten Dame herstellen.

Adam unschuldig, trotz Eingeständnis

Der junge Brecht wurde wegen Körperverletzung inhaftiert

Der alte Arzt hat den Totenschein ausgestellt / Siefer

Fabian ??? oder Finn ??? Doktor zweifelt – oder zweifelt er nur, weil Annemie zweifelt

Viele Frauen haben Adam geliebt, viele SIE gehasst: Tochter vom Kurt / der junge Brecht / dem Ole sein Sohn / Enkelin von der Trapp / Pits Sohn / Apothekerin / der aus Nordendamm + ??? / und Adam gehasst!!!

Verhältnis Schwiegersohn + Tote

Verhältnis Apotheker + Tote
Annemies Tod?

Und mein Daniel?

»Okay«, murmelte Luca. »Annemie, Adam und Daniel sind die Namen, die sich Oma gut merken konnte. Bei Daniel verständlich, bei dieser Annemie auch, aber wer ist Adam?« Hatte sie den Namen heute schon gehört? Nein, nicht dass sie wüsste.

»Ansonsten sind ihr die Namen von älteren Menschen noch einigermaßen präsent gewesen, aber offenbar nicht die der jüngeren.« Luca ging nun jede Zeile einzeln durch und versuchte, irgendwelche plausiblen Schlüsse daraus zu ziehen. Aber wie sollte das funktionieren, wenn sie überhaupt nicht genau wusste, um was es ihrer Oma gegangen war?

»Es hat etwas mit dem Brand vor zwanzig Jahren zu tun, so viel ist mir klar.«

Adam unschuldig, trotz Eingeständnis

Heute wurde bereits zweimal von einem Mörder geredet. Eike hat ihn erwähnt und auch Lina hatte so etwas in der Art angedeutet. »Der Verena ihr Mann soll sie umgebracht haben«, hatte sie gesagt und Luca schloss daraus, dass das dieser Adam sein musste.

Doch beide Male hatten Menschen davon gesprochen, deren Intellekt Luca anzweifelte. Aber vielleicht gaben sie gerade deshalb alles unverfälscht wieder?

Der junge Brecht wurde wegen Körperverletzung inhaftiert

Ist der junge Brecht zugleich dieser Adam? Luca forschte in ihrem Namensgedächtnis nach. Brecht. So heißt doch der alte Metzgermeister. Aber seine Söhne heißen doch anders, oder? Und einer von ihnen sitzt im Knast. Welcher nochmal? Jan heißt einer von ihnen, das fiel Luca wieder ein, weil auch Daniel irgendetwas von ihm erzählt hatte. Er war Feuerwehrmann und hatte nie Interesse gehabt, die Metzgerei zu übernehmen, das hatte sein älterer Bruder getan. Also gab es hier einen mutmaßlichen Mörder und ein Typ, der im Gefängnis saß, die ein und dieselbe Person sein könnten.

»Könnten«, murmelte Luca und las weiter.

Der alte Arzt hat den Totenschein ausgestellt / Siefer

Von einem jungen und alten Arzt hatte Luca heute auch gehört. Tillmann hieß der alte und Felix, der Annemie Goldbachs Tod als Herzversagen festgestellt hatte, der jüngere.

Fabian ??? Oder Finn ??? Zweifelt - oder zweifelt er nur, weil Annemie zweifelt – Doktor

Die Namen der oder des Zweiflers waren Luca unbekannt. Dass Annemie Goldbach irgendetwas rund um die Brandnacht angezweifelt hatte, wusste sie. War es nicht so, dass diese Annemie ihrer Großmutter gesagt hatte, dass sie nicht mehr glaube, dass irgendetwas von damals wirklich so war, wie jeder dachte? Was genau verband Annemie mit den Opfern?

Und welchen Doktor meint ihre Großmutter? Den alten oder den jungen? Und was soll »Doktor« bedeuten? Kennt einer der Ärzte den Zweifler und weiß mehr?

Luca beschloss, dass der Dorfarzt doch wunderbar geeignet wäre, um ein paar Fragen zu beantworten.

Schließlich bekamen Ärzte immer alles um sich herum mit. Vielleicht sollte sie morgen einmal in seiner Praxis vorbeischauen? Ein Rezept für die vergessene Anti-Baby-Pille war schließlich von höchster Dringlichkeit. Sie lachte auf. Ein guter Vorwand.

Viele Frauen haben Adam geliebt, viele SIE gehasst: Tochter vom Kurt / der junge Brecht / dem Ole sein Sohn / Enkelin von der Trapp / Pits Sohn / Apothekerin / der aus Nordendamm + ??? / und Adam gehasst!!!

»Puh!« Sie stöhnte auf. »Gehasst, geliebt, Männer, Frauen, nochmal Hass. Erneut der junge Brecht erwähnt. Jetzt wird es kompliziert. Interessant, aber kompliziert.« Luca kramte nach einem kleinen Büchlein in ihrer Tasche und notierte sich hastig ein paar Stichpunkte, die sie in Erfahrung bringen wollte, solange sie hier ausharren musste:

Adam = Nachname? Wer ist das? Mörder?
Brecht junior = dieser Adam? Seit wann sitzt der ein?
Beim Arzt nachhören!
Kurt, Ole, Trapp, Pit, Apothekerin = wer sind diese Leute und was haben sie mit den Toten zu tun?

Luca legte das Büchlein zur Seite und ging die weiteren Notizen ihrer Großmutter durch.

Verhältnis Schwiegersohn + Tote

Bei dem Schwiegersohn musste es sich um Gernot Fuhrmann handeln, sollte Annemie Goldbach nicht noch eine weitere Tochter haben, was Luca nicht wusste.

Verhältnis Apotheker + Tote

Diese Notiz war ziemlich eindeutig. So wie der Apotheker Luca heute Mittag bei ihrer Ankunft begrüßt hatte, konnte sie sich durchaus vorstellen, dass der lebensfroh wirkende Sven Leber irgendwann einmal ein Verhältnis mit der Verstorbenen gehabt hatte.

Annemies Tod?

War ein natürlicher? Abermals nahm sie ihr Notizbüchlein zur Hand und schrieb auf:

Herausfinden, ob Annemie Goldbach noch eine Tochter hatte
Hatte diese Verena Verhältnisse mit dem Apotheker oder/und dem Bürgermeister?
Beim Arzt nachhören = genaue Todesursache Annemie Goldbach

Sie schnappte den Zettel und las die letzte Notiz ihrer Großmutter.

Und mein Daniel?

Dieser kurze Satz versetzte Luca in leichte Unruhe. Was meinte ihre Oma damit? Ob Daniel … Sie schüttelte unmerklich den Kopf und beschloss, darüber erst einmal nicht weiter nachzudenken.

Sie legte den Zettel ihrer Oma in das Notizbuch und warf es zurück in die Tasche. Nachdem sie ihre Brille griffbereit auf dem Nachttisch platziert hatte, löschte sie das Licht und kuschelte sich in die Kissen. Für heute hatte sie genug Input erhalten, den sie erst einmal sacken lassen musste.

Ein eigentümlicher Gedanke huschte ihr durch den Kopf. Wenn diese Annemie Goldbach auf einmal ein Verbrechen hinter dem damaligen Brand vermutete, dann wäre ihr Tod vielleicht …

»Blödsinn«, stieß sie hervor. »Diese Vermutung hätte sie bestimmt nicht allein gehabt und vor allem nicht plötzlich.«

Auch andere redeten schließlich von einem Mörder, aber … Luca überlegte angestrengt. Aber was, wenn sie darauf gekommen ist, dass ein ganz anderer etwas mit dem Brand, also dem mutmaßlichen Verbrechen zu tun hat? Jemand, der noch hier lebt. Jemand, der mitbekommen hat, dass sie am Nachforschen war. Was, wenn Annemie Goldbachs Tod vielleicht doch nicht natürlicher Ursache war, wie ihr Bruder sowie die Polizeigattin betont hatten?

»Jetzt wird mein Besuch bei dem jungen Dorfarzt noch dringlicher. Dem werde ich doch mal genau auf den Zahn fühlen.« Sie stellte sich einen feisten Kerl mit kleinen Augen und Nickelbrille vor, der finster dreinblickte und sein Leben als Dorfdoc in diesem Kaff hasste und dementsprechend fies zu seinen Patienten war.

Finster?!

Lucas Lider wurden schwer, doch statt friedvoll einzuschlummern, erschien ein ganz anderes Bild vor ihrem inneren Auge – der Finsterling aus dem Zug. Augenblicklich fröstelte es sie und doch genoss sie gleichzeitig die lebhaften Erinnerungen an das, was vor ein paar Stunden passiert war …

»Ahhh …«

Erschrocken riss Luca die Augen auf und fuhr, geweckt von ihrem lauten Stöhnen, aus ihrem nur allzu realistischen Traum hoch.

Er war so realistisch, weil sie ihr heißes Sexabenteuer vom Morgen noch einmal erlebt hatte. Das Verlangen, das sie augenblicklich erfasste, wich langsam, als sie daran dachte, wie sie sich ihm vorgestellt hatte. Luisa? Habe ich wirklich Luisa gesagt?

Kräftig rieb sie sich mit den Händen über das Gesicht. Wann hatte sie sich zum letzten Mal mit ihrem Taufnamen vorgestellt? Sie konnte sich beim besten Willen nicht daran erinnern. Nur ihre Mutter und Daniel hatten sie so genannt. Hätte nur noch gefehlt, dass sie ihrer Zugbekanntschaft ihren vollen Vornamen, Luisa-Carola, verraten hätte. Sie war seit Kindertagen für alle Luca und stellte sich auch überall so vor. Wie kam es, dass sie nach einem Quickie auf einer Zugtoilette mit einem Wildfremden gerade diesem ihren Namen verriet?

Ich muss noch voller Adrenalin gewesen sein, mutmaßte sie und ließ sich mit einem nunmehr wohligen Gefühl zurück in die Kissen fallen.

Luca war noch nie ein Kind von Traurigkeit gewesen und hatte in ihrem Leben hin und wieder One-Night-Stands gehabt, aber ein One-WC-Stand mit einem düster wirkenden Wildfremden war auch für sie neu.

Sie hatte geglaubt, schneller, heißer Sex würde ihr dabei helfen, ein wenig die seit Tagen vorherrschende Anspannung zu verlieren. Doch dem war nicht so. Wenn sie jetzt an den Finsterling dachte, zog sich ihr Unterleib unnatürlich zusammen, ihre Schultermuskeln begannen zu schmerzen und ihre Härchen stellten sich auf.

So war es ihr auch gegangen, als er sich kurz vor seinem Ausstieg in Osnabrück seinen Seesack aus der Ablage über ihr geholt und sich dann süffisant lächelnd zu ihr vorgebeugt hatte. »Es war bemerkenswert, liebe Luisa. Ich wünschte, wir hätten Zeit für eine Wiederholung.«

Dreizehn Worte, die sich ihr eingebrannt hatten. Sie hatte ihm noch hinterhergestarrt, als der Zug schon lange wieder aus dem Bahnhof ausgefahren war.

Verdammt, warum habe ich ihm nicht meine Nummer gegeben, grübelte sie verdrossen, als ihr endlich vor Müdigkeit die Augen zufielen.

Weil er Gefahr verströmte, erinnerte sie sich sogleich. Gefahr!

Ida Leber

Apothekergattin

23:40 Uhr
Mittwoch, den 9.3.2000, Butwanjendorf

Mir reicht es für heute. Ich will heim!«, raunze ich meinen Mann an und sehe dabei strafend zu Sonja Fink, mit der er sich unterhält. Sie ist einer der Gründe, warum ich gehen will – sie und ihre Tochter … und noch so viele andere Frauen aus dem Dorf. Mittlerweile habe ich den Überblick verloren, mit wem mein Mann angeblich schon ins Bett gesprungen ist. Angeblich? Ich bin mir ziemlich sicher, dass an den Gerüchten etwas dran ist. Sven war schließlich schon immer ein Schwerenöter und ohne regelmäßigen Sex ist er unerträglich.

»Jetzt schon?« Sven sieht mich entsetzt an.

»Na ja, es herrscht ja wohl allgemeine Aufbruchstimmung«, erwidere ich genervt und zeige auf Adam, der einige der Gäste verabschiedet, und zu Annemie und dem Serviermädchen Marit, die am Aufräumen sind, doch Sven ignoriert das einfach.

»Dann musst du aber allein gehen. Ich amüsiere mich noch ganz gut.«

»Das sehe ich«, bringe ich zischend hervor und werfe der Bankiersgattin einen vernichtenden Blick zu, der diese dazu veranlasst, ihr Glas zu nehmen und sich zu ihrem Mann und ihrem ältesten Sohn zu gesellen.

»Geht's noch? Mach hier bloß keine Szene, Ida«, schnauzt Sven mich an und sieht sich rasch um.

»Dann hör du auf, allen Frauen lüstern hinterherzustarren, verdammt.« Ich weiß, meine Stimme ist nicht gerade leise, und ich schäme mich augenblicklich dafür, die Aufmerksamkeit einiger Dorfbewohner auf uns zu ziehen, aber meine Nerven sind zum Zerreißen gespannt.

Sven schnappt meinen Arm und zieht mich über die Wiese zum Hof ans große Tor. »Hier hat der Maurer ein riesiges Loch gelassen, aus dem du gehen kannst, aber erwarte nicht, dass ich mitkomme.«

Ich hasse es, aber trotzdem kann ich nicht verhindern, dass mir die Tränen in die Augen treten. »Warum bist du nur so gemein zu mir?«

»Vielleicht weil ich chronisch untervögelt bin, da meine Frau mich seit Jahren auf Abstand hält?«, erwidert er prompt.

Eine Antwort, die ich schon zu Genüge kenne, weil ich sie jedes Mal bekomme, wenn wir eine Auseinandersetzung haben. »Das ist nicht fair von dir, du weißt, seit die Kinder auf der Welt sind, bin ich irgendwie blockiert.« Meine Verteidigung ist genauso alt wie sein Vorwurf.

»Du vielleicht. Ich nicht!«

»Ich weiß«, sage ich kleinlaut, besinne mich aber sogleich wieder. Das gibt ihm noch lange nicht das Recht, mich zu betrügen und zum Gespött von Butwanjendorf zu machen. Ich hebe den Kopf und starre ihn unverblümt an. »Du willst kein Gerede, ich auch nicht. Dann hör auf, so offensichtlich andere Frauen zu begehren. Wenn nicht, dann …«

»Was dann?«, hakt er höhnisch nach, doch ich kann ein ängstliches Flackern in seinem Blick entdecken.

»Dann lasse ich mich scheiden und nehme mir alles zurück, was mir gehört. Denk an unseren Ehevertrag. Du wirst ohne Haus und Apotheke dastehen.« Noch nie habe ich ihm mit Scheidung gedroht, aber irgendwie brennen bei mir gerade die Sicherungen durch. Die Gerüchte, dass er mich immer wieder betrügt, die ich keinesfalls für

Gerüchte halte, sondern durch seine oft spontanen Verabredungen mit angeblichen Pharmavertretern nur bestärkt sehe, treiben mich in den Wahnsinn. Und dann noch unser seit Wochen kontinuierlich schrumpfendes Bankkonto. Für was gibt er das Geld aus? Für irgendwelche Schlampen?

»Ida?!« Entsetzt greift er nach meinen Händen. »Was ist in dich gefahren?«

Ich schüttle seine schwitzigen Finger ab und zische: »Du solltest wohl besser fragen, in wen du notgeiler Bock immer wieder fährst?«

»Ida?!«

»Ida, Ida …«, äffe ich ihn nach und spüre dabei, wie ich bereits am Einknicken bin. Sven ist außer unseren Jungs meine einzige Familie und ich kann und will nicht wieder allein sein wie in meiner Kindheit. Ich bin ein Einzelkind und meine Eltern sind früh gestorben, wodurch mein verwitweter Opa für mich verantwortlich war. Nur verantwortlich, nicht fürsorglich. Als ich achtzehn wurde, starb auch er und ich war allein in dem großen Apothekerhaus. Dann kam Sven und blieb. Bis heute. Ich kann nicht ohne ihn sein.

»Es tut mir leid«, bringe ich weinerlich hervor, schäme mich für meine Unterwürfigkeit und hoffe gleichzeitig, er verzeiht mir den Ausbruch.

»Ist schon gut, meine Liebe.« Sven zieht mich in seine Arme und wiegt mich ein wenig. »Jetzt geh heim, löse unser Kindermädchen für die Jungs ab, und wir vergessen den Vorfall«, sagt er versöhnlich, lässt mich los und drückt mir einen Kuss auf die Stirn.

Trotz dass mir so viele Fragen auf der Seele brennen, nicke ich nur stumm. Ich will wissen, ob er mich wirklich immer wieder betrügt. Will wissen, ob er damit aufhören könnte, wenn ich wieder öfters bereit wäre, mit ihm zu schlafen. Wird er bei mir und den Kindern bleiben? Sie sind doch erst acht und drei Jahre. Oder wird er uns irgendwann verlassen? Und wieder kommt mir unser sich drastisch dezimierendes Bankkonto in den Sinn. Wo geht das Geld auf einmal nur hin? Keine der Fragen findet den Weg über meine Lippen – aus Angst vor seinen Lügen oder vielleicht auch ehrlichen Antworten.

»Ah, Agnes, gehst du schon?«, will Sven von unserer Angestellten wissen, als diese durch den Hof eilt.

»Ja«, gibt sie kurz angebunden zurück und will an uns vorbei.

Sven streckt den Arm aus, um sie zu stoppen, und bittet: »Wärst du so lieb und bringst Ida heim?«

»Aber …« Agnes zögert kurz, sieht mich an und nickt dann ergeben. »Okay. Auf dann.« Sie hakt sich bei mir ein und zieht mich mit. »Bis morgen.«

»Bis morgen, Agnes, gute Nacht, Ida, ich komme bald nach«, hören wir noch, als wir den Hof durch das große Tor verlassen und in Richtung Apotheke abbiegen. Ein Umweg für Agnes, aber sie scheint ihn meinem Mann zuliebe in Kauf zu nehmen. Sie macht vieles meinem Mann zuliebe und trotzdem ist sie komischerweise eine der einzigen Frauen, der ich vorbehaltlos vertraue. Sie sieht in Sven eher einen väterlichen Freund als einen attraktiven Mann – so kommt es mir zumindest vor.

»Sonja ist harmlos«, sagt sie unvermittelt und sieht mich dabei nicht an. »Aber auf die Verena musst du aufpassen.«

»Meinst du?« Mit ihren Worten bestätigt sie mir mein Gefühl – Agnes ist auf meiner Seite und hält auch nicht viel von Svens Eskapaden.

»Ja. Ich weiß es leider genau. Mein Björn …« Sie bricht ab und zuckt mit den Schultern. »Vergiss es.«

Obwohl ich am liebsten nachbohren würde, sage ich nichts dazu. Meint sie, dass ihr Björn meinen Sven mit der Verena gesehen hat, oder dass ihr Björn mit der Verena … Nein, die beiden sind doch so glücklich zusammen. Oder?

Kapitel 8

Wohin des Weges so früh am Morgen?«, wollte der grantige Seniormetzgermeister ohne jegliche Begrüßung wissen und kam dick eingemummelt auf seinen Rollator gestützt über die Straße auf Luca zu.

»Guten Morgen. Ich drehe eine Runde zum Wachwerden«, antwortete Luca und blieb stehen.

»Es ist noch dunkel, es ist kalt und es regnet.« Gunnar Brecht schien es merkwürdig zu finden, dass sie um diese Uhrzeit und bei diesem Wetter unterwegs war.

»Ja, aber die Sonne geht gleich auf und ich bin wasserdicht eingepackt.« Luca zeigte auf den sich rötenden Horizont und dann auf ihre hellgrüne Regenjacke. »Sie sind doch auch schon unterwegs.«

»Ich gehe jeden Morgen um halb sieben durchs Dorf«, erwiderte er grummelig, so als ob Luca das wissen müsste.

»Als Polizeibeamtin muss ich fit bleiben, da spielt für mich das Wetter keine Rolle.« Sie beobachtete ihn genau, hoffte auf irgendeine Regung beim Erwähnen ihres Berufs, aber die Miene des alten Mannes blieb unverändert. Ein wenig enttäuscht, keine Reaktion zu bekommen, zeigte Luca zur Hauptstraße und deutete rechts die Straße hinunter. »Ich werde mal Richtung Nordendamm laufen.«

»So weit?«

»Ach, laut meinem Navi sind es nur ein paar Kilometer.« Luca zog sich die Kapuze noch ein wenig tiefer ins Gesicht, um sich vor dem Nieselregen zu schützen, und war froh, wie auf jeder ihrer Reisen nicht auf ihre Fitnesskleidung verzichtet zu haben.

»Hm.« Mehr sagte er nicht dazu und lief schwerfällig in die entgegengesetzte Richtung.

»Schönen Tag. Bis heute Abend.«

Ruckartig blieb der alte Mann stehen und drehte sich um. »Du kommst heute Abend auch?«

»Ja. Daniel möchte es. Er ist sehr traurig über den Tod von Frau Goldbach und …« Sie zögerte einen Moment und sagte dann: »Und er trauert auch nach all den Jahren noch um Joel und Verena.«

»Pah«, sagte er abfällig und winkte ab. »Das ist jetzt schon ewig her.«

Auch wenn er ihre Worte einfach abtat, merkte Luca doch, dass er mit einem Mal ein wenig wachsamer wirkte, und so hakte sie nach: »Aber es scheint ihn und offenbar auch viele andere hier im Dorf weiterhin zu beschäftigen. Warum sonst gibt es diese jährliche Gedenkfeier?«

»Alles Humbug, den die Annemie mit deinem dameligen Bruder ins …«

»Wo ist eigentlich das Brandhaus? Steht es noch?«, unterbrach Luca ihn und wusste, sie brachte ihn mit ihrer Frage aus dem Konzept.

»Was?«

Nur für wenige Sekunden glitt sein Blick von ihr zu einem Haus schräg gegenüber auf der anderen Seite der Hauptstraße. Luca erkannte selbst im Licht der Morgendämmerung, dass es sich um ein altes, teils verfallenes Bauernhaus handelte – Haus Nummer neun, wie sie an der großen Zahl an der bröckelnden Backsteinmauer lesen konnte.

»Wieso willst du das wissen?«, bohrte Gunnar Brecht nach, als er sich wieder gefangen hatte.

»Nur so.« Mit einem knappen »Schönen Tag noch« ließ Luca den alten Mann stehen, wich einer großen Pfütze aus, als sie sich umdrehte und joggte langsam los – sie würde später definitiv einen genaueren Blick auf das Brandhaus werfen.

Gegen halb elf Uhr kam Luca, immer noch bei Nieselregen, die Hauptstraße wieder zurückgelaufen und stoppte etwas außer Atem vor Haus Nummer neun.

Sie war gegen halb neun in Nordendamm gewesen, hatte in ihrem Handy nach einer Möglichkeit gegoogelt, sich einen Kaffee to Go zu holen, und sich dann geschützt in einem Bushaltehäuschen eine Pause gegönnt. Von dort aus hatte sie kurz ihren Chef Siggi Abel angerufen, um ihm mitzuteilen, dass sie noch bis morgen Nachmittag, nach ihrem Gespräch mit dem Bürgermeister über die Beerdigung ihrer Oma, hierbleiben musste, was er murrend akzeptiert hatte. Gepuscht von dem Kaffee und guter Dinge, ihren Wissensdurst nach all den ungeklärten Fragen, was das Brandhaus betraf, ein wenig zu stillen, war sie zurück nach Butwanjendorf gejoggt.

Jetzt stand sie vor dem altersschwachen Gebäude und schaute sich um. Es war ruhig in der Straße und keiner der Anwohner war zu sehen. Trotzdem hatte sie das Gefühl, beobachtet zu werden.

Gespannt drückte sie die Klinke des großen Hoftors herunter und staunte erfreut, als es sich geräuschlos öffnen ließ. Mit einem letzten Blick über die Schulter huschte sie auf das Grundstück und schloss das Tor hinter sich. Noch aus dem Augenwinkel meinte sie, ein Gesicht am Fenster des schräg gegenüberliegenden Hauses gesehen zu haben.

Wenn ja, werde ich es wohl in Kürze erfahren, dachte sie und betrat erwartungsvoll einen weitläufigen Hof, der sich vor dem Haus erstreckte. Rechts befand sich ein verwilderter Vorgarten, in dem eine riesige Platane stand, von der etliche abgebrochene Äste auf dem Boden lagen.

Sie ging auf das Haus zu, das zwar alt und baufällig aussah, doch nichts deutete in ihren Augen auf einen Brand hin. Das Holz des hohen Gartentors rechter Hand war morsch und einige Bretter waren so verfault, dass sie Lücken für einen freien Blick ließen. Luca lugte durch eines der Löcher und sah auf einen weiteren, wenn auch wesentlich größeren, ebenfalls über die Jahre verwilderten Garten. Ohne Anstrengung konnte sie das altersschwache Tor öffnen und trat mit dem ersten Schritt in eine Pfütze.

»Mist!« Jetzt hatte sie den ganzen Morgen jede Wasserlache geschickt umlaufen und stand nun doch nassen Fußes in einer.

Sie ging an der Hauswand entlang in Richtung der hohen, wild gewachsenen Hecke am Grundstücksende, und bog um die Ecke auf die Terrasse, auf der sich vermooste Steinplatten befanden.

Im hinteren Teil des Hauses hatte es gebrannt, das konnte Luca auch heute noch, zwanzig Jahre später, erkennen. Ein Blick durch die halbherzig mit Holzbrettern verbarrikadierte große Fensterfront zeigte ein bis unter die Decke von Ruß geschwärztes Wohnzimmer.

Warum stand das Gebäude seit damals leer? Und warum kümmerte sich niemand darum?

Hatte ihre Großmutter nicht erzählt, dass nur die Frau und ihr Kind gestorben seien und der Ehemann zwar schwere Brandverletzungen davongetragen hätte, als er seine Familie aus dem Haus retten wollte, aber überlebte?

»Was tun Sie hier?«, polterte eine tiefe männliche Stimme hinter ihr und Luca drehte sich keineswegs überrascht um – sie wäre eher überrascht gewesen, wenn keiner der Dörfler bemerkt hätte, dass ein Fremder auf einem der Anwesen herumschnüffelte. Hatte sie ihr Gefühl, dass sie beobachtet wurden, also doch nicht getäuscht.

»Herr Ortsbürgermeister, hallo«, begrüßte Luca Gernot Fuhrmann und blickte zu dem dicklichen Mann mit Halbglatze neben ihm. »Und Herr …?«

»Kammbaum. Helge Kammbaum, ich bin der Polizist hier«, antwortete dieser mit zusammengekniffenen Augen. »Sie begehen gerade Hausfriedensbruch.«

»Ah, also ein Kollege. Freut mich, Sie kennenzulernen. Ihre Frau wurde mir gestern bereits vorgestellt. Oberkommissarin Luca Frey. Daniels Schwester und von beruflicher Neugierde getrieben. Wohnen Sie vielleicht in dem Haus schräg gegenüber?« Sie lächelte ihn gewinnend an, als er nur stumm nickte und, während er verunsichert ihre Hand ergriff, einen raschen Blick zu Gernot Fuhrmann warf.

»Ihre Neugierde in aller Ehren, aber das ist Privatbesitz«, ereiferte sich der Ortsbürgermeister säuerlich und es war nichts mehr übrig von dem gestern so galanten und hilfsbereiten Mann.

Sie zog ihre Hand aus der des Polizisten und zeigte, ohne auf den Vorwurf einzugehen, auf das Haus. »Seit dem Brand hat sich offensichtlich niemand mehr für das Haus interessiert. Wem gehört es?«

»Warum wollen Sie das wissen?«, knurrte Gernot Fuhrmann.

»Vielleicht will ich es ja kaufen«, antwortete sie und war entzückt von ihrer spontanen Ausrede.

»Was?« Dem Butwanjendörfer Ortsoberhaupt fiel sprichwörtlich alles aus dem Gesicht. Irritiert sah er seinen diensteifrigen Ordnungshüter an, der ebenfalls mit großen Augen und offenem Mund dastand. »Warum wollen Sie hier ein Haus kaufen?«

»Ja, Sie waren doch noch nie hier«, fügte Helge Kammbaum hinzu.

»Genau, war ich nicht, und meinem Bruder sehe ich auch nicht ähnlich, wie gestern bereits mehrmals von Ihren Mitbürgern festgestellt wurde«, fügte Luca lachend hinzu. »Aber ich mag Ihr Dörfchen und vielleicht zieht es mich ja hierher.«

»Aber das Haus ist nicht verkäuflich«, beeilte sich Gernot Fuhrmann zu sagen.

»Nicht? Sollte das nicht der Besitzer entscheiden? Oder sind das etwa Sie?«

»Nein. Aber … er … Sie …« Sichtlich um seine Fassung ringend stotterte er herum.

»Schon gut«, winkte Luca ab, »ich frage einfach meinen Bruder.« Sie drehte sich um, lief entgegengesetzt der Richtung, die sie gekommen war ein paar Schritte über die Terrasse zur Hausecke und schaute an der Außenwand hoch. »Hier kann man Spuren des Brandes sehen«, sagte sie, als ob sie schon die ganze Zeit von nichts anderem sprechen würden und zeigte innerlich grinsend nach oben. An dem unteren Fenster zogen sich Rußspuren bis zum Dach. »Der Brand wurde anscheinend gelöscht, bevor er ins obere Stockwerk übergreifen konnte.«

Die beiden Männer standen wie erstarrt auf der Terrasse und beobachteten sie grimmig. Lucas innerliches Grinsen wurde breiter und sie verschwand aus dem Sichtfeld der beiden Herren um die Hausecke.

Vom Nachbargrundstück vernahm sie mit einem Mal aufgebrachte Stimmen und sie schaute über eine gepflegte Hecke auf das Anwesen. Zu ihrem Erstaunen entdeckte sie dort Daniel, der mit einer schwarzgekleideten, sehr dünnen Frau im Garten stand und offenbar diskutierte.

»Sie ist wie ihre Großmutter, die nervige Carola«, hörte sie unterdessen den Ortsbürgermeister hinter sich zischen.

Worauf der Dorfpolizist launisch erwiderte: »Die hat auch immer rumgeschnüffelt.«

Der Vergleich mit ihrer Oma amüsierte Luca. »Ja, liegt wohl in unseren Genen«, murmelte sie und lief winkend zu dem kleinen Gartentürchen, das sie zwischen den Hecken entdeckt hatte. »Hallo, Daniel.«

»Luisa? Was machst du da?« Ihr Bruder ließ die Frau einfach stehen und kam mit großen Schritten auf Luca zugeeilt. Als er vor ihr stand, sagte er laut: »Du warst weg und hattest kein Frühstück.«

Sie bemerkte seinen nahezu ängstlichen Blick auf das Haus hinter ihr und fragte sanft: »Dir hat der Brand damals ganz schön zugesetzt, oder?«

Seine Augen wurden groß und um seinen Mund bildete sich ein verletzlicher Zug, der sich jedoch sofort verhärtete, als der Ortsbürgermeister samt Dorfpolizisten hinter Luca erschien. »Ihr dürft da nicht sein. Niemand darf da sein!«

Seine Stimme klang schrill und Luca befürchtete, er würde jeden Moment ausrasten. »Wir kommen rüber«, sagte sie hastig, schob den Riegel am Türchen auf und forderte die zwei Männer mit Nachdruck auf, ihr zu folgen.

»Gernot!«, rief in dem Moment die Frau, die bisher mit Daniel gesprochen und aus einiger Entfernung alles beobachtet hatte, bevor sie nun raschen Schrittes auf sie zukam.

»Maria, ich ...« Offenbar hatte mit dem Wechsel des Grundstücks auch die Höflichkeit zu Gernot Fuhrmann zurückgefunden. »Maria, das ist Luisa Frey, Daniels Schwester, und das ist meine Frau, die Tochter der verstorbenen Annemie Goldbach.«

Luca streckte eine Hand aus und sagte mitfühlend: »Mein Beileid, Frau Fuhrmann.« In der verhärmten Miene der Bürgermeistergattin konnte sie keinerlei Trauer erkennen, ihr kam es eher so vor, als ob die verkniffenen Lippen und die tiefen Furchen um die Mundwinkel von jahrelanger Wut und Missgunst zeugten.

»Danke«, erwiderte sie mit zusammengebissenen Zähnen und fügte hinzu: »Ebenfalls mein Beileid zum Tod ihrer Großmutter.«

»Danke.« Luca wandte sich an Daniel. »Was macht ihr zwei hier?«

»Das ist Annemies Haus und ich will es ganz kaufen.«

Ganz kaufen? Geht halb kaufen, dachte Luca belustigt. »Aber du hast doch schon ein Haus.«

»Annemie hat mir ein Drittel hinterlassen und sie wollte nicht, dass es an irgendjemanden verkauft wird.«

Bei seinen Worten sah er Maria Fuhrmann böse an und Luca konnte sich vorstellen, dass diese andere Pläne mit dem stattlichen Gebäude samt imposantem Grundstück hatte.

»Mutter ist tot und es ist an mir zu entscheiden, an wen ich meinen Anteil verkaufe«, gab sie giftig zurück und forderte ihren Mann auf: »Gernot, lass uns gehen!«

»Und wer besitzt den dritten Anteil«, wollte Luca wissen und war augenblicklich auf der Seite ihres Bruders. Maria Fuhrmann schien eine Zicke zu sein, was Luca reizte.

»Mein Bruder, aber den interessiert hier sowieso nichts.«

»Das ist nicht wahr«, ereiferte sich Daniel und lief rot an. »Er kommt heute Abend und dann …«

»Als ob der kommen würde«, unterbrach Maria Fuhrmann ihn verächtlich und sagte abermals: »Gernot, lass uns endlich gehen.«

Lucas Blick ging rasch von einem zum anderen und blieb dann beim Ortsbürgermeister hängen, dessen Miene sich zu einem fiesen Grinsen verzog.

»Na, dann werden die Geschwister ja vielleicht Nachbarn, wenn Daniel Annemies Haus kauft und die liebe Frau Frey das deines Bruders.«

»In das Haus darf niemand einziehen! Niemand!«, stieß Daniel sichtlich erschüttert hervor. Seine Pupillen flackerten unruhig und sein Kopf ging in kleinen Bewegungen ruckartig hin und her. »Niemand! Niemals!«, fügte er mit zunächst zittriger Stimme hinzu. Im nächsten Moment lief er hochrot vor unterdrückter Wut an, drehte sich abrupt um und rannte wie angestochen los.

Luca war erschrocken von seiner Reaktion und schaute ihm perplex nach. Was würde eine liebende und verständnisvolle Schwester jetzt tun, ging es ihr durch den Kopf, war aber zu keinem klaren Gedanken fähig. Regungslos beobachtete sie Daniel, wie er quer über den Rasen durch den Hof zum Tor hinausschoss und nun offensichtlich außer sich vor Zorn schrie: »Niemals!«

Gernot Fuhrmann

Juniortextilfabrikbesitzer

23:01 Uhr

Mittwoch, den 9.3.2000, Butwanjendorf

Was für ein Abend. Was für eine Anspannung. Auch wenn der größte Teil der Gesellschaft ausgelassen feiert, merkt man dem ein oder anderen an, wie verkrampft er ist. Zu meinem Leidwesen zähle auch ich dazu. Mein Tag hat bereits schlecht begonnen und es scheint, als ob er genauso enden wird. Erst das morgendliche Aufeinandertreffen mit Adam, das mir augenblicklich den Tag vermiest hat, dann das schwierige Telefonat mit einem Wiederverkäufer, was mit einer Absage geendet hat. Der kurze Lichtblick im Bett mit Maria um die Mittagszeit war mir deshalb willkommen gewesen, aber ihr Bohren im Anschluss, wann wir endlich heiraten, hat mich rasend gemacht. Wie komm ich nur aus der Nummer wieder raus? Ich will sie eigentlich nicht heiraten, obwohl ich weiß, dass sie eine gute Ehefrau und vor allem eine ausgezeichnete Geschäftspartnerin wäre. Bisher bin ich auf dieser großen Feier auch kaum von ihrer Seite gewichen, um den Gerüchten entgegenzuwirken, ich würde sie bereits jetzt betrügen. Wir sind ein ansehnliches und vor allem unterhaltsames Paar, mit dem jeder gern zu tun hat. Mir wird wahrscheinlich nichts anderes übrig bleiben, als in Kürze einen Hochzeitstermin festzulegen.

Suchend sehe ich mich unter den Gästen um. Ich suche *sie*. Nicht Maria, sondern die Frau, die meine erste Wahl gewesen wäre, die mich aber leider wegen eines anderen verlassen hat. Doch ich kann sie nirgends entdecken, vermutlich hat ihr Mann sie ins Bett geschickt. Sie war aber auch zu peinlich. Mir ist vorhin erst wieder aufgefallen, wie unberechenbar sie mit ihren Emotionen ist, was mich jedes Mal in Angst versetzt, sie könnte mich kompromittieren. Wenn ihr Mann wüsste, dass wir auch heute noch bei jeder Gelegenheit miteinander vögeln, würde er mich totschlagen.

Meine Verlobte kommt mit ihrer Mutter Annemie, der Jubilarin, und ihrem Bruder Adam zu mir an den Tisch. Noch so etwas, was mich davon abhält, den letzten Schritt in eine Ehe mit Maria zu wagen – Adam würde mein Schwager werden und wir können uns auf den Tod nicht ausstehen.

»Na, Hungerhaken, amüsierst du dich?«, fragt er und haut mir auf die Schulter.

Verdammte Scheiße, ich habe das Gefühl, sie bricht unter seiner Pranke durch. Arschloch. Am liebsten würde ich ihm die volle Bierflasche aus der Hand reißen und ihm über den Schädel ziehen. Nur mühevoll kann ich ein Stöhnen unterdrücken und ringe mir ein Lächeln ab. »Ja, ein wunderbarer Abend«, bringe ich mit zusammengebissenen Zähnen hervor und wende mich an meine Schwiegermutter in spe. »Danke, Annemie, das hast du wirklich hervorragend organisiert. Bist du zufrieden mit deiner Feier?«

Mit einem breiten Lächeln nickt sie. »O ja, es ist herrlich, so viele nette Menschen um mich herum zu haben.«

»Wollen wir tanzen, Schatz?«

Maria hält mir ihre Hand hin und ich greife wie automatisiert zu. Mit meiner Verlobten zu tanzen, spiegelt die Normalität wider, die ich den Leuten vorspielen will. Maria ist das beste Alibi, das ich haben kann. Wir gehen auf die Tanzfläche auf der überdachten Terrasse und ich sehe mich um. Mehrere Paare tanzen engumschlungen zu einem langsamen Lied. Malermeister Westermann mit seiner Frau Rosi, der Chef des *Angerer* mit seiner Luzi, Elektromeister Wagner mit Gattin Hilde und selbst der Apotheker Leber samt seiner Ida schwofen dahin.

Leber wirft mir über die Schulter seiner Frau ein eindeutiges Augenrollen zu und wir zwei fühlen uns augenblicklich verbunden. Auch er wahrt den Schein eines liebenden Mannes, um dem Dorfklatsch zu entgehen.

Mein Blick schweift in den Garten zu den vielen Gästen und ich halte Ausschau nach *ihr*. Ich suche *sie*, weil ich vor Sehnsucht nach ihr vergehe. Auch wenn ich heute schon guten Sex mit Maria hatte, die wirklich bemüht ist, meinen Ansprüchen zu genügen, spüre ich, wie ich beim Gedanken an *sie* hart werde.

Scheiße! Leicht drücke ich mich von meiner Verlobten ab. Nicht dass sie noch auf dumme Gedanken kommt.

Pastor Löwisch schlängelt sich durch die Tanzenden auf der improvisierten Tanzfläche und bleibt bei uns stehen. »Darf ich abklatschen?«

Nur allzu bereitwillig löse ich mich von Maria und lege ihre Hand in seine. »Aber gern doch, Pastor.«

Ich gehe die Stufen zum Garten hinunter und bekomme noch mit, wie er sagt: »Ich wollte ja zunächst ein Tänzchen mit der Jubilarin wagen, aber da deine Mutter gerade mit Adam tanzt und so glücklich aussieht, dachte ich mir, ich fordere doch ihre jüngere Ausgabe auf. Ich hoffe sehr, dass …«

Mehr höre ich nicht. Mein Hunger nach schnellem, hartem Sex treibt mich an, *sie* zu suchen. Ich gehe an lachenden Gesichtern vorbei, scherze auf meinem Weg mit dem ein oder anderen und bemerke *sie* mit einem Mal, wie sie etwas verdeckt hinter dem großen Zelt im Halbdunkeln steht und die Feiernden beobachtet. Offenbar lag ich richtig mit meiner Vermutung, dass ihr Mann sie heimgeschickt hat, bevor sie noch peinlicher hätte werden können, was sie aber augenscheinlich einen Dreck kümmert. Ich drehe mich einmal um meine eigene Achse, um die Lage zu peilen, wende mich dann, ohne weiter nachzudenken, in ihre Richtung und laufe los.

Ich sehe, wie sie mich beobachtet und sich ihre Augen erwartungsvoll weiten. Sie will es auch. Sie wartet auf mich.

Ich bin bei ihr, packe sie am Arm, reiße sie mit in den dunklen Teil des großen Gartens und schmeiße sie ganz am Ende neben den Hecken am Feldrand auf den Boden. Brutal zerre ich sie an ihren Haaren auf die Knie, öffne mit einer Hand meinen Hosenschlitz und schiebe ihr im Nu mein Teil in den Mund. Kein Wort kommt dabei über meine Lippen.

Sie stöhnt leise. Ich ziehe mich kurz zurück und schlage ihr auf die Wange. Sie versucht, keinen Laut mehr von sich zu geben. Laute werden mit Schlägen bestraft, das weiß sie und ist dennoch nur kurzzeitig still. Dann stöhnt sie erneut und ich spüre ihre Zähne.

Was soll das? Hat sie es heute auf eine richtige Tracht Prügel abgesehen? Oder macht sie das nur, um mich zu ärgern? Verdammt, ich kann sie hier nicht züchtigen wie sonst bei unseren versauten Treffen. Schläge auf nackte Haut würden durch die Nacht hallen. »Sei still, verdammt«, knurre ich sie an und ziehe mich ein wenig zurück. Mir widerstrebt es, meine Fantasie nicht wie gewohnt ausleben zu können.

Trotz der Dunkelheit kann ich ihr Gesicht ein wenig erkennen und sehe ihr selbstgefälliges Grinsen. Gereizt hole ich aus und gebe ihr einen nicht gerade leichten Schlag gegen den Kopf. Sie kippt zur Seite, kichert leise und richtet sich wieder auf. Meine Nerven sind zum Zerreißen gespannt. Sie spielt mit mir.

Keine billige Schlampe hat mit mir zu spielen.

Fiebrig vor Triebhaftigkeit schaue ich mich um. Keine paar Schritte entfernt steht eine alte Gartenbank. Ich zerre sie dorthin und werfe sie hart über die Rückenlehne. Noch bevor ich ihr die Hose und den Slip runterziehen kann, höre ich ein Geräusch und verharre entsetzt. In Sekundenschnelle schiebe ich meinen mächtigen Ständer zurück in den Hosenstall und flüstere ihr wütend zu: »Nachher! Gleiche Uhrzeit und Stelle wie immer!«

Sie dreht sich langsam um und schaut mich verständnislos an.

»Klar?«

Ein stummes Nicken ihrerseits, dann wende ich mich hastig ab. Während ich zurück in Richtung der lauten Musik gehe, drücke ich meinen schmerzhaften Schritt und wünschte, ich wäre zum Abschuss gekommen.

Ein erneutes Rascheln in den wild hochgewachsenen Büschen, die jedes Grundstück in der Straße zu dem großen Getreidefeld hin abgrenzen, lässt mein Herz höherschlagen und ich sehe mich angstvoll um. Doch ich entdecke niemanden und eile zurück zur Feier, mische mich unter die Gäste und tue so, als ob nichts passiert wäre.

Leider war es das ja auch nicht. Aber später werde ich sie durchvögeln – wie schon in so vielen anderen Nächten.

Kapitel 9

Unschlüssig blieb Luca noch eine Weile auf der großen Rasenfläche in Annemie Goldbachs Garten stehen. Zu ihrer Verwunderung hatten sich der Bürgermeister samt Gattin sowie der Dorfpolizist gleich nach Daniels Abgang wortlos davongemacht – ohne sie weiter zu beachten oder gar aufzufordern, das Privatgrundstück zu verlassen.

Auch wieder seltsam. Zuerst verfolgten sie sie und dann interessierte es plötzlich keinen mehr, ob sie hier Hausfriedensbruch beging. Oder hatten sie vielleicht nur Angst, dass Luca an dem Brandhaus irgendetwas entdecken könnte, und glaubten nicht, dass sie es noch einmal inspizieren würde?

Sollte sie Daniel eigentlich folgen? Wenn sie es tat, dann wahrscheinlich aus dem falschen Grund. Zwar verspürte sie ganz tief in sich eine Spur Mitleid und hätte das Missverständnis gern aufgeklärt, aber eher noch wollte sie ihre vielen Fragen beantwortet haben.

Luca seufzte. Sie war vielleicht nicht die einfühlsamste anderen gegenüber, aber ehrlich zu sich selbst war sie immer, und wusste deshalb eines genau: Lust auf ein Gespräch mit Daniel hatte sie definitiv nicht.

»Darf ich fragen, was Sie ganz allein auf dem Grundstück der Goldbachs machen?«, unterbrach ein Rufen Lucas Grübelei. Sie schaute zu dem großen Tor auf einen Mann mit einem riesigen bunten Regenschirm, der auf sie zukam.

»Na das wüsste ich auch gern«, murmelte sie vor sich hin und antwortete laut: »Hausbesichtigung.«

Der Mann schritt durch den Hof und blieb mit einem prüfenden Blick auf den feuchten Rasen in der gepflasterten

Hofeinfahrt stehen. »Luisa Frey, richtig?«, stellte er fest, als er wieder aufsah.

»Angst vor nassen Füßen?« Luca zeigte auf seine recht elegant wirkenden Lederschuhe und zog sich die Kapuze ihrer Regenjacke wieder über, um sich vor dem erneuten Schauer zu schützen.

»Italienisches Leder, neu und nicht sehr kostengünstig«, gab der Mann breit lächelnd zu und zuckte ein wenig mit den Schultern. »Vielleicht war der Kauf eines solchen Schuhwerks nicht gerade die beste Wahl für den hohen Norden.«

Luca lachte laut angesichts seiner ehrlich betrübten Miene und ging über den Rasen auf ihn zu. Als sie stehen blieb, reichte sie ihm die Hand. »Luca, bitte.«

Er ergriff sie und lächelte ein so herzliches Lächeln, wie es ihr bisher keiner der Butwanjendörfer geschenkt hatte.

»Moin, Felix Siefer.«

Luca überlegte kurz und nickte, als sie ihre Finger wieder aus seinen zog. »Sie sind der Dorfarzt, richtig?«

»Du, bitte. Ja, der bin ich.«

Luca musterte den Mann eingehend. Er sah blendend aus mit seinen feinen Gesichtszügen, den strohblonden, kurzgeschnittenen Haaren, den freundlich blickenden dunkelblauen Augen und dem herzlichen Lächeln. Sie vermutete, dass er in ihrem Alter war. »Daniel hat Sie … dich schon erwähnt.«

»Er dich auch. Früher bereits ab und an und eben gerade, als er mir ziemlich neben der Spur entgegengehetzt kam, ist dein Name bestimmt ein dutzend Mal gefallen.«

»Ich habe ihn wohl ein wenig aus der Fassung gebracht«, gab Luca zerknirscht zu.

»Das ist nicht schwer. Daniel ist sehr empfindsam und äußerst leicht aus der Fassung zu bringen.«

Seine Worte taten ihr gut, sie nahmen ihr ein wenig das schlechte Gewissen.

»Aber dass du Interesse an dem Anwesen haben sollst«, er zeigte auf das Brandhaus, »hat ihn schon heftig aus der Bahn geworfen. Daniel verdrängt alles, was mit dem damaligen Feuer zu tun hat.«

»Er hat dir erzählt, was eben passiert ist?«, fragte sie erstaunt und tippte auf ihre Uhr. »Er ist erst wenige Minuten weg.«

Felix lächelte noch breiter und nickte. »Er ist mir direkt auf der Straße in die Arme gelaufen und es ist nur so aus ihm herausgesprudelt. Marias Abwehr, ihm ihren Anteil an Annemies Haus zu verkaufen, und dein Auftauchen auf Adams Anwesen.«

Adam?! In Lucas Kopf ratterte es. Also lag sie richtig mit ihrer Vermutung, dass dieser Adam, der verschwundene Mann von der beim Brand Verstorbenen war. Und vielleicht auch ein Mörder? »Adam Brecht?«, fragte sie aufs Geratewohl.

»Brecht?«, entgegnete Felix verwundert. »Nein, Adam Goldbach, der Sohn von Annemie, auf deren Grundstück wir stehen.«

»Ah, okay. Sorry, aber bei den vielen Namen und Gesichtern habe ich wohl etwas durcheinandergebracht.«

Hatte ihre Großmutter erwähnt, dass es sich um Mutter und Sohn gehandelt hatte? Bestimmt. Aber sie selbst hatte ja oftmals nur halbherzig zugehört und so einiges nicht mitbekommen. Luca nahm sich vor, später noch einmal die Notizen durchzusehen, doch jetzt aber musste sie wissen, wo ihr Bruder war. Für sich selbst erstaunlich, machte sie sich doch Sorgen um ihn. »Wo ist Daniel hin?«

»Er ist heim und legt sich auf mein Anraten eine Meditations-CD ein, die wir speziell für seine Bedürfnisse besprochen haben. Die Worte besänftigen und stärken ihn zugleich.«

»Oh, das beruhigt mich jetzt. Danke.«

»Hätte ich gewusst, dass er heute mit Maria über das Haus reden will, hätte ich ihm davon abgeraten, er ist zu aufgewühlt. Annemies Tod und der eurer Großmutter, die heutige Trauerfeier zusammen mit der Gedenkfeier für Verena und Joel, der sich jährende Todestag eurer Mutter und dann auch noch sein Hoffen, dass Annemies Sohn Adam heute Abend kommt. Er hat es ihm versprochen und Daniel glaubt fest daran.«

Auch wenn der junge Dorfarzt ruhig sprach, hatte Luca das Gefühl, die Worte rasten nur so an ihr vorbei. Beim Erwähnen ihrer Mutter stockte ihr Herz für einen Moment, denn bis jetzt hatte sie ihre Erinnerungen gut verdrängt. Hastig sagte sie das Erste, was ihr in den Sinn kam: »Mein Bruder hat also wirklich Kontakt zu diesem Adam?!«

Felix nickte kurz und fragte liebenswürdig: »Hast du Lust, auf eine Tasse Tee mit zu mir zu kommen? Dann können wir uns ein wenig unterhalten und müssen nicht länger im Regen stehen.«

»Gern.« Ohne zu zögern, ging sie durch den Hof zum Tor.

Felix folgte ihr, stoppte am Eingang und schloss das große Tor hinter ihnen. »Ich denke, das wäre auch in Marias Sinn. Wir beide haben hier schließlich nichts zu suchen.«

Luca zuckte nur mit den Schultern, während er den großen Schirm beim Gehen über sie beide hielt.

Schweigend liefen sie links die Hauptstraße entlang, bogen dann in den Deichpfad ein, gingen an der Abzweigung zu Daniels Haus vorbei und waren bereits nach ein paar Metern bei Felix zu Hause angelangt. Er lebte in einem kleinen Häuschen direkt neben der Arztpraxis.

An der Wohnungstür streiften sie ihre Schuhe ab und Felix nahm ihre Regenjacke. »Ich hänge sie zum Trocknen ins Bad und bringe dir ein Handtuch mit. Während ich Teewasser aufsetze, kannst du schon mal ins Wohnzimmer gehen.« Er zeigte den Flur entlang und verschwand im Badezimmer.

Luca ging in das knuffig eingerichtete Wohnzimmer, das hell und freundlich und dennoch leicht altbacken aussah. Interessiert beäugte sie alles, um sich ein Bild von dem jungen Arzt machen zu können. Als sie nirgends ein Foto entdeckte, wollte sie sich an den kleinen Esstisch setzen, der an der Fensterfront zum Garten stand, überlegte sich es dann aber anders. Sie wartete besser auf ein Handtuch, um es sich unterzulegen. »Du lebst allein?«, rief sie stattdessen.

»Ja«, antwortete er und trat mit einem Tablett, auf dem ein Teeservice stand, zu ihr und stellte es ab. »Hier.« Felix nahm das Handtuch von seiner Schulter und reichte es Luca.

»Danke«, nuschelte sie, als sie sogleich über ihr feuchtes Gesicht wischte und das Tuch dann sorgsam auf den Stuhl legte. »Warum bist du an einem Dienstag um kurz vor zwölf nicht in deiner Praxis, sondern servierst mir hier Tee und Gebäck?« Lächelnd setzte Luca sich und steckte sich eins der Plätzchen, die er in eine kleine Schüssel gegeben hatte, in den Mund.

»Die Sprechstunde geht vormittags immer bis um elf und bevor ich um drei wieder öffne, gönne ich mir meist einen ausgiebigen Spaziergang und dann eine erholsame Mittagspause«, erklärte er und lief nochmals in die angrenzende Küche, um das heiße Wasser zu holen.

Luca schaute ihm nach und freute sich darüber, dass sie sich das erste Mal, seit sie hier war, richtig wohl fühlte. Zwar waren sowohl ihr Bruder als auch Lina superfreundlich zu ihr, aber sie hatte mehr das Gefühl, mit naiven Kindern zu reden und nicht mit Erwachsenen. Mit Felix dagegen sprach sie auf Augenhöhe und er gab ihr, im Gegensatz zu manch anderem der Bewohner hier, mit seiner herzlichen Art nicht das Gefühl, eine unliebsame Fremde zu sein.

Aus dem Augenwinkel nahm sie eine Bewegung wahr und drehte sich zum Fenster um. Das Gartentürchen zum Nachbarhaus war aufgegangen und ein großgewachsener, dunkelhaariger Mann trat ganz selbstverständlich auf das Grundstück, verharrte aber in der Bewegung, als er Luca im Haus entdeckte.

»Ich habe nur …« Jäh verstummte Felix, als er mit dem Wasserkocher aus der Küche zurückkam und ebenfalls den Mann im Garten erblickte.

Luca bemerkte die aufsteigende Röte in seinen Wangen, als sie sich ihm zuwandte, und schaute eilig wieder zum Fenster in den Garten raus. Der jedoch war menschenleer, und sie sah nur noch, wie sich das Türchen schloss.

»Ich habe nur Ostfriesentee, ich hoffe, das ist okay für dich?«, fragte er mit seiner wohlklingenden Stimme, die ein wenig zitterte, und setzte sich ihr gegenüber.

»Gern, danke.« Sie warf noch einmal einen Seitenblick in den Garten und sagte dann mit einem ehrlichen Lächeln: »Euer Dorf scheint voller Geheimnisse zu stecken.«

Felix nickte und übergoss die Teeblätter in der Kanne mit heißem Wasser.

»Was ist dein Geheimnis?«, fragte sie halb scherzend und rechnete nicht damit, eine Antwort zu bekommen.

Ohne sie anzusehen, atmete er tief ein und antwortete leise: »Ich bin schwul und habe seit achtzehn Jahren einen Freund, von dem niemand weiß.«

Luca betrachtete ihn erstaunt. Sie hatte ja mit vielem gerechnet, aber nicht mit dem Outing des hiesigen Arztes, den sie erst seit knapp einer halben Stunde kannte. »Ist er groß, dunkelhaarig und gutaussehend?«

»Ja.« Felix hob den Kopf und lächelte sanft. »Er will, dass wir uns zu unserer Liebe bekennen.«

»Echt? Nach achtzehn Jahren? Meint er nicht, das wäre ein wenig übereilt?«

Felix sah sie zunächst verdutzt an, lachte aber dann befreit auf. »Das habe ich ihm auch vorgeworfen.«

»Und er wohnt in dem angrenzenden Haus?«

»Ja. Seit fünf Jahren. Er ist meinetwegen aus Hamburg hierher zurückgekommen und arbeitet in der Fabrik als Maschinenbauingenieur. Aber er hasst seinen Job und fühlt sich total unterfordert. Und Gernot, seinen Chef, konnte er noch nie ausstehen. Deshalb sucht er – er heißt übrigens Manuel – eine passende Anstellung in der näheren Umgebung. Aber das ist nicht so einfach.«

»Und ihr könnt euer Geheimnis wahren? Keiner ahnt etwas?«

»Wir sind gut im Verstellen.«

»Schrecklich«, sagte Luca bedauernd. »Aber wir leben doch im Jahr 2020.«

»Ja. Aber in Butwanjendorf.«

»Dann solltet ihr umziehen.«

Felix winkte ein wenig gequält ab. »Das sagt Manuel auch. Immer öfter. Er verliert die Geduld.«

»Nachvollziehbar für mich. Was verdammt nochmal hält dich denn in diesem Kaff?« Luca verstand ihn nicht. Für sie sprach absolut nichts für ein Leben in Butwanjendorf.

»Außer der Praxis ehrlich gesagt nichts. Und auch dafür würde sich eine Lösung finden. Ich war wirklich schon kurz davor zu gehen. Ich denke, jetzt … jetzt, da Annemie tot ist, werden wir das auch.« Nervös spielte er mit einem Plätzchen herum.

»Was hat sie damit zu tun?« Luca kam auf einmal der Gedanke, dass ihr Treffen gar nicht so zufällig war, wie sie zuerst dachte. Der junge Arzt wollte reden. Mit jemandem, der nicht in das Ortsgeschehen involviert war. Aber sie bezweifelte, dass es ihm allein um sein Outing ging, welches vermutlich eine spontane Reaktion auf seinen Freund im Garten gewesen war. Eher glaubte sie, dass er möglicherweise einen polizeilichen Rat brauchte. Etwa wegen Annemie? War ihr Tod vielleicht doch kein natürlicher? Ihre Gedanken jagten davon. Stand nicht in den Notizen ihrer Großmutter: *Annemies Tod* mit einem Fragezeichen? »Es ist kein Zufall, dass wir uns getroffen haben, oder?«

»Nein.« Er schüttelte den Kopf, straffte ein wenig die Schultern und sah sie offen und ehrlich an. »Nachdem ich gestern hörte, dass du hier bist, du, die Enkelin von Carola, ebenfalls Polizistin, habe ich mich dazu entschlossen, dir von meinem …« Er zögerte, suchte offenbar die richtigen Worte. »Dir von dem Verdacht zu berichten.«

»Verdacht?« *Finn, Fabian, Doktor zweifelt*, hatte Carola Heller notiert. Ihr war offenbar der Name des jungen Arztes nicht mehr eingefallen. Felix! Der Anfangsbuchstabe war schon mal richtig gewesen. »Hat es etwas mit dem Tod von Annemie Goldbach zu tun?«

»Nein.« Er hob abwehrend die Hände. »Nein. Na ja, doch irgendwie schon, aber sie ist eines natürlichen Todes gestorben. Sie war seit längerem herzkrank.«

Irgendwie beruhigte Luca das. Sie wollte sich nicht ausmalen, wie ihr Bruder auf einen Mord reagieren würde. Einen Mord an der Frau, die ihm ganz offensichtlich sehr viel bedeutet hatte.

»Es geht um das Feuer von damals und was Annemie darüber vor kurzem herausgefunden hat. Sie hat sich mir anvertraut. Wir hatten einen wirklich guten Draht zueinander. Sie war auch die Einzige, die von …« Er zögerte kurz und nickte in Richtung des Gartentürchens. »Die von uns wusste.« Felix füllte ihre Tassen mit Tee, fügte seinem ein Schuss Sahne hinzu und hielt ihr das Kännchen hin. »Möchtest du auch?«

Luca schüttelte den Kopf und gab stattdessen nur ein paar Stückchen Kandiszucker in ihren Tee. »Was hat sie denn herausgefunden?«

»Na ja, herausgefunden ist wohl ein wenig zu viel gesagt. Sie wurde eher wachsam, als sie bei einem Gespräch mit einer unserer Dorftratschen, neue Details über die Brandnacht erfahren hat.«

»*Einer* eurer Dorftratschen?« Luca grinste und bezweifelte keinen Moment, dass es in diesem Kaff mehrere gab.

»Ja, eine davon«, sagte Felix mit Bedauern in der Stimme und rollte die Augen. »Es war vor zwei Wochen beim Rosenmontagsball im *Angerer*. In einem recht angetrunkenen Zustand hat sie Annemie erzählt, dass sie damals in der Nacht des Feuers einige Männer um das Brandhaus hat herumstreichen sehen und ihr das sehr komisch vorgekommen war. Als das Unglück geschah, war sie gerade neunzehn und zu geschockt, um sich weitere Gedanken über alles zu machen. Aber wenn sie jetzt an den Tag zurückdenken würde, käme ihr einiges sehr seltsam vor.«

Da war es wieder – seltsam.

»Und sie hat die Männer erkannt?«

»Ja, sie glaubt sich zu erinnern, dass es auf jeden Fall Gernot Fuhrmann und Sven Leber gewesen waren, bei dem dritten ist sie sich nicht so sicher. Sie hat auch noch irgendwas von Herumgepoppe und einem Streit erzählt, aber wie ich schon sagte, war sie angetrunken und ihr Gerede recht zusammenhanglos, sodass Annemie sich einiges nur zusammenreimen konnte.«

»Und das hat Annemie Goldbach dir dann erzählt?«, hakte Luca nachdenklich nach.

»Ja, mir und Manuel ...«

Beide nippten sie an ihren Getränken und als Felix die Tasse wieder abstellte, fuhr er fort: »Du musst wissen, Annemies Sohn hat damals ...«

Das Türläuten unterbrach ihn und er stand mit einem genervten Seufzer auf.

Luca blickte ihm nach und resümierte dabei für sich: Lag ihre Großmutter mit ihren Vermutungen, dass bei dem Brand damals etwas nicht mit rechten Dingen zugegangen ist, eventuell richtig?

»Ja. Okay. Ich komme sofort«, hörte sie Felix ruhig sagen, verstand aber die Person an der Tür nicht.

Die Haustür wurde geschlossen und keine Minute später stand Felix mit ihrer Jacke im Wohnzimmer. »Sorry, aus unserer Teestunde wird wohl nichts. Ich muss weg. Einer der Baierjungs musste doch bei dem Mistwetter auf einen Baum klettern und ist abgerutscht. Ich muss ihn mir mal angucken.« Er hielt ihr die Jacke hin, als sie aufstand. »Können wir uns noch unterhalten, bevor du wieder abreist? Ich fände es wirklich wichtig.«

Luca war sich zwar sogleich bewusst, dass alles, was sie vielleicht von ihm erfahren würde, ihren Aufenthalt hier gegebenenfalls verlängern würde, und sagte aber trotzdem spontan: »Klar.«

Er nickte dankbar lächelnd. »Ich gehe davon aus, dass du mit Daniel heute Abend auf die Trauerfeier gehst. Dann kannst du schon mal Augen und Ohren offen halten. Dir fällt als Unbeteiligte vielleicht einiges auf, was mir entgehen würde. Denn nicht nur ich habe in diesem verfluchten Dorf ein Geheimnis«, fügte er verbissen hinzu, schloss die Haustür hinter ihnen ab und eilte die Straße entlang.

Luca blieb grübelnd über die befremdlichen Wendungen an diesem Vormittag noch für eine Weile vor dem Häuschen stehen – kann es sein, dass es in diesem Zweihundertseelenkaff zwar viel Gerede gibt, aber nahezu jeder Bewohner etwas verschweigt?

Alma Fuhrmann

Textilfabrikgründerin

21.53 Uhr
Mittwoch, den 9.3.2000, Butwanjendorf

Hach, was für ein schöner Abend. Und wie wunderbar Annemie alles organisiert hat. Aber das ist auch kein Wunder, sie arbeitet schließlich seit Jahren als Eventplanerin in einem Catering-Service in Nordendamm, weil sie schon immer ein Händchen für so etwas gehabt hat. Das traumhafte Ambiente, der hervorragende Empfang, die gute Bedienung und das ausgezeichnete Essen – einfach nur schön.

Wie gern hätte ich sie als Schwiegertochter gesehen. Mein Ole und die Annemie. Sie wären ein Traumpaar. Leider kam dieser düstere Geselle Goldbach dazwischen und hat Annemie den Kopf verdreht, was meinen armen Ole hart getroffen hat. In Dorit hat er zwar eine vorzeigbare Ehefrau gefunden, aber Annemie wäre einfach die bessere Wahl gewesen.

Ich sehe zu ihr hinüber. Sie steht mit ihrem Enkelsohn auf dem Arm beim Malermeister Westermann und seiner Frau Rosi und die drei unterhalten sich amüsiert. Sie wirkt auch heute an ihrem fünfzigsten Geburtstag wie eine junge Frau. Keiner würde sie älter als vierzig schätzen. Ab und an dringt ihr Lachen zu mir und ich kann nicht umhin, ein wenig Traurigkeit zu empfinden.

Genauso gern, wie ich sie als Schwiegertochter gehabt hätte, wollten mein Ole und die Dorit Verena Fink für ihren Gernot. Doch auch hier kam ein düsterer Zeitgenosse in Gestalt von Annemies und Ferdinands Sohn Adam dazwischen. Die Goldbachmänner sind nun schon in zweiter Generation den Männern der Fuhrmanns in die Parade gefahren. Aber unser Gernot ist wahrscheinlich besser mit der Maria Goldbach dran als mit der Verena, diesem Feger, die regelmäßig für Ärger und Aufsehen sorgt.

Ein tiefer Seufzer entspringt meiner Kehle und ich schaue mich schnell um. Zum Glück hat das keiner der Gäste, die an meinem Tisch in diesem großen Zelt sitzen, mitbekommen. Das wäre mir auch zu peinlich, wenn im Dorf getratscht würde, dass die senile Alma Fuhrmann in ihrem Alter unkontrolliert rumseufzt. Auch wenn ich in den letzten Wochen zweimal meinen Ersatzhaustürschlüssel bei der Irmi im Laden habe holen müssen, weil ich mich ausgesperrt habe, bin ich für meine neunundsiebzig geistig noch auf der Höhe. Nur meine Beine wollen nicht mehr so.

»Darf ich den Teller nehmen, Frau Fuhrmann?«

»Ja gern, Daniel, danke.« Wo ich gerade bei fit im Hirn bin, taucht natürlich der Hellerjung auf. Heller? Was für eine Ironie des Schicksals. Wirklich helle ist er nicht, aber ein guter und hartschaffender junger Spund.

Sofort muss ich an seine Großmutter denken, meine aus dem Nachbarort Deichdorf stammende Kindheitsfreundin Carola.

Auch wenn sie schon mit achtundzwanzig Jahren nach Hessen geheiratet und dort bei der Polizei eine steile Laufbahn bis hin zur Hauptkommissarin eingeschlagen hat, haben wir über all die Jahre Kontakt gehalten.

Als sie mir letzten August bei einem unserer Telefonate erzählte, dass Daniel nur mit Schwierigkeiten die Hauptschule beendet hat, und sie mich bat, ihm eine Lehre als Lagerist in unserer Firma zu ermöglichen, habe ich nicht lange überlegen müssen. Wie hätte ich meiner lieben Freundin den Wunsch auch abschlagen können, ihren nach einem Autounfall vor fünf Jahren geistig beeinträchtigten Enkel bei mir aufzunehmen?

Ich habe ihr dann selbstverständlich auch angeboten, dass der Junge bis zum Abschluss seiner Ausbildung bei mir in dem großen Haus wohnen kann, und Carola war so dankbar und beruhigt, ihren Enkel so weit weg von zu Hause in guter Obhut zu wissen.

Wenn ich auch anfänglich skeptisch und mein Sohn Ole zunächst absolut dagegen war, hat sich Daniel als wahrer Glücksgriff erwiesen. Er ist für seine fünfzehn Jahre sehr strebsam und ruhig. Er macht, was ihm gesagt wird, und hilft, wo er kann. Und was ganz wichtig ist, er fällt mir überhaupt nicht zur Last.

Schade, dass Carola erst morgen anreisen kann und diese wunderschöne Feier verpasst. Wobei – die Älteren im Ort sind bestimmt immer noch nicht gut auf sie zu sprechen. Auch ich war zunächst sauer auf Carola gewesen, weil sie penetrant Nachforschungen in einem Unglücksfall in der Fabrik angestellt hat, der 1950, kurz nach Eröffnung unseres Textilunternehmens, für monatelangen Gesprächsstoff hier im Dorf gesorgt hat. Ein junger Arbeiter aus Nordendamm war nachweislich aus Eigenverschulden von einer Maschinenplattform gestürzt und hatte sich das Genick gebrochen. Das hat auch irgendwann Carola akzeptiert. Ich erinnere mich noch genau, wie sie sich bei meinem verstorbenen Mann und mir entschuldigt hat. »Da ist wohl meine kriminalistische Ader mit mir durchgegangen«, hatte sie zerknirscht zugegeben.

Ach, die gute Carola, immer ein wenig übereifrig, aber so ein liebenswerter Mensch. Als Daniel letztes Jahr Ende August von einer Betreuerin hergebracht wurde, weil Carola nach einer Knie-OP im Krankenhaus lag, habe ich von dieser die wichtigsten Informationen über seine Medikamentierung erhalten. Und ich achte immer genauestens darauf, dass er all seine Tabletten nimmt.

Nur einmal habe ich es vergessen und miterleben müssen, wie er bei der kleinsten Kleinigkeit ausgerastet ist. Als Daniel brüllend vom Haus über den Hof gelaufen ist, war zum Glück zufällig Adam in der Fabrik, um mit Gernot die neuesten Brandvorschriften zu besprechen.

Weder Gernot, Ole noch ich hatten gewusst, was zu tun ist. Adam dagegen war ihm nachgerannt, hatte ihn schon nach kurzer Zeit beruhigen und ihm nachträglich seine Medikamente verabreichen können.

Seit diesem Tag kommt Adam zweimal die Woche in den Morgenstunden und holt den Jungen zu einer Joggingtour ab. Und er erklärt ihm, auf was er beim Essen achten soll, damit sein Übergewicht, das auch den Medikamenten geschuldet ist, nicht weiter hochgeht. Zu meiner großen Freude hört Daniel auf ihn. Für den Fünfzehnjährigen ist Adam ein junger Gott.

Über meinen Vergleich muss ich ein wenig schmunzeln. Mit seiner Vergötterung ist er nämlich weit und breit der einzige männliche Bewohner in Butwanjendorf. Die meisten hassen den Goldbachsohn.

Frauen dagegen lieben, was Adam ausstrahlt. Seine düstere Aura weckt in ihnen den Jagdinstinkt – ich werde ihn zähmen, ist den liebestollen Damen förmlich auf die Stirn geschrieben. Doch einen solchen Mann zähmt man nicht. Man muss lernen, mit ihm zu leben. Und seine eigene Frau kann genau das nicht.

Ich schaue mich suchend um und entdecke die heute um einiges aufgedrehter als sonst wirkende Verena. Sie lacht gerade derb auf und lässt mit einer wegwerfenden Handbewegung und hochnäsigem Blick die überrascht und zudem ein wenig verärgert blickende Agnes an einem der Bistrotische stehen.

Ich bin offenbar nicht als Einzige erstaunt darüber, dass die beiden überhaupt miteinander geredet haben. Von der kleinen Livke Trapp, die heute hier hervorragend bedient, fange ich einen äußerst verblüfften Blick ein. Aber wahrscheinlich war Verena wieder mal einfach nur unmöglich gewesen, wie sie es in letzter Zeit zu so vielen ist, vor allem zu den Frauen. Ich wundere mich nicht zum ersten Mal, wie sehr sie sich seit der Geburt ihres Sohnes gehen lässt. Für Adam war der kleine Joel ganz offensichtlich ein Wunschkind, aber bei Verena bin ich mir da nicht so sicher.

Als hätte sie mich gehört, präsentiert sich Verena in diesem Moment genauso unangenehm laut wie so oft in den vergangenen Monaten.

»Dreht endlich die Musik richtig auf und lasst uns tanzen«, ruft sie schrill, und ich sehe in den Augen ihres Bruders Roman, den sie mit sich auf die improvisierte

Tanzfläche auf der Terrasse von Annemies Haus zerrt, den blanken Widerwillen.

Mein Blick schweift durch die Menge. Wo sind ihre Eltern? Und wo ist Adam?

Wie ich feststellen kann, beobachte nicht nur ich sie. Ihre Mutter, die in ein Gespräch mit dem Apotheker Leber vertieft zu sein scheint, wirft verstohlene Blicke in die Richtung der Tochter. Und auch deren Vater Hubert Fink so wie ihr jüngerer Bruder Manuel, die nicht weit entfernt von mir sitzen, schauen mit verbissenen Mienen zu, wie Verena sich immer mehr blamiert. Selbst mein Enkel Gernot und Adams Feuerwehrkumpel Jan, die an der Bar stehen, starren sie unumwunden an.

Ich schaue mich weiter um und bemerke, dass es nur Adam anscheinend wenig interessiert, was seine Frau treibt. Er ist gerade damit beschäftigt, seinen Sohn, den seine Mutter soeben in den Kinderwagen gelegt hat, in den Schlaf zu schaukeln, und unterhält sich dabei mit Annemie.

Ach ja, wenn ihr Ferdinand die drei da nur zusammen stehen sehen könnte.

»Gute Nacht, ihr Lieben.« Etwas schwerfällig stehe ich auf, denn mein Kreuz ist vom langen Sitzen recht steif geworden.

»Für mich wird es Zeit, ins Bett zu gehen, damit ich morgen früh ausgeruht bin, wenn Carola kommt. Feiert noch schön.«

»Soll ich dich begleiten?«, fragt meine Schwiegertochter Dorit.

»Nein, musst du nicht. Ich komme allein zurecht. Danke.«

Als ich durch die Reihen gehe, nicke ich dem einen oder anderen zu und bin innerlich voller Vorfreude auf den kommenden Tag. Auch Daniel freut sich sehr auf seine Großmutter, schließlich hat er sie schon ein paar Monate nicht mehr gesehen.

Wo ist er nur? Ich möchte mich auch von ihm verabschieden.

Am Ausgang des Zeltes entdecke ich ihn schließlich, als er gerade mit einigen neuen Weinflaschen vom Kühlwagen zurückkommt und dann mit irritiertem Blick abrupt stehen bleibt.

Auch er beobachtet die immer noch recht auffällig agierende Verena und ich entnehme seinem Gesichtsausdruck, dass ihr Verhalten ihn ängstigt. Aber da ist noch etwas, was ich in seinen Zügen heute nicht zum ersten Mal sehe – etwas Schwärmerisches, beinahe Verliebtes.

Gott, der arme Junge tut mir wirklich leid.

Kapitel 10

Seit gut zwanzig Minuten saß Luca in einer Ecke des Saals im *Angerer* nahe der großen, verschnörkelten Doppeltür zur Kirche und beobachtete aufmerksam die bereits anwesenden Dorfbewohner.

Als sie um halb sechs mit ihrem Bruder und Lina über die Straße in die Dorfkneipe gegangen war, waren sie die ersten Gäste gewesen, und Daniel hatte sie zunächst mit den über achtzigjährigen Seniorbesitzern Pit und Luzi Angerer sowie deren Sohn Klaas und dessen sichtbar jüngeren Frau Marit bekanntgemacht. Danach hatte er Luca an ihren Tisch gebracht, und sie hatte so Platz genommen, dass sie freie Sicht auf den ganzen Raum und den Eingang besaß.

Zu ihrer Verwunderung waren es ihr Bruder und Lina, die an der Tür zwischen Kneipe und Saal alle Gedenkfeiergäste begrüßten und ihnen einen Zettel in die Hand drückten. Auch Luca hatte einen erhalten, doch diesem noch keine weitere Beachtung geschenkt. Zu sehr war sie damit beschäftigt, die Ankommenden aufmerksam zu beobachten.

Nachdem sie von ihrer morgendlichen Erkundungstour zurückgekommen war, hatte sie sich noch einmal die Notizen ihrer Großmutter angeschaut und sich vorgenommen, ihre eigenen Fragen dazu heute Abend bestmöglich beantwortet zu bekommen.

Ihr Interesse nahm stetig zu und einzig die kurze Notiz über Daniel versetzte sie auch jetzt wieder in leichte Unruhe. Was sollte der damals Fünfzehnjährige mit all dem zu tun haben?

Prüfend blickte sie zu ihrem Bruder, der an der Tür gerade Rosi, die gesprächige Dame vom Vortag, begrüßte.

Noch bevor sich Luca weitere Gedanken machen konnte, kam diese mit ihrem Sohn Eike und einem Mann im Schlepptau schnurstracks auf Luca zu.

»Moin, meine Liebe, Sie sind ja noch da. Haben Sie bei Daniel übernachtet? Wollen Sie etwa länger bleiben?«

Verblüfft über die Direktheit antwortete Luca: »Ich weiß noch nicht, wie lange ich bleiben werde.«

»Soso. Ich habe schon gehört, dass Sie sich heute im Dorf umgeschaut haben.« Rosi zog die Brauen hoch und nickte dabei wissend. »Ach, das ist übrigens mein Mann Dirk, der hiesige Malermeister.«

Ihr Ehemann neigte ein wenig den Kopf und murmelte nur: »Dirk Westermann, angenehm.«

»Hallo, Luca Frey.« Sie verzichtete ebenfalls aufs Händeschütteln und schaute kurz zu Eike, der seine Mutter am Arm fasste und sie wortlos mit sich zog.

Unwillkürlich verglich sie ihn mit Daniel, der noch immer am Eingang jeden, der eintrat, mit versteinerter Miene begrüßte und mit einem kurzen Kopfnicken ein Blatt in die Hand drückte. Ein weiterer Depp in Deppendorf, schoss ihr in den Sinn und sie schämte sich für ihre Gedanken. Daniel konnte schließlich nichts dafür, dass er nicht der Cleverste war. Er nicht, nein. Die Schuld trug ein anderer … Und wie immer, wenn die Erinnerung an diesen einen Tag vor fünfundzwanzig Jahren in ihr hochkam, erfasste sie eine unbändige Wut, die nach nur wenigen Sekunden von Frustration abgelöst wurde.

»Hallo, Luisa. Sie sind noch da?«

»Luca, bitte«, verbesserte sie und erhob sich. Eine weitere Frau, die sie ebenfalls am gestrigen Tag getroffen hatte, reichte ihr die Hand. »Und wer waren Sie nochmal?«

»Ich bin die Irmi. Irmi Brahms und mir gehört …«

»Das Lädchen *Einkauf bei Brahms*, richtig?«, unterbrach Luca sie lächelnd. »Falls ich doch noch ein paar Tage länger bleiben sollte, werde ich auf jeden Fall bei Ihnen vorbeischauen. Lina sagte mir, bei Ihnen bekommt man einfach alles.«

»Ja, das stimmt. Es ist nämlich kein Lädchen, sondern ein richtig großer Einkaufsladen.« Sie beäugte Luca prüfend und fügte dann ein wenig grinsend hinzu: »Vielleicht kommst du ja auf deiner nächsten Runde durchs Dorf vorbei. Übrigens, sag gern Du.«

»Mach ich.« Luca lächelte Irmi freundlich nach, als ihr jemand zaghaft auf die Schulter tippte.

»Hallo, Frau Frey, erinnern Sie sich, ich bin Ines und das ist mein Mann Helge Kammbaum, der Polizist.«

»Ich weiß. Wir hatten heute schon das Vergnügen.« Sie lächelte beide an und wunderte sich ein wenig darüber, dass er seiner Frau nicht von ihrer Begegnung am Brandhaus erzählt hatte.

»Ja, hatten wir. Ich habe sie beim Herumschnüffeln entdeckt«, grummelte er vor sich hin und war sichtlich erleichtert, als in diesem Moment der Ortsbürgermeister zu ihnen stieß.

»Guten Abend, Frau Frey«, tönte Gernot Fuhrmann laut, drängte sich zwischen Helge und sie und legte vertraulich eine Hand auf ihren Arm. »Schön, dass Sie an der heutigen Gedenkfeier teilnehmen. Wenn wir morgen Nachmittag alles für die Beisetzung Ihrer Großmutter geklärt haben, werden Sie bestimmt froh sein, unser langweiliges Dörfchen wieder verlassen und in die Großstadt zurückkehren zu dürfen.«

Leicht angewidert von dem zweigesichtigen Ortsvorsteher schüttelte es Luca – nunmehr wieder betont freundlich im Gegensatz zum heutigen Morgen, als er ziemlich schroff ihr gegenüber gewesen war, empfand sie ihn als äußerst unangenehm und antwortete deshalb ernsthaft: »Wie ich Ihnen ja schon sagte, weiß ich nicht, ob es mich gleich wieder forttreibt. Ich finde Ihr Dörfchen wirklich sehr …« Sie legte den Kopf schräg und zögerte ein wenig. »… abwechslungsreich. Ja, so würde ich es nennen. Ich denke mal, ich bleibe noch ein paar Tage bei meinem Bruder.« Sie lächelte übertrieben und schaute vom atemlos ihren Worten lauschenden Bürgermeister zu dem mit offenem Mund starrenden Dorfpolizisten.

Gerade als Gernot Fuhrmann Luft holte, um etwas zu erwidern, ging Luca um ihn herum, um eine ältere Dame, die in einem Rollstuhl von einem jungen Mann an ihrem Tisch vorbeigeschoben wurde, zu begrüßen.

»Guten Abend.« Luca reichte der Frau die Hand, die diese mit durchdringendem Blick ergriff. Der Händedruck der alten Dame war kräftig, was ihr zerbrechliches Wesen nicht vermuten ließ. »Alma Fuhrmann, richtig?«

»Hallo, Frau Frey. Hat Daniel schon von mir erzählt?«

»Ja, das hat er nicht nur einmal. Er hält sehr große Stücke auf Sie, genau wie es unsere Oma getan hat.«

»Mein herzliches Beileid zum Tod Ihrer Großmutter. Wie Sie ja wissen, war Carola eine Kindheitsfreundin von mir. Sie stammt aus dem Nachbarort Deichdorf und wir sind dort zusammen in den Kindergarten und später nach Nordendamm zur Schule gegangen.«

»Danke. Ja, ich weiß, meine Oma hat mir von ihrem Leben hier und dem ein oder anderen sehr interessanten Besuch erzählt.«

Die ältere Dame musterte Luca eindringlich. »Darf ich Ihnen meinen einzigen Urenkel Florian von meinem Enkelsohn Gernot und seiner Maria vorstellen?« Der schüchtern wirkende, pickelgesichtige Jugendliche, der sich krampfhaft an den Griffen des Rollstuhls festhielt, gab Luca rasch die Hand, ohne sie anzusehen, murmelte etwas Unverständliches und umklammerte erneut die Griffe.

»Und mein Sohn Ole«, sie sah sich um und wirkte dabei auf Luca unglaublich fidel für ihr stolzes Alter, »müsste auch … Ah, da ist er ja. Ole!« Sie winkte einem stattlichen Mann mit Halbglatze zu, der mit ernster Miene auf sie zukam. »Mein Sohn Ole Fuhrmann, Miteigentümer der Textilfabrik, in der Ihr Bruder arbeitet.«

»Frau Frey.« Der gut Siebzigjährige gab ihr die Hand und musterte sie eingehend. »Frey und nicht Heller also. Ist Ihr Mann auch da?« Er blickte sich suchend um.

Luca war der alte Fabrikbesitzer sofort unsympathisch. Ihr war klar, dass er wusste, dass sie allein hier war. »Ich bin geschieden. Wo ist denn Ihre Frau, Herr Fuhrmann, wenn ich fragen darf?«

Kurz herrschte Stille und alle sahen sich an. »Ich bin Witwer«, antwortete Ole Fuhrmann ruhig und wollte mit falschem Lächeln wissen: »Und wie gefällt Ihnen unser Dorf? Ich habe gehört, Sie haben sich ein wenig umgesehen. Böse Zungen behaupten sogar, Sie hätten herumgeschnüffelt wie einst Ihre Großmutter.«

»Tja, muss wohl in den Genen liegen«, winkte sie augenzwinkernd ab. »Wirklich viele Möglichkeiten, mich umzusehen, hatte ich jedoch nicht. Aber ich muss sagen, bisher finde ich es hier erstaunlich interessant und denke, ich werde in den nächsten Tagen ein wenig den Ort erkunden. Haben Sie Tipps für mich, was besonders sehenswert ist?«

Bei der Erwähnung eines längeren Aufenthalts ihrerseits sahen sich die immer noch zahlreich um sie herumstehenden Butwanjendörfer an und schwiegen.

»Sie könnten mit Ihrem Bruder die Fabrik besichtigen«, brachte Ole Fuhrmann mühsam hervor und sah zu seinem Sohn. »Was meinst du, Gernot?«

»Natürlich, wann immer Sie möchten, sind Sie willkommen«, versicherte der Bürgermeister sofort und lachte gekünstelt. »Sie müssen entschuldigen, wenn wir alle ein wenig erstaunt sind, dass Sie länger bleiben wollen, aber in unser Dorf verirrt sich nur selten ein Fremder.«

»Aber Luisa ist nicht fremd«, mischte sich ihr Bruder unerwartet ein, der in diesem Moment zu ihnen kam. »Sie ist meine Schwester.«

»Natürlich ist sie fremd«, kam es urplötzlich von dem alten Metzgermeister, der, gestützt auf seinen Rollator, verächtlich schnaufend neben Almas Rollstuhl stehenblieb.

»Aber ...«, wollte Daniel aufbegehren, doch Gunnar Brecht ignorierte ihn einfach.

»Du hast in den frühen Morgenstunden ja anscheinend einen ausgiebigen Blick hinter die Mauern manchen Hauses geworfen.«

Luca war keineswegs verblüfft, dass auch der knurrige Alte, der sie ungefragt duzte, ihre Erkundungstour mitbekommen hatte. Ihr Besuch des Brandhauses hatte sich offenbar wie ein Lauffeuer verbreitet und beschäftigte die Leute.

Kurz kramte sie in ihrem Namensgedächtnis. »Hallo, Herr Brecht. Ausgiebig war er nicht. Leider wurde ich gestört.«

»Man soll auch nicht zu neugierig sein«, raunzte er.

»Oh, manchmal erfährt man auch einige sehr aufschlussreiche Dinge, ohne neugierig sein zu müssen«, erwiderte sie leichthin.

Sofort fühlte der alte Mann sich angesprochen. »Du meinst wohl, dass mein Ältester im Knast sitzt, was?!«

»Zum Beispiel. Wie heißt er nochmal?«

»Der Nichtsnutz heißt Tobias. Mein anständiger Sohn, der Jan, steht da hinten.« Er zeigte auf einen muskulösen rothaarigen Mann um die vierzig. »Eine Senior Frau Brecht gibt es nicht mehr, meine Traudel hat leider schon vor neun Jahren das Zeitliche gesegnet.«

Luca grinste in sich hinein. Irgendwie mochte sie den Alten. Offenbar trug der Seniormetzgermeister sein Herz auf der Zunge, was nicht immer angenehm war, aber für sie als Kommissarin hilfreich. Originelle Typen wie er verstellten sich kaum, waren gut einzuschätzen und meist eine Quelle der Information.

»Ich muss wieder zur Tür. Es sind noch nicht alle Gäste da.« Daniel warf dem alten Mann einen bösen Blick zu. »Sie ist nicht fremd. Sie ist Luisa, meine Schwester.«

Im Weggehen fasste Alma Fuhrmann nach seiner Hand und sagte beruhigend: »Alles gut, Daniel. Wir sind nett zu deiner Schwester. Keine Angst.«

Augenblicklich wirkte Daniel beschwichtigt und sagte an Luca gewandt: »Sie sind nett zu dir« und eilte mit einem vernichtenden Blick auf Gunnar Brecht zurück zur Tür.

Inmitten der ihr fremden Dorfbewohner blieb Luca stehen und ließ die fortdauernde Musterung zu – dabei nahm sie selbst jedes noch so kleine Detail wahr.

Ohne weiter auf den davoneilenden Daniel zu achten, winkte der alte Metzgermeister seinen Sohn zu sich und stellte ihn Luca vor: »Das ist mein Jüngster, Jan, und seine Frau Livke.«

Mit einem kurzen Nicken reichte der Mann Luca die Hand und dessen Frau fing augenblicklich ohne Punkt und Komma an, auf sie einzureden:

»Hallo. Sie sind also Daniels Schwester. Er hat immer mal von Ihnen erzählt und auch von Ihrem Vater, der ja in einem Heim lebt, oder? Und natürlich von Ihrer Großmutter. Stimmt es, dass auch sie am Freitag gestorben ist?«

Sie fasste Luca vertraulich am Arm, zog sie ein wenig mit sich zu dem Tisch in die Ecke, drückte sie an den Schultern auf einen Stuhl und setzte sich neben sie.

»Unglaublich, solche Zufälle, oder? Und dann auch noch der Zufall, dass Sie gerade heute hier sind, an dem Tag, an dem sich die schreckliche Brandnacht zum zwanzigsten Mal jährt und wir Verena und Joel gedenken. Daniel hat mir erzählt, dass auch Sie dieses Datum mit dem traurigen Verlust Ihrer Mutter verbinden. Schrecklich, oder?«

Luca, die viel zu perplex von dem überfallartigen Mitziehen und den ganzen Oder-Fragen war, die zudem überhaupt keine Antworten erwarteten, fühlte beim Erwähnen ihrer verstorbenen Mutter noch nicht einmal die altbekannte Traurigkeit. Sie war ganz offensichtlich in die Fänge einer der von Felix angekündigten Dorftratschen gelangt.

Während Livke immer weiterredete, warf Luca einen unauffälligen Blick zu den Umstehenden, die nicht miteinander sprachen, sondern sie nur eindringlich beobachteten. Sie las in den Gesichtern die verschiedensten Emotionen – Widerwille, Skepsis, Neugierde und vereinzelt auch Angst.

Balthasar Löwisch

Pastor

20:23 Uhr
Mittwoch, den 9.3.2000, Butwanjendorf

Und ich bin wirklich glücklich, deinen Ehrentag im Kreise deiner Familie und deinen Freunden mit dir feiern zu dürfen«, komme ich langsam zum Ende meiner kleinen Ansprache für die liebe Annemie und hebe das Glas. »Ich weiß, dass deine Gedanken heute auch bei deinem geliebten Ferdi sind, und scheue mich deshalb nicht, ihn in meiner Rede zu erwähnen. Er war und ist ein Teil deines Lebens. Auf dich und deine Lieben. Zum Wohl.«

Ich gehe zu Annemie, die mit zart geröteten Wangen aufsteht und mich umarmt. »Danke, lieber Balthasar, für deine herzlichen Worte.«

»Sehr gern doch, es war mir eine Ehre«, sage ich erfreut und nehme neben ihr auf der Bierbank in dem großen Zelt Platz. Das Bankiersehepaar Fink sowie die schwangere Agnes Klarmann und Rosi Westermann, die Malermeistergattin, sitzen ebenfalls am Tisch, und während der Lautstärkepegel auf der Feier wieder ansteigt, unterhalten auch wir uns nett.

Aufmerksam lausche ich der wohlklingenden Stimme Annemies, wie sie mit Sonja, der Schwiegermutter ihres Sohns, spricht.

»Joel ist so zuckersüß, ich würde ihn am liebsten die ganze Zeit knuddeln.«

»Mir geht es genauso, wenn ich ihn mal zu Gesicht bekomme. Aber leider ist das ja nicht allzu oft«, stellt Sonja bedauernd fest.

»Weißt du, er schläft heute Nacht bei mir. Wenn du magst, komm doch morgen einfach zum Frühstück«, lädt Annemie Sonja spontan ein und ich erkenne deutlich die Freude in der Miene von Verenas Mutter. Und von der Herzlichkeit Annemies bin ich wieder einmal begeistert.

Sonja hat es echt nicht leicht mit ihrer Tochter, und ihr Mann ist ihr auch keine große Hilfe. Ich werfe Hubert, der wie ich schweigend dabeisitzt und ununterbrochen seine Frau anhimmelt, einen prüfenden Blick zu – spiritueller Spinner. Er ist einfach weltfremd und sucht sein Heil in irgendwelchen Sekten und nicht, wie es gut für ihn wäre, in der Kirche bei unserem Herrn Jesus Christus. Und so treu, wie Hubert dem spirituellen Kram ist, so ist Sonja ihrem Mann treu ergeben. Zwar ist sie von jeher eine Frau, die gern flirtet, doch nie würde sie ihren Mann hintergehen. Das unterscheidet sie maßgeblich von ihrer Tochter, die ein eher lasterhaftes, betrügerisches und von Rauschmitteln geprägtes Leben führt. Verena ist seit der Geburt ihres Kindes vor neun Monaten nur noch ein Schatten ihrer selbst. In meinen Augen ist sie hochgradig depressiv und gehört stationär behandelt.

Ich hatte bereits ein Gespräch mit Adam darüber, doch er schiebt den Gedanken, Verena einweisen zu lassen, ganz weit weg. Die innige Liebe zu ihr und seinem Sohn macht ihn blind. Noch immer spricht er von einer vorübergehenden Phase und tut alles dafür, um Verena das Leben zu erleichtern. Aber zu seinem Leidwesen schafft er es nicht immer.

Gott, wenn ich nur an den Rosenmontag vor drei Tagen denke, als Adam mit seinen Kumpeln gefeiert und einen über den Durst getrunken hat. Er bekam einen heftigen Streit mit seiner Frau, den das halbe Dorf mitbekommen hat. Und von Verenas Auftritt im *Angerer* vor gut einem Monat ganz zu schweigen. Zum Glück ist Sonjas mütterliche

Fürsorge offenbar endlich erwacht und sie will morgen mit ihrer Tochter zu einem Facharzt nach Oldenburg fahren, wie sie mir heute früh unter dem Siegel der Verschwiegenheit erzählt hat. Verena weiß nämlich noch nichts davon und ich solle sie ja nicht darauf ansprechen. Hoffentlich findet sie da endlich Hilfe.

»Darf ich mich zu euch setzen?«, will Maria, die Tochter von Annemie, wissen, und steht mit einem Glas Sekt in der Hand vor unserem Tisch.

»Klar.« Eilig rutsche ich ein wenig enger an Annemie, was mich überhaupt nicht stört, aber als Hubert mir gegenüber auch aufrutscht, setzt sich Maria neben ihn. Wohl oder übel muss ich wieder Abstand zwischen Annemie und mich bringen. Schade.

»Ich bin von dem immer größer werdenden Männertisch draußen geflüchtet, die reden nur über Zeug, das mich nicht interessiert«, begründet Maria ihr Auftauchen bei uns und ich musterte sie unauffällig.

Wahrscheinlich reden sie, oder im Speziellen ihr Liebster Gernot, nicht über eine bevorstehende Hochzeit, denke ich mitfühlend. Maria wartet jetzt schon eine ganze Weile darauf, dass der junge Fuhrmann sie endlich ehelicht. Aber der macht noch immer keine Anstalten und das belastet das nicht mehr ganz taufrische Glück.

Wenn ich mir Maria so ansehe, gleicht sie vom Aussehen her ihrer Mutter. Zartgliedrig, blond und braunäugig. Doch vom Wesen ist sie eine ganz andere. In ihrer Kindheit häufig krank, entwickelte sie später in meinen Augen eine gewisse Härte gegen sich und ihre Umwelt und gibt sich des Öfteren recht burschikos, um nicht als schwächlich angesehen zu werden. Ihre noch nicht ganz offizielle Verlobung mit dem Gernot Fuhrmann ist wohl das, auf was sie Jahre hingearbeitet hat. An seiner Seite blüht sie zur Frau auf und genießt ein Ansehen, das ihr guttut. Ob der Fabrikantensohn ihr allerdings guttut, wage ich zu bezweifeln, aber hier ist meine Meinung nicht gefragt und ich werde mich hüten, mit Maria über seine mir wohl bekannten immer wiederkehrenden Eskapaden zu reden.

Rosi, die meist kein Blatt vor den Mund nimmt, spricht aus, was ich mir bereits seit ein paar Wochen denke: »Heute wäre doch ein super Zeitpunkt, um eure Verlobung zu verkünden, oder?«

Maria errötet peinlich berührt, wehrt aber gespielt lässig ab: »Wir haben es nicht so eilig.«

Wir nicken alle wortlos und Annemie, die feinfühlig bemerkt, wie unangenehm die Situation für ihre Tochter ist, wechselt geschickt das Thema, indem sie das Friseurproblem in Butwanjendorf anspricht. Vor ein paar Monaten ist nämlich ganz plötzlich die Habermann Katja mit nicht einmal vierzig verstorben und so haben wir unsere einzige Friseurin im Ort verloren. Seitdem gehen wir alle nach Nordendamm, was für uns Männer nur nervig ist, weil es unsere Bequemlichkeit stört.

»Wo ist eigentlich dein Björn?«, will Rosi unvermittelt an Agnes gewandt wissen.

Die Tochter unseres Elektromeisters, die wie meist eine stille Zuhörerin ist, antwortet wortkarg: »Noch auf Spätschicht.«

»Spätschicht?«, fragt Rosi verwundert. »Dann ist er doch schon um kurz nach zwölf auf die Arbeit?«

»Ja, wie immer. Er müsste auch bald kommen.«

»War die Verena dann heute Mittag bei dir?«

»Bei mir?! Quatsch, was soll die denn ausgerechnet bei mir wollen? Wie kommst du darauf?«

Agnes schüttelt verwirrt den Kopf und auch ich bin erstaunt über Rosis Vermutung. Jeder weiß doch, dass die zwei Frauen sich nicht ausstehen können.

»Ach, dann habe ich mich wohl getäuscht«, sagt Rosi und zeigt lachend zum Eingang des Zelts. »Wenn man vom Teufel spricht.«

Wir schauen zu Agnes' Ehemann, der gerade eingetroffen ist und ohne sich umzusehen, schnurstracks zur Bar geht.

Die Schwangere wuchtet sich und ihren enormen Babybauch eilig hoch und winkt ihm zu. »Ich gehe mal rüber. Bis später.«

Als Agnes zu ihrem Mann schlendert, kommt Adam zu uns an den Tisch. Ungefragt setzt er sich neben seine Schwester Maria, die darüber überhaupt nicht erfreut ist, und hastig ein wenig aufrutscht.

»Na, habt ihr alle Spaß?«, will er wissen und stellt sein Bier ab.

»Ja, es ist so eine schöne Feier«, sagt Annemie und strahlt ihren Sohn dabei an.

»Es ist ein herrlicher Abend«, beeile ich mich zu sagen, und auch Rosi bestätigt das, während Maria nur mürrisch nickt.

Mit Bedauern nehme ich wahr, dass die Geschwister auch weiterhin ein recht angespanntes Verhältnis haben. Ich dachte eigentlich, irgendwann in ihrem Erwachsenenleben würde sich das legen, aber Maria ist wie von jeher reserviert ihrem Bruder gegenüber.

Adam Goldbach! Selten bin ich einem Erdenbürger begegnet, der schon von Kindheit an die Menschen um sich herum in zwei Lager gespaltet hat. Die einen, vor allem die Frauen, na ja, die Frauen, die altersmäßig noch erreichbar sind, lieben ihn und würden nichts auf ihn kommen lassen. Die mit pubertierenden Töchtern dagegen sowie die meisten Männer hassen ihn und würden ihn am liebsten aus unserem beschaulichen Dörfchen vertreiben. Mit Mistgabeln und brennenden Fackeln, wie in manch altem Film.

Ich selbst zähle mich auf die Seite derjenigen, die Adam gern mögen, wenn auch ich in all den Jahren das ein oder andere Mal beinahe die Seiten zu der Brennenden-Fackel-Fraktion gewechselt hätte. Er macht es einem aber auch nicht immer leicht, nicht zu denjenigen zu gehören, die ihn vertreiben wollen. Schlägereien, Alkohol, Diebstahl … Vor allem bei Diebstahl stellen sich mir augenblicklich die Nackenhaare auf. Unsere Jungfrau Maria hat er vor Jahren aus der Kirche entwendet und in einer obszönen Pose an die Statue unseres Dorfgründers *Hubert von Schlichten* auf dem Marktplatz gelehnt.

Doch seine gute Seite überwiegt in meinen Augen. Er ist einer der tapfersten Feuerwehrmänner bei der Berufsfeuerwehr und der Freiwilligen hier in unseren Ortschaften. Er ist immer für seine Mutter da und auch für seine große Schwester würde er alles tun. Er engagiert sich seit Jahren in der Behindertenwerkstatt in Oldenburg und werkelt dort mit den Heimbewohnern, was aber so gut wie keiner unserer Dorfbewohner weiß. Er hängt, im Gegensatz zu manch anderen im Ort, seine uneigennützigen Taten nicht an die große Glocke, sondern kümmert sich einfach. Deswegen wohl auch sein wirklich guter Draht zu dem Schützling der lieben Alma. Der Daniel himmelt Adam geradezu an.

Noch während ich in Gedanken bei Adam bin, fange ich den sehnsüchtig wirkenden Blick von Agnes ein, die mit ihrem Mann an der Theke steht und zu uns herüberschaut – sie bereut ganz offensichtlich, nicht mehr bei uns zu sitzen.

Die Arme. Eine von vielen, denen Adam über die Jahre das Herz gebrochen hat.

Kapitel 11

Auch wenn Luca sich nicht ganz wohlfühlte, beschloss sie mit einem leichten Schulterzucken, die Blicke der Umstehenden zu ignorieren und sich auf das Getratsche der beeindruckenden Schnellrednerin zu konzentrieren. Von ihr würde sie wohl eine Menge über all die Dorfbewohner erfahren. Ob es womöglich gar jene Dorftratsche war, die im angetrunkenen Zustand Informationen zur Brandnacht ausgeplaudert hatte, wie Felix ihr am Vormittag erzählt hatte?

Aus dem Augenwinkel bekam sie mit, dass Jan sich neben seine Frau setzte und in sein Smartphone starrte, während sich die kleine Gruppe um sie herum auflöste und jeder sich einen Platz im Saal suchte.

»Sie haben aber schon ganz schön viele von uns kennengelernt, obwohl Sie erst seit gestern hier sind, oder? Wollen wir nicht Du sagen? Wie alt bist du? Ich bin neununddreißig. Ich weiß, ich sehe jünger aus.« Sie tippte ihrem Mann auf die Schulter. »Hol uns doch mal zwei Wein.«

»Ich bin siebenunddreißig und klar können wir uns duzen. Luca«, sagte sie und staunte, als Jan wortlos aufstand und zur Theke neben der Tür zur Kneipe ging.

»Hör zu!« Sie rückte ihren Stuhl näher an Lucas. »Ich erzähl dir jetzt ein wenig von allen hier.« Sie deutete auf den Bürgermeister. »Gernot Fuhrmann kennst du ja schon, die Dürre daneben ist Maria, seine Frau. Wenn …«

»Sie kenne ich auch schon. Ich habe sie heute Morgen mit meinem Bruder zusammen angetroffen.«

Luca wurde es ein wenig unwohl zumute, als sie an den Ausraster ihres Bruders dachte. Nachdem sie von ihrem Tee bei Felix zu ihm nach Hause gekommen war, hatte sie sich entschuldigt und versichert, sie würde sich nicht wirklich für das Brandhaus interessieren. Daniel hatte zwar zunächst skeptisch gewirkt, ihr aber dann offenbar doch geglaubt und sie hatten nicht weiter darüber gesprochen.

Livke nickte. »Stimmt, habe ich gehört, dass du mit der bei den Goldbachs aneinander gerauscht bist. Eine Zicke, oder? Wenn du mich fragst, eine absolut verkorkste Ehe. Ich kann dir sagen«, sie begann zu flüstern, »der hat es faustdick hinter den Ohren und nicht erst seit kurzem. Der war schon immer so … so …« Sie machte große Augen und nickte vielsagend.

Luca nickte ebenfalls und betrachtete den Bürgermeister und dessen Frau genau. Ja, er war ganz offensichtlich selbstherrlich und wusste, dass er mit seinen graumelierten Schläfen und dem Dauerlächeln Eindruck auf die Frauenwelt machte. Und seiner verhärmt wirkenden Gattin war das ebenfalls klar, so wie sie an seinem Arm hing, sobald eine andere der Damen mit ihm sprach. Wie sein Vater Ole war er für Luca ein äußerst unsympathischer Mensch.

»Und da kommt der nächste Casanova herein«, wisperte Livke und zeigte in Richtung Tür.

Der Apotheker Sven Leber, stellte Luca keineswegs verwundert fest. »Ich nehme an, das ist seine Frau Ida?«, fragte sie und schaute unauffällig zu dessen Begleitung.

»Ja, das ist Ida. Die Arme, die macht was mit.« Livke verdrehte die Augen. »Und die dahinter ist Agnes, die ist seit eh und je in der Apotheke angestellt. Der ihr Björn ist vor knapp zwanzig Jahren einfach abgehauen. Hat sie einfach ein paar Monate nachdem sie ihr Baby im achten Monat verloren hat sitzen lassen, dieser Ekel. Seitdem hat sie keinen anderen mehr gehabt.«

»Wie genau läuft das heute Abend hier eigentlich ab?« Luca griff nach dem Zettel auf dem Tisch.

»Der Pastor Löwisch«, Livke deutete nach vorn auf einen Mann, der Papiere an einem Rednerpult sortierte, »der hält wie immer eine Andachtsrede für die damals so grauenvoll bei dem Feuer verstorbenen Verena und Joel und dann auch noch eine Trauerrede auf die gute Annemie. Wir singen ein paar Lieder, und wer möchte, darf Anekdoten erzählen. So machen wir es immer, wenn jemand aus der Dorfgemeinschaft verstirbt. Normalerweise in unserer

Kirche da hinten, aber die wird ja zurzeit renoviert. Ich bin die Küsterin und bin leider dadurch momentan so gut wie arbeitslos, habe mich aber wie jedes Jahr auch hier um die Dekoration gekümmert. Schön, oder?« Abermals erwartete Livke keine Antwort, sondern sprach ohne Luft zu holen weiter: »Und die jährliche Gedenkfeier für die anderen zwei haben Annemie und dein Bruder 2001 ins Leben gerufen, damit wir Verena und Joel nicht vergessen. Puh, wer könnte die Schönheit und den süßen Knirps schon vergessen?« Sie wischte sich theatralisch nicht vorhandene Tränen aus den Augen. »Hat Daniel dir erzählt, was damals passiert ist?«

»Hier, bitte schön.« Jan stellte zwei Gläser Wein vor ihnen ab, nahm Platz und widmete sich wieder seinem Smartphone.

»Danke.« Luca nahm ihr Glas und nippte daran. Unmerklich verzog sie das Gesicht über den säuerlichen Geschmack und sagte zu Livke: »Nein, mein Bruder spricht nicht gern darüber, aber Lina hat mir ein wenig erzählt.«

»Versteh ich. Der Daniel war damals ja auch total fertig, als jeder den …« Sie verstummte abrupt. Im Raum wurde es ebenfalls still, als ein älteres Ehepaar und zwei Männer so um die vierzig den Saal betraten. »Das ist die Bankiersfamilie Fink. Eltern und Brüder von Verena«, wisperte Livke.

Ah, dachte Luca, der gutaussehende Nachbar vom lieben Doktor ist also einer der Brüder von dieser Verena. Sie musterte ihn genau und lächelte leicht, als er ihr einen kurzen Blick zuwarf, bevor er sich mit seiner Familie an den Tisch vor dem Rednerpult setzte.

Der soeben am Nebentisch samt Frau und Angestellter platzgenommene Apotheker zwinkerte Luca unterdessen zu. Unglaublich, stellte Luca fest und nickte der sie interessiert musternden Agnes zu. Diese nickte ebenfalls leicht und drehte sich dann in Richtung Pastor. Die Apothekerfrau schielte nur einmal kurz mit verbissener Miene zu ihr, ignorierte sie aber ansonsten. Wie Luca augenscheinlich für deren Mann und den Bürgermeister ein Objekt der Begierde war, so brachten ihr offensichtlich weder Ida Leber noch Maria Fuhrmann Sympathie entgegen, was sie anhand der giftigen Blicke der beiden Frauen erkennen konnte.

Wenn Fremde nach Butwanjendorf kommen, bedeuten sie Unheil, schossen ihr Daniels Worte durch den Kopf, und sie war sich ziemlich sicher, dass die beiden Frauen das auch so sahen.

Der Saal war mittlerweile brechend voll, sodass manch einer der Jüngeren seitlich an der Wand lehnend die folgende Gedenkfeier verfolgen musste.

»Wir können noch nicht anfangen.« Mit angespannter Miene neigte sich Daniel, der mittlerweile zusammen mit Lina an Lucas Tisch Platz genommen hatte, zu Jan. »Er wird doch kommen, oder? Es war doch Annemies letzter Wunsch.«

Jan zuckte mit den Schultern. »Ich weiß nicht, aber mach dir nicht allzu viel Hoffnung. Er war schließlich seit dem Unglück nicht mehr hier.«

Daniels Gesichtszüge wurden starr. »Er hat mir versprochen zu kommen«, sagte er bestimmt und nickte dabei. »Adam wird kommen!«

Adam, der Mann, der angeblich für den Tod seiner Frau und seines Kindes verantwortlich war, kommt zurück in sein Heimatdorf? Luca wagte, dies zu bezweifeln, fühlte jedoch ein eigentümliches Kribbeln – was, wenn er wirklich kam?

»Wir können noch nicht anfangen«, sagte Daniel energisch und sprang auf, als der Pastor zum Rednerpult ging. »Adam ist noch nicht da.« Sein Gesicht war verzerrt und seine Hände zu Fäusten geballt.

Luca spürte förmlich die Nervosität und Anspannung im Saal. Die kleineren Kinder, die sich spielend im Raum bewegten, verharrten stumm. Die Erwachsenen sahen sich um, schauten sich an und senkten dann betroffen die Blicke. Der ein oder andere sah zu ihr, um sofort wieder wegzuschauen. Was geht hier vor, fragte sie sich und fixierte ihren Bruder, der mit entschlossener Miene in die Menge blickte – kampfbereit.

»Adam war der Mann von Verena und Vater von Joel«, klärte Livke sie leise auf und tuschelte zu ihr geneigt weiter: »Seit eh und je wird alles über ihn und die Unglücksnacht im Ort totgeschwiegen, weil es jedes Mal irgendwelche Auseinandersetzungen gibt. Nur an den jährlichen Gedenkfeiern wird über das leidvolle Geschehen gesprochen. Adam ist Annemies Sohn und ist vor zwanzig Jahren nach diesem schrecklichen Brand verschwunden und …«

Ihr bisher Zusammengereimtes stimmte also – dieser Adam war der Mann, der damals unter Verdacht gestanden hatte, Frau und Kind umgebracht zu haben. Warum wohl? Was war vorgefallen? Lucas Kribbeln verstärkte sich.

»Lieber Daniel«, der Bürgermeister erhob sich, »ich weiß, wie sehr du hoffst, er würde kommen, aber …«

»Er wird kommen!« Daniels Stimme überschlug sich und seine Brauen zogen sich noch dichter zusammen. »Er hat es mir versprochen. Und Adam hält immer seine Versprechen!«

»So ein Blödsinn«, rief auf einmal die Bürgermeistergattin. »Mein Bruder hat noch nie …«

»Maria, bitte.« Gernot Fuhrmann setzte sich hastig und sah seine Frau strafend an.

»Sie hat doch recht«, ereiferte sich der Bankier Fink und schaute Hilfe suchend zu seinen Söhnen, die aber nur kaum merkbar die Köpfe schüttelten.

Sonja Fink, die mit ihrer grell gefärbten, knallroten Lockenpracht für um die siebzig Jahre überaus attraktive Bankiersgattin, legte ihm eine Hand auf den Arm. »Hubert, bitte.«

Luca sah Tränen in den Augen der Mutter der damals verstorbenen Verena, als diese ihr einen raschen Blick zuwarf. Was zum Teufel ging hier vor, fragte sie sich erneut, und beäugte die Menschen um sich herum. Es herrschte Totenstille, selbst die Quasselstrippe neben ihr schwieg mit einem Mal.

Der Pastor, der in der Bewegung innegehalten hatte, als Daniel aufgesprungen war, räusperte sich und sagte beruhigend: »Ich würde sagen, wir fangen mit einem Lied an, wie jedes Jahr. Dann gedenken wir«, er nickte leicht in die Richtung der Familie Fink, »Verena und Joel, auch wie jedes Jahr, und danach sehen wir weiter.« Fragend sah er zu Daniel. »Ist das okay für dich, mein Junge?«

Gespannt beobachtete Luca ihren Bruder. Er schien mit sich zu ringen, was sie daran erkannte, dass er mit seinen nun nicht mehr zu Fäusten geballten Händen an seiner schwarzen Stoffhose auf und ab fuhr und sich zittrig auf die Lippen biss. Nach einer gefühlten Ewigkeit sagte er:

»Ja. Adam wird kommen! Er hat es versprochen!« Er setzte sich und nahm den Zettel vor sich zur Hand.

Luca spürte, wie die Anspannung von ihr abfiel. Irgendwie hatte sie Angst gehabt, dass Daniel ausrasten würde.

So eine aggressive Haltung hatte sie außer heute Morgen erst einmal bei ihm gesehen, vor etlichen Jahren, als sie selbst sich ihm gegenüber abfällig über ihren Vater geäußert hatte.

Ihre Großmutter hatte darauf gedrängt, dass sie, Luca und Daniel, gemeinsam zum fünfzigsten Geburtstag ihres Vaters ins Pflegeheim fahren sollten. Luca hatte bitter aufgelacht und gesagt, einen Mörder würde sie im Lebtag nicht besuchen. Ihre Oma war entsetzt gewesen, hatte sie zurechtgewiesen und bestimmt zum hundertsten Mal erklärt, dass ihr Sohn zwar Alkohol getrunken, aber den Unfall selbst nicht verschuldet hatte. Wie immer hatte sie ihre Enkelin eindringlich darum gebeten, ihrem Sohn endlich zu verzeihen, was bei Luca jedoch nur weitere verächtliche Worte über ihren Vater hervorgerufen hatte.

Und wenn Daniel zuerst auch schweigend der ihm schon wohlbekannten Diskussion der zwei Frauen gelauscht hatte, war er irgendwann mehr als nur entsetzt gewesen. Zornbebend war er aufgesprungen, hatte Luca grob am Arm gepackt und sie angebrüllt, sie dürfe so nicht über ihren Papa reden.

Sie hatte Daniels unbändige Kraft gespürt und seine Wut, die er nur mühsam hatte kontrollieren können.

Ihre Großmutter hatte damals, genau wie eben der Pastor, vollkommen ruhig auf ihn eingeredet und nach einer kurzen Weile hatte er sie losgelassen und sich wieder hingesetzt.

Luca war daraufhin wortlos aus der Wohnung ihrer Oma gestürmt und hatte infolgedessen über Jahre vermieden, ihren Bruder zu treffen – erst 2013, ganze acht Jahre später, hatte sie ihn auf dem neunzigsten Geburtstag der Großmutter wiedergesehen.

Mit einem skeptischen Seitenblick zu Daniel, ob er sich auch wirklich im Griff hatte, trank Luca hastig ihr Weinglas leer und schüttelte sich angewidert wegen des für ihren Geschmack ungenießbaren Gesöffs. Zeitgleich machte sich ihre Blase unangenehm bemerkbar und sie fragte Livke flüsternd: »Wo ist die Toilette?«

»Wenn du durch die Saaltür in die Kneipe gehst gleich rechts«, wisperte sie zurück und sang im nächsten Moment lauthals mit, als der Mann am Klavier zu spielen begann und der Pastor ein kirchliches Lied anstimmte.

Mist, wie sieht das aus, wenn ich gerade jetzt verschwinde, überlegte sie, doch ihre Blase interessierte das nicht. Leise stand sie auf und eilte in geduckter Haltung durch den Saal zum Kneipeneingang. Sie schaute weder nach rechts noch links, um nicht mitzubekommen, ob man sich über ihren Abgang wunderte.

Als Luca begleitet von Gesang vom Saal aus in die eigentliche Kneipe trat, sah sie sich hektisch um und entdeckte rechter Hand das WC-Schild.

Zu ihrer Verwunderung gab es nur einen Waschraum und keine Trennung zwischen Mann und Frau, was sie aber sogleich nicht weiter erstaunte – das eigentümliche Dorf setzte sich wahrscheinlich einfach über gängige Vorschriften hinweg.

Sie öffnete die Tür, trat in einen kleinen Raum mit Waschbecken und zwei Toilettenkabinen. Eilig riss sie eine der Türen auf, pfefferte sie hinter sich zu und saß Sekunden später aufatmend auf der Toilette.

Wie sie diese »Urinüberfälle«, wie sie sie selbst nannte, hasste. Zu ihrem großen Glück passierte ihr das niemals im Dienst, wenn sie in Aktion war. Nur in gelockerter Atmosphäre, wenn die Anspannung oder Aufregung sie plötzlich überkam – wie bereits gestern Vormittag im Zug.

Luca hörte, wie sich die Tür zum Waschraum öffnete und eine weitere Person sich in die Nebentoilette begab. Es würde sie nicht wundern, wenn es Livke wäre, die sie weiter volllabern wollte, oder der Dorfcasanova Sven Leber, der den Fängen seiner Frau für wenige Minuten entkommen war. Luca grinste – beides konnte sie sich vorstellen.

Sie betätigte die Spülung, öffnete die Tür und wusch sich gründlich die Hände am Waschbecken. In dem alten Spiegel sah sie sich nur verzerrt, aber sie konnte erkennen, dass sie von dem Glas Wein gerötete Wangen hatte. Sie beugte sich vor und spritzte ein wenig kaltes Wasser in ihr Gesicht, als sie Spülung rauschen hörte und die Toilettentür hinter ihr aufging.

Noch während sie über das Becken gebeugt dastand, stellten sich die feinen Härchen auf ihren Armen auf und ihre Schultern verkrampften sich. Ein bekannter Duft flog ihr in die Nase und sie fühlte sich augenblicklich um einen Tag zurückversetzt. Sie drehte das Wasser ab, richtete sich langsam auf und sah in ein tiefdunkles Augenpaar, das ihr aus dem Spiegel entgegenblickte.

Livke Trapp

Serviermädchen

19:41 Uhr
Mittwoch, den 9.3.2000, Butwanjendorf

Mann, was für eine Arbeit. Wie viele Leute heute hier sind! Ich habe sie ja nicht gezählt, aber über zweihundert sind es auf jeden Fall, die sich auf das große Zelt, wo sie an vielen Biertischen sitzen können, und auf die im Garten aufgestellten Bistrotische verteilt haben. Ich habe bestimmt schon tausend Gläser Sekt eingeschenkt.

Mit der Marit klappt das echt gut, auch wenn sie heute zum ersten Mal bedient. Sie ist ja auch keine Kellnerin, sondern sie lernt im *Angerer* Beiköchin. Und selbst der Idiot Daniel macht seine Arbeit gut. Wir mussten bisher nicht ein einziges Mal auf eine neue Flasche warten. Er hat sie immer schon geöffnet, wenn wir sie brauchen. Zum Glück gibt es noch eine zweite Bar, an der sich die Gäste alle anderen Getränke holen können. Den Sektempfang haben wir ja schon mal gut hinter uns gebracht, jetzt müssen wir nur noch die Häppchen verteilen, bevor es das Essen gibt.

Vielleicht habe ich ja trotz der ganzen Arbeit Zeit, mich mal unters Volk zu mischen und ein wenig mit dem Jan, unserem heißen Feuerwehrmann, oder dem superintelligenten Manuel zu flirten. Hoffentlich ergibt sich mit einem der beiden was.

»Livke, würdest du bitte die Bistrotische abräumen, dort stehen einige leere Gläser.«

Adam steht direkt vor mir und lächelt mich an. Ich spüre, wie ich rot werde, und augenblicklich sind Jan und Manuel vergessen. Warum muss der Mann auch so unglaublich gut aussehen? Und jetzt zwinkert er mir doch tatsächlich zu.

»Klappt alles? Fühlt ihr euch wohl?«

Und zu seinem unverschämt guten Aussehen ist er obendrein auch noch wahnsinnig nett. Wie ist so ein toller Mann nur an eine Zicke wie diese Verena geraten? Ich habe die beiden heute schon zweimal streiten hören, und jedes Mal war sie biestig und er hat trotzdem beinahe liebevoll mit ihr gesprochen. Die hat den gar nicht verdient.

»Ja, danke. Es klappt gut.« Ich versuche, ihn ebenfalls anzulächeln, glaube aber, dass nur ein dümmliches Grinsen mein Gesicht überzieht.

»Wie läuft es mit Daniel?«

»Oh, gut. Er ist schnell und aufmerksam.« Was soll ich anderes sagen, es stimmt ja. Auch wenn ich mich darüber wundere, dass er mit seiner begrenzten Auffassungsgabe so flott mitdenkt. »Ich räume rasch ab.«

Beschwingt gehe ich im Garten mit einem Tablett durch die feiernde Gästeschar von einem Bistrotisch zum anderen, lächle dabei freundlich und sammle leere Gläser ein.

Hier und da schnappe ich ein paar Wortfetzen auf und schaue interessiert auf, als ich etwas abseits im Garten neben dem großen Zelt die Verena bemerke, die mit unserem attraktiven Apotheker Leber spricht. Leider kann ich nichts verstehen und sehe nur, wie sie ihn provozierend anlächelt und dann am Zelt entlang über den Rasen in Richtung des Nachbargrundstücks zu ihrem Haus verschwindet.

Oha, jetzt gibt's gleich Ärger. Seine Ida hat die zwei auch beobachtet und zischt ihm von hinten was ins Ohr.

Mist, ich kann nicht hören was, aber so, wie die die Hände in die Hüften stemmt, ist die richtig sauer.

Total schuldbewusst dreht sich der Sven zu ihr um und zeigt ihr den Vogel, was Ida lautstark kommentiert.

»Wag nicht, mich so herablassend zu behandeln!«

Wow, ist wohl doch nicht alles so eitel Sonnenschein bei denen, wie die immer tun.

»Du hast doch was mit der«, faucht sie ihn jetzt auch noch an und ich werde hellhörig. Mit wem soll er was haben? Meint die etwa die Verena?

»Ida!«, erwidert er mahnend und nickt in meine Richtung. Ich senke schnell den Blick und eile weiter, höre aber noch, wie der im Dorf als Schürzenjäger bekannte Apotheker sagt: »Ich habe mit niemandem was!«

Mist, mich würde schon noch interessieren, wie der Streit weitergeht. Man glaubt gar nicht, was man als Kellnerin so alles mitbekommt. Die Leute nehmen einen einfach nicht wahr und so reden sie selbst in unserer Gegenwart ungeniert weiter. So geht es mir in Nordendamm in dem Hotel, in dem ich arbeite, und auch im *Angerer*, wo ich ab und an aushelfe.

Ich eile mit dem vollen Tablett zurück, hole ein neues, um gleich darauf weitere Gläser einzusammeln. Gerade als ich einen Bistrotisch an der Ecke zum großen Zelt abräume, an dem sich momentan keiner aufhält, höre ich die Zicke Verena lautstark mit ihrem älteren Bruder sprechen. Ich linse ein wenig ums Zelt, um sie besser sehen zu können, und höre, wie Roman sagt: »Verena, verdammt, reiß dich zusammen. Du blamierst uns alle.« Er hält sie dabei am Arm fest.

Verena strauchelt ein wenig, als sie sich losmachen will, und sagt matt: »Du weißt ja nicht, wie scheiße es mit dem ist.«

Mann, die redet doch nicht von Adam, oder? Das glaube ich nicht. Oder meint sie etwa ihr Baby?

»Behandelt er dich etwa schlecht?« Romans Stimme klingt ungläubig, obwohl ich weiß, dass er seinen Schwager nicht ausstehen kann.

O nein, die meint wirklich den Adam. Ich beobachte, wie Roman seine Schwester zwingt, ihn anzusehen, und ich kann ganz deutlich Verenas irre wirkenden Gesichtsausdruck im Schein der Fackeln sehen. Sie schüttelt den Kopf, nickt dann und schlägt die Hände vors Gesicht.

»Was ist denn hier los?«

O mein Gott. Adam steht auf einmal bei ihnen.

»Du ...« Roman baut sich vor ihm auf und hebt drohend die Faust.

»Spinnst du, Alter?«, knurrt Adam, schlägt die Hand lässig weg und tritt zu seiner Frau. »Verena, was ist los?«, will er von ihr wissen und seine Finger umschließen sachte ihren Arm.

Ich sehe, wie sie zusammenzuckt und …

»Livke!«

Ich drehe mich hastig um und laufe zu der Hausherrin. »Ja?«

»Wenn du hier draußen mit dem Gläserabräumen fertig bist, würdest du dann bitte dort weitermachen?« Sie zeigt auf das brechend volle Zelt. »Ich weiß ja nicht, wie das geht, aber die trinken, als ob sie verdursten würden.«

»Ja, mache ich, Frau Goldbach.«

»Danke, mein Kind. Ist sonst alles in Ordnung bei euch?«

»Ja, danke.« Diese Familie ist einfach zu nett. Und bezahlen tun sie auch wahnsinnig gut. Wir bekommen jeder fünfzehn Mark die Stunde.

Ich gehe zum nächsten Bistrotisch, räume das Tablett voll und bringe es zurück an die Theke, die in einem kleinen Zelt vor dem großen aufgebaut ist. Daniel hat, während Marit und ich unterwegs waren, sogar die mobile Spülmaschine laufen lassen und trocknet gerade die Gläser ab. Soll mir recht sein.

Als ich bemerke, dass Adam auf uns zukommt, fängt mein Herz wie verrückt an zu hüpfen. Ich studiere unauffällig sein markantes und total attraktives Gesicht. Ob er die peinliche Situation mit seiner Frau und dem Roman gut überstanden hat? Wo die Verena jetzt wohl wieder ist? Ach, kann mir doch egal sein. Hauptsache, er ist hier.

»Daniel, würdest du mir bitte kurz was helfen?«

Der Kerl lässt vor Arbeitseifer beinahe das Glas fallen und strahlt Adam an. »Ja.«

»Prima, komm mit.« Er wendet sich an mich. »Du hast ihn gleich wieder, Livke.«

Oh, den brauch ich nicht …

Marit kommt um die Ecke und ich sage ihr, dass ich im großen Zelt weiter abräume. Ich gehe nicht durch den vorderen Eingang, sondern wähle den Weg von hinten. Zwar muss ich da im Dunkeln an den Hecken am Feldrand einmal um das Zelt herum, aber so geht das alles ein wenig flotter, als wenn ich mich durch die vielen Leute im Zelt dränge.

Als ich fast am Nachbargrundstück bin, das Adam und seiner Frau gehört, vernehme ich Stimmen und bleibe stehen. Wer da wohl ein Stelldichein hat? Auch das ist etwas, was ich als Kellnerin mitbekomme. Wie oft ich schon gesehen habe, dass ein Typ im Restaurant einen runtergeholt bekommt, oder es welche auf der Toilette treiben, kann ich kaum zählen. Entweder denken die Leute wirklich, sie würden es verborgen und heimlich tun, oder meine Theorie stimmt, dass sie uns Bedienungen einfach nicht wahrnehmen.

Ich höre schon wieder die Verena. Mein Gott, die ist ja echt überall.

»Nein, ich will heute nicht!«

»Ach komm schon, ich bin extra früher von der Arbeit abgehauen, um dich durchzupoppen.«

Oh, wow, das ist hundertprozentig nicht der Adam.

»Ich will aber jetzt eigentlich nicht …«, protestiert Verena recht schwach. Wahrscheinlich ist sie geil wie immer und kommt ins Wanken.

Mann, wer war der Typ bloß? Die Stimme klingt irgendwie vertraut.

»Aber ich will!«

Unweigerlich zucke ich zusammen und halte mir eine Hand vor den Mund, um mein leises Aufstöhnen zu unterdrücken, als ich die Stimme zuordnen kann.

Mann oh Mann, das kann doch nicht wahr sein, der auch?! Das hätte ich nicht gedacht.

Wenn der Adam irgendwann einen der Typen erwischt, die mit seiner Frau rummachen, ist der Kerl tot.

Die Verena ist so ein mieses, betrügerisches Stück – warum Adam bei der bleibt, ist mir unbegreiflich.

Die muss echt aufpassen, sonst passiert wegen der irgendwann ein großes Unglück.

Kapitel 12

Sekunden verstrichen, in denen Luca fieberhaft überlegte, wie sie mit der irrsinnigen Situation umgehen sollte – was tat er hier?

Mit rasendem Pulsschlag, jedoch äußerlich ruhig griff Luca nach den Papiertüchern neben sich und drehte sich dann, ihr Gesicht abtrocknend, zu dem Mann um.

Wortlos, mit einem leichten, süffisanten Grinsen auf den Lippen, kam er einen Schritt näher ans Becken und wusch sich ebenfalls die Hände. Dabei ließ er sie nicht aus den Augen und auch Luca fixierte ihn eindringlich von der Seite.

Sie warf ihr Papiertuch in den Mülleimer und zog ein weiteres aus dem Spender, das sie ihm reichte.

Während er sich die Hände provozierend langsam abtrocknete und Luca beim Wegwerfen des Tuchs leicht berührte, brannte sich sein Blick nunmehr in ihren.

In Lucas ganzem Körper begann es zu kribbeln und sehnsüchtig starrte sie auf seine Lippen.

Als ob er genau wüsste, wie sehr er sie innerhalb weniger Sekunden erregte, fasste er sie mit einem spöttischen Lächeln an der Taille und zog sie mit einem Ruck an sich.

Ihr Herz raste, als sie den Kopf in den Nacken legte und wie hypnotisiert auf seinen dichten schwarzen Bart und seinen Mund starrte. Unglaublich, was ihr hier gerade passierte. Luisa-Carola Frey, besinn dich! Dieser Mann muss Adam sein. Zu einhundert Prozent! Der Adam, auf den jeder, allen voran ihr Bruder, dort hinten im Saal wartete. Der Adam, der unter dem Verdacht stand, den Brand damals …

Seine dunklen Augen funkelten, als er den Kopf vorneigte, »Hey, Luisa« raunte und seine Lippen heiß auf ihre legte.

Jeder zögerliche Gedanke wich, als schlagartig Stromstöße durch ihren Körper fuhren. Sie krallte ihre Hände in seine Hüften, presste sich an ihn und öffnete bereitwillig die Lippen. Vollkommen berauscht genoss sie den begehrlichen Kuss.

Seine Finger umschlossen ihre Wangen und er vertiefte den Kuss, spielte mit ihrer Zunge, erkundete ihren Mund und stöhnte genussvoll.

Luca konnte keinen klaren Gedanken fassen, so sehr betörte er sie mit seinem hingebungsvollen Zungenspiel und der Hitze seines Körpers. Sie würde doch nicht noch einmal mit ihm …? Hier?

Als würde er dasselbe denken, wurde sein Kuss mit einem Mal sanfter, er ließ von ihren Lippen ab und küsste sich einen Weg an ihrem Hals entlang. »Die Bluse gestern hat mir weitaus besser gefallen«, sagte er mit einem unterdrückten Lachen, als er an dem hochgeschlossenen Pullover stoppte und einen Schritt zurücktrat.

Intensiv sahen sie sich an. Lucas noch vor kurzem geröteten Wangen brannten nunmehr und noch immer spürte sie die Hitze, die er ausstrahlte, und gleichzeitig auch in ihr entfachte.

»Toiletten scheinen dein bevorzugter Aufenthaltsort zu sein«, stellte er trocken fest.

»Ja. Ich dachte mir schon, dass du mich hier auch ohne Austausch von Handynummern findest«, erwiderte sie weitaus gelassener, als sie sich fühlte.

»Ich muss ehrlich sagen, dass ich es bereut habe, dich nicht danach gefragt zu haben.«

»War ja nicht nötig.« Verwundert stellte Luca fest, dass er jetzt schon mehr gesprochen hatte als während der ganzen Zugfahrt.

Er ließ seinen Blick kurz durch den recht beengten Raum gleiten und sah sie aber sofort wieder begehrlich an. »Ein klein wenig mehr Platz als gestern Morgen im Zug hätten wir hier schon.«

Lucas Unterleib zog sich zusammen und sie stöhnte unwillkürlich auf, als seine Finger über ihren Hals strichen und seine Miene Sehnsucht ausdrückte. Als sein Gesicht näherkam, brachte sie zu ihrem eigenen Unwillen hervor: »Da hinten im Saal wartet ein ganzes Dorf auf dich, Adam.«

Seine Hand sank und seine Züge verhärteten sich. Ohne die geringste Verwunderung, dass sie seinen Namen kannte, fragte er rau: »Was machst du eigentlich hier?«

»Daniel ist mein Bruder«, sagte sie leise und wartete seine Reaktion ab. Er musterte sie erstaunt, öffnete den Mund, doch Luca unterbrach ihn spöttisch lächelnd: »Sag jetzt nicht, wir sähen uns nicht ähnlich.«

Er schüttelte den Kopf und sah sie weiter kritisch an. »Ich wusste nicht, dass ihr Kontakt habt. Er hat das letzte Mal vor Jahren von dir gesprochen.«

Ihrem ersten Impuls, nachzuhaken, warum er und Daniel Kontakt gehalten hatten, gab sie nicht nach, sondern erwiderte stattdessen: »Unsere Großmutter ist gestorben und das wollte ich ihm persönlich mitteilen.«

Wie grotesk die Situation doch war. Hier stand sie in einer Toilette, in einer Kneipe eines Dorfes, das nicht seltsamer sein konnte, und redete, als wäre es das Normalste auf der Welt, mit einem Mann, den sie nicht kannte, von dem sie aber bisher nichts Gutes gehört hatte, und von dem sie sich vor einem Tag in einer Zugtoilette hatte sexuell beglücken lassen.

»Das mit eurer Oma tut mir leid. Ich bin hier, weil meine Mutter gestorben ist«, sagte er und sie sah den Schmerz in seinem Blick.

»Mein aufrichtiges Mitgefühl.« Sie nickte zur Tür. »Ich weiß davon. Wie gesagt, das ganze Dorf erwartet dich dort hinten im Saal.«

Er atmete tief durch und straffte die Schultern. »Ich war seit zwanzig Jahren nicht mehr hier, hatte mir geschworen, nie wieder herzukommen, und bin es nur, weil meine Mutter sich gewünscht hat, dass ich an ihrer Gedenkfeier und Beerdigung teilnehme. Also muss ich da jetzt wohl durch.« Kurz schloss er erneut tief einatmend die Augen und bat: »Gib mir noch ein paar Minuten.«

»Okay.« Luca machte einen Schritt zur Tür, hielt jedoch inne, als er eine Hand auf ihren Arm legte. Ein Prickeln auf ihrer Haut ließ ihr sich gerade wieder beruhigendes Herz augenblicklich höherschlagen.

»Luisa …«

Er sprach ihren Namen mit so viel Gefühl aus, dass es sie zum ersten Mal nicht störte, so genannt zu werden. »Ja«, hauchte sie und sah ihn mit verklärtem Blick an.

»Ich vögle normalerweise keine Frauen auf einer Zugtoilette.«

Sie nickte leicht und erwiderte: »Und ich lasse mich normalerweise auf keiner Zugtoilette vögeln.«

»Gut …« Er nickte und wirkte dabei erleichtert.

»Ja, gut …« Sie drehte sich um und verließ mit klopfendem Herz den Waschraum.

Als sie in den düsteren Kneipenteil trat und dabei den Gesang aus dem hinteren Saal hörte, kam sie langsam zurück in die reale Welt.

Knapp zwei Tage, die aufregender und absurder nicht hätten sein können. Hatte sie am gestrigen Morgen, als sie ihre Wohnung in Mainz verlassen hatte, noch gewünscht, diese ganze Reise nicht antreten zu müssen, war sie nunmehr zwar äußerst verwirrt, aber auch irgendwie erwartungsvoll, was die nächsten Stunden bringen würden. Luca schüttelte den Kopf und schlich leise zurück in den Saal.

Gerade hörte der Gesang auf und der Pastor wandte den Blick an den Tisch der Finks. »Manuel, bist du bereit?«

Der in Lucas Augen jüngere Finkbruder, Felix' heimlicher Langzeitlebensgefährte, trat an das Rednerpult. Sie traute sich nicht, durch die Reihen zurück an ihren Tisch zu gehen, und huschte deshalb an die Theke, hinter der der Seniorwirt stand, ihr wortlos einen Wein einschenkte und das Glas vor ihr auf den Tresen stellte. Sie trank einen Schluck, verzog unmerklich über den schlechten Geschmack des Weines das Gesicht und sah zu Daniel, der immer wieder zum Eingang des Saals schaute. Der Blick ihres Bruders war beinahe verzweifelt und am liebsten hätte Luca ihm zugerufen, dass Adam da war und gleich kommen würde.

»Zwanzig Jahre ohne das Lachen meiner Schwester Verena und meines Neffen Joel. Nicht nur heute denke ich an die beiden, nein, jeden Tag sehe ich sie vor meinem inneren Auge und immer hält für einen Moment meine Welt an«, begann der Bruder der Verstorbenen, zückte ein Taschentuch und putzte sich die Nase.

Luca erkannte, dass die Trauer nicht gespielt war, und erinnerte sich an ihre seit nunmehr fünfundzwanzig Jahren bestehende tägliche Trauer. Die schmerzvolle Sehnsucht nach ihrer Mutter verging nie, sie wurde nur erträglicher an manchen Tagen, konnte aber auch in bestimmten Stunden erbarmungslos zuschlagen.

Erschrocken fuhr sie zusammen, als der Wirt ihr ein Taschentuch reichte und rau flüsterte: »Wenn der Manuel spricht, heulen immer alle.«

Sie nickte dankbar und schnäuzte sich leise.

»Ich weiß heute, dass Verena kein Engel gewesen war, wusste es damals schon, aber auch wenn sie Fehler in ihrem Leben gemacht hat, schmälert das nicht meine Trauer um sie.« Manuel sah durch die Reihen der Dorfbewohner. Zunächst blieb sein Blick für einen Sekundenbruchteil an Felix Siefer hängen, der Luca gegenüber an der Wand lehnte, bevor er zu seiner Familie schweifte und leise fortfuhr: »Heute ist ein Tag, vor dem wir uns alle gefürchtet haben. Nicht nur dass das Herz der lieben Annemie aufgehört hat zu schlagen und wir mit dem Verlust eines so liebenswerten Menschen weiterleben müssen … wir alle wissen auch, welchen letzten Wunsch Annemie auf dem Herzen hatte. Die einen haben diesen Moment, der heute noch folgen könnte, herbeigesehnt«, er schaute kurz zu Daniel, »und andere wiederum haben diesem mit Unwillen entgegengesehen.« Er musste niemanden ansehen, das Räuspern etlicher Männer im Saal reichte völlig.

Er sprach von Adam, das war Luca sofort klar.

»Aber egal, wer von uns wie über all die schrecklichen Vorfälle denkt, wir alle sind es Annemie schuldig und haben ihr versprochen, ihren Sohn mit offenen Armen zu empfangen, und …«

Ein Raunen stoppte seine Ansprache und ruckartig sahen alle Butwanjendörfer zur Tür. Auch Luca wandte den Kopf und spürte, wie sich ihr Pulsschlag beschleunigte, als sie zu dem finster blickenden Mann sah, der den Türrahmen mit seiner Statur auszufüllen schien.

Luca atmete heftig ein und aus, als er ihr einen kurzen, intensiven Blick zuwarf.

»Hallo, Adam«, begrüßte Manuel ihn. »Willkommen zu Hause.«

»Danke.«

Adams Stimme klang fest und keine Regung ließ erkennen, wie er sich fühlte. Angestarrt von einem ganzen Dorf – seinem Heimatort.

Mit einem Leuchten im Gesicht sprang ihr Bruder auf, lief schnurstracks durch den Saal, blieb vor Adam stehen und umarmte ihn.

Ein wunderliches Bild, diese zwei massigen Männer bei einer Umarmung zu beobachten, dachte Luca und war verblüfft und zugleich ein klein wenig stolz über Daniels Verhalten. Er war vielleicht nicht der Hellste, aber sein Herz saß am rechten Fleck.

»Mein Beileid zum Tod von Annemie«, sagte Daniel laut, als die Männer sich aus ihrer Umarmung lösten. »Wir sind alle froh, dass du endlich heimgekommen bist.«

Ein erneutes mehrstimmiges Räuspern veranlasste Luca, ihren Blick durch den Saal schweifen zu lassen, und was sie sah, jagte ihr einen Schauer über den Rücken. Beinahe nur feindselige Mienen, wohin sie auch schaute. Zahlreiche Augenpaare fixierten zunächst grimmig Adam – und dann sie.

Luca wandte den Blick von den Leuten ab und beobachtete, wie Adam ihrem Bruder die Hand auf die Schulter legte und im Flüsterton etwas zu ihm sagte.

»Ich wusste, du kommst. Du hast es mir versprochen.« Daniels Gesicht erhellte sich, als er das vollkommen überzeugt und keineswegs verhalten, sondern laut und abgehackt, wie es seine Art war, erwiderte: »Keiner hat mir geglaubt, aber ich wusste es. Komm mit!«

Ohne eine Antwort abzuwarten, ging er durch den Saal zu seinem Tisch und sah triumphierend in die ungläubigen Gesichter der Dorfbewohner. Diese hatten in diesem Moment keinen Blick mehr für Luca, sondern stierten Adam ohne Scham an, der mit geradem Rücken und undurchdringlicher Miene Daniel folgte. An einem der Tische verlangsamte Adam kurz die Schritte und nickte seiner Schwester Maria Fuhrmann zu, die mit unverändert starrer Miene zurücknickte.

Die zwei Männer setzten sich zu Lina, Livke und Jan. Lina grinste dümmlich, als Daniel sie Adam vorstellte. Livke kicherte albern und blieb seltsamerweise stumm, und Jan drückte die ihm dargebotene Hand von Adam kurz und sagte etwas, was Luca so weit entfernt nicht verstehen konnte.

Ihr schoss gerade durch den Kopf, dass jetzt eine gute Gelegenheit wäre, auch an den Tisch zurückzukehren, als

Manuel Fink sich räusperte und mit seiner Erinnerungsrede an seine Schwester und seinen Neffen fortfuhr.

Unkonzentriert hörte Luca zu. Sie konnte den Blick nicht von Adam wenden, der auf dem Stuhl neben ihrem Platz genommen hatte, und verwarf augenblicklich ihr Vorhaben, sich wieder hinzusetzen. Sie wollte sich weder dem Schaulaufen durch die Menge noch der unmittelbaren Nähe des Finsterlings aussetzen. Zudem hatte sie von hier hinten einen guten Überblick und konnte hervorragend die Menschen im Saal beobachten.

Als sie aus dem Augenwinkel wahrnahm, dass der Seniorwirt eine Weinflasche hob, um ihr nachzuschenken, legte sie eine Hand aufs Glas und bat leise: »Ich hätte gern ein Wasser.« Noch so einen grottig schlechten Wein konnte sie nicht vertragen. Sie war verwöhnt vom guten Rheinhessenwein und fragte sich, wie sie auch das zweite Glas überhaupt hatte leertrinken können.

Augenblicklich musste sie an ihren Alkoholexzess vor wenigen Wochen denken und verzog das Gesicht. Am liebsten würde sie diese verdammte Nacht vergessen oder, noch besser, einfach rückgängig machen. Doch zu ihrem großen Bedauern half alles nichts – sie hatte nun mal Mist gebaut.

»… schön, dass du gekommen bist, Adam«, drang die Stimme des Redners an ihr Ohr, und Luca versuchte, sich wieder auf die Veranstaltung zu konzentrieren.

»Wir treffen uns alle jedes Jahr am Abend des Zehnten, um Verena und Joel …« Manuel Fink schluckte. »… zu gedenken und …« Sichtlich ergriffen brach er ab und sah Hilfe suchend zu seiner Familie.

Lucas Blick stattdessen wanderte zu Adam, der wie versteinert dasaß und den Finksohn anstierte.

Mörder, kam ihr wieder in den Sinn und eine Gänsehaut überlief sie – hatte sie die intime Bekanntschaft eines Mörders gemacht?

Tobias Brecht

Juniormetzgermeister

18:13 Uhr
Mittwoch, den 9.3.2000, Butwanjendorf

Na dann, amüsiert euch gut, ihr zwei.« Auf die Schulter meines Bruders sowie meine schlägt je eine Hand von Adam, bevor er seine Bierflasche nimmt, uns zuprostet und weitergeht.

Augenblicklich ärgere ich mich darüber, ein leises Aufstöhnen nicht vermeiden zu können. Wo der Kerl hinhaut, wenn auch nur kumpelhaft, wächst kein Gras mehr. Ich sehe zu Jan, der sich grinsend die Schulter reibt.

»Adam hat einfach zu viel Kraft.«

»Er sollte lernen, sie zu kontrollieren«, murmle ich und trinke mein Bier leer, während ich Adam nachschaue. Diesem arroganten Schönling wünsche ich die Pest an den Hals.

Die kleine Trapp kommt mit einem Tablett voller Sektgläser vorbei und ich schnappe mir eins, als sie lächelnd vor uns stehen bleibt.

»Bitte schön«, sagt sie kurz zu mir und sieht dann meinen Bruder an. »Hallo, Jan, möchtest du auch ein Glas?«

»Danke, nein, ich bleibe lieber beim Bier.« Er hebt seine Flasche und grinst Livke an.

»Aber ich nehme noch eins«, sage ich rasch, leere das erste in einem Zug und greife nach einem neuen.

»Hey, Großer, mach mal langsam, sonst bist du gleich wieder betrunken«, weist mich mein kleiner Bruder zurecht.

»Kann dir doch egal sein.« Angestachelt von seinem »wieder« nehme ich mir ein weiteres Glas von Livkes Tablett, werfe beiden einen verkniffenen Blick zu und entferne mich mit meiner Ausbeute.

»Was ist dem denn über die Leber gelaufen?«, höre ich im Gehen Livke erstaunt fragen, und ärgere mich augenblicklich über die sarkastische Antwort meines Bruders: »Ein Pils und ein Sekt zu viel, denke ich mal.«

Arschloch! Wie viel ich trinke, geht dich einen Scheiß an. Ich hasse es, wenn der Pisser so korrekt tut. Als ob er und sein Arschlochkumpel Goldbach immer Heilige wären.

Mein fünf Jahre jüngerer Bruder und ich haben uns ja noch nie sonderlich gut verstanden, aber seine nunmehr schon über Jahre andauernde Freundschaft zu dem Penner sorgt regelmäßig für Streit zwischen uns. Vielleicht sollte ich ihm mal bei passender Gelegenheit erzählen, dass sich sein Kumpel bei Vater Geld geliehen hat, und nicht gerade wenig. Und das jetzt, wo wir selbst Kohle für zwei neue Maschinen und eine Kühltheke bräuchten und uns deshalb beim alten Fink um einen Kredit bemühen müssen. Ich habe zwar noch für eine kleine illegale Einnahmequelle gesorgt, aber wie lange die mir erhalten bleibt, ist fraglich.

Wie ich unseren Alten kenne, hat er Adam noch nicht einmal gefragt, wofür der das ganze Geld braucht. Weil er genau wie Jan findet, dass der Adam ein ehrlicher und anständiger Kerl ist. Bullshit! Er ist ein überheblicher Arsch.

»Trink nicht so viel«, mahnt in dem Moment mein Alter und humpelt auf mich zu.

Dem würde ich am liebsten eine der Krücken wegtreten, die er seit seiner Hüft-OP braucht, und mich dann auf den Hals des alten Bocks setzen und ihn augenblicklich zur Rede stellen. Jetzt, wo ich schon leicht einen sitzen habe, hätte ich den Mut dazu. Meine Wut auf ihn und seine verdammte Geldverleiherei kocht weiter hoch und ich spüre, wie mein Gesicht sich knallrot einfärbt.

»Blamier uns ja nicht, wie es die kleine Goldbach-Fink mit ihrer Familie tut«, zischt er warnend, als er bei mir ankommt und nickt in Verenas Richtung.

Nicht wirklich interessiert, ob Verena irgendetwas tut, was den Leuten nicht gefällt, schaue ich zu ihr. Sie hängt am Arm von Gernot Fuhrmann und flirtet ihn an, was ihm offenbar, ganz unüblich für den Schmalspurcasanova, nicht behagt. Ah, verstehe, Maria ist in der Nähe. Die sieht aus, als würde sie der Verena gleich an die Gurgel gehen.

»Vergleich mich nicht mit ihr«, knurre ich. »Außerdem kann sie nichts dafür. Dein ach so heiliger Adam ist daran schuld, dass es ihr schlecht geht. Und so einem gibst du auch noch unser Geld.«

Mein Vater humpelt noch einen Schritt näher zu mir und sagt ganz leise, aber mit dem mir wohlbekannten herrischen Unterton, der mir so verhasst ist: »Wem ich *mein* über Jahre sauer verdientes Geld gebe, geht *dich* einen Scheiß an. Wenn du dich mehr in der Metzgerei einbringen und nicht so viel mit deinen dubiosen Freunden aus Nordendamm rumhängen würdest, wäre das für meinen Laden weitaus einträglicher und wir müssten überhaupt nicht über Geld reden. Außerdem bekomme ich von Adam alles zurück. Bei dir lege ich schon mein ganzes Leben drauf.«

Bevor ich etwas erwidern kann, dreht er sich um, als Livke fragt: »Herr Brecht, möchten Sie vielleicht einen Sekt?«

»Danke, min Deern.« Er nimmt sich eins vom Tablett, wirft mir noch einen mahnenden Blick zu und geht weiter an einen Bistrotisch zum Angerer.

Unbändiger Zorn brodelt in mir hoch und als ich zudem noch Adams tiefes Lachen höre, umschließe ich so fest mein Sektglas, das es zerbricht.

Ich schaue durch die Menge und sehe, wie er mit der kleinen Marit und zwei weiteren Mädchen aus dem Dorf schäkert. Was finden die bloß alle an ihm? Und dann hat er auch noch die schöne Verena abbekommen. Sie hat sich diesen Arsch ausgesucht, obwohl sie jeden anderen Butwanjendörfer hätte haben können.

Ich bebe und schaue verblüfft auf das Blut an meinen Fingern. Hastig gehe an einen etwas entfernteren Tisch, an dem niemand steht, und wickle mir eine der dort herumliegenden Servietten um die Hand.

Ich muss mich abregen und aufpassen, nicht zu viel zu trinken, sonst ticke ich heute noch aus. Ich würde sie am liebsten umbringen oder ihnen so wehtun, dass ihr Leben nicht mehr lebenswert ist. Beiden – meinem Alten und Adam!

»Hey, Tobi-Süßer«, erklingt es plötzlich hell neben mir und augenblicklich werde ich nervös, als sich Verena bei mir einhakt und schmachtend zu mir aufsieht.

»Hey«, ist alles, was ich hervorbringe und spüre peinlich berührt die Hitze in meine Wangen steigen.

»Halt!«, ruft sie fordernd, als Livke mit einem erneut gefüllten Tablett an uns vorbeigeht, und greift nach deren Arm. »Nachschub, Süßer.« Sie schnappt nacheinander vier Gläser und stellt sie vor uns auf den Bistrotisch. »Lass uns so richtig einen trinken. Mit dir kann man das wenigstens.«

Sie wirft ihrem Mann, der wie viele der anderen Gäste hellhörig durch ihre laute Stimme ein Auge auf uns geworfen hat, einen provozierenden Blick zu, bevor sie ihr Glas gegen meins stößt.

»Prost, Schätzchen, auf dich, einen wirklich tollen Mann«, sagt sie nicht gerade leise und drückt sich noch ein wenig dichter an mich.

Verwirrt hebe ich mein Glas, versuche den durchdringenden Blick von Adam auszublenden, und trinke wie Verena den Sekt auf einen Zug leer.

Früher haben wir oft etwas zusammen getrunken und auch noch andere Dinge miteinander getrieben. Dinge, die mir bis heute feuchte Träume bescheren und mich für jede andere Frau versaut haben. Keine wird Verena jemals auch nur annähernd das Wasser reichen können. Sie ist für mich immer noch die heißeste Frau, die ich kenne, auch wenn sie jetzt mehr oder weniger ein seelisches Wrack und von Tabletten abhängig ist. Erst heute Mittag habe ich sie mit dem Leber am Marktplatz gesehen, bestimmt wollte sie frischen Nachschub an Medikamenten.

»Wie ich sehe, nimmst du mein ›amüsiert euch‹ recht wörtlich«, höre ich auf einmal Adam sagen, als er groß und bedrohlich an meine Seite tritt. Auch ich bin großgewachsen, aber eher von schmaler Statur, und fühle mich neben Adam sofort wie ein Winzling. Sein Blick ist stechend, als er das zweite Glas von Verena an sich nimmt und gefährlich ruhig sagt: »Du solltest langsam machen, Schatz.«

Ich schaue rasch zu Verena, sehe, dass ihre Augen zu Schlitzen werden und sie sich seiner beschissenen Bevormundung widersetzen will. Doch noch bevor sie etwas sagen kann, steht plötzlich ihre Mutter neben ihr und zieht sie mit den Worten »Kommst du bitte mal mit, meine Liebe« mit sich.

»Hör auf damit«, knurrt Adam mich an, zeigt kurz auf die Getränke und Verena, und wendet sich wieder ab.

»Hör du auf, dir Geld bei meinem Alten zu leihen«, erwidere ich zischend und zucke erschrocken zurück, als Adam sich umdreht und einen Schritt auf mich zumacht.

Dicht an meinem Gesicht sagt er zwar sehr leise, aber äußerst eindringlich: »Es geht *dich* einen feuchten Dreck an, was dein Vater und ich miteinander vereinbaren. Aber es geht *mich* sehr wohl etwas an, wenn du dich von meiner Frau anmachen lässt und mit ihr säufst. Verstanden?!«

Er wartet meine Antwort nicht ab, sondern geht seiner Schwiegermutter und Frau nach.

Voll unterdrückter Wut trinke ich hastig erst mein Glas Sekt und dann das von Verena, das Adam stehen lassen hat. Dieser verdammte Arsch, wenn er doch bloß aus unserem Dorf verschwinden würde.

Kapitel 13

Lucas Schultern schmerzten vor Anspannung. Was für ein schräger, vielmehr schrecklicher Gedanke. Wenn Adam wirklich ein Mörder war, hatte er für seine Tat gebüßt? Nein, wahrscheinlich nicht. Wie hätte ihr Bruder ihn dann besuchen können? Oder hatte er ihn im Gefängnis besucht?

Verdammt, was genau ist in und vor allem auch nach dieser Brandnacht passiert, das Adam dazu bewegt hat, zwanzig Jahre seinem Heimatdorf fernzubleiben, fragte sie sich und knetete abwechselnd ihre verkrampften Schultern. Sie spürte, wie nicht nur ihr berufliches Interesse immer weiter geweckt wurde – sie wollte auch aus persönlichen Gründen mehr über den geheimnisvollen Hünen erfahren.

War er erst gestern noch ein kurzes, wenn auch nicht unbedeutendes Sexabenteuer gewesen, so hatte ihr vor wenigen Minuten stattgefundenes Zusammentreffen auf der Kneipentoilette etwas in Luca ausgelöst, was sie nicht richtig einzuordnen wusste. Alles, was sie klar definieren konnte, war ihr nur allzu deutliches, unnatürliches Herzrasen, das Adam bei ihr auslöste.

Sie wollte sich alles, was sie bisher über ihn gehört hatte, ins Gedächtnis rufen, wurde aber von der dröhnenden Stimme des Pastors abgelenkt.

»Ich danke dir, lieber Manuel, für deine ergreifenden Worte«, erlöste der Pastor in diesem Moment den aufgewühlten Redner und trat zu ihm an das Pult. »Singen wir doch jetzt gemeinsam unser zweites Lied.« Er schob Manuel in Richtung des Tischs, an dem dessen Familie saß, nickte dem Mann am Klavier zu und begann, mit sonorer Stimme zu singen: *»Der du die Zeit in Händen* *hast, Herr, nimm auch dieses Jahres Last und wandle sie in Segen …«*

Wie zuvor erklangen die Stimmen des ganzen Dorfs und Luca überlief ein Schauer.

Als der Gesang endete, räusperte der Pastor sich hinter dem Pult und fing an, der am Freitag verstorbenen Annemie Goldbach zu gedenken. Luca entnahm seinen Worten, dass Adams Mutter eine wunderbare Frau gewesen sein musste.

Sie war ganz vertieft in die Traueransprache und schreckte ein wenig zusammen, als der Wirt ihr leicht auf den Arm tippte und flüsterte: »Ich habe Ihnen von unserem besten Wein ein Glas gefüllt.«

Ihr Blick ging zu dem Weinglas auf der Theke. Entweder wollte der Wirt sie betrunken machen oder er hatte mitbekommen, wie sie sich bei dem anderen Gesöff geschüttelt hatte. Die zweite Variante kam ihr plausibler vor und so nickte sie nur stumm, griff nach dem Glas und nippte daran. Er war wirklich besser – nicht auffallend gut, aber trinkbar.

Luca drehte sich wieder dem Geschehen zu und erschrak erneut, als plötzlich ihr Bruder aufstand und rief: »Moment!«

Der Pastor verstummte augenblicklich und beobachtete, genau wie jeder andere, wie Daniel quer durch den Raum auf sie zukam.

»Du musst hier nicht stehen. Komm mit!« Er griff nach ihrem Glas, wartete kurz, bis sie sich in Bewegung setzte und ging abermals unter der Beobachtung sämtlicher Dorfbewohner quer durch den Raum zurück zum Tisch.

Luca folgte ihm mit gesenktem Blick und unnatürlich pochendem Herzen. Gleich würde sie neben Adam Platz nehmen und das machte sie auf eine eigentümliche Art nervöser als das Schaulaufen durch die Menge.

Erst als sie sich auf den freien Stuhl zwischen Livke und Adam gesetzt hatte, sprach der Pastor weiter.

Hastig trank sie einen Schluck aus ihrem Glas und hob die Lider. Die Nähe Adams konnte Luca nur allzu deutlich spüren und erneut überzog sie eine Gänsehaut. Sie wandte ihm den Kopf zu und blickte direkt in seine dunklen Augen.

Für einen Moment blendete sie die Umwelt aus und er offensichtlich auch, denn beide fuhren zusammen, als der

Pastor mitfühlend fragte: »Und, Adam, möchtest du noch etwas sagen?«

Nicht nur die Frage ließ ihren sowie Adams Kopf herumsausen, sondern auch das laute Stöhnen im Saal. Jede Menge beschämter Gesichter blickten zu ihnen – es hatte wohl keiner damit gerechnet, dass sein eigenes leises Aufstöhnen im Kollektiv so ohrenbetäubend widerhallen würde.

Luca schaute wieder zu Adam und nahm wahr, wie sich seine Miene noch mehr verfinsterte, als er nur mit verkniffenem Mund stumm den Kopf schüttelte.

Als hätte ihr Bruder nur auf diese Gelegenheit gewartet, sprang Daniel auf, eilte zum Pult und schob den Pastor etwas zur Seite. »Ich will was über Annemie sagen. Adams Mutter ist … war die liebste Frau, die es gibt … gab.«

Ihr Bruder sprach abgehackt wie immer, aber er fand ausschließlich liebevolle Worte für die Verstorbene. Ein klein wenig Stolz erfüllte Luca. Daniel schien in dem Dörfchen trotz seiner von dem Unfall zurückgebliebenen geistigen Beeinträchtigung eine Heimat und vor allem Freunde, die ihn akzeptierten, sowie in Lina eine liebevolle Partnerin gefunden zu haben. Er wirkte auf sie, als ob er mit sich und seinem Leben zufrieden wäre.

»… und an diesem schrecklichen Freitag ist auch meine liebe Oma Carola Heller gestorben.«

Luca horchte auf, als ihr Bruder in seiner Ansprache von der Einheimischen zu ihrer Großmutter wechselte. Sogleich fühlte sie wieder alle Blicke auf sich, als Daniel schonungslos ehrlich, wie er nun einmal war, sagte:

»Meine Schwester Luisa ist heute hier und hat mir vom Tod meiner Oma erzählt. Ich will, dass meine Oma hier beerdigt wird. Und ich will unseren Vater bei der Beerdigung auch hier haben. Aber ihr wisst ja alle, dass er sich nicht mehr bewegen kann, weil wir vor fünfundzwanzig Jahren diesen Unfall hatten. Er ist immer noch in dem Heim in Wiesbaden. Da habe ich ihn regelmäßig mit meiner Oma besucht. Luisa nicht. Und sie will ihn auch bestimmt nicht hier haben …«

Luca versank beinahe in ihrem Stuhl.

»… weil sie ihn sowieso nie wieder sehen will, hat meine Oma gesagt. Nie wieder …«

Luca schaltete ihre Ohren auf Durchzug und zum wiederholten Male seit ihrer Ankunft wünschte sie sich ganz weit weg. Das Raunen der Dorfbewohner nahm sie nur am Rande wahr, zu sehr war sie in diesem Moment damit beschäftigt, ihre drastische Haltung gegenüber ihrem Vater vor sich selbst infrage zu stellen. Ihr Vater hatte einen schweren Fehler begangen – aber war dieser wirklich für immer unverzeihlich? Bisher hatte Luca das geglaubt, doch langsam kamen ihr Zweifel.

»Danke, mein lieber Daniel, für deine wirklich herzlichen Worte über unsere geschätzte Annemie und deine liebe Oma«, sagte der Pastor, als Daniel abrupt verstummte und schnurstracks zu seinem Platz ging. »Zum Abschluss der heutigen Gedenkfeier singen wir noch *So nimm denn meine Hände* und im Anschluss schenken die Wirtsleute Angerer, wie es seit Jahren Tradition ist, allen einen Schnaps ein und wir erheben unsere Gläser auf die Verstorbenen.«

Luca blieb stumm, als die Stimmen im Saal erklangen, und auch Adams Lippen bildeten weiter einen Strich.

Nachdem das Lied und somit der Teil mit den offiziellen Traueransprachen geendet hatte, setzte ein reges Treiben im Saal ein. Viele helfende Hände, unter anderem auch ihr Bruder und Lina, unterstützten die Wirtsleute dabei, allen Anwesenden die Schnapsgläser zu füllen.

Verwundert schaute sich Luca um. Sie hatte erwartet, dass die Dorfbewohner nach und nach Adam ihr Beileid ausdrücken würden, aber trotz dass die meisten mehr oder weniger auffällig zu seinem Tisch schielten, machte keiner der Butwanjendörfer Anstalten, zu ihm zu kommen und zu kondolieren.

Adam unschuldig, trotz Eingeständnis, fielen Luca die Zeilen ihrer Oma ein. Hatte nur einzig und allein Annemie Goldbachs Mutterherz das glauben wollen? Denn dass die Dörfler darüber anders dachten, war für sie nur allzu offensichtlich.

»Wie kann eine Kneipe nur so viele Schnapsgläser besitzen? Das ist doch verrückt. Daniel sagte etwas von über zweihundert Einwohnern.« Luca wollte mit ihrer Frage, die beklemmende Stille am Tisch beenden und konnte dabei nicht anders, als immer wieder den Kopf über diesen seltsamen Ort zu schütteln.

Adam zuckte nur desinteressiert mit den Schultern und wandte sich an Jan. »Wollen wir den Schnaps an der Theke trinken?«

Livkes Mann sah von seinem Smartphone auf und nickte zustimmend. »Gern.« An seine Frau gewandt sagte er leise: »Trink nicht so viel, sonst redest du noch mehr Unsinn als sonst.«

»Bis später«, sagte Adam zu Luca und legte ihr ganz kurz die Hand auf die Schulter, was ihr einen wohligen Schauer über den Rücken jagte.

Nunmehr wieder allein mit Livke, hoffte Luca, dass die junge Frau sich nach der Mahnung ihres Mannes, die Luca sehr wohl mitbekommen hatte, mit ihrem Geplapper nicht zurückhalten würde. Sie sollte schließlich Augen und Ohren offen halten und war sich sicher, dass zwischen all den Banalitäten auch das ein oder andere Informative zu Tage kam.

Und Livke enttäuschte Luca nicht. »Oh, früher, als hier noch dreihundertfünfzig Einwohner gelebt haben, konnten wir Erwachsenen auch alle zusammen trinken.« Sie zeigte auf die Wand hinter ihnen. »Das ist eine Trennwand und dahinter befindet sich noch ein Raum, der fast so groß ist wie dieser hier. Wenn die Angerers den aufmachen, ist massig Platz und wir können sogar tanzen. Erst vor zwei Wochen, am Rosenmontag, haben wir hier alle zusammen Fastnacht gefeiert. Und dann am Aschermittwoch Heringsessen gehabt, aber da nur ohne die Erweiterung, genau wie noch letzte Woche den achtzigsten Geburtstag von der Adelinde, da haben wir hier einen wunderschönen Kaffeenachmittag verbracht und ...« Offenbar brach Livke ihr selbst auferlegtes Schweigegelübde, indem nun ohne Punkt und Komma jedes noch so unwichtige Dorfereignis aus ihr heraussprudelte. »... ob du es glaubst oder nicht, die Angerers können hier wirklich um die dreihundertfünfzig Leute gleichzeitig bewirten. Sie haben massig Teller, Besteck und Gläser und die Mädchen und Jungen aus dem Dorf helfen immer fleißig beim Bedienen. Ich bin von Beruf Serviererin und habe früher auch immer geholfen, auf jedem Fest.«

Luca schüttelte nur verblüfft den Kopf, sagte aber nichts dazu, sondern hob wie allen anderen wortlos ihr Glas, als in diesem Moment der Pastor rief:

»Auf die liebe Annemie, auf Verena und Joel und auf Carola Heller.«

Sie warf einen beinahe sehnsüchtigen Blick zur Theke, an der Adam und Jan die Gläser erhoben. Mit ihm hätte sie sich jetzt gern unterhalten, um mit ein paar mehr Informationen aus erster Hand gedanklich arbeiten zu können. Momentan schwirrten in ihrem Kopf einfach nur zu viele Namen herum, von denen sie nicht einmal wusste, ob sie für die rätselhafte Brandnacht relevant waren.

»Wie stehen dein Mann und Adam zueinander«, fragte sie Livke und nickte in Richtung der Männer, während sie ihr Gläschen leerte.

Bereitwillig gab diese auch darüber Auskunft: »Jan und Adam waren früher dicke Kumpel – ganz dick. Sie waren zusammen in der Schule und dann bei der Feuerwehr.«

»Hat Jan all die Jahre Kontakt zu Adam gehabt und ihn auch besucht? Wo lebt Adam eigentlich jetzt?«

»O nein, sie haben sich seit der Brandnacht nicht mehr gesehen. Nur Daniel hat …«

Sie brach ab, als eine recht fröhliche Stimme flötete: »Ich hoffe doch, Sie fühlen sich trotz des traurigen Anlasses und dem Zwischenfall heute Morgen bei den Goldbachs wohl in unserer kleinen Dorfgemeinschaft?« Ungefragt setzte sich Apotheker Leber auf den leeren Stuhl neben Luca und neigte sich vertraulich zu ihr. »Leider haben Sie nicht gerade den besten Zeitpunkt erwischt, um Ihren Bruder zu besuchen.«

Luca wusste, sie hätte erstaunt sein müssen über die nur allzu vertrauliche Art des Apothekers, aber sie erstaunte mittlerweile gar nichts mehr in diesem Kaff.

»Danke, so eine kleine Auseinandersetzung kann mir nichts anhaben und zudem sind sonst wirklich alle sehr nett zu mir.« Manche sogar übertrieben nett, fügte sie in Gedanken hinzu und rutschte demonstrativ ein wenig mit ihrem Stuhl von ihm ab.

Entweder merkte Sven Leber es nicht oder es kümmerte ihn nicht, denn er beugte sich einfach weiter vor zu ihr und sah sie mit einem gewinnenden Lächeln an. »Wenn Sie mögen, zeige ich Ihnen gern ganz in Ruhe die schönsten Ecken von Butwanjendorf.«

Er zwinkerte ihr zu und Luca musste nun doch staunen. Seine offensichtliche Anmache war frech. Schon deswegen, weil seine Frau keine zwei Meter hinter ihm am anderen Tisch saß und ihn genau beobachtete, was Luca mit einem raschen Blick in ihre Richtung erkannte. »Danke für Ihr Angebot, aber ich glaube …«

»Melden Sie sich einfach«, unterbrach er sie, während er sich erhob und nunmehr ganz dicht an ihrem Ohr wisperte: »Wir wollen doch nicht, dass Sie sich bei einem weiteren Alleingang durch den Ort Ihre hübschen Finger verbrennen.«

Bevor Luca etwas erwidern konnte, hatte er sich wieder breit lächelnd zu seiner verbissen schauenden Frau an den Nachbartisch gesellt.

War das eine Drohung gewesen? Eine in schöne Worte verpackte Warnung, ihre Nase besser nicht allzu tief in die Angelegenheiten des Dorfes zu stecken?

Daniel Heller

Fabriklageristlehrling

16:45 Uhr
Mittwoch, den 9.3.2000, Butwanjendorf

Ich habe ganz viel bei der Vorbereitung geholfen. Ich habe gut geholfen, hat Adam zu mir gesagt. Ich bin ein guter Lehrling und eine gute Hilfe, hat Adam ganz oft gesagt. Und jetzt darf ich hier, in dem kleinen Zelt direkt am Eingang des großen stehen und gucken, dass immer genug Wasser, Sekt und Orangensaft da ist. Wasser, Sekt und Orangensaft wird ganz viel gebraucht, wenn die Menschen kommen, hat Adam gesagt. Sie kommen, um Frau Goldbach zu gratulieren. Sie ist total nett. Auch zu mir. Genau wie Adam. Er ist ganz doll nett zu mir. Und seine Frau Verena ist wunderschön. Aber böse. Sie schreit mich an. Manchmal. Sie sagt Depp zu mir. Das sagen viele. Ich soll es nur nicht hören, aber sie sagen es. Depp und Idiot sagen sie. Ich bin kein Idiot. Ich bin langsam. Mein Hirn funktioniert nicht so gut. Großmutter hat mir gesagt, ich soll mein Ding machen und nicht darauf hören, was die anderen sagen. Ich bin ein guter Junge, hat sie gesagt. Ich vermisse meine Oma. Und Mama und Papa. Und manchmal vermisse ich auch meine Schwester.

Manchmal. Auch sie hat mich schon Depp genannt. Früher. Vorher. Vor unserem Unfall vor fünf Jahren. Da hab ich sie dann immer in den Schwitzkasten genommen und gehauen. Ich war immer viel stärker als sie. Sie ist jetzt siebzehn und ich erst fünfzehn. Trotzdem bin ich stärker. Adam sagt, ich soll aufpassen, wie ich mit meiner Kraft umgehe. Ich passe auf. Ich bin mit meinen fünfzehn so groß wie Adam und er ist schon über zwanzig. Er geht mit mir joggen und zeigt mir, wie ich Klimmzüge und Sit-ups machen muss, um meinen Babyspeck, wie er sagt, in Muskeln zu verwandeln. Leider kann ich nicht jeden Tag mit ihm gehen. Er sagt, dafür fehlt ihm die Zeit. Aber dienstags und donnerstags morgens holt er mich ganz früh ab und wir laufen. Ich bin auch schon zu ihm nach Hause gegangen, in sein Haus, aber da war die Verena da und hat mich angeschrien. Sie ist böse. Ich darf nicht mit Joel spielen, hat sie gesagt. Auch zu Joel und Adam ist sie manchmal böse. Aber sie ist so wunderschön. Ich beobachte sie gern. Heimlich, sodass es keiner mitbekommt. Adam wäre bestimmt sauer, wenn er wüsste, dass ich das tue. Und sie bestimmt auch. Sie würde mich anschreien und das hasse ich.

»Und Daniel, alles klar? Hast du die Getränke im Griff?«

Adam steht mit dem süßen Joel auf dem Arm vor der Theke und nickt mir zu. Die Marit und die Livke grinsen ihn an. Die sind verliebt in ihn. Die zwei müssen das Wasser, den Sekt und den Orangensaft in Gläser füllen und den Leuten bringen. Ich muss gucken, dass immer genug da ist.

»Ja, ich habe alles im Griff«, sage ich stolz. »Ich habe heute mein bestes Hemd, eine schwarze Hose und saubere Schuhe an.«

Adam lacht mich an. Er hat ganz gerade weiße Zähne. Meine sind ein bisschen schief und nicht ganz weiß. Aber auch nicht gelb. Ich putze sie jeden Morgen und Abend. Meine Oma hat gesagt, das darf ich nicht vergessen.

»Du siehst fesch aus, Daniel. Pass auf, dass sich die Mädels nicht in dich vergucken.« Er lacht wieder und zwinkert Marit und Livke zu.

Die beiden gucken mich nicht an. Sie starren Adam an, kichern und grinsen blöd. Zu mir sagen sie Depp, aber sie müssten sich jetzt mal sehen, sie gucken total doof.

»Du siehst auch gut aus. Und Joel ist süß.« Er ist wirklich total süß. Er strahlt seinen Papa an und guckt dabei nicht so blöd wie die Weiber. Überhaupt gefallen mir die zwei nicht. Mir gefällt nur eine. Aber das darf ich nicht sagen.

Adam lacht wieder ganz herzlich. Ihm glaube ich, dass er mich nicht auslacht. Bei den anderen bin ich mir immer unsicher. Seine Mama ist aber auch nett zu mir. Sie lacht mich auch nie aus. Glaube ich.

»Würdest du Joel kurz halten? Ich will nur schnell schauen, ob Mutter fertig ist.«

Adam kommt zu mir hinter die Theke und hält mir Joel hin. Hastig wische ich die Finger an meiner Hose ab. Sie sind schwitzig und ich darf den Kleinen nicht fallen lassen. Ich nehme ihn ganz vorsichtig und er guckt mich an. Hoffentlich weint er nicht. Tut er nicht. Er lacht und greift mit seinen Händchen in mein Gesicht.

»Ein Mann mit Baby kommt immer gut bei den Mädchen an«, flüstert Adam grinsend und nickt in Richtung der beiden Hühner, die ihn gackernd anstarren. Sie gackern wirklich. Und nur, weil Adam sich nah an ihnen vorbeigedrückt hat, um mir Joel zu geben. Die sind echt blöd. Das sind keine tollen Mädchen. Es gibt nur ein tolles Mädchen hier, auch wenn sie mich Depp nennt und anschreit. Sie ist so schön mit ihrem tollen roten Haar, das ich zu gern mal anfassen würde.

»Bin gleich zurück, mein Süßer«, sagt Adam ganz lieb zu seinem Sohn und küsst den Kleinen auf die Stirn.

Ich halte Joel ganz fest an mich gepresst und summe leise. *So bist du* von *Peter Maffay*. Ein schönes Lied, aber das hat im letzten Jahr ein Oli mit einem Buchstaben dabei ganz komisch neu gesungen. Joel spielt an meinem Ohr und hört mir zu. Die beiden Mädchen tuscheln und winken mit der Hand vor ihrer Stirn. Die finden mich blöd. Ich kenne diese Handbewegung. Ich werde wütend. Ich merke das. Ich atme schneller. Ich will aber nicht wütend werden, wenn ich Joel auf dem Arm habe. Ich gehe ein paar Schritte weg und drehe mich um.

»Adam?!«

Oh nein! Meine Hand verkrampft sich unter Joels Windelpopo. Aber nur die. Die andere in seinem Rücken hält ihn weiter vorsichtig. Ich darf ihm nicht wehtun.

»Adam, verdammt?!«

Das ist sie. Seine Frau. Verena. Die schöne Verena.

Ich beginne zu schwitzen. Wo ist Adam? Wenn sie mich mit dem Baby sieht, wird sie böse. Sie mag mich nicht. Sie schreit mich immer an und nennt mich Depp. Sie ist noch nicht am Zelt angekommen. Aber sie ist ganz nah. Mir tropft es von der Stirn. Oh nein, auf Joels Höschen.

»Na, mein Süßer, hat Daniel sich wieder toll um dich gekümmert«, höre ich zu meiner Erleichterung Adam sagen. Er nimmt mir Joel ab. »Danke, Daniel. Bis später.« An die Mädchen gewandt sagt er: »Ihr könnt jetzt anfangen, die Gläser einzuschenken, die ersten Gäste kommen bereits.«

Er geht aus dem kleinen Zelt. Die Marit und die Livke schauen ihm bedröppelt nach, stupsen sich dabei an und machen ihre Arbeit. Ich muss mich jetzt konzentrieren. Ich muss immer Nachschub an Wasser, Sekt und Orangensaft bringen. Das ist meine Aufgabe.

»Wo warst du?«, höre ich es da neben mir auf der anderen Seite der Zeltwand. Verena spricht da.

»Ich war mit Joel im Zelt und habe geschaut, ob die zwei Mädels und Daniel alles im Griff haben.« Das ist Adams Stimme. Sie klingt rau und tief.

»Du sollst an meiner Seite sein. Ich bin deine Frau. Tu das Kind in den Wagen.« Ihre Stimme klingt ganz angespannt. Aber sie kreischt nicht so wie immer.

»Ich lege Joel gleich in den Kinderwagen.« Adam hört sich ein wenig verstimmt an. »Hast du deine Tabletten genommen?«

»Ja! Wieso?«

Oh, sie wird gleich wieder wütend.

»Gut. Dann trink bitte keinen Alkohol. Du weißt, das harmoniert nicht.«

»Ich lasse mir von dir doch nicht verbieten, zu trinken.« Sie wird lauter.

»Ich verbiete es dir doch nicht, ich bitte dich darum.« Jetzt klingt Adam ganz angespannt.

»Was, wenn ich doch trinke? Schlägst du mich dann?« Sie hört sich ganz komisch an.

»Nein!«

»Tust du doch!«

»Nein, Verena. Bleib bitte einfach bei mir.«

»Ist das ein Befehl?«

»Nein, du wolltest doch, dass ich an deiner Seite bin. Ich will nur dasselbe.«

»Ich hasse dich und das Ding!«

Ich zucke zusammen. Der arme Adam. Der arme Joel.

»Verena, bitte.« Er hört sich jetzt ganz schlecht an.

»Geh weg mit dem und lass mich in Ruhe.«

»Verena!«, ruft er noch. Aber sie ist weg.

Und dann steht sie an der Theke. Ich gucke auf den Boden. Sie will einen Sekt. Soll ich ihr sagen, dass sie Tabletten nimmt und nicht trinken darf? Nein. Dann schreit sie mich wieder an. Ich riskiere einen vorsichtigen Blick.

»Was guckst du so, du Depp?« Sie schaut mich ganz böse an.

Sie ist so wunderschön. Ich gucke wieder auf den Boden. Ich hasse es so sehr, wenn sie mich anschreit.

Kapitel 14

Luca konnte die Worte des Apothekers für eine ganze Weile nicht einordnen – Warnung oder Drohung? Egal, was es gewesen war, es war definitiv ein weiterer Punkt, der sie darin bestätigte, dass irgendetwas in diesem Ort nicht stimmte.

Ihr Blick wanderte umher und traf auf den von Felix Siefer. Er stand wenige Meter entfernt an die Wand gelehnt, hob schmunzelnd sein Bierglas und prostete ihr zu.

Livke, die während Lucas Gesprächs mit Leber vertieft in ihr Handy neben Luca gesessen hatte, sah ebenfalls zu ihm und lächelte breit. »Das ist Felix. Doktor Felix Siefer, unser Dorfarzt. Supernett und ein wirklich attraktiver Mann.« Sie wandte sich wieder Luca zu und fragte nicht gerade leise: »Bist du eigentlich solo? Wenn ja, Felix ist es auch. Soll ich euch bekanntmachen?«

Luca bemerkte, wie sich ein paar der Köpfe an den umliegenden Tischen zu ihr drehten, und lachte auf. Für jeden gut hörbar antwortete sie: »Lass mal gut sein. Wir haben uns bereits kennengelernt und ein recht interessantes Gespräch geführt.«

»Ah, echt?« Als hätte es die vergangenen Minuten nicht gegeben, knüpfte Livke einfach dort wieder an, wo sie von Sven Leber unterbrochen worden war: »Also Jan und Adam waren früher wirklich gute Freunde, aber dann kam der Brand und Adams Schuld…« Livke wurde in ihrem neuerlichen Rederausch abermals unterbrochen, dieses Mal von Daniel.

»Lina und ich gehen eine Runde spazieren und sind in fünfundfünfzig Minuten wieder zurück.« Daniel blieb vor seiner Schwester stehen. »Du bleibst hier.«

Luca musste innerlich grinsen. Was für eine genaue Zeitangabe. Wahrscheinlich würden die zwei eine Strecke gehen, die sie hundert Mal entlangspaziert waren. Und dann seine Anweisung: Du bleibst hier! Als ob sie jetzt weggehen würde. Viel zu interessant wurden Livkes Berichte gerade. »Ist gut. Bis gleich.«

»Ach guck, die alten Finks und Roman gehen ja schon«, merkte Livke an und vergessen war offenbar alles rund um Adam und Jan. »Den Finks gehört seit vielen Generationen die Bank hier und Roman kümmert sich bereits seit zwanzig Jahren um die Geschäfte. Der alte Fink hat damals irgendwelche krummen Gelddinger gedreht, und kurz darauf hat ihn der Tod seiner Tochter und seines Enkels total aus der Bahn geworfen. Der war ja schon immer so ein bisschen in irgendwelchem spirituellen Sektenkram drin und ist dann total abgedriftet. Und mit seiner Frau, der Sonja, war eh noch nie viel anzufangen gewesen. Die hat sich einzig und allein um ihr Aussehen und das Anbeten ihres Mannes gekümmert.« Livke verzog angewidert den Mund. »Auch wenn die mit jedem Kerl, der nicht bei drei auf dem Baum war, geflirtet hat, hat die immer nur ihren Hubert geliebt. Ganz anders als ihre Tochter. Vor der Verena war keiner sicher, die … Oh, so spricht man ja nicht über eine Tote.« Wenig überzeugend heuchelte sie Bestürzung über ihre eigenen Worte.

Luca hörte deutlich die Gehässigkeit und auch ein wenig Neid heraus, und während sie die Bankiersgattin eingehend musterte, stellte sie nüchtern fest: »Wenn ihre Tochter genauso schön war, wie die Mutter heute noch ist, dann war sie bestimmt ein Blickfang für die Männer.«

»Oh ja, die Finkfrauen hätten jeden haben können.« Leise fügte sie hinzu: »Und die Verena hatte sie auch bestimmt fast alle.«

Abermals vernahm Luca diesen abfälligen Ton, wollte aber gar nicht weiter darauf eingehen. Viel mehr interessierte sie in diesem Moment Adams Verhältnis zu seiner Schwester Maria, die gerade mit ihrem Mann ein paar Meter entfernt an der Tür zur Kirche eine Auseinandersetzung zu haben schien. Luca konnte nicht verstehen, was die beiden sprachen, aber an deren Gesten, mit der sie immer wieder in Adams Richtung zeigten, konnte sie erahnen, dass es um Marias Bruder ging.

»Die Goldbach-Geschwister stehen sich wohl nicht besonders nah. Hatten die zwei in all den Jahren Kontakt?«, wollte Luca wissen, konnte sich die Frage jedoch selbst beantworten. Sie hatte bisher nicht gesehen, dass Maria und Adam, außer dem mehr als distanzierten Zunicken am Anfang, sich weiter Beachtung geschenkt hätten.

»Nein. Nach Adams Verschwinden am Morgen nach dem Feuer hat keiner von uns mehr etwas von ihm gehört. *Ich*«, sie betonte das Ich sehr deutlich und sah dabei äußerst selbstzufrieden aus, »weiß aber, dass er Kontakt zu deinem Bruder gehalten und seine Mutter Annemie sich erst vor kurzem wieder bei ihm gemeldet hat.«

Immer noch erstaunte es Luca, dass ihr Bruder, der zum Zeitpunkt von Adams damaligen Verschwinden gerade einmal fünfzehn Jahre alt gewesen war und erst ein paar Wochen hier gelebt hatte, mit ihm in Kontakt geblieben war. Doch noch verwunderlicher fand sie, dass Adam die Verbindung zu ihrem minderbemittelten Bruder nicht abgebrochen hatte. Warum? Was verband die zwei Männer?

Luca wusste nicht, worauf sie sich konzentrieren sollte. Auf Adam und ihren Bruder? Auf Maria, die verkniffene Schwester Adams? Oder auf den erst vor kurzem wieder stattgefundenen Kontakt zwischen Mutter und Sohn, von dem sie gerade zum ersten Mal gehört hatte?

Hatte Großmutter nicht irgendetwas in dieser Richtung gesagt, überlegte Luca angestrengt, und nahm sich vor, noch heute Abend alles, was sie bisher über Adam und dieses Dorf wusste, genauestens aufzuschreiben.

Vielleicht sollte ich mal Irmi Brahms fragen, ob sie ein Whiteboard in ihrem Laden hat, dachte Luca innerlich grinsend. Eines, wie sie es im Kommissariat hatten, um alle Fakten detailliert auf einen Blick erfassen zu können.

»Guck mal.« Livke stupste sie an und nickte in Richtung Kneipentür.

Die zwei Frauen, die nicht unterschiedlicher hätten sein können und erst wenige Stunden miteinander bekannt waren, beobachteten gespannt, wie Maria Fuhrmann, die ziemlich entnervt durch den Raum schritt, kurz vor der Tür von ihrem Bruder Adam angesprochen wurde. Doch nicht nur die beiden sahen der Begegnung zu, wie Luca augenblicklich feststellte, als sich eine abwartende Stille im Saal ausbreitete.

Adam bemerkte die neugierigen Blicke sofort, schaute grimmig in die Runde und legte seiner Schwester leicht die Hand in den Rücken, um sie zur Saaltür hinaus in die Kneipe zu führen.

Noch für wenige Sekunden hielt die Stille an, bevor die Dorfgemeinschaft wieder anfing, sich zu unterhalten.

Auch Livke holte Luft und sprach munter drauflos: »Die Maria und der Adam konnten sich schon als Kinder nicht ausstehen und in ihrer Jugend wurde es immer schlimmer. Na ja, eigentlich war es nur Maria, die Adam verabscheute, er war ziemlich neutral, eher gleichgültig gegenüber seiner großen Schwester.«

Luca war sofort klar, dass sie nicht weiter fragen musste, Livke würde nunmehr wieder im gedämpften Ton all den Klatsch vor ihr ausbreiten, den sie über die Dorfbewohner wusste.

»Und die Maria war überhaupt nicht begeistert, dass der Adam immer so abfällig gegenüber ihrem Gernot war. Er hat ihr sogar deutlich gesagt, dass dieser Schwerenöter nicht treu sei und sie sich an einen Mann binden würde, der es nicht wert wäre.« Sie senkte die Stimme erneut und nickte in Richtung des Ortsbürgermeisters, der wieder zwei Tische entfernt Platz genommen hatte. »Der hatte auch mal was mit Verena gehabt und man hat damals sogar gemunkelt, dass die beiden noch ein Verhältnis hatten, als sie bereits mit Adam verheiratet und Joel auf der Welt war.«

Luca warf einen unauffälligen Blick zu dem Ortsoberhaupt, der gerade einer der jungen Serviererinnen zuzwinkerte, und fragte sich verwundert, wie man als Frau ein Verhältnis mit ihm haben konnte, wenn man mit einem Mann wie Adam verheiratet war. Natürlich sah Gernot Fuhrmann gut aus und versprühte auch Charme, aber im Vergleich zu Adam Goldbach rutschte er auf der Attraktivitätsskala ganz klar nach unten.

»Und Adam wusste davon?«

»Nein«, sagte Livke entsetzt. »Hätte er das gewusst, hätte er den Gernot totgeschlagen, würde es heute wahrscheinlich noch tun, also pssst.« Sie hielt einen Finger an ihre Lippen und sah Luca verschwörerisch an.

Puh, Mädchen, dachte Luca, dann musst du dein loses Mundwerk aber hüten. Sie konnte sich nicht vorstellen, dass Livke nur bei ihr so redselig war. Oder vielleicht doch? Vielleicht war sie es, weil ihr sonst keiner mehr zuhörte, selbst ihr Mann nicht?

Wie zur Bestätigung ihrer Gedanken sagte Livke: »Ich hab das echt noch keinem erzählt, aber bei dir …« Sie machte eine bedeutungsvolle Pause, legte ihre Hand auf die von Luca, als ob sie beste Freundinnen wären, und fuhr augenblicklich fort, mit ihrem Tratsch von einem der Anwesenden zum anderen zu springen.

In Livke hatte Luca wirklich eine Quelle der Information gefunden.

Lucas Blick traf auf den von Felix Siefer, der bei ein paar älteren Damen stand und seinem gequälten Lächeln nach, nach einem Entkommen sehnte.

Verschwörerisch lächelnd nickte sie ihm zu, wandte sich wieder an Livke und hörte ihr weiterhin konzentriert zu – das Wissen der Dorftratsche schien grenzenlos zu sein.

Die Zeit verging rasend schnell und Luca staunte über Livkes unendlichen Mitteilungsdrang. So Zeugen wünschte sie sich als Kommissarin öfters.

Ohne sie direkt darauf ansprechen zu müssen, berichtete Livke zunächst von der Geburtstagsfeier Annemie Goldbachs und ein paar ihrer eigenen Beobachtungen an diesem Tag. Dann von dem eigentümlichen Verhalten von Adams Frau Verena und nicht zuletzt von dem nächtlichen Brand, der schlussendlich zwei Menschenleben gefordert und das ganze Dorf erschüttert hatte.

»… und dann hat Doktor Siefer den Tod … also der Senior, Tillmann Siefer, nicht sein Enkel Felix …« Livke zeigte zu dem älteren Herrn ein paar Tische weiter, zu dem sich gerade sein Enkel gesellte. »… der Felix war zu dieser Zeit nämlich für sein Medizinstudium in Hamburg und hat von alldem nichts mitbekommen«, sprang Livke in ihrer Erzählung von dem alten Doktor zu seinem Enkel, ohne ihren zuvor begonnenen Satz zu beenden.

Luca war weiterhin bemüht, der teils sehr diffusen Wiedergabe des Abends von vor zwanzig Jahren mit wenigen Zwischenfragen zu folgen, um die eifrig Erzählende nicht noch weiter aus dem Takt zu bringen.

»… aber wir anderen haben alle auf der Straße gestanden, gewartet bis das Feuer gelöscht war und dann die schreckliche Nachricht von der Rosi Westermann gehört, die durch die Menge gegangen ist und …« Sie senkte die Stimme, die immer wieder durch ihren Übereifer von einem Flüstern zu einem lautstarken Erzählen anschwoll, als sie in einiger Entfernung Rosi entdeckte, die zu ihnen hinüberschaute. »Also, sie ist durch die Menge gegangen und hat jedem vom Tod der beiden erzählt. Es war grauenhaft, gerade das mit dem kleinen Joel. Die Verena haben ja viele nicht ausstehen können. Viele haben sie richtiggehend gehasst, vor allem die Frauen. Am meisten gehasst hat sie die …« Abrupt verstummte sie, als an einem der Nebentische mit einem lauten Klirren ein Glas zu Bruch ging.

»Ups, war ich das? Entschuldigung«, sagte die alte Fabrikbesitzerin erschrocken und schaute ein wenig verwirrt drein.

»Aber nein, das war doch …«, sagte die Juniorwirtin Marit, die sich vor einer Weile an den Tisch gesetzt hatte, wurde aber von Agnes unterbrochen.

»Ist doch nicht so schlimm, Alma, ist ja nur Wasser«, beruhigte Agnes die alte Dame und nahm das Geschirrtuch, das Marit ihr reichte, um sich über ihre feuchte Hose zu wischen.

Mit geschickten Handgriffen schob Marit in der Zwischenzeit die Tischdeko beiseite, sammelte die großen Bruchstücke des Glases auf, nahm dann ein paar der Servietten, die herumlagen und wischte über die kleine Wasserlache auf dem Tisch.

Irmi Brahms, die ebenfalls mit am Tisch saß, legte eine Hand auf Almas und sagte beruhigend: »Das passiert. Mach dir keine Gedanken.«

Dankbar lächelte Alma Fuhrmann und seufzte. »Ja, ich habe es nur gar nicht bemerkt. Leider passiert mir so etwas in letzter Zeit häufiger. Und wenn ich eines nicht ausstehen kann, ist es, nun endgültig als tattrige Alte abgestempelt zu werden.«

»Du als tattrige Alte, Oma?« Ihr Enkel Gernot und seine Frau Maria, die, wie Luca sehr wohl registriert hatte, nach einem etwa fünfzehnminütigen Gespräch mit ihrem Bruder wieder zu ihrem Mann an den Tisch gekommen war, waren vom Nachbartisch aufgestanden und zu ihr getreten. »Keiner würde es wagen, dich als solche zu bezeichnen. Wir alle bewundern dich und deine Vitalität für immerhin stolze neunundneunzig Jahre.« Er gab Alma einen Kuss auf die Wange und sah zu Luca. »Nicht wahr, liebe Frau Frey?«

Luca nickte zustimmend. »Frau Fuhrmann, wenn Gläser umstoßen als tattrig gilt, dann ist wohl die Hälfte der Weltbevölkerung davon betroffen.«

Während die meisten der Umstehenden über Lucas Kommentar schmunzelten, war allein Maria Fuhrmanns Gesicht keinerlei belustigte Regung zu entnehmen, was Luca durchaus nicht entging. Die schmallippige Frau des Bürgermeisters starrte sie nur voller Verachtung an.

Die Stille, die sich in dem großen Saal nach dem Zerbrechen des Glases eingestellt hatte, war durch die mittlerweile wieder aufgenommenen Unterhaltungen zu einer brummenden Geräuschkulisse geworden, und schwoll nunmehr zu einer abermals enormen Lautstärke an. Um die zweihundert Menschen redeten miteinander, Kinder liefen spielend durch den Raum, Gläser und Flaschen wurden klirrend aneinandergestoßen und hier und da war fröhliches, wenn auch dem Anlass entsprechend gedämpftes Gelächter zu hören.

Livke hatte dem Gespräch eine Weile zugehört, sich jedoch irgendwann desinteressiert ihrem Handy gewidmet. Luca nahm die Sprechpause von ihr zum Anlass, sich deren letzte Anmerkung noch einmal in Erinnerung zu rufen »Am meisten gehasst hat sie die …«

Komisch, dass genau in dem Moment das Glas zu Bruch ging, überlegte Luca und schaute die Damen am Nebentisch prüfend an – Maria Fuhrmann, Ida Leber, Irmi Brahms, Marit Angerer, Agnes Klarmann und Alma Fuhrmann. Auch Livke warf sie einen prüfenden Blick zu und fragte sich: Hatte etwa eine der Frauen Verena Goldbach-Fink so sehr gehasst, um sie umbringen zu wollen?

Irmi Brahms

Kramladenbesitzerin

15:49 Uhr

Mittwoch, den 9.3.2000, Butwanjendorf

Was für ein lohnender Betrieb das heute und auch schon in den letzten Tagen war, stelle ich erfreut fest, als ich die Tageseinnahmen zähle. Beinahe jeder Butwanjendörfer hat sein Geschenk für Annemie bei mir gekauft. Meist nur Kleinigkeiten, weil sie eigentlich überhaupt nichts geschenkt haben will, aber auch dieser ganze Kleinkram hat meine Kasse letztendlich gefüllt.

Jetzt ist Mama bald zwei Jahre tot und ich habe es wirklich geschafft, das Geschäft, das meine Großeltern 1941 eröffnet haben, gewinnbringend weiterzuführen. Meine anfängliche Angst, als ich den recht gutbezahlten Näherinnenjob beim Textil Fuhrmann gekündigt habe, um das Geschäft zu übernehmen, hat sich als unbegründet erwiesen. Die Butwanjendörfer und viele Menschen aus der Umgebung halten auch mir die Treue, wie sie es bereits bei meiner Mutter und meinen Großeltern getan haben.

Mit einem glücklichen Seufzer gehe ich zur Tür, um für einen Moment Luft in den Laden zu lassen, bevor ich ihn abschließe.

»Gott, strolcht die hier immer noch herum«, murmle ich leise vor mich hin, als ich Verena auf der anderen Straßenseite entdecke. Müsste sie nicht langsam nach Hause und sich für den Geburtstag ihrer Schwiegermutter zurechtmachen? Die sieht noch genauso verwirrt aus wie vor wenigen Stunden, als sie kurz in den Laden gekommen ist.

»Hallo, Verena, alles okay bei dir?«, rufe ich über die Straße, aber sie hört mich nicht und läuft einfach weiter. Dann eben nicht.

»Hallo, Irmi«, begrüßt mich in diesem Moment die Livke Trapp, als sie an meinem Geschäft vorbeikommt.

»Hallo, Livke, geht's zu den Goldbachs?«

»Ja.« Sie bleibt bei mir stehen, hebt ihre Tasche hoch und erklärt: »Ich war schnell bei den Fuhrmanns und habe Steckdosenleisten geholt. Es gibt noch einiges vorzubereiten, bis es losgeht. Es ist ja wirklich der ganze Ort eingeladen. Wahnsinn.«

»Na, dann spute dich mal. Bis später.«

Ich bleibe noch eine Weile an der Tür stehen und beobachtete die beinahe menschenleere Dorfstraße.

Verena ist den Wiesenpfad entlang in Richtung des schmalen Durchgangs zwischen den Häusern verschwunden. Und Livke steht auf Höhe der Apotheke, vor der sie mit dem älteren Metzgersohn Tobias kurz schwätzt, bevor sie weitergeht und er die Tür zur Apotheke öffnet. Gleichzeitig geht das große Apothekerhoftor zur Dorfstraße auf, aus dem Agnes ihr Fahrrad schiebt und dabei kurz etwas zu Tobias sagt.

Auch sie hat heute den Feierabend früher eingeläutet und will sich gerade schwerfällig auf ihr Rad schwingen, als ich ihr zuwinke und laut hinüberrufe: »Hey, Agnes, kommst du noch auf einen kurzen Schwatz rüber?« Auch wenn wir erst in der Mittagspause zusammengestanden haben, freue ich mich, als sie nickt und ihr Fahrrad schiebend auf mich zukommt.

Ich muss grinsen. Jetzt läuft sie das Stück. Warum meine Freundin in ihrem Zustand nicht einfach durch den schmalen Durchgang zwischen den Häusern heimspaziert, was viel kürzer wäre, weiß ich ganz genau, auch wenn sie es nie zugeben würde. Sie fährt die Hauptstraße entlang, um hin und wieder einen Blick auf Adam erhaschen zu können. Auch wenn sie verheiratet und schwanger ist, ist für mich sonnenklar, dass sie ihm immer noch nachtrauert. Sie waren ein schönes Paar gewesen, für eine Weile, aber dann war Verena zurückgekommen und hat ihm wieder schöne Augen gemacht. Gegen ihre ehemalige Schulfreundin, na eher Schulfeindin, hatte die liebe Agnes keine Chance. Zum Glück hat sie schon kurz darauf den Björn kennen- und lieben gelernt. Und jetzt sind sie verheiratet und bekommen ihr erstes Kind. Aber den Adam himmelt sie immer noch heimlich an, das merke ich. Wenn wir in unseren Gesprächen auf ihn kommen, dann färben sich ihre Wangen und ihr Blick verklärt sich.

Hach, der Adam. Wir verstehen uns schon seit Kindheitstagen sehr gut. Wahrscheinlich weil ich eins der Mädchen war, das ihn nicht angeschwärmt hat, sondern mit ihm Fußball gespielt oder Streiche ausgeheckt habe. Er ist auch einer der Einzigen, mit dem ich je über meinen Vater geredet habe. Vielleicht weil er seinen eigenen bereits mit zwei Jahren verloren hat und wir beide ohne eine männliche Bezugsperson aufgewachsen sind. Mit Adam habe ich mich oft drüber ausgetauscht, dass ich darunter leide, dass früher kein Junge und heute kein Mann aus Butwanjendorf oder der Umgebung mich anschaut, weil keiner weiß, wer mein Vater ist.

Durch das viele Gerede im Dorf habe ich irgendwann mitbekommen, dass das 1975 der größte Skandal hier war, als meine unverheiratete Mutter mit einem Mal eine Kugel vor sich hergeschoben hat. Und weder ich noch sonst jemand wird je erfahren, wer mein Vater ist – meine Mutter hat das Geheimnis mit ins Grab genommen.

»Hey.« Agnes kommt ein wenig schnaufend an meinem Laden an und stellt ihr Fahrrad ab.

»Hallo. Da hat der Sven dich ja wirklich früher gehen lassen.«

»Ja. Aber er macht auch gleich zu. Ich denke, wenn der Tobias raus ist, schließt er ab.«

»Der ist aber in letzter Zeit oft beim Sven, oder?« Da meine Freundin nur die Achsel zuckt, winke ich ab. »Auch egal. Hach, ist es nicht schön für uns, dass Annemie heute feiert?« Ich sehe sie durchdringend an und bemerke die übliche Färbung ihrer Wangen sobald es um die Goldbachs geht.

»Ja. Zwei Stunden weniger arbeiten bringt uns das«, sagt sie in ganz neutralem Ton.

»Hast du Verena vorhin auch die ganze Zeit noch herumstrolchen sehen?«

»Die Verena? Vorhin? Ne, nur am Vormittag vor der Apotheke und dann noch mit der Sonja, als wir hier geschwätzt haben. Wieso?«

»Mir ist ja schon heute Morgen aufgefallen, als sie wie hypnotisiert auf den Schlüsselkasten gestarrt hat, dass sie wirklich immer mehr plemplem wird, aber als ich dann aus Versehen ein Gespräch zwischen der Sonja und dem Pastor gehört habe ...« Ich hebe vielsagend die Hände und schäme mich gleichzeitig ein wenig darüber, dass ich mich zum Tratschen hinreißen lasse.

Agnes zuckt nur mit den Schultern, sie sagt selten etwas Schlechtes über andere, selbst über die ihr verhasste Verena nicht.

Was war es doch für ein paar Jahre in unserem Dorf so ruhig und beinahe friedlich, als die Verena in Bremen ihre Ausbildung gemacht hat und nur ab und an für einen Besuch hier war. Ich kann eh nicht verstehen, warum sie zurück in dieses Kaff gekommen ist. Ich wäre am liebsten irgendwann auch weg, aber zuerst wollte ich nicht, als Mutter noch gelebt hat, und jetzt geht es nicht mehr, weil ich den Traditionsladen am Laufen halten möchte. Doch weg von hier kommen, wie der Klaas von den Angerers, der um die Welt als Schiffskoch reist, oder irgendwo studieren, so wie der Manuel Fink und der Felix, ist auch weiterhin ein Traum von mir.

Ich betrachte meine Freundin, die genau wie ich nicht aus diesem Dorf herauskommt. Ärztin wollte sie mal werden und die Praxis ihres Opas übernehmen, was jetzt irgendwann ihr Cousin Felix tun wird. Die Agnes hätte auch das Zeug dazu gehabt, aber irgendwie hat es dann doch nicht geklappt und sie ist Apothekenangestellte geworden. Aber okay, sie mag ihren Job, und die Glückliche hat ja auch einen Mann und ist schwanger. Was ich mir selbst hier im Dorf abschminken kann – mich wird nie ein Butwanjendörfer anrühren. Und auch keiner aus Nordendamm oder einem der umliegenden Dörfer.

Ich seufze leise bei dem erneuten Gedanken an mein Los, als uneheliches Kind mit unbekanntem Vater. Meine

Mutter hat mit meiner Geburt für einen Skandal im Ort gesorgt – und ich leide bis heute darunter. Vielleicht beteilige ich mich deshalb nicht so oft an dem dörflichen Klatsch und bleibe lieber stille Beobachterin. Ich weiß nämlich, wie es ist, wenn man im Mittelpunkt des Dorftratschs steht und oftmals hofft, man wäre unsichtbar.

Aber meiner Freundin muss ich jetzt doch mitteilen, was ich vorhin gehört und vergessen habe, ihr in der Mittagspause zu erzählen. Ich sage es ja auch nur ihr und weiß, sie tratscht es nicht weiter. »Du, die Sonja will die Verena morgen zu einem Drogentest schicken.«

»Was? Warum?« Agnes schaut mich irritiert an. »Die wissen doch, dass sie Antidepressiva nimmt, die sich nicht so gut mit Alkohol vertragen.«

»Ja, aber offenbar denkt sie, da ist noch mehr. Sie hat auf jeden Fall vorhin zum Pastor Löwisch gesagt: ›Der Termin ist morgen, und wenn ich sie hinschleifen muss, sie macht diesen verdammten Drogentest!‹ Ich habe es genau gehört, weil sie sich vorm Laden unterhalten haben, als ich die Tür kurz aufhatte.«

»Aber sie kann doch die Verena nicht gegen ihren Willen dazu zwingen.« Agnes wirkt ehrlich entsetzt.

»Das hat der Pastor auch gesagt, aber Sonja ist da anscheinend gnadenlos. ›Und wie ich kann! Du wirst schon sehen. So geht es doch nicht weiter. Und wenn der Adam nichts tut, müssen wir handeln‹, hat sie mit Nachdruck gesagt und der Pastor hat nur noch gemurmelt, dass es wohl ein guter Weg wäre.«

»Na, wenn sie meinen.«

Agnes zuckt abermals mit den Schultern und ich merke, dass sie alles rund um die Verena wenig interessiert.

»Ja, klar. Aber ein Drogentest?! Wo soll die denn Drogen herbekommen?«, wundere ich mich ehrlich.

»Bei einem solchen Test werden ja nicht nur Drogen wie Heroin, Kokain oder so festgestellt, sondern alle Substanzen, wie zum Beispiel auch Barbiturate, die zur Beruhigung oder Schmerzbekämpfung eingesetzt werden«, klärt Agnes mich auf und löst dabei den Ständer von ihrem Fahrrad. »So, jetzt muss ich aber los. Ich will noch unter die Dusche, bevor ich zu Annemie gehe. Ach Mist, verdammter!«

»Was ist?«

»Meine nervige Blase drückt wie verrückt. Ich geh schnell bei dir auf Toilette, das schaffe ich nicht bis nach Hause.« Sie klappt den Fahrradständer wieder runter und eilt vor sich hin mosernd an mir vorbei in den Laden.

Als sie ein paar Minuten später sichtlich erleichtert wiederkommt, verabschiede ich mich von ihr: »Dann bis gleich auf der Feier. Tschüss.«

»Bis dann.« Agnes lächelt mich an, schwingt sich schwerfällig auf ihr Fahrrad und fährt dann die Dorfstraße entlang.

Natürlich muss sie dafür an Adams Anwesen vorbei. Ein wenig tut mir meine Freundin leid – Adam war ihre große Liebe. Ob ich ihr erzählen soll, dass er sich bei mir Geld geliehen hat? Nein, das will er bestimmt nicht, obwohl er mir nicht ausdrücklich verboten hat, darüber zu reden. Aber warum sollte er auch? Er weiß ja, dass ich normalerweise nicht zu der Klatschfraktion im Dorf gehöre. Selbst jetzt habe ich ein wenig ein schlechtes Gewissen, weil ich das mit Verena und dem Drogentest der Agnes gesagt habe. Aber die ist genau wie ich und tratscht nichts weiter.

Ich werfe noch einen Blick über die Straße, sehe, dass mittlerweile alles ruhig ist, und schließe die Tür ab, als ich wieder in meinen Laden gehe.

Mein Blick fällt auf den Schlüsselkasten und verwundert stelle ich fest, dass zwei Schlüssel fehlen – der vom Adam und der von Annemie. Hat Ida die heute Morgen rausgegeben, als sie mich kurz vertreten hat, während ich beim Arzt war? Komisch.

Kapitel 15

»Gut, du bist noch da.«

Daniels dröhnende Stimme ließ Luca aufschauen und auch Livke hob ihren Kopf von ihrem Handy.

»Wie war euer Spaziergang?«, wollte Luca von ihrem Bruder wissen.

»Unsere Spaziergänge sind immer schön. Sind sie nett zu dir?« Er warf einen prüfenden Blick auf Livke.

»Ja, Daniel, alle sind sehr nett. Du musst dir keine Sorgen machen«, versicherte Luca ihm eilig.

»Gut.« Abrupt drehte er sich um und ging durch den Raum zu Lina, die sich mit einem älteren Paar an der Theke unterhielt.

»Also, ihr seid ja echt total verschieden«, startete Livke augenblicklich ihren nächsten Redemarathon. »Der Roman und der Manuel, also die Finkbrüder, und die Verena damals, waren auch alle drei total verschieden. Manchmal glaubt man kaum, dass die von denselben Eltern stammen.« Sie rollte die Augen und grinste dabei.

»Hatte Annemie Goldbach eigentlich noch eine verheiratete Tochter?«, wollte Luca wissen und dachte dabei an die Notiz ihrer Oma: *Schwiegersohn und Verena.*

»Nein.«

Livke schüttelte den Kopf und noch als Luca den Punkt für sich innerlich abhaken konnte – also war Gernot Fuhrmann mit Schwiegersohn gemeint – flogen ihr auch schon wieder etliche Namen der Dorfbewohner um die Ohren. Oftmals mit einer mehr oder weniger unauffälligen Geste in deren Richtung. Nach den Finks und den nicht gerade schmeichelhaften Worten über Verena Goldbach-Fink waren Maria und Gernot dran, gefolgt von Ida, Ines,

Helge, Agnes, Klaas, Sven und noch jede Menge anderer. Zu jedem gab es eine kleine Geschichte, die mal weniger interessant und mal äußerst informativ war.

Als Livke irgendwann zur Toilette huschte, nutzte Felix Siefer die Gelegenheit, um an Lucas Tisch zu kommen.

»Du hast wohl mit dem geschulten Auge einer Polizistin sofort erkannt, dass ich heute Mittag von Livke Brecht gesprochen habe und sie dir sehr viele Informationen liefern kann«, begann er und setzte sich neben sie.

»Ich würde das nur zu gern bestätigen, muss aber gestehen, dass Livke mich auserkoren hat, um mich in die Geheimnisse der Dorfgemeinschaft einzuführen«, erwiderte Luca verschmitzt grinsend.

»Und? Kommt dir etwas komisch vor?«

Luca hätte beinahe laut losgelacht, beherrschte sich aber. »Etwas? Mir kommt so gut wie alles hier komisch vor. Aber du meinst vermutlich die Sache mit Annemies Verdacht, oder? Da hat sich tatsächlich die ein oder andere Ungereimtheit aufgeworfen. Warum hatte mein Bruder als einziger Kontakt mit Adam? Warum hatte Annemie offensichtlich erst seit kurzem wieder Kontakt zu ihrem Sohn und warum forscht sie jetzt erst nach, zwanzig Jahre nach dem Unglück? Warum sie? Was ist damals genau passiert? Zu welchem Ergebnis kamen die Brandermittler? Und warum verhält sich hier jeder so merkwürdig mir gegenüber? Vor was haben die Leute Angst?« Luca holte tief Luft und stieß ein wenig lauter als gewollt hervor: »Und warum verdammt, glauben einige hier, Adam hätte seine Frau und das Kind umgebracht?«

Felix, der anscheinend von Lucas vielen Fragen ein wenig überfordert war, protestierte eindringlich: »*Ich* glaube das nicht. Nicht mehr. Annemie hat etwas herausgefunden, was Adam zu entlasten scheint, aber dafür …«

»Felix, kommst du?«, wurde ihre Unterhaltung jäh von dem alten Doktor unterbrochen, als der aus wenigen Metern Entfernung seinen Enkel zu sich rief.

Luca bemerkte, dass der Senior angesäuert war, als er sich von seiner Gesprächspartnerin, der Apothekenangestellten Agnes, abwandte und schwer gestützt auf seinen Stock in Richtung Ausgang bewegte.

Mit einem bedauernden Schulterzucken erhob sich Felix. »Es tut mir leid, aber um kurz vor sechs kam vorhin eine Medikamentenlieferung und die müssen wir noch prüfen.«

Sie warf einen Blick auf ihre Armbanduhr und fragte: »Jetzt noch? Es ist halb neun.«

»Mein Opa will das erledigt haben, und wenn er sich was in den Kopf gesetzt hat, muss es auch so gemacht werden«, erklärte er mit einem Nicken in Richtung des alten Arztes. »Du bleibst doch bestimmt noch ein bisschen. Ich bin in ungefähr einer Stunde wieder da und dann erzähle ich dir …«

»Felix!«, unterbrach ihn der laute Ruf seines Großvaters quer durch den Saal.

Luca fand die Art des alten Arztes anmaßend, behielt das aber für sich und antwortete: »Geh nur. Bis später.«

»Bis dann«, sagte Felix sichtlich erfreut und eilte zu seinem Großvater.

Derweilen drängte sich Livke an der betroffen wirkenden Agnes vorbei und kam mit einer Flasche Wein zurück an den Tisch. Von neuem plapperte sie einfach drauflos: »Da herrscht mal wieder dicke Luft zwischen dem alten Doc und seiner Enkeltochter.«

»Agnes ist die Enkelin, oder?«, reimte sich Luca zusammen. »Also sind Felix und sie Geschwister?!«

»Nein. Cousin und Cousine. Felix ist Einzelkind und seine Eltern wohnen schon ewig nicht mehr hier, sondern in Oldenburg. Agnes ist die Tochter vom Elektro-Kurt und seiner Frau Hilde, der Tochter vom Tillmann. Sie haben noch den Christian, der beim Kurt arbeitet und nie Interesse am Arztberuf hatte. Die Agnes dagegen war schon als Kind fast jeden Tag bei ihrem Opa in der Praxis, wollte sie sogar mal übernehmen. Aber Tillmann hat sie lieber an ihren Cousin Felix nach seinem Studium geben wollen und daraufhin hat Agnes die Stelle in der Apotheke angenommen. Dann hat sie irgendwann den Björn geheiratet, wurde schwanger und hat …«

»Möchtet ihr noch etwas trinken? Wasser vielleicht?«, unterbrach Jan, der wie aus dem Nichts auftauchte, seine Frau und warf ihr einen mahnenden Blick zu.

»Danke, nein, Wasser steht hier noch und Livke hat gerade Wein mitgebracht«, antwortete Luca, und wie sie beim Blick aufs Etikett sah, war es nicht der gute, den der Wirt ihr an der Theke eingeschenkt hatte. Es schüttelte sie innerlich, als Livke ihr Glas füllte, und sie rückte ihren Stuhl nach hinten. »Ich bin gleich wieder da.«

Schnellen Schrittes durchquerte Luca den Saal, achtete dabei nicht auf das erneute Beäugen von allen Seiten und verschwand im Kneipenraum. Hier blieb sie zunächst einen Moment stehen, um einmal tief durchzuatmen.

Luca verspürte eine enorme innerliche Anspannung, seit sie in diesem Dorf angekommen war. Nein, widersprach sie sich gedanklich, ich bin seit Wochen angespannt und seit gestern ist der Druck noch um ein Vielfaches gestiegen.

Zum ersten Mal, seit sich ihre Zugbekanntschaft als der von vielen als Mörder verdächtigte Adam Goldbach herausgestellt hatte, fand sie die Zeit, diese kuriose Tatsache zu verdauen. Noch immer wunderte sie sich, dass sie bei ihrem Zusammentreffen auf der Kneipentoilette keineswegs erstaunt über sein Auftauchen gewesen war. Irgendwie hatte es für sie gepasst – es passte in ihr momentanes Leben, dass sie Schwierigkeiten förmlich anzog.

Kopfschüttelnd huschte sie in den Waschraum und blieb ruckartig in der offenen Tür stehen.

»Das wird wohl zur Gewohnheit«, begrüßte Adam sie, drehte den Kopf ein wenig und sah sie intensiv an. Seine Lippen verzogen sich zu einem leichten Lächeln, während er den Hahn abdrehte und sich die Hände trocknete.

»Hatten wir nicht gesagt, später am gewohnten Ort?«, erwiderte Luca schlagfertig und wartete auf seine Reaktion. Sie schloss die Tür hinter sich und lehnte sich an.

Es war die Trauerfeier für seine Mutter und gleichzeitig der Gedenktag für seine Frau und sein Kind, und das in dem merkwürdigsten Dorf seit Menschengedenken, das er so viele Jahre gemieden hatte. Ihm muss der Kopf explodieren, überlegte Luca und meinte, die innere Anspannung, die sie bei ihm vermutete, würde sich nunmehr auch noch auf ihre bereits vorhandene übertragen.

Für einen Moment betrachtete Adam sie schweigend, bevor er leise auflachte, abwägend den Kopf hin- und herbewegte und sich in dem kleinen Raum umsah. »Da weder du noch ich ein eigenes Zuhause in diesem Kaff haben, ist das vielleicht die einzige Möglichkeit für uns, allein zu sein.« Fragend hob er eine Braue und sein Blick glitt begehrlich über ihren Körper.

»Schläfst du nicht im Haus deiner Mutter?«, wollte Luca hastig wissen, um die Bilder eines weiteren sinnlichen Quickies gleich hier auf Toilette aus ihrem Kopf zu vertreiben.

»Das ist noch nicht geklärt.«

»Mit deiner Schwester?«

»Ja, sie will mir keinen Schlüssel geben.«

»Aber ein Drittel des Hauses gehört doch dir.«

»Woher weißt du das?«

»Oh, von meinem Bruder. Aber hätte ich es nicht von ihm erfahren, hätte mir bestimmt …«

»Livke davon berichtet«, vollendete Adam ihren Satz und sagte auf ihr Nicken: »Sie war schon immer sehr redselig. Was sie wohl dazu sagen würde, wenn du und ich im Haus deines Bruders schlafen würden.«

»Bei Daniel? Wir zusammen?«, fragte Luca ehrlich entsetzt.

»Er hat mir angeboten, in der oberen Wohnung das Zimmer neben dir zu beziehen. Sehr fürsorglich, dein Bruder, wie schon immer.« Er fixierte Luca, um jede ihrer Regungen deuten zu können.

»Das wäre paradox … und bestimmt ein Thema für Livke.«

»Was wäre daran paradox?«

Mit offenem Blick sah Luca ihn an. »Wenn wir Zimmer nebeneinander hätten und diese allein nutzen würden.«

Adam nickte und ein leichtes Leuchten trat in seine Augen. »Ich habe sein Angebot noch nicht kommentiert. Weiß aber ehrlich gesagt auch nicht, ob ich so lange warten will.« Er drehte sich um, öffnete eine der Toilettentüren und rüttelte an der Kabine.

»Auf was willst du nicht warten? Und was machst du da?«, fragte Luca erstaunt.

»Ich prüfe die Belastbarkeit«, antwortete er trocken und schaute zufrieden. »Scheint noch stabil zu sein.«

Noch während Luca sich über sein seltsames Verhalten wunderte, war er mit einem schnellen Schritt bei ihr und zog sie an sich. »Wo waren wir vorhin stehen geblieben?«, raunte er, umschloss mit den Händen ihr Gesicht, neigte den Kopf und küsste sie.

Sein leidenschaftlicher Kuss berauschte Luca augenblicklich und sie erwiderte ihn innig. Kein Gedanke über den Irrsinn der Situation fand Platz in ihrem nur sehr langsam arbeitenden Hirn. Allein ihre Lust auf Adam – den Gefahr verströmenden Fremden – bestimmte ihr Handeln.

Im gleichen Moment, als Luca die Tür in den Rücken knallte, hörten sie Sven Leber galant sagen: »Nach dir, meine Teuerste.«

»Wo kommst du denn her? Hast du ein wenig frische Luft geschnappt?«, vernahmen sie ebenfalls, was Adam und sie vollends in die Wirklichkeit holte, und sie sich hastig voneinander lösten.

Noch bevor Luca mit heftigem Pulsschlag in einer der Toiletten verschwinden konnte, traten der Apotheker und die Polizeigattin Ines in den Waschraum, und Luca erkannte mit einem Blick in deren Gesichter, dass die zwei wussten, wobei sie soeben gestört hatten. Als sie die Tür hinter sich schloss, wurde ihre Vermutung auch sogleich bestätigt.

»Da hat sich ja nichts verändert, noch immer ist kein Rock vor dir sicher«, sagte Sven Leber sarkastisch und Ines fügte pikiert hinzu: »Und das auf der Trauerfeier deiner Mutter und deiner ...« Den Rest des Satzes ließ sie in der Luft hängen und schnaubte verächtlich.

Luca konnte Adams finstere Miene förmlich vor sich sehen, als er kurz angebunden erwiderte: »Kümmert euch um euren eigenen Mist.« Sie hörte eine Tür ins Schloss fallen und verfluchte ihr selbstauferlegtes Gefängnis.

»Unmöglich«, zischte Ines. »Schämen sollte sie sich. Ich wusste gleich, dass sie Ärger macht.«

Der Apotheker nahm es dann doch eher mit Humor und klopfte an die Toilettentür. »Machen Sie sich nichts draus, Frau Frey. Sie sind nicht die Erste, die auf den berühmt-berüchtigten Adam hereinfällt.«

Luca antwortete nicht, sondern wartete geduldig ab, bis die zwei den Waschraum wieder verließen und ihr Herz nicht mehr wie wild raste. Ihre Bereitwilligkeit, sich mit dem heißen Finsterling erneut auf einen Toilettenquickie einzulassen, beschäftigte sie. Aber zu ihrem Erstaunen machte sich nicht etwa irgendeine Form moralischen Bedenkens über Sex in einer WC-Kabine in ihr breit – aber ausgerechnet mit dem undurchsichtigen Adam?!

Als sie gut eine viertel Stunde später den Saal wieder betrat, wurde ihr sofort klar, dass ihre kompromittierende Situation bereits die Runde gemacht hatte. Die Blicke der noch immer zahlreich anwesenden Dörfler hafteten sich auf sie und Livke grinste sie breit an, als Luca sich wieder zu ihr setzte und einen kräftigen Schluck von ihrem Wein nahm.

»Kein Wunder, dass dich der nette Felix nicht interessiert, wenn du doch eher auf dunkle Typen stehst«, stellte Livke gänzlich unbefangen fest.

»Wer sagt das denn? Ich bin flexibel. Außerdem habe ich mich für später noch mit Felix verabredet, um ein bisschen zu quatschen«, erwiderte Luca mit einem gezwungenen Lächeln und bemerkte dabei die verstohlenen Blicke einiger Butwanjendörfer an den Nebentischen. Wenn schon Gerede, dann richtig, dachte sie sich und sah provozierend in deren Gesichter.

»Hast du Adam gesehen?«, fragte ihr Bruder hektisch, der in diesem Moment an den Tisch kam. »Er ist weg. Keiner weiß, wo er ist. Er geht doch nicht, ohne sich zu verabschieden.«

Für eine kleine Weile sagte Luca nichts, sah zunächst nur Daniel an, dessen Blick unruhig umherschweifte, und dann schaute sie mahnend zu Livke. Offenbar hatte er nichts von dem Zwischenfall gehört, und ihr wäre es auch sehr recht, wenn das so bleiben würde. »Nein. Ich weiß nicht, wo er ist. Tut mir leid.«

Ohne ein weiteres Wort drehte ihr Bruder sich um und eilte zum nächsten Tisch, an dem der Apotheker saß. Verstimmt beobachtete Luca, wie dieser ihr unerträglich grinsend mit einer Geste, als würde er seine Lippen verschließen, signalisierte, dass Daniel von ihm nichts erfahren würde.

»Wer hat es dir erzählt?«, wollte sie nun von Livke wissen.

»Sven war eben bei mir und …«

»Arschloch«, zischte Luca und schenkte sich Wein nach. Den amüsierten Blick von Livke und den fragenden von deren Mann, der kurz den Kopf von seinem Smartphone hob, ignorierte sie. Ich will hier weg, schleunigst, dachte sie und hielt nach Daniel Ausschau, der nicht mehr am Nebentisch stand.

»Suchen Sie auch meinen Bruder?«, fragte in diesem Moment die Bürgermeistergattin schroff, die mit ihrem Mann, ihrem Sohn und Alma Fuhrmann am Aufbrechen war. »Sie sollten lieber die Finger von Adam lassen, der überhebliche Kerl bringt von jeher nur Unheil.«

Überrumpelt von so viel offener Feindseligkeit, wusste Luca nichts zu antworten und blickte Hilfe suchend zu Livke, die jedoch nur albern kicherte.

Als Florian seine Urgroßmutter an ihr vorbeischob, legte die alte Dame kurz eine Hand auf Lucas Arm. »Leider hat Adam noch keiner Frau Glück gebracht. Gute Nacht, Frau Frey, bis morgen.«

Auch darauf erwiderte Luca nichts, sondern griff erneut nach ihrem Glas und trank es aus, während ihre Gedanken davonjagten: Diskretion kannte man in diesem Dorf offenbar nur, wenn es um die eigenen Angelegenheiten ging, ansonsten war Rücksichtnahme bedauerlicherweise ein Fremdwort.

»Ich komme gleich wieder«, sagte Livke immer noch kichernd und stand ein wenig unbeholfen auf.

»Und ich haue ab, ich muss morgen früh raus.« Ohne seine Frau weiter zu beachten, erhob sich Jan und verabschiedete sich von Luca: »Auf Wiedersehen.«

»Tschüss«, sagte Luca und war über Livkes Abgang irritiert. Lallte sie etwa, überlegte sie und schaute ihr nach, wie sie leicht schwankend durch den Raum ging.

Ihr selbst war auch ein wenig schwindlig und sie griff nach der Wasserflasche auf dem Tisch. Kein Alkohol mehr, beschloss sie, goss sich etwas Wasser in ihr leeres Weinglas und trank gierig ein paar Schlucke. Dabei schaute sie sich im Saal um, der sich mit einem Mal rasend schnell leerte. Mist, warum habe ich Felix nur versprochen, hier auf ihn zu warten? Ich bin müde und will nach Hause. Aber wir wollten reden. Können wir auch morgen noch. Morgen. Da war was. Daniel. Beerdigung. Bürgermeister …

In ihrem Kopf herrschte Chaos. Und wo war Adam eigentlich hin? War er nach ihrem zweiten Treffen im Waschraum einfach gegangen? Oder hatte Daniel ihn gefunden? Daniel. Wo ist der überhaupt, grübelte sie und sah sich um. Ah, da an der Theke mit seiner Freundin … mit … mit … wie heißt sie nochmal?

»Ich will ins Bett und brauche einen Schlüssel«, nuschelte sie vor sich hin und erhob sich langsam. Der Raum schien sich zu drehen und Luca konnte nur erahnen, was Irmi am Nebentisch mit besorgter Miene zu ihr sagte. »Alles gut«, stieß sie hervor und lief vorsichtig, um nicht über ihre eigenen Füße zu stolpern, in Richtung Ausgang.

Vergessen war der Schlüssel, vergessen war ihr Bruder, sie musste dringend an die frische Luft.

Als sie schwankend auf dem Gehweg stand, wusste sie nicht, wie sie durch die Kneipe gekommen war und ob sie irgendjemand gesehen hatte. Ihr war schlecht, um nicht zu sagen speiübel. Alles drehte sich und Nebel trat vor ihre Augen. Luca spürte verwundert, dass sie immer heftiger schwankte und urplötzlich ihr Gleichgewicht nicht mehr richtig halten konnte. Verdammt, was ist mit mir los, fluchte sie innerlich und versuchte, sich irgendwo festzuhalten.

Luft. Frische, kühle Luft, war das Letzte, was sie dachte, als sie jäh einen heftigen Schlag verspürte und Dunkelheit sie umgab.

Agnes Klarmann

Apothekenangestellte

13:47 Uhr
Mittwoch, den 9.3.2000, Butwanjendorf

Mist!« Fluchend steige ich kurz hinter dem Anwesen von Annemie vom Fahrrad und starre auf den Ölfleck an meiner hellen Hose. Wieder einmal habe ich die Spange nicht dabei und meine zartrosafarbene Marlenehose ist durch die Kette versaut. Das kommt von der Hektik, die ich in der kurzen Mittagspause hatte, weil ich mich mit der Irmi verquatscht habe. Verärgert schiebe ich mein Rad die Straße entlang und überlege, wie ich den Fleck wieder rausbekomme.

»Hallo, Angie«, ruft es hinter mir. Ich erkenne die Stimme sofort und drehe mich mit unnatürlich rasendem Herz um.

»Hallo, Adam.« Ich erröte, was mich sofort noch mehr ärgert als der Fleck an meiner Hose. Musste das jedes Mal sein? Warum passiert mir das immer noch? Adam und ich haben seit zwei Jahren nichts mehr miteinander. Seit er sich für Verena und ich mich für meinen Mann Björn entschieden habe. Und doch macht es mich nervös, mit ihm zusammenzutreffen.

Etwas atemlos sehe ihm entgegen, als er vom Haus seiner Mutter über die Straße auf mich zu schlendert. Er bewegt sich wie ein Panther und wirkt dabei wie ein Bär. Seine dicken schwarzen Haare glänzen im schwachen nachmittäglichen Sonnenschein und seine dunklen Augen lächeln – er ist einfach ein Traum von einem Mann.

Er deutet auf meinen Bauch und fragt: »Wann ist es denn soweit?«

Automatisch lege ich die Hand auf meine jetzt schon monströse Kugel und lächle. »Anfang Mai. Noch zwei Wochen, dann gehe ich in Mutterschutz.«

»Und geht es dir gut, Angie?«

Er sieht mich so liebevoll an, dass mein Magen sich dreht. Angie. Nur er und meine in meiner frühen Kindheit verstorbene Oma Käthe haben mich je so genannt. Beide fanden, dass Agnes zu hart klingt, und Angie viel besser zu mir passen würde.

»Danke, ja. Langsam wird es ein wenig beschwerlich, aber ich bin fit. Wie geht es dir? Läuft alles auf Hochtouren für Annemies großen Tag?« Viel zu reden bringt mich dazu, ihn nicht einfach nur anzuschmachten. Wie immer, wenn ich an Adam denke, bekomme ich ein schlechtes Gewissen gegenüber Björn. Aber nur ganz kurz, dann fällt mir auch schon wieder ein, was er mir momentan antut, und da ist meine harmlose Schwärmerei ja wohl erlaubt. Und wie immer, wenn ich Adam sehe, steigt in mir die Wut auf Verena hoch. Sie hat uns auseinandergebracht. Adam und ich waren knapp ein Jahr ein Paar gewesen, als Verena aus Bremen zurückkam und sich erst Gernot und dann Adam an den Hals geworfen hat. Diese Bitch!

»O ja, bei uns ist die Hölle los«, erwidert er herzlich lachend und mein Pulsschlag beschleunigt sich. »Mutter hat nicht genug Kerzen, meint sie.« Adam verdreht grinsend die Augen. »Also bin ich ein guter Sohn und hole schnell welche. Ich hoffe, die liebe Irmi hat noch grüne.«

»Für dich bestimmt. Und wenn nicht, besorgt sie sie dir von irgendwoher.« Da bin ich mir wirklich sicher, weil ich weiß, dass Irmi für ihren Kumpel Adam fast alles tun würde. »Du weißt aber schon, dass sie erst um halb drei wieder aufmacht?« Ich sehe auf die Uhr. »Das ist noch über eine halbe Stunde.«

»Mist!« Leicht schlägt er sich gegen die Stirn und schaut betrübt. »Daran habe ich gar nicht gedacht.«

»Dann musst du wohl später zu ihr.« Ich bedauere, dass ich ihn gleich nicht mehr sehen werde, sondern erst später auf der Feier wieder, mit allen Dorfbewohnern.

»Ihr macht doch um zwei auf, oder?« Adam legt den Kopf ein wenig schief und sieht mich fragend an.

»Ähm, ja.«

»Gut. Wenn es dir nichts ausmacht, komme ich mit und wir können uns noch ein wenig unterhalten.«

Wenn es mir nichts ausmacht? Gott, ich bin begeistert! Eine halbe Stunde allein mit Adam. Vorausgesetzt natürlich, dass kein Kunde kommt und Herr Leber seine Mittagspause ein wenig ausweitet, so wie schon öfters.

»Gern doch«, sage ich hastig und erröte wieder.

»Schön.« Lächelnd legt er eine Hand auf den Fahrradlenker und schiebt es für mich.

Wenn auch jeder denkt, Adam wäre ungehobelt, so kann ich das mitnichten behaupten. Er hat einwandfreie Manieren Frauen gegenüber. Und zwar jeder Frau gegenüber. Mit Männern verhält sich das etwas anders. Zu ihnen ist er nicht ganz so höflich. Aber zu seiner Verteidigung muss ich auch sagen, dass fast jeder Mann in Adam einen Konkurrenten sieht. Sein überaus männliches Auftreten schüchtert sie seit jeher ein und macht sie vor allem auch maßlos neidisch. Was hat diese arrogante Finktochter doch für ein Glück, einen solchen Mann abbekommen zu haben. Und was macht sie? Sie hurt rum. Betrügt den armen Adam seit dem ersten Tag. Jeder im Dorf weiß es und keiner kann es verstehen. Hier sind sich die Geschlechter ausnahmsweise einmal einig, außer natürlich denen, für die sie nur allzu bereitwillig die Beine breitmacht. Auch wenn Verena eine Schönheit ist, fragt sich doch jeder, wie sie einen Mann wie Adam betrügen kann. Denn wenn es auch keiner glauben mag, er liebt seine Frau und behandelt sie gut. Und was macht sie? Jeder weiß von ihren vielen Provokationen, dem öffentlichen Bloßstellen ihres Mannes und vor allem auch von der Lieblosigkeit gegenüber ihrem Sohn Joel.

Instinktiv lege ich eine Hand auf meinen Bauch. Wie kann eine Mutter ihr eigenes Kind nicht innig lieben?

An der Apotheke angekommen schließe ich das Hoftor auf und Adam schiebt mein Rad hinein. Er schaut sich in dem Garten um und beäugt das Wohnhaus der Lebers. Sein Gesichtsausdruck verfinstert sich. Ob er wohl von den Gerüchten gehört hat, dass seine Frau ab und an ein Stelldichein mit dem flotten Apotheker haben soll? Bestimmt weiß er von dem Getuschel. Ich selbst glaube durchaus, dass da was dran ist. Öfters habe ich sie schon hier vorm Geschäft herumscharwenzeln sehen, immer wenn Lebers Frau Ida und die Kinder nicht da sind. Meist wird der Sven dann ganz hektisch und verschwindet unter irgendeinem Vorwand aus dem Laden. Aber ich bin ja nicht blöd und denke mir so meinen Teil.

»Oh, hallo. Adam? Was machst du denn hier?«, fragt mein Chef sichtlich verwirrt, als er aus seinem Haus in den Hof tritt. Er ist offenbar nicht gerade glücklich, ihn hier zu sehen, und wirkt beinahe ängstlich auf mich.

»Hallo, Sven«, begrüßt Adam ihn kühl und mustert meinen Chef eindringlich, scheint aber nicht vorzuhaben, ihm seine Frage zu beantworten.

»Adam muss darauf warten, dass die Irmi aufmacht, und kommt solange auf ein Schwätzchen mit zu mir rein«, beeile ich mich zu erklären und schließe die Hintertür der Apotheke auf. »Komm!« Ich nicke Adam zu, dessen Blick noch immer auf meinem Chef ruht.

»Ah.« Der Sven dreht sich um und geht wieder ins Haus, dabei murmelt er: »Hab noch was vergessen.«

Als Adam mir in den Laden folgt, kann ich seinen Ärger förmlich spüren, und als ich mich zu ihm umdrehe, sehe ich in seine dunklen, zornigen Augen. Diesen Blick kenne ich – und ich weiß, er bedeutet nichts Gutes.

Kapitel 16

Lucas Kopf dröhnte und sie meinte, zu verdursten, so trocken fühlte sich ihre Kehle an. Schwerfällig öffnete sie die Augen und ihr müder Blick glitt umher.

Schwärze umgab sie. Wo war sie?

Im Bett?

Ja!

Kein Lichtstrahl lugte durch die heruntergelassenen Rollläden.

Warum war alles wie verrammelt? Normalerweise schlief sie bei weit offenem Fenster und ohne Abdunklung, egal ob im Sommer oder Winter.

Erfolglos tastete sie nach ihrem Handy, das sie für gewöhnlich auf den Nachttisch legte, und wandte leise stöhnend den Kopf. Ihr Körper folgte der Bewegung und sie befühlte das glatte Holz des Schränkchens, bis sie einen Druckknopf fand.

»Ah, verdammt«, entfuhr es ihr, als der schwache Schein der Lampe sie für ihr Empfinden grell blendete. Elendiges Pochen in ihrem Schädel ließ sie unmutig knurren und sie löschte hastig wieder das Licht.

Was war hier los?

Wie benebelt rollte Luca sich zurück, schloss die Augen und fiel nur Sekunden später erneut in den Schlaf …

… dieser eindringliche Blick aus nahezu schwarzen Augen …

… dieses spöttische Lächeln …

… diese kräftigen Hände an ihren Wangen …

… dieses Bartkitzeln an ihrem Kinn …

… dieser erregende Zungenkuss …

Luca seufzte wollig.

»Sie schläft noch immer«, vernahm sie ganz leise Adams Stimme und der dunkle Klang fühlte sich für sie wie eine sanfte Umarmung an.

Doch ein kratziges Nuscheln, das sie nicht verstand, störte plötzlich ihr Wohlbefinden und die folgenden Worte Adams rissen sie nun endgültig aus ihrer Traumwelt und brachten sie in die Wirklichkeit zurück.

»Ja, Doktor, ich habe auch heute Nacht jede Stunde nach ihr geschaut. Sie hat weder gebrochen noch war sonst etwas Ungewöhnliches.«

Nacht? Gebrochen? Was soll das bedeuten? Luca versuchte mühsam, die Augen zu öffnen, aber der Schmerz, der sogleich in ihren Kopf schoss, ließ es nicht zu.

»Das ist gut. Ich denke weiterhin nicht, dass wir sie ins Krankenhaus bringen müssen«, entgegnete knochig alt eine männliche Stimme.

Krankenhaus? Reden die über mich? Was zum Teufel ist hier los, war ihr nächster Gedanke und sie konnte, ohne die Augen zu öffnen, die zweite Stimme dem Seniorarzt zuordnen. Augenblicklich verspürte sie Widerwillen. Tillmann Siefer war ihr bereits auf der Gedenkfeier durch seine barsche und vor allem bestimmende Art unangenehm aufgefallen. Warum war Felix nicht als Arzt da, falls irgendetwas gesundheitlich nicht mit ihr stimmen sollte?

»Ich denke, das wäre ihr auch recht.«

Adams Stimme hüllte sie ein. Kein Krankenhaus, genau das war auch in ihrem Sinn.

»Warum guckt Doktor Felix Siefer nicht nach meiner Schwester?«, ertönte auf einmal die Stimme ihres Bruders laut und abgehackt. »Er ist der Arzt in Butwanjendorf.«

Da hat er allerdings recht, stimmte Luca ihm innerlich zu.

»Daniel, es ist alles gut. Du musst dich nicht sorgen. Felix kommt später auch noch einmal vorbei und sieht nach ihr«, erklärte Adam ihrem Bruder. Seine Stimme schien auf Daniel genauso beruhigend zu wirken wie auf sie selbst – und trotzdem jagte für einen kurzen Augenblick ein weiterer Gedanke durch ihren schmerzenden Schädel: Was weißt du schon von ihm?

Luca regte sich, wollte die Aufmerksamkeit der drei, ihnen zeigen, dass es ihr gutging. Aber mehr als ein leises Stöhnen und die Verlagerung ihres Arms brachte sie nicht zustande. Verdammt nochmal, was ist eigentlich passiert, überlegte sie und erinnerte sich an den grottigen Wein. Bestimmt hatte sie über den Abend verteilt drei oder vier Gläser davon getrunken – definitiv zu viel, und nicht nur des Geschmacks wegen.

»Sie war ganz offensichtlich stockbetrunken, sonst fällt man nicht einfach wie ein Stein um«, hörte Luca den alten Arzt in ihren Ohren recht abfällig sagen und Ärger regte sich in ihr. Klar, drei, vier Gläser Wein und ein Schnaps waren nicht gerade wenig, aber sie war sich ziemlich sicher, sich nicht maßlos betrunken zu haben. Der Vorfall vor ein paar Wochen hatte sie doch geläutert und sie hatte sich geschworen, nie wieder so viel zu trinken, dass sie Dinge tun würde, die verheerend sein könnten.

Mit Grauen dachte sie an ihren Alkoholabsturz vor wenigen Wochen, als sie allein in eine Bar gegangen war und sich vor Kummer, Wut und Frust hatte volllaufen lassen und dann …

»Ich weiß nicht, Doktor, sie hat auf mich überhaupt nicht so gewirkt.«

»Luisa ist Oberkommissarin und sehr verantwortungsbewusst«, ergänzte ihr Bruder vollkommen überzeugt.

»Ich kann nur sagen, was ich gesehen und vor allem gerochen habe«, sagte der Arzt bestimmt und fügte mit einem recht zynischen Unterton hinzu: »Es wäre wohl besser, wenn die Frau Oberkommissarin die nächste Zeit nicht wieder durch fremde Gärten strolchen, sondern für eine Weile das Bett hüten würde. Felix schaut dann später noch einmal vorbei. Guten Tag.«

Luca hörte die Worte des Arztes und hätte zu gern eine passende Antwort gegeben. Doch auch wenn sie sich krampfhaft wachzuhalten versuchte, war sie einfach zu müde und nickte langsam wieder ein.

Wohltuende Stille umgab sie. Kein Laut, kein Gedanke störte Luca und selbst das Pochen in ihrem Kopf war erträglich.

Eine Weile überlegte sie, ob sie es wagen konnte, die Augen zu öffnen – würde der Schmerz dann zurückkommen?

Egal, sie wollte es gar nicht ausprobieren, zu groß war der Respekt vor dem quälenden Kopfschmerz.

Was war bloß passiert, ließ sie ganz langsam den ersten klaren Gedanken zu. Doch die Erinnerung wollte nicht kommen.

Stattdessen füllte sich ihr Kopf von Informationen über all die Dorfbewohner, die ihr Livke so freigiebig geliefert hatte. Ganz offensichtlich war dieses nach außen hin langweilig und brav wirkende Dorfleben gespickt mit weitgreifenden Intrigen. Und alles schien mit Adams Familie und der seiner verstorbenen Frau zusammenzuhängen. Und natürlich mit dem verheerenden Feuer. Oder war dieser Brand letztendlich gar das Ergebnis jahrelanger Intrigen? Um die Zusammenhänge besser verstehen zu können, musste sie mehr über diese schreckliche Nacht und die Feier davor erfahren. Aber wollte sie das überhaupt?

»Nein«, flüsterte sie und zuckte zusammen. Das Wort dröhnte in ihrem Kopf nach, als hätte sie es geschrien.

Verdammt, warum bloß fühlt sich mein Schädel an, als wäre darin eine Bombe explodiert, grübelte sie und mit einem Mal rückten in Lucas Hirn Bilder in den Vordergrund, die sie allerdings nur schwer greifen konnte.

Nebel vor ihren Augen. Schwanken und die Verwunderung, ihr Gleichgewicht nicht mehr richtig halten zu können. Luft. Frische, kühle Luft. Taumeln. Ein Schlag. Und ein Sturz, gefolgt von einem schmerzhaften Aufprall. Dunkelheit. Schritte. Eine Stimme. Ihr Name – Luisa. Dann das schwerfällige Öffnen ihrer Augen – und das Gesicht von Adam ganz nah an ihrem.

Luca spürte, wie Wärme ihren Körper durchfloss und sich ein Gefühl von Geborgenheit breitmachte. Sie mochte diese Empfindung, wenn sie an Adam dachte, weitaus mehr als das von Zeit zu Zeit aufleuchtende Gefahrenschild in ihrem Kopf.

Äußerst vorsichtig hob sie die Lider und meinte, direkt vor ihrem Gesicht in zwei dunkle Pupillen, die sie eindringlich fixierten, zu blicken.

»Luisa?«

Das Gesicht verschwand, ließ Platz für ein Licht, das Luca sogleich als quälend schmerzhaft empfand, und trotzdem kämpfte sie gegen den Impuls an, die Augen wieder zu schließen.

Behutsam drehte sie ihren Kopf und augenblicklich verkrampften sich ihre Schultermuskeln und eine Gänsehaut überzog sie. Als sie die Silhouette Adams neben ihrem Bett erkannte, leuchtete unvermittelt ihr Warnschild wieder auf – Gefahr!

»Luisa.«

Lucas Herz begann zu rasen, als sie mit zusammengekniffenen Augen im schwachen Schein der Nachttischlampe Adams düstere Miene schemenhaft erkannte. Doch auch wenn sie nur Umrisse wahrnahm, spürte sie seine Anwesenheit ganz deutlich.

Wo war ihre Brille? Hatte sie etwa noch immer die Kontaktlinsen an und deswegen brannten ihre Augen wie Feuer? Trotz Matsch im Kopf setzte sich Luca vorsichtig auf.

»Geht es dir besser?«, wollte Adam zunächst wissen und betrachtete sie prüfend, während er ihr ein Glas Wasser reichte.

»Danke.« Luca griff danach und trank es durstig auf einen Zug leer. »Was ist passiert?«

»Viel.«

»Keine sehr hilfreiche Antwort«, knurrte sie und stützte den Kopf in die Hände. Sie bemerkte etwas Raues an der seitlichen Stirn. »Was ist das?« Zu angeschlagen, um den Kopf wieder zu heben, verweilte sie in der Position.

»Du hast eine kleine Platzwunde an der Schläfe und eine etwas größere am Hinterkopf. Und eine Gehirnerschütterung.«

»Was?« Leben kam in Luca und sie tastete zunächst entsetzt ihr Gesicht ab und fasste sich dann in die Haare. Deutlich spürte sie die Pflaster unter ihren Fingern. Daher also der stechende Kopfschmerz, schlussfolgerte sie, und in ihrem Hirn begann es zu rattern. »Verdammt, was ist bloß passiert?«

»Kannst du dich nicht mehr daran erinnern, dass du auf der Straße gestürzt und mit dem Hinterkopf offenbar gegen den Laternenpfahl geknallt bist?«

»Nein«, erwiderte sie zaghaft und schüttelte den Kopf, was sie besser nicht hätte tun sollen – sofort setzte ein weitaus heftigeres Pochen ein. Ihre Finger befühlten noch immer das Pflaster am Hinterkopf und die rasierte Stelle drumherum.

Luft. Taumeln. Schlag. Sturz. Aufprall. Vage Erinnerungsfetzen tauchten erneut auf, die Luca aber noch immer nicht einzuordnen wusste.

Stille erfüllte den Raum und Minuten verstrichen, bevor sie wieder etwas sagte: »Wo ist Daniel?«

»Unten. Mit Lina.«

»Und du bist hier, weil?«

»Ich bin hiergeblieben, weil Daniel absolut überfordert war. Er hat mich im Nebenzimmer einquartiert.«

»Aha.« Was Livke wohl dazu sagen würde – Adam und sie unter einem Dach, kam ihr in den Sinn, und sie beschlich das Gefühl, so ein Gespräch bereits geführt zu haben.

»Möchtest du deine Brille?«

»Woher weißt du, dass ich eine Brille trage?« Absolut unwichtig, aber sie wollte es trotzdem wissen.

»Ich habe sie in deiner Tasche gefunden, als du mehrmals nach ihr gefragt hast.«

»Habe ich?« Sie konnte sich nicht erinnern.

»Ja. Hier.« Er reichte ihr die Brille.

Nachdem Luca ihre ausgetrockneten Linsen rasch entfernt hatte, setzte sie die Brille auf und schaute sich suchend nach einer Uhr um. »Wann müsst ihr zum Friedhof?«

»Zum Friedhof?«, fragte Adam irritiert.

»Ich denke, um elf ist die Beerdigung. Und danach wollen Daniel und ich doch zum Bürgermeister wegen Omas Beisetzung.«

»Sie *war* um elf. Gestern Morgen. Und dein Bruder und ich haben mit Gernot soweit alles geklärt. Wir haben Donnerstag und es ist später Nachmittag.«

Luca sog erstaunt die Luft ein. »Was?«

»Der Doktor sagte schon, dass dir vermutlich etliche Stunden fehlen werden. Du hast aber auch die meiste Zeit geschlafen.«

»Wo ist mein Handy?« Eine eigentümliche Beklemmung befiel sie.

»Du meinst, die Einzelteile davon. Die liegen unten bei deinem Bruder.«

»Einzelteile?«

»Es muss bei deinem Sturz kaputtgegangen sein.«

»Bei meinem Sturz? Aber wie, wann?« Luca fühlte sich zunehmend hilflos ohne ihre Erinnerung.

»Das wissen wir nicht so genau. Marit hat dich blutend auf dem Bürgersteig vorm *Angerer* gefunden.«

»War ich so besoffen?«

Er zuckte mit den Schultern und sagte: »Keine Ahnung. Auf mich hast du eigentlich nicht so gewirkt, aber wer weiß. Du hast anscheinend mit Livke noch einen Wein getrunken.«

»Habe ich?« Luca versuchte, ihr Hirn anzustrengen: zurück im Saal; begafft werden; unangenehme Bemerkungen; schlechter Wein. Ja, sie hatte noch etwas getrunken. »Und wo warst du?«

»Ich bin zum Haus meiner Mutter, wo mich Daniel gefunden und aufgelöst informiert hat.«

»Hat Maria dir also einen Schlüssel gegeben?« Ha, ich weiß doch noch etwas, stellte sie erleichtert fest.

»Mmmh, nein.«

Langsam hob Luca den Kopf, der immer wieder wie von selbst auf ihre Brust sackte, und fixierte ihn. »Du bist eingebrochen?«

»Sagen wir, ich habe mir Zugang verschafft.«

»Okay, sagen wir es also so.« Das Hämmern in ihrem Kopf verstärkte sich wieder und sie bat: »Kann ich eine Schmerztablette haben?«

»Klar.« Adam gab ihr eine mit einem Glas Wasser und beobachtete sie eindringlich. »Weißt du noch, was du nach unserem Treffen in der Toilette alles getrunken hast?«

Sie reichte ihm das Glas und schüttelte vorsichtig den Kopf. »Nein, nicht genau. Aber ich weiß noch, dass ich an den Tisch zu Livke zurück bin und mich alle angestarrt haben. *Du* hast dich ja um das Schaulaufen perfekt gedrückt.«

Er ignorierte ihren Vorwurf und sagte stattdessen: »Livke hatte leider auch einen Unfall.«

»Was? Was ist passiert?«

»Oh, es ist in den letzten achtundvierzig Stunden wahnsinnig viel passiert.« Adam zögerte kurz, als bereue er es, Livke erwähnt zu haben. »Bist du sicher, das jetzt alles hören zu wollen, oder willst du dich vielleicht noch ein wenig ausruhen?«

»Ich denke, ich werde es verkraften. Ich fühle mich schon ein wenig besser. Die Tablette wirkt offenbar schnell.«

»Okay. Als ich kam, war schon Doktor Siefer bei dir und hat sich um dich gekümmert. Und dann hat Ines aufgelöst erzählt, dass Livke in der Kirche von einem herunterfallenden Gerüstbrett am Kopf getroffen worden ist.«

»O Gott, was hat sie denn da gemacht?«

»Ines sagte mir, sie habe gesehen, wie Livke recht schwankend einige Sachen zusammengeräumt hat, um diese in die Kirche zu bringen.«

»Livke hat mir erzählt, dass sie die Küsterin ist.«

»Ja.«

»Wie geht es ihr?«

Adam zuckte leicht mit den Schultern. »Nicht so gut. Während der alte Doktor dich verarztet hat, war Felix bei Livke. Er hat aber sofort den Krankenwagen gerufen, weil er mehr als nur eine Kopfverletzung vermutet hat. Das Brett ist aus großer Höhe auf sie gestürzt und sie hat anscheinend auch innere Verletzungen. Sie liegt jetzt in Oldenburg auf der Intensiv im künstlichen Koma.«

»Ach du Scheiße.« Luca war entsetzt und sie erfasste großes Mitgefühl mit Livke.

»Der Tag heute war nicht viel besser.«

»Warum? Was kann noch schlimmer sein?«

»Na ja, schlimmer? Eher ganz schön bescheiden für jeden von uns hier.«

Verständnislos sah sie ihn an.

»Du weißt doch bestimmt alles über dieses Coronavirus, das aktuell die Welt in Atem hält?«

»Ja, klar. Die Behörden haben die Lage bereits seit ein paar Wochen im Blick.«

»Bei den zwei Butwanjendörfern, die Anfang der Woche mit Fieber, Husten und Atemnot ins Krankenhaus gekommen sind, hat man das Virus festgestellt, und jetzt wurde der ganze Ort unter Quarantäne gestellt.«

»Was? Warum?«

O mein Gott, das darf nicht wahr sein, schoss ihr durch den Kopf. Sofort dachte sie an die Gemeinde in Nordrhein-Westfalen, in der es vermehrt Corona-Fälle gegeben hatte, und ihr wurde klar, dass es für sie heißen könnte, mindestens zehn Tage in diesem verflixten Nest festsitzen zu müssen.

»Ehrlich? Das fragst du?« Er schüttelte verwundert den Kopf.

»Nein, ja, ach Quatsch. Natürlich weiß ich, warum. Aber wie soll das funktionieren?«

»Da alle Dorfbewohner in den letzten zwei Wochen mindestens zwei, mit vorgestern und gestern sogar vier gemeinsame Versammlungen beim *Angerer* hatten, wurde die Quarantäne auf das ganze Dorf gelegt und nicht nur auf einzelne Personen. Das heißt, wir dürfen uns innerorts frei bewegen, können aber nirgends anders hin. Alle Zufahrtsstraßen sind abgeriegelt.«

»Unfassbar, was ich alles verpasst habe. Wäre ich doch bloß nie hier hergekommen, oder wenigstens gleich wieder abgehauen.« Luca stand vorsichtig auf und bewegte sich unruhig im Zimmer auf und ab. Sie verfluchte die Situation, in die sie sich gebracht hatte. Zuerst mit dem Versprechen an ihre Großmutter, Daniel in Butwanjendorf aufzusuchen, und dann mit dem übermäßigen Trinken auf einer fremden Trauerfeier.

»Ja, eine schnelle Abreise hätte dir jede Menge Ärger erspart, aber …«

Er ließ den Satz in der Luft hängen, doch Luca wusste auch so, was er meinte. Sie beide hätten sich nicht wiedergesehen – vielleicht nie wieder. Was ihr anfangs relativ egal gewesen wäre, aber jetzt? Was löste Adam außer dem ständigen Gefahrensignal noch in ihr aus? Sie blieb grübelnd stehen und schaute ihn eindringlich an. Herzrasen und ein aufregendes Bauchkribbeln, wie sie es schon ewig nicht mehr verspürt hatte. Ja, das war es, stellte Luca irritiert fest.

Intensiv erwiderte er ihren Blick und sagte sanft: »Ich bin froh, dass du noch hier bist.«

Luca nickte und lächelte ihn zaghaft an. Ja, verdammt, irgendwie bin ich es auch, gestand sie sich innerlich ein, sprach es aber nicht aus.

»Na ja, und jetzt, wo du wieder einigermaßen fit bist und hier im Dorf bleiben musst …«

Zu Lucas Verwunderung zögerte Adam, strich sich nahezu verlegen über den Bart und senkte kurz den Blick. Was war denn jetzt noch, überlegte sie und hoffte auf keine weitere Hiobsbotschaft.

Mit einem Mal fiel das Zögerliche von ihm ab und Adam stand abrupt auf. »Irgendetwas stimmt hier nicht und ich brauche deine Hilfe.«

Erstaunt sah Luca ihn an. Dass in diesem Kaff nicht nur irgendetwas, sondern einiges nicht stimmte, war ihr von

Anfang an klar gewesen, aber was genau meinte Adam jetzt?

»Ist das der Grund, warum du froh bist, dass ich hierbleiben muss?« Enttäuschung machte sich in ihr breit – waren ihre Beweggründe vielleicht doch verschiedene? Bildete sie sich etwa die enorme Anziehungskraft zwischen ihnen nur ein?

»Nein. Und ich glaube, das weißt du auch.«

Sein Nein war so schnell und aus tiefster Überzeugung gekommen, dass Luca augenblicklich entspannte – sie bildete sich rein gar nichts ein. »Okay. Also wobei brauchst du Hilfe?«

»In das Haus meiner Mutter wurde vermutlich eingebrochen.«

Belustigt lachte sie auf. »*Du* bist doch dort eingebrochen.«

»Nein, bin ich nicht, ich habe mir den Schlüssel von Irmi besorgt, die … Ach, egal. Irgendjemand muss im Haus gewesen sein, und ich glaube zu wissen, warum.«

»Warum?«

»Ich glaube, meine Mutter ist dahintergekommen, wer für den Brand damals verantwortlich war.«

Rosi Westermann

Malermeistergattin

12:44 Uhr
Mittwoch, den 9.3.2000, Butwanjendorf

»Das war eben doch echt ein seltsames Zusammentreffen von Mutter und Tochter, findest du nicht, Luzi?« Ich schaue von der Wirtshausbesitzerin neben mir zu der von der Dorfstraße in den Wiesenpfad davoneilenden Verena.

Wo sie wohl hingeht? Vielleicht hat sie beim alten Siefer einen Sondertermin in seiner Mittagspause? Einen Besuch bei Tillmann hat sie aber auch bitter nötig.

»Die Finkweiber sind doch immer komisch«, bestätigt meine gute Freundin, die bei diesem leicht böigen Märzwetter genau wie ich dick eingepackt neben mir auf der Bank am Marktplatz sitzt, und schüttelt beinahe angewidert den Kopf. »Ich frag mich, was die Männer an denen finden.«

»Na, man muss schon zugeben, dass beide wahre Schönheiten sind und …«

»Mmh, ja, aber sie sind dumm, und sagt man nicht immer, dumm …«

»Luzi!«

Mahnend sehe ich meine um gut fünfzehn Jahre ältere Freundin an und ziehe mir dabei den Schal ein wenig ins Gesicht, damit sie mein Grinsen nicht sieht. Dass Luzi aber auch immer so direkt sein muss. Und natürlich hat sie recht. Die Finkfrauen sind nicht nur verdammt hübsch, die Verena ist auch noch ein richtig sexbesessenes Weib, vor der unsere Männer beschützt werden müssen. Mein Lächeln erstirbt augenblicklich. Mein Mann Dirk gehört auch zu den Kerlen, die der Sonja und vor allem der Verena gern nachschauen, aber noch lieber starrt er die Annemie an. Was ich persönlich weitaus bedenklicher finde. In die Annemie Goldbach war er nämlich mal verliebt, so wie fast jeder Butwanjendorfer in seinem Alter. Und das Schlimme daran ist, dass ich es ihm nicht einmal verübeln kann, denn die Annemie ist wirklich eine tolle Frau. Nicht nur hübsch, sondern auch noch sehr nett, und das nicht nur zu den Herren der Schöpfung.

»Heute bist du aber spät dran, Irmi«, ruft Luzi über die Straße, als die junge Brahms sich eilig von der Klarmann Agnes verabschiedet, mit der sie seit einer Weile vor dem Geschäft geplaudert hat, und dann in Richtung des Personaleingangs im hinteren Teil der Fabrik eilt.

Während die Agnes lächelnd auf ihrem Fahrrad an uns vorbeifährt, dreht sich die Irmi nur im Laufen um, winkt und ruft laut: »Ja, bin ich. Ich musste noch für Agnes und einige andere Geschenke einpacken.«

Und hast dich mit deiner Freundin verquatscht, stelle ich lächelnd fest. Aber das kann schon mal passieren. Irmi huscht in ihrer Mittagspause immer die paar Meter die Straße entlang in die Fabrik der Fuhrmanns zum Essen und hilft als Gegenleistung im Anschluss den Speisesaal aufzuräumen. Diese Vereinbarung hat sie mit dem Ole getroffen, nachdem ihre Mutter Gerda gestorben ist, und sie in der Fabrik gekündigt und den Tante-Emma-Laden übernommen hat. So verbringt sie ihre Pausen in Gesellschaft und muss nicht für sich allein kochen. Sie ist ein wirklich gutes Mädchen und hat ihre Mutter immer unterstützt, wo sie nur konnte. Bei dem Gedanken werde ich ein wenig neidisch. Die Gerda hat die Irmi allein großgezogen und sie ist wirklich gut geraten.

Mein vierundzwanzigjähriger Eike dagegen, unser einziges Kind, macht mir immer wieder Sorgen. Er ist geistig wie auch sozial ein wenig zurückgeblieben und der Dirk und ich wissen oft nicht, wie er irgendwann einmal ein eigenständiges Leben führen soll. Wir haben ihn mit fünfzehn als Malerlehrling in unserem Betrieb angestellt, weil er die Schule nicht geschafft hat. Aber schon die Zwischenprüfung konnte er nicht meistern und hilft seitdem seinem Vater halt, so gut er kann.

Ich seufze leise – man hat es als Mutter nicht leicht.

»Alles gut bei dir, Rosi?«

»Jaja, alles gut.« Auch die Luzi kennt die Sorge um ein Kind nicht. Ihr Klaas hat in einem Hotel gelernt, arbeitet momentan auf einem Kreuzfahrtschiff und will die Kneipe der Angerers später auf jeden Fall weiterführen.

Beinahe seufze ich erneut, doch ich reiße mich zusammen und frage stattdessen neugierig: »Sag mal, hast du etwas davon gehört, dass der Adam sich bei ein paar Dörflern Geld geliehen haben soll?«

»Was? Wofür?«

»Weiß ich nicht, kam mir nur so zu Ohren.« Dass ich einen Streit vom Gunnar mit seinem Tobias mitbekommen habe, sage ich nicht.

»Nee, davon weiß ich nichts. Der soll sich ja wagen, meinen Pit zu fragen! Der wäre nämlich so dämlich und würde ihm welches geben. Warum fragt der denn nicht seine steinreichen Schwiegereltern?«

»Keine Ahnung, aber vom alten Fink habe ich gehört, dass er irgendwelche Geldprobleme haben soll. Dirk meinte, wir sollten vielleicht darüber nachdenken, die Bank zu wechseln.«

Luzi schnaubt auf, erhebt sich und schnappt ihre Tasche. »Nee, ich hab weder von dem einen noch von dem anderen was mitbekommen. Ist bestimmt alles nur Getratsche.«

Ich erhebe mich ebenfalls und hake mich bei ihr ein. »Ja, vermutlich. Nehmen wir den kurzen Weg?«

»Nein, lass uns noch ein wenig die Beine vertreten.«

Schweigend gehen wird die Dorfstraße entlang, in der es um die Mittagszeit immer sehr ruhig ist, und biegen rechts auf die Hauptstraße ein. Vor dem Haus der lieben Annemie dagegen herrscht heute reger Verkehr und wir bleiben kurz stehen, als wir Sonja Fink vom Grundstück kommen sehen und sie uns fröhlich grüßt.

»Hallo, die Damen. Ein Mittagsspaziergang?«

»Ja, die frische Luft tut uns gut«, erwidere ich freundlich lächelnd, währenddessen Luzi nur ein unwilliges Knurren von sich gibt – sie macht wirklich keinen Hehl daraus, die Sonja nicht zu mögen. »Hast du deinen Kuchen abgegeben?«, frage ich hastig, um die unangenehme Situation zu überspielen.

Ein wenig irritiert sieht Sonja mich an und mir wird augenblicklich bewusst, dass sie schon wieder vergessen hat, dass wir auf der Bank am Marktplatz gesessen und ihr Treffen mit ihrer Tochter mitbekommen haben.

»Wir haben dich beim Bäcker Langer rauskommen sehen und uns schon gedacht, dass der Kuchen für die Annemie ist«, erkläre ich ihr deshalb.

»Ach so.« Sie lacht auf und sagt augenzwinkernd: »Ich habe es halt nicht so mit dem Backen.«

Ich kann gerade noch ein »Verstehe« und »Tschüss« hervorbringen, als mich Luzi auch schon weiterzieht. Meine Freundin verabscheut Sonja offenbar zutiefst, das war mir bis heute noch gar nicht so bewusst.

Vor unserem Anwesen an der Ecke Deichpfad zur Gartenstraße verabschieden wir uns bis zum Abend auf der Feier. Es ist schon nach ein Uhr und ich bin froh, dass ich mal nichts kochen, sondern für mich nur die Reste von gestern aufwärmen muss. Dirk und Eike habe ich Brote mitgegeben, weil sie heute durcharbeiten, um gegen halb vier Feierabend machen zu können, damit wir pünktlich bei Annemie sind.

Gerade als ich das große Tor aufschiebe, sehe ich Verena wieder, wie sie mitten auf der Straße herumstampft. Wo sie wohl war? Es sah für mich nicht so aus, als ob sie bei Doktor Siefer aus dem Haus gekommen ist. Aber gegenüber bei der Agnes war sie bestimmt auch nicht. Die zwei Frauen haben nichts miteinander zu tun. Nicht mehr. Als Kinder waren sie mal beste Freundinnen gewesen, aber das ist in der Pubertät auseinandergegangen. Vor allem, als sich beide in Adam verliebt haben. Doch das ist lange her. Jetzt sind sie ja verheiratet und die Agnes hat mit ihrem Björn zusammen das Haus neben unserem Grundstück gekauft. Na ja, ihre Eltern, der Elektromeister Wagner und seine Hilde, haben es wohl bezahlt und vom Doktoropa kam bestimmt auch eine kräftige Finanzspritze.

Ich schaue Verena nach, als sie an unserem Haus vorbeigeht, ohne mich jedoch zu beachten, und bin mir mit einem Mal doch ziemlich sicher, dass sie aus dem Haus von Agnes und Björn gekommen ist.

O mein Gott. Der Björn hat doch wohl nichts mit ihr? Hinter dem Rücken der schwangeren Agnes? Und hinter Adams Rücken? Hoffentlich irre ich mich, weil wenn das rauskommt …

Kapitel 17

Bisher gibt es keinen weiteren Verdachtsfall im Ort und Felix meint, wir sollten einfach auf Symptome wie Husten, Fieber und im besonderen Geruchs- oder Geschmacksverlust achten, und uns dann sofort bei ihm melden«, begann Adam Luca auf den neuesten Stand der aktuellen Ausnahmesituation zu bringen.

Es war früher Freitagabend und Luca saß Adam in der kleinen Wohnküche in der oberen Wohnung ihres Bruders gegenüber. Daniel hatte sie mit einem reich gedeckten Tisch versorgt, bevor er zu Lina und deren Eltern zum Essen gegangen war. Während Adam sich ein Bier aufgemacht und ihr ein Glas Wasser eingeschenkt hatte, hatte sie ihn verstohlen gemustert und die gelöste Atmosphäre zwischen ihnen trotz allem, was in den vergangenen Tagen passiert war, als sehr angenehm empfunden.

Die Trauerfeier war nun drei Tage her und Lucas Kopf hatte seine Arbeit wieder vollständig aufgenommen. Sie hatte nach Adams mysteriöser Eröffnung am gestrigen Abend bezüglich des Verdachts seiner Mutter abermals mehrere Stunden geschlafen und den heutigen Vormittag nur im dösenden Zustand wahrgenommen. Erst am Nachmittag war sie um einiges erholter aufgestanden, um sich mit einer ausgiebigen Dusche endgültig wieder zu mobilisieren. Felix hatte im Anschluss vorbeigeschaut und sich ihre Wunden angesehen. Der junge Arzt war zufrieden mit der Heilung, lobte die noch immer guten Nähkünste seines Opas und hatte ihr nochmals eindringlich empfohlen, sich weiterhin zu schonen, da mit einer Gehirnerschütterung nicht zu spaßen war.

Luca hatte ihn zum Abendessen eingeladen, aber Felix hatte bedauernd ablehnen müssen. Er musste zu einer

Telefonkonferenz mit Arztkollegen, in der sie die aktuelle Lage besprechen würden. Sie fand es bedauerlich, war doch ihre Idee gewesen, Felix und Adam mit ihren sehr ähnlichen Vermutungen über Annemie Goldbachs angeblichen Verdacht zusammenzubringen.

»Ich habe vorhin kurz mit meinem Chef telefoniert … Vom Festnetz aus«, fügte Luca grummelnd hinzu und dachte an ihr in viele Einzelteile zerlegtes Handy. Irgendwie war ihr der Zustand ihres Handys komisch vorgekommen, jedoch hatte sie bisher noch keine Energie aufbringen können, um weiter darüber nachzudenken. »Seit gestern die WHO wegen des Covid-19-Virus weltweit die Pandemielage ausgerufen hat, wird es langsam besorgniserregend und man wartet gespannt ab, wann sich die Bundesregierung, besser gesagt unsere Kanzlerin, äußert.«

»Was hat er zu deiner Quarantäne gesagt?«

»Na ja, begeistert war er nicht. Er hatte mir die paar Tage frei schon nur widerwillig genehmigt.« Luca schob sich ein Stück Brot in den Mund und winkte ab. »Aber egal, daran ist jetzt nichts zu ändern. Erzähl du mir lieber, was dich beschäftigt.« Mit einem Mal schlug sie einen professionellen Ton an. Um sich besser auf sein Anliegen konzentrieren zu können, benötigte sie einen kleinen Bruch der zwischen ihnen vorherrschenden und für sie äußerst ungewohnten Vertrautheit – Adam als fürsorglichen und zudem extrem anziehenden Mann zu sehen, verursachte ein Bauchkribbeln bei ihr, dass sie momentan nicht brauchen konnte.

Adams Zögern zeigte ihr ganz deutlich, dass es ihm nicht leicht fiel, seine Bitte zu wiederholen und diese dazu auch noch begründen zu müssen.

Nachdem er einen kräftigen Schluck aus der Flasche genommen hatte, strich er sich räuspernd über den dichten Bart und begann: »Ich war nach der Beerdigung mit Maria in Mutters Haus, um Unterlagen wie Versicherungspolicen und so weiter zusammenzusuchen, und habe sofort bemerkt, das was nicht stimmt. Meine Mutter war immer eine sehr ordentliche Frau, aber ihre Papiere waren irgendwie unsortiert und nicht richtig abgeheftet. Meine Schwester hat mir jedoch versichert, sie sei nach Mutters Tod noch nicht an deren Sachen gewesen.«

»Auch nicht fürs Testament?«

»Nein. Maria hat eine Ausführung davon bei sich zu Hause und das Original hat Mutter beim Nachlassgericht hinterlegt.«

»Also trotz dass weder deine Schwester und vermutlich auch nicht ihr Mann an den Papieren waren, kommt es dir so vor, als ob Chaos in den Unterlagen deiner Mutter herrscht?«

»Nicht dass es wirklich chaotisch war, aber eben nicht so ordentlich, wie ich es von ihr gewohnt bin … war.«

Luca bemerkte sofort, dass sich das »war« nicht auf den Tod von Annemie Goldbach bezog, sondern auf die gut zwei Jahrzehnte lange Entfremdung zwischen Mutter und Sohn.

»Könnte es nicht sein, dass deine Mutter in all den Jahren, die ihr euch nicht gesehen habt, ihren Ordnungssinn ein wenig abgelegt hat?«

»Nein!«, erwiderte Adam knapp und bestimmt.

»Hast du deine Schwester darauf angesprochen, ob sie weiß, dass vielleicht jemand anderes an den Unterlagen war?«

»Nein.«

»Gut.« Je weniger Personen von Adams Vermutung wussten, desto einfacher würden die Nachforschungen für sie werden. »Meinst du, sie hat es auch bemerkt?«

Adam quittierte ihr Nachhaken mit einem Schulterzucken. »Ich denke, Maria interessiert sich nicht dafür. Sie will nur schnellstmöglich alles regeln, damit ich wieder verschwinde.«

»Eure Beziehung ist weniger herzlich als normalerweise zwischen Geschwistern üblich.«

»Meinst du, so normal wie die zwischen dir und Daniel?« Er sah sie durchdringend an und Luca musste widerwillig eingestehen: »Punkt für dich.«

Ihr Eingeständnis entlockte ihm ein leichtes Lächeln. »Maria und ich standen uns nie besonders nah und haben uns weder gesehen noch voneinander gehört, seitdem ich Butwanjendorf verlassen habe.«

»Aber mit meinem Bruder hast du Kontakt gehalten.«

Adam sah sie nachdenklich an und nickte leicht. »Ja. Ich mag Daniel, ich mochte ihn von Anfang an. Aber auch mit ihm hätte ich keinen weiteren Kontakt gehalten, wäre er nicht auf mich zugekommen.«

»*Er* auf dich? Daniel war gerade einmal fünfzehn, als du hier weg bist. Wie hat er das angestellt?«

»Clever.«

»Clever? Meinst du, ich bin clever, weil ich danach frage, oder dass Daniel clever war?« Letzteres konnte sie sich beim besten Willen nicht vorstellen.

»Dein Bruder war clever. Wie Alma Fuhrmann hat sich auch meine Mutter um ihn gekümmert, und er hat einen Brief von mir in ihrem Haus gefunden und sich den Absender in Osnabrück notiert.«

Adam hatte Briefe geschrieben? Luca wollte die für sie absurde Vorstellung kommentieren, verkniff es sich aber. »Deswegen bist du am Montag also in Osnabrück ausgestiegen. Lebst du noch dort?«

»Nein. Ich habe einen alten Bekannten besucht, bei dem ich damals für ein paar Monate untergekommen bin.«

»Wo warst du eigentlich die restliche Zugfahrt nach unserem … ähm, ach, egal.« Sie brach abrupt ab und ärgerte sich ein wenig über sich selbst, weil diese Frage keineswegs mehr professionell war. Aber das war etwas gewesen, was sie schon während der Zugfahrt beschäftigt hatte – nach ihrem WC-Quickie war Adam erst wieder kurz vor seinem Ausstieg in Osnabrück in ihrem Abteil aufgetaucht.

Ein leicht süffisantes Lächeln umspielte seine Lippen und er fuhr sich mit den Fingern mehrmals über den Bart, bevor er fragte: »Hattest du mich vermisst?«

Lucas Augen verengten sich angesichts seiner recht selbstgefälligen Art und sie antwortete schroff: »Nein. Ich habe mich nur darüber gewundert, dass du zunächst so einen Aufstand wegen deines Sitzplatzes gemacht und ihn dann nicht genutzt hast.«

Eindringlich fixierte er sie und berührte dabei ganz leicht mit seinen Fingerspitzen ihre Hand auf dem Tisch. »Ich musste nachdenken.«

Lucas Herzschlag beschleunigte sich – allein diese sanfte Berührung elektrisierte sie. »Nachdenken?«

»Ja. Auf der Fahrt zur Beerdigung meiner Mutter in mein Heimatdorf, das ich vor Jahren Hals über Kopf verlassen habe, habe ich grandiosen Sex mit einer Fremden. Ich denke, darüber sollte man nachdenken.«

»Mmh, ja sollte man wohl.« Luca war noch immer irritiert von der Berührung ihrer Fingerspitzen und schluckte schwer. Diese kleine Geste fühlte sich beinahe intimer an als der Sex mit ihm. Verdammt, Luca, konzentrier dich aufs Wesentliche, mahnte sie sich und fragte hastig: »Und was war dann passiert, nachdem Daniel deine Adresse herausbekommen hatte?«

»Er hat mir geschrieben und mich darum gebeten, ihn anzurufen.«

»Und das hast du dann?«

»Erst nicht, aber als ein paar Wochen später ein zweiter Brief kam, habe ich ihn bei Alma angerufen.«

»Und dann?«, fragte Luca schlagartig ein wenig gereizt und zog ihre Hand zurück. Sie fand es ermüdend, Adam alles aus der Nase ziehen zu müssen, schließlich hatte er sie um Hilfe gebeten. Da konnte er schon ein wenig mitteilsamer sein.

»Ich habe noch nie mit jemandem über all das geredet. Es ist Neuland und somit auch nicht leicht für mich«, reagierte Adam zunächst auf ihren unausgesprochenen Vorwurf, um ihr dann sogleich eine Erklärung zu liefern: »Er hat mich gebeten, ihn weiterhin zu treffen, weil ich außer Mutter und Alma der Einzige sei, der ihn wirklich mögen würde. Wie hätte ich da Nein sagen können?«

»Ja. Das wäre wohl schwierig gewesen«, bestätigte Luca schnell, wusste aber auch, dass sie selbst eine solche Bitte früher problemlos hätte abschlagen können. »Wie alt warst du damals?«

»Dreiundzwanzig.«

Ohne es sich anmerken lassen zu wollen, fühlte sie Mitleid mit ihm. So jung war er schon verheiratet und Vater eines kleinen Jungen gewesen? So früh war er Witwer geworden? So früh hatte er sein Kind verloren?

»Hast du den Treffen mit Daniel zugestimmt, weil du so auch irgendwie immer noch etwas von deiner Mutter erfahren konntest?«, überlegte sie laut und wartete gespannt auf seine Erwiderung.

»Ich hätte Mutter selbst jederzeit anrufen können«, sagte Adam mit Nachdruck.

»Hätte sie den Anruf angenommen?« Luca fragte sich, warum der Bruch zwischen Mutter und Sohn stattgefunden hatte und bohrte weiter, als er nicht gleich antwortete: »Hast du dich in all den Jahren überhaupt einmal bei ihr gemeldet?«

Ein langes Schweigen trat ein und Luca tat nichts dagegen. Sie war es aus Vernehmungen gewohnt, die Redefaulheit ihres Gegenübers zu ertragen, und belegte sich abwartend ein weiteres Brot mit Wurst. Als sie hineinbiss und Adam wieder anschaute, erkannte sie den Schmerz in seinen dunklen Augen. Kind und Frau tot, Flucht aus seinem Heimatort und die Trennung von seiner Mutter waren nicht gerade das, was man in jungen Jahren gut verkraften konnte. Mitgefühl überkam sie und sie sagte zaghaft: »Es müssen schrecklich harte Jahre für dich gewesen sein.«

»Ja, das waren sie. Ich wünsche sie keinem, aber ich habe sie überlebt«, gestand er brüsk ein und trank einen Schluck von seinem Bier. Als er die Flasche wieder auf den Tisch stellte, strich er sich nachdenklich über den Bart. »Nachdem ich Hals über Kopf abgehauen bin, habe ich zunächst regelmäßig mit meiner Mutter telefoniert. Sie hat mich immer wieder bedrängt, heimzukommen und mich der Realität hier im Ort zu stellen. Doch genau das wollte ich nicht. Ich wollte nur noch vergessen und habe deshalb bei meinem Wegzug aus Osnabrück nur Daniel meine Adresse gegeben. Aber auch nur, weil er mir versprechen musste, sie keinem anderen zu verraten.« Adam senkte den Blick und fügte leise hinzu: »Damit habe ich den endgültigen Bruch zwischen Mutter und mir herbeigeführt.«

»Und deine Mutter hat Daniel nie nach dir gefragt?«

»Ich hatte ihr ein paar Zeilen geschrieben, und sie gebeten, Daniel nicht zu bedrängen. Und sie war eine so empathische Frau und mir war klar, dass sie wusste, sie durfte Daniel niemals in eine solche Zwickmühle bringen.«

»Aber ich denke, sie hat dich vor ein paar Wochen angerufen?«

»Ja, da hat sie Daniel zum ersten Mal nach all den Jahren gefragt, ob er mir ausrichten könnte, dass ich mich bei ihr melden solle. Und das tat ich dann auch.«

»Wo hast du Daniel damals denn wiedergetroffen?« Luca fand es besser, von dem Mutterthema wegzukommen. Sie merkte, dass es Adam nicht leicht fiel, darüber zu sprechen.

»Noch in Osnabrück.«

»Wie lange hast du dort gelebt?«

»Nur ein paar Monate.«
»Und dann?«
»Ich bin nach Ehrenthal, dem Heimatort meines Vaters, bei Bingen an den Rhein gezogen, wo ich heute noch lebe.«
»Und Daniel hat dich dann dort weiterhin besucht?«
»Ja. Wir haben uns nur einmal in Osnabrück getroffen und dann mehrmals in Ehrenthal. Auf jeden Fall jedes Jahr im ...«
»August!«, beendete Luca seinen Satz und nickte wissend. »Immer wenn er zu Omas Geburtstag nach Boppard gefahren ist.« ... und mit ihr gemeinsam den Vater im Pflegeheim besucht hat, fügte sie in Gedanken hinzu.
Auch Adam nickte und lächelte ein wenig. »Du warst auf ihren Geburtstagen nicht immer anwesend.«
»Das stimmt. Du weißt bestimmt einiges über unsere Familie.«
»Ich denke, so ziemlich alles. Daniel spricht immer in den wärmsten Tönen von eurer Oma, eurer verstorbenen Mutter, manchmal auch von dir ... und auch von eurem Vater.«
Auf Lucas Miene fiel augenblicklich ein leichter Schatten und sie konnte nur mit Mühe ein Knurren unterdrücken. Ihr missfiel, dass ein Fremder über sie und ihre Familie Bescheid wusste. Und ihr entging Adams Blick nicht, der in ihren Augen Unverständnis ausdrückte. Er verstand offenbar nicht, warum ihr in einem Pflegeheim lebender Vater für sie genauso tot war wie ihre verstorbene Mutter.
Seltsam, dachte Luca, gerade er müsste doch verstehen, dass Familien sich durch Schicksalsschläge entzweien konnten.
»Warum«, setzte sie ihre altbewährte Abwehrtechnik, wenn ihr etwas zu persönlich wurde, in Form einer gezielten Frage ein, »hatten deine Mutter und du dann seit kurzem wieder Kontakt?«
»Sie bat Daniel vor zwei Wochen, mich zu fragen, ob wir telefonieren könnten, und ich sagte natürlich ja. Ich wusste von deinem Bruder, dass es Mutter schon länger nicht so gut ging und machte mir Sorgen. Auch die jahrelange Trennung hat nichts daran geändert, dass meine Mutter eine liebevolle und für mich sehr wichtige Frau war.«
»Aber was hat dich daran gehindert, außer ihr nerviges Bitten, so lange keinen Kontakt mit ihr zu haben? Hast du

die schreckliche Brandnacht nie aufarbeiten können? Was ist passiert?« Luca versuchte, ihn zu verstehen, aber sie konnte es nicht.

Ein schier endloses Schweigen senkte sich über die kleine Küche und Adam fixierte sie aus zusammengekniffenen Augen, während Luca versucht gleichgültig abwartete.

Minuten waren verstrichen, als Adam leise, aber klar und deutlich sagte: »Ich habe in der Nacht des Feuers zugegeben, dass ich der Mörder meiner Frau und meines Sohns bin.«

Sonja Fink

Bankiersgattin

12:27 Uhr

Mittwoch, den 9.3.2000, Butwanjendorf

Hallo, Süße.« Ich winke meiner Tochter zu und schließe den Kofferraum meines Autos, in den ich gerade den Kuchen vom Bäcker Langer für Annemie gestellt habe. Am Marktplatz laufe ich an der Rosi Westermann und der Luzi Angerer vorbei, die auch bei der Kälte für ihren täglichen Tratsch auf der Bank sitzen, und grüße sie freundlich. Als ich vor der Apotheke auf Verena treffe, umarme ich sie leicht. Sie wirkt ein wenig abgehetzt, stelle ich mit prüfendem Blick fest.

Ich streiche ihr eine rote Locke hinters Ohr und wünsche nicht zum ersten Mal, ich hätte noch Verenas Jugend. Sie wirkt trotz der hektischen Flecken im Gesicht frisch und unverbraucht. Wirkt! Dass sie beides nicht ist, weiß ich genau.

»Wo gehst du hin?«, will meine Tochter wissen und hakt sich bei mir ein.

»Ich habe gleich noch einen Termin in Nordendamm und bin schon ein wenig spät. Erst habe ich das Geschenk bei Brahms für Annemie abgeholt und dann hat mich der

Pastor vorm Laden aufgehalten.« Und wir haben über dich gesprochen, denke ich und versuche, mir die aufkommende Traurigkeit nicht anmerken zu lassen. »Und jetzt habe ich mich auch noch für fast eine halbe Stunde mit der neuen Verkäuferin in der Bäckerei verquatscht. Dabei wollte ich nur schnell den Kuchen für Annemie abholen und ihn ihr vorbeibringen. Und jetzt will ich noch nach Nordendamm, was sicher länger dauert. Dein Vater wird bestimmt wieder mal mürrisch sein, weil wir es vermutlich nicht pünktlich zur Feier schaffen werden. Aber was soll's. Die besten Gäste kommen eh immer zum Schluss«, füge ich lachend hinzu.

Verena und ich schlendern eingehakt in Richtung meines Autos und kurz kommt mir in den Sinn, sie zu fragen, ob sie mit nach Nordendamm fahren will – aber ich überlege es mir ganz schnell anders. »Und wo wolltest du hin?«

Sie zuckt nur mit den Schultern und schaut beinahe durch mich durch.

»Wie laufen die Vorbereitungen bei euch?«, versuche ich, unser Gespräch im Gang zu halten.

»Damit habe ich nichts zu tun.« Ihr kleines Näschen reckt sich in die Luft.

»Wie geht es dir?«

»Gut.«

Ich glaube ihr nicht. Meiner Tochter geht es seit Jahren nicht gut. Alles hat damit angefangen, dass sie sich mit Adam eingelassen hat. Nein, schon kurz zuvor, als sie sich von Gernot getrennt hat. Die beiden waren nicht lange ein Paar gewesen und es hat kaum jemand davon gewusst. Warum auch immer wollte Verena es nicht öffentlich machen. Ich vermute stark, dass sie zu dieser Zeit schon hinter Adam her war und geahnt hat, dass er sie nicht anfassen würde, wäre sie mit einem anderen liiert. Die Leute können über Adam sagen, was sie wollen. Dass er ein finsterer Geselle, ein Schläger, ein Womanizer und ein Hallodri ist, oder besser war, aber er ist definitiv keiner, der sich in eine Beziehung drängt. Adam hat sein Herz auf dem rechten Fleck, wenn er es auch nicht immer so zeigen konnte und kann. Und dann verliert er es an Verena. Und was macht sie? Sie reißt es ihm förmlich nach und nach aus der Brust.

Meine Tochter ist einfach keine Frau, die nur für einen Mann geschaffen wurde. Was die Leute anfangs, und wahrscheinlich auch heute noch, öfter von mir gedacht haben – ich wäre leicht zu haben und mache mich an alle Männer ran – trifft auf Verena in jedem Fall zu. Als Kind war sie bereits oftmals unaufrichtig gewesen, als Jugendliche dann richtiggehend verschlagen und seit sie von ihrer Ausbildung in Bremen wieder zurück ist und sich nicht zwischen den zwei Männern entscheiden konnte, hat sie offenbar sämtliche Moralvorstellungen verloren.

»Wo ist Joel?«

»Bei Adam«, gibt sie knapp zurück und ich spüre, wie egal ihr ihr Kind doch ist.

»Was macht mein süßer Enkel?«

»Er schreit.« Verena verzieht das Gesicht.

»Du hast auch geschrien, und deine Brüder erst.« Ich lache sie an, versuche, ihre lieblose Art zu ignorieren. »Das wird besser, glaub mir.«

»Das glaube ich nicht.« Sie schüttelt heftig den Kopf. »Er mag Adam auch viel lieber als mich.«

»Adam nennt ihn ja auch nicht ›Er‹ oder ›Das‹, sondern redet liebevoll mit Joel. Das solltest du vielleicht auch einmal probieren.« Ich bin genervt von ihr und das schon nach wenigen Minuten. Das Gefühl, sie kräftig durchzuschütteln, drängt in mir empor. Ich habe sie bestimmt nicht so herzlos erzogen.

»Joel. Klingt furchtbar. Ich wollte den Namen gar nicht.« Tränen treten in ihre Augen, was ich ganz deutlich sehen kann. Dass sie überhaupt zu Emotionen fähig ist, wo sie doch mit diesen Antidepressiva auf einem gleichgültigen Level sein sollte, wundert mich.

Tausend Gedanken schießen mir durch den Kopf. Hat Adam mir damals nicht erzählt, dass sie den Namen Joel ausgesucht hatte, aber er ihn lieber nach Ferdi, seinem Vater benannt hätte? Ferdinand? Ich bin mir jedoch nicht mehr sicher. Es klingt so glaubhaft, was und wie sie es sagt, aber wahrscheinlich bringt sie in ihrem wirren Kopf einiges durcheinander.

»Ach, papperlapapp. Joel ist doch ein wunderbarer Name für den kleinen Engel.« Ich muss mich zusammenreißen, um sie nicht hart anzufahren. Ihre Depression geht mir gewaltig auf den Geist. Muss sich denn heutzutage jeder wegen ein paar Stimmungsschwankungen gleich so gehen lassen? Oder steckt da doch mehr dahinter und sie nimmt irgendwelche Drogen, wie ich im Stillen vermute? Gut, dass ich bei meinem Hubert vehement darauf bestanden habe, dass wir sie von einem richtigen Arzt untersuchen lassen. Nichts gegen den alten Siefer, aber er ist nun mal nur ein Dorfarzt und scheint unserer Verena nicht helfen zu können. »Nenn ihn doch ›Schatz‹ oder ›Süßer‹ oder irgendwie anders, wenn dir sein Name so schwer über die Lippen kommt.«

Sie nickt und fragt: »Wo gehst du hin?«

Nur mit Mühe und Not schaffe ich es, sie nicht anzufahren. »Das hast du bereits gefragt. Ich fahre zu deiner Schwiegermutter. Und du?«

»Hm …« Sie zuckt mit den Schultern.

»Soll ich dich mitnehmen?«

»Nein«, erwidert sie bestimmt und schüttelt heftig den Kopf.

Muss ich mir Sorgen machen? Noch mehr Sorgen?

»Nimmst du deine Tabletten?«

Sie nickt abermals.

»Dann sieh bitte zu, dass du heute Abend bessere Laune hast. Der ganze Ort kommt und ich möchte nicht, dass du wieder eine Szene hinlegst.«

Mit Grauen denke ich an ihren theatralischen Auftritt vor gut einem Monat in der Dorfkneipe. Adam war mit seinen Feuerwehrkumpeln an einem Freitag einen trinken und die Stimmung war bestens. Er hat extra dafür gesorgt, dass Verena nicht allein mit Joel zu Hause war, sondern hat ein Kindermädchen, die sechzehnjährigen Melanie Zaun, engagiert, die seit Anfang an immer mal auf den Kleinen aufpasst. Doch gegen einundzwanzig Uhr hat meine Tochter die Kneipentür aufgerissen und ist nur im Nachthemd mit Joel auf dem Arm hereingestürmt. Sie hat Adam aufs Übelste beschimpft. Er wäre ein schlechter Vater und ein mieser Ehemann, von seinen Qualitäten als Liebhaber ganz zu schweigen.

Zum ersten Mal in all den Jahren habe ich Adam erbleichen sehen. Ich bin mir ziemlich sicher, dass er Verena, ganz gegen seine sonst so geduldige Art ihr gegenüber, am liebsten aus der Dorfschänke geprügelt hätte. Doch er hat sich zusammengerissen, seinen Sohn geschnappt und ist mit ihm nach Hause gegangen. Um Verena hat er sich nicht gekümmert. Das habe ich dann getan und dafür gesorgt, dass meine Tochter aus der Kneipe verschwand, bevor sie sich und vor allem auch unsere Familie noch mehr blamiert hätte. Ich habe sie mit zu uns nach Hause genommen und dabei festgestellt, dass sie getrunken hatte. Alkohol und Tabletten haben eine verheerende Wirkung.

Ich habe bisher nie Angst vor Adam gehabt, wie es die meisten hier im Dorf haben. Doch an diesem Abend wurde mir klar, dass er voller unterdrückter Wut ist. Sein bleiches Gesicht, die schwarzen Augen, sein angespannter Nacken, wie der eines Stiers, und seine geballten Fäuste haben mir deutlich vor Augen geführt, dass er bei Kontrollverlust blindwütig zuschlagen würde.

Tief atme ich durch und lächle meine Tochter mild an, als ich die Autotür öffne. »Bis später.«

Verena nickt nur und starrt dabei die Straße entlang zum *Einkauf bei Brahms*. Aus dem Laden kommen gerade Agnes und Irmi und während Agnes ein hübsch verpacktes Geschenk in ihr Fahrradkörbchen legt, unterhalten sie sich angeregt. Zwei der intelligenteren Mädels hier im Dorf. Aus der Agnes hätte sogar eine Ärztin werden können, wenn sie sich noch ein wenig mehr ins Zeug gelegt hätte. Und die Irmi Brahms ist wegen ihrer Hilfsbereitschaft überaus beliebt und jeder geht gern bei ihr im Laden einkaufen.

Ich schaue wieder zu meiner bildhübschen Verena, die jetzt mit offenem Mund vor sich hin stiert – guter Gott, hoffentlich kommen bald wieder bessere Zeiten für sie. Und für Adam. Und für unsere Familie.

Kapitel 18

Ein klirrendes Scheppern und ein langgezogenes »Neeeeiiiin« verstärkten Adams leise ausgesprochenen und äußerst schockierenden Worte, dass er der Mörder seiner kleinen Familie sei.

»Daniel?!« Mit entsetztem Blick sprang er auf, als er Lucas Bruder in der Tür stehen sah.

Als Luca sich umdrehte und ihren immer wieder »Nein, nein, nein« vor sich hin stammelnden Bruder ansah, der mit vor Entsetzen weit aufgerissenen Augen Adam anstarrte, fühlte sie sich machtlos. Soll ich aufstehen und ihn umarmen, fragte sie sich, konnte sich aber nicht dazu entschließen, in Bewegung zu kommen.

Sie schaute auf die Scherben der zerbrochenen Weinflasche und wusste in diesem Moment nicht, was sie mehr schockierte – Adams Geständnis oder Daniels Reaktion.

Absolut überfordert von der Situation rückte sie mit ihrem Stuhl ein wenig Richtung Wand und beobachtete stumm die beiden Männer.

Im Gegensatz zu ihr, machte Adam einen Schritt auf Daniel zu, streckte die Hände nach ihm aus und fragte mit einer unglaublich sanften Stimme den nunmehr zitternden Daniel: »Darf ich dich berühren?«

Gespannt betrachtete Luca die zwei Hünen und kam sich dabei winzig vor. Durch die Größe und Masse der beiden hätte man wohl nie vermutet, zu welcher Emotionalität sie augenscheinlich fähig waren. Eine gefühlte Ewigkeit verstrich, bis ihr Bruder kaum merkbar nickte und Adam seine Finger sachte um Daniels schloss.

»Daniel, alles ist gut, du musst dich nicht ängstigen. Es ist alles gut«, versuchte Adam ihn zu beruhigen, und hielt seine Hände ganz fest. »Vertrau mir, bitte. Alles ist gut.«

Vertrau mir? Eine kühne Bitte, nach dem, was er eben gesagt hat, dachte sich Luca, blieb aber weiterhin stumm und verharrte regungslos in ihrer Position.

»Vertraust du mir?« Adam löste eine Hand aus Daniels, strich im behutsam über die Wange und wischte eine Träne weg.

Fasziniert beobachtete Luca die Geste. Wie überaus fürsorglich Adam doch war. Sie konnte sich beim besten Willen niemanden in ihrem Umfeld vorstellen, der so einfühlsam war. Zu ihrem Entsetzen fing ihr Bruder in diesem Moment an, wie ein kleines Kind zu schluchzen, und Adam zog ihn an sich, wiegte ihn und sprach besänftigend auf ihn ein.

»Ich erkläre dir alles, wenn du willst und wenn du dich wieder beruhigt hast. Du hast etwas gehört, was du nie hättest hören sollen und was ohne Erklärung grausam klingt. Ich weiß, dass du das in den letzten Jahren schon gehört hast, von anderen, nicht von mir, wir aber nie darüber gesprochen haben. Aber du kannst mir glauben, Daniel, ich bin kein Mörder, auch wenn ich es damals gesagt habe.«

Luca glaubte ihm.

Zu ihrer eigenen Verwunderung tat sie das wirklich und die von Adam ausgehende Gefahr, die sie bisher immer meinte zu verspüren, relativierte sich in diesem Moment.

»Lass uns nach unten in deine Wohnung gehen, da fühlst du dich sicher. Und wir zwei reden in Ruhe über alles.« In einer noch immer festen Umarmung schob Adam ihren widerstandslosen Bruder vorsichtig aus der Küche und warf Luca einen raschen Blick zu.

Mit einem kurzen Nicken gab sie ihm zu verstehen, dass das für sie in Ordnung war. Aus Respekt vor der Emotionalität ihres Bruders übte sie sich in Geduld, auch wenn sie liebend gern bei dem Gespräch der beiden Männer dabei sein würde. Und während die zwei aus der Wohnung gingen, stand Luca langsam auf, trat in den Flur und schaute ihnen nach.

»Verdammte Hacke, was für ein Drama«, stöhnte sie, als sie die Tür schloss und sich dagegenlehnte. In ihrem Kopf, der nunmehr seit wenigen Stunden nicht mehr ganz so höllisch schmerzte, breitete sich Druck aus und

Luca rieb sich die Schläfen. Ein kurzer Spaziergang würde ihr guttun, beschloss sie und stieg in ihre Turnschuhe. Bevor sie in die Jacke schlüpfte, löschte sie noch das Licht in der Küche, ohne weiter auf den gedeckten Tisch oder die zerbrochene Weinflasche zu achten, dafür war später immer noch Zeit.

Leise ging sie die Stufen im Treppenhaus hinunter, hörte dabei gedämpft die Stimme Adams hinter der Wohnungstür ihres Bruders, und huschte auf die Straße.

Dämmerung umfing sie und es würde nicht mehr lange dauern und Butwanjendorf würde in der abendlichen Dunkelheit versinken. Auf dem schmalen Gehweg blieb sie zunächst stehen und überlegte, welche Richtung sie einschlagen sollte. Ihr Blick fiel auf den Eingang des *Angerers* und sie schritt über die Straße, um an der Laterne stehenzubleiben, die sich unmittelbar vor der großen Lokaltür neben einer mächtigen Linde befand. Nach Adams Auskunft wurde sie direkt vor der Kneipe gefunden, und so machte sie diese Laterne als Übeltäter für ihre Platzwunden aus. Luca schaute die Sackgasse hoch und runter und zählte drei Lampen und sechs großgewachsene Linden. Für eine Weile verharrte sie und versuchte, sich auf den nächtlichen Vorfall von vor drei Tagen zu besinnen, aber kein noch so kleiner Erinnerungsfetzen wollte erscheinen.

»Es war wahrscheinlich doch zu viel Alkohol gewesen«, murmelte sie und überlegte ihm gleichen Moment: Wenn das in der Stadt passiert wäre, würde ich meinen, jemand hätte mir K.-o.-Tropfen gegeben, aber hier? Sie verwarf den irrsingen Gedanken gleich wieder und lief kopfschüttelnd in die Richtung, aus der sie bei ihrer Ankunft gekommen war. An der Kreuzung zum Deichpfad ging sie aber anstatt rechts links und schaute sich alles weitaus interessierter an als noch vor vier Tagen. Sie lief auf der Seite mit dem schmaleren Gehweg am Anwesen des Malermeisters Westermann vorbei, wie es auf dem großen Werbeschild an dem geschlossenen Schiebetor zu lesen war. Im nächsten Haus lebte Agnes Klarmann, schräg gegenüber der Arztpraxis ihres Cousins Felix, über welcher der alte Doktor wohnte und Felix' kleines Häuschen befand sich direkt neben der Praxis.

Luca überquerte die Straße und überlegte kurz, weiter geradeauszulaufen, auf das leuchtende Bank-Schild zu, bog aber dann doch nach rechts neben dem Haus des alten Dorfarztes in einen schmalen Durchgang zwischen den Häusern ab. Durch je eine Straßenlaterne auf der Seite gut beleuchtet, trat Luca ein paar Meter weiter auf eine breitere Straße, die an einen Spielplatz grenzte. Ein Blick nach rechts sagte ihr, dass sie sich in der Nähe des Marktplatzes befand, an dem sie aus dem Bus gestiegen war.

Während sie weiterspazierte, spürte sie, wie gut ihr die frische Luft tat. Obwohl ihr Kopf immer noch pochte, fühlte er sich schon besser an, und auch ihre durch das lange Liegen steifen Glieder gewannen an Beweglichkeit.

An der Ecke zur Dorfstraße standen zwei Personen, die Luca als den alten Metzgermeister und die Polizistengattin ausmachte, und unterhielten sich. Unschlüssig, ob sie Lust auf eine erneute Musterung und Befragung hatte, überlegte sie, kehrtzumachen. Zudem war es ihr ein wenig peinlich, nicht mehr alles von dem Abend der Trauerfeier zu wissen und sich vielleicht in einem sturzbetrunkenen Zustand präsentiert zu haben. Obwohl sie das auch weiterhin nicht glaubte. »Ich habe mir nicht sinnlos einen hinter die Binde gekippt«, murmelte sie vor sich hin und wollte gerade umdrehen, als Ines Kammbaum Luca die Entscheidung für einen abendlichen Schwatz abnahm.

»Ach, Moin, Luca«, rief diese laut und winkte ihr zu.

»Hallo«, begrüßte Luca sie und ging die letzten Schritte zu dem Paar. »Guten Abend, Herr Brecht.« Sie nickte dem alten Metzgermeister zu, der auf der Sitzbank seines Rollators saß.

»Moin. Sag Gunnar. Bin doch kein Fossil, das man siezen muss«, knurrte der Alte und erhob sich schwerfällig.

Luca ignorierte den Kommentar und fragte stattdessen: »Wie geht es Ihrer Schwiegertochter?«

»Unverändert. Der Jan darf aber noch nicht mal zu ihr wegen diesem komischen Virus-Zeugs.« Er schüttelte unmutig den Kopf und fuhr grummelnd fort: »Die machen ein Geschiss wegen so ein bisschen Erkältung, kaum zu glauben. Sperren das Dorf ab.« Er zeigte in Richtung der weißroten Barken, die genau vor dem Brahmschen Lädchen die Straße nach Deichdorf absperrten. »Sagen uns, was wir dürfen und was nicht, die spinnen doch alle.«

Kurz war Luca gewillt, den alten Griesgram über die möglichen Folgen einer weltweiten Pandemie aufzuklären, aber ihr war das momentan einfach zu mühsam. Außerdem wollte sie viel lieber mehr über Livkes Unfall erfahren. »Was ist denn genau mit Livke passiert?«

Erneut knurrte der Metzgermeister auf. »Die ist besoffen in die baufällige Kirche. Schön blöd.«

»War sie eigentlich allein? Wo war denn Ihr Sohn?«

»Kannst du mal mit dem seltsamen Siezen aufhören!« Er schüttelte missbilligend den Kopf. »Der Jan ist da schon weg gewesen. Die zwei haben Eheprobleme und das nicht erst seit ein paar Tagen. Bestimmt steht da bald auch noch eine Scheidung ins Haus.«

Luca sah ihm an, wie verärgert er darüber war. Scheidungen waren in seiner Altersklasse ein verpöntes Thema – man hatte durchzuhalten, egal wie es einem dabei ging. Und dann war ja noch sein anderer Sohn, sein Sorgenkind, das wegen Körperverletzung einsaß. War bestimmt nicht einfach für den alten Mann.

Luca ignorierte seinen Ärger, aber nicht sein erneutes Angebot, ihn zu duzen. Wenn auch es ihr komisch vorkam, einen über Achtzigjährigen so vertraulich anzusprechen, fragte sie: »Warst du noch da, als es passiert ist?«

Gunnar Brechts Miene erhellte sich für wenige Sekunden, bevor sie wieder ihren mürrischen Ausdruck einnahm. »Ja. Ich habe mich mit ein paar Alten unterhalten und habe dann mitbekommen, dass du blutend auf der Straße liegst. Ihr habt beide offenbar ein wenig zu tief ins Glas geschaut.«

Luca ließ das unkommentiert und wandte sich an Ines, die der ganzen Unterhaltung schweigend gelauscht hatte. »Und Sie haben die Livke gefunden?«

»Ja. Wir waren noch jede Menge Leute. Dem Sven seine Ida hat angefangen, die Deko von den Tischen zu räumen, und die Livke hat gesagt, sie bringt das Zeug vom Rednerpult gleich wieder in die Sakristei.«

»Wie hat sie denn auf Sie gewirkt?«

»Betrunken. Sie ist von einer Minute auf die nächste rumgeschwankt und hat gelallt. Aber ich habe dem Klaas dabei geholfen, die Gläser abzuräumen und nicht so genau auf sie geachtet.«

»Und sie ist allein in die Kirche?«

»Ja. Als wir das Scheppern und ihren Aufschrei gehört haben, sind der Klaas, der Apotheker, die Ida und ich schnell in die Kirche geeilt und haben sie da liegen sehen.« Ines schüttelte sich ein wenig, bei der Erinnerung an die blutüberströmte Livke.

»Hm, es ist doch schon komisch, dass sich genau in dem Moment, als Livke da reingeht, so ein Brett von einem Gerüst löst, oder?« Aufmerksam beobachtete Luca die Reaktion der zwei Dorfbewohner, konnte aber nicht erkennen, ob sie das ebenfalls merkwürdig fanden. Ohne darüber nachzudenken, wechselte Luca das Thema und fragte: »Glaubt ihr hier im Dorf eigentlich wirklich alle, dass Adam seine Frau und sein Kind damals umgebracht hat?«

Beide sogen hörbar die Luft ein und die noch eben recht gleichgültigen Mienen von Ines Kammbaum und Gunnar Brecht veränderten sich augenblicklich – sie drückten plötzlich Besorgnis aus, als sie sich unsicher ansahen.

Es dauerte eine ganze Weile, bis in Ines wieder Leben kam. »Ich muss heim, Abendessen«, sagte sie, blinzelte nervös und verabschiedete sich im Laufen: »Bis die Tage.«

Der alte Metzgermeister schaute sie verärgert an und brummte: »Keiner hier will eine zwanzig Jahre alte Geschichte aufwärmen.« Er stützte sich schwer auf die Griffe seines Rollators. »Was schnüffelst du denn in diesen alten Kamellen rum? Ich frag dich doch auch nicht über dein Stelldichein mit dem Adam aus.«

»Das eine ist ja auch Privatsache und bei dem anderen handelt es sich um ein Verbrechen«, konterte Luca.

»Verbrechen, so ein Quatsch, es war ein Unglück, sonst nichts.«

»Das sehen aber viele anders hier. Warum sollten sie sonst Adam als Mörder verdächtigen?«

»Ach. Alles Schwätzer.« Der alte Mann humpelte langsam los. »Unglück bleibt Unglück, auch wenn der Adam damals im ersten Schock so einen Unsinn von sich gegeben hat.«

Ja, hatte er – damals. Aber heute hatte Adam ihrem Bruder ganz klar versichert, dass er kein Mörder sei. Doch woher wollte der Alte das wissen? Luca wunderte es sehr, dass Gunnar Brecht so vehement auf ein Unglück bestand. »Kann es sein, dass Sie nicht darüber reden wollen, weil vielleicht Ihr Sohn auf die ein oder andere Weise involviert sein könnte?«

»Involviert«, äffte er sie knurrig nach. »Mein Jan ist ein anständiger Kerl und in nichts involviert.«

»Ich meine ja auch nicht den Jan, sondern Ihren Tobias. Sitzt er nicht wegen Körperverletzung ein?« Luca trottete neben ihm her und ihr tat es irgendwie leid, den alten Mann so hart anzugehen, aber nur so glaubte sie, etwas von ihm zu erfahren.

»Ja, tut er. Gut, dass Sie wieder beim Sie sind, Frau Frey, Sie werden mir gerade unsympathisch.« Er warf ihr noch einen grimmigen Blick zu und wackelte dann über die Straße.

Keineswegs verwundert über seine Verärgerung schaute Luca ihm nach, bis er in seinem Haus verschwunden war. Langsam ging sie weiter in Richtung Marktplatz und griff in ihre Jackentasche, um ihr Handy hervorzuholen. Sie wollte ihren Chef Siggi anrufen und ihn bitten, ihr eine Akteneinsicht des damaligen Brandes zu ermöglichen. »Verdammt!«, fluchte sie, als sie ihre leeren Taschen bemerkte – ihr Handy war ja zerstört.

Zerstört!

Wie hatte sich ihr recht stabiles Smartphone, das bisher schon etliche Stürze nahezu unbeschadet überlebt hatte, eigentlich dermaßen in Einzelteile zerlegen können? Wenn sie es recht überlegte, hatte es auf sie eher so gewirkt, als wäre darauf herumgetrampelt worden. Sie musste sich das später nochmals genauer ansehen.

Verstimmt setzte sie sich auf die Parkbank an der Haltestelle und lauschte in die abendliche Stille.

Das Dorf war wie bei ihrer Ankunft in einen Dornröschenschlaf gehüllt. Doch sie wusste nur allzu gut, dass die Ruhe trügerisch war – Butwanjendorf gab sich zwar friedlich, war es aber keineswegs.

Sven Leber

Apotheker

11:55 Uhr
Mittwoch, den 9.3.2000, Butwanjendorf

Durch das große Schaufenster beobachte ich, wie sie schräg gegenüber, ihren prallen Busen emporgestreckt und ihre roten Locken verführerisch wippend, wiegenden Schrittes in die Bäckerei stolziert. Bei Gott, die Sonja Fink ist wirklich eine Schönheit und nur zu gern hätte ich sie zu meinen Eroberungen gezählt, doch leider ist die ihrem Ehemann treu. Dafür ist ihre Tochter Verena umso williger. Aber seit geraumer Zeit halte ich mich lieber zurück. Ich will nicht irgendwann eine Abreibung vom Adam kassieren oder dass meine Ida vielleicht auf die Idee kommt, mich aus dem Haus zu schmeißen.

Verena. Beim bloßen Gedanken an sie und unsere heißen Dates regt sich mein bestes Stück. Vorhin ist sie noch hier herumgeschlichen und ich hätte sie nur zu gern hinter den Schuppen gezogen und sie mal wieder richtig durchgenudelt. Hart und versaut, so wie sie es mag.

Ich erschrecke, als plötzlich ein großer, schlaksiger Mann an der Apotheke vorbeiläuft und einen kurzen, aber bedeutungsvollen Blick durch die Schaufensterscheibe wirft.

Mist, verdammter, der schon wieder. Hat der nichts in seinem Geschäft zu tun?

Hastig schaue ich mich nach meiner Angestellten Agnes um. Ob sie ihn ebenfalls gesehen hat und meine Nervosität bemerkt? Nein, die bedient gerade den Bäckermeister Langer und kümmert sich nicht um mich.

Versucht gelassen sage ich: »Ich mach dann schon mal Mittag, Agnes. Bis später.« Ich nicke den beiden zu und verschwinde durch den hinteren Teil der Apotheke über den Hof in den Anbau, mein Wohnhaus.

Gut, dass Ida vor knapp einer Stunde nach Nordendamm zum Bummeln gefahren ist und danach die Kinder von der Schule dort abholt. Sie werden erst zum großen Fest bei den Goldbachs am späten Nachmittag wiederkommen. Somit droht mir ihrerseits keine Gefahr, dass sie mich über die merkwürdigen Treffen mit diesem verdammten Kerl ausquetscht.

Alles wird momentan ein wenig viel für mich. Aber ich bin schon zu tief in diesen ganzen Schlamassel verstrickt, als dass ich so mir nichts, dir nichts aus all dem aussteigen könnte.

Hektisch krame ich in der Schublade im Flur nach Geld. Mist, nur noch einhundert Mark. Ob das reicht? »Verdammt, wann hat das ganze Chaos eigentlich angefangen«, überlege ich laut und versuche, mich ein wenig zu beruhigen.

Ich will ja nicht unfair sein und meiner Ida die Schuld geben, aber irgendwie hat es ja schon mit ihr zu tun. Zwar war ich auch bereits vor unserer Heirat hinter jedem Rock her, aber erst als unser Sexleben eingeschlafen ist, habe ich angefangen, sie vermehrt zu betrügen. Nachdem unser Ältester vor neun Jahren auf der Welt war, hat Ida den Sex bereits drastisch reduziert, und seit der Geburt unseres Jüngsten vor sechs Jahren lässt sie mich kaum noch ran.

Seitdem wurde meine Lust, die doch ganz normal für einen nunmehr vierzigjährigen Mann ist, von der einen oder anderen Dame aus dem Dorf und den umliegenden Ortschaften befriedigt. Mein gutes Aussehen ist das Offensichtliche an mir, und gepaart mit meiner enormen Potenz hat es sich rumgesprochen, dass bei mir keine Frau unbefriedigt bleibt. Durch eine sehr attraktive Gespielin aus Nordendamm, die dort in einem gutgehenden Casino arbeitet, kam ich zum Black Jack spielen – und damit zu einer Obsession, die weitaus verheerendere Auswirkungen auf mein Leben hat als meine Lust auf guten Sex.

Ein jeder denkt, ich verbringe meine Mittagspausen, freien Abende sowie manche Nacht auch heute noch bei der einen oder anderen Butwanjendörferin oder einer der willigen Damen aus den Nachbarorten. Aber so ist es nicht mehr. Die Spielhölle in Nordendamm ist der Ort, wo ich meist zu finden bin. Und um mir das leisten zu können, musste ich einen gewinnbringenden Nebenjob starten. Gewinnbringend und äußerst riskant dazu. Aber man glaubt nicht, wie viele unter der Hand Medikamente kaufen wollen.

»Verdammt, verdammt«, fluche ich, als ich aus dem Eckfenster meines Hauses linse und sehe, wie der widerliche Kerl um das Grundstück herum zum Hintereingang am Marktplatz geht.

Eilig trete ich aus dem Haus und laufe mit einem kurzen prüfenden Blick in Richtung Apotheke über den Hof zur hinteren Gartentür, die sich in diesem Moment öffnet.

»Hallo, Pillendreher«, kommt es leise, aber deutlich süffisant aus seinem breit grinsenden Mund.

»Was willst du hier?«, frage ich unnötigerweise und schaue mich nervös um. Die Turmuhr schlägt gerade zur Mittagszeit und Agnes wird jeden Moment die Apotheke abschließen, dann durch die Hintertür rauskommen und ihr Fahrrad im Hof holen, um in ihrer Pause heimzufahren.

»Dasselbe wie immer.«

Ich versuche, gelassen zu wirken, während ich in das spöttisch grinsende Gesicht blicke, doch am liebsten würde ich seine Visage zu Brei schlagen.

Würde ich das Problem irgendwann lösen können? Dafür müsste ich den Kreislauf von Spielsucht, die meine Geldreserven aufbraucht, und dem illegalen Medikamentenverkauf, der meine Spielsucht finanziert, durchbrechen können. Momentan glaube ich jedoch nicht daran, dass ich das in absehbarer Zeit schaffen werden.

Frustriert über meine aussichtslose Lage sage ich barsch: »Ich habe jetzt keine Zeit.«

»Für mich wirst du dir Zeit nehmen müssen, lieber Sven«, kommt es gefährlich ruhig über seine Lippen.

Wie abgebrüht. Steht hier auf meinem Grund und Boden, und anstatt Respekt vor mir zu haben, werde ich wieder einmal von ihm provoziert.

»Wie viel willst du dieses Mal«, bringe ich mühsam beherrscht hervor.

»Oh, so drei Hunderter fände ich passend.«

»Das muss aufhören, ich werde nicht ewig ...«

»Und wie du wirst!«, werde ich scharf unterbrochen. »Du zahlst so lange, wie ich das will! Oder möchtest du, dass jeder, vor allem einer«, ein noch unerträglicheres Grinsen breitet sich in dem mir so verhassten Gesicht aus, »erfährt, dass du seiner Frau unerlaubt Medikamente ...«

»Ist ja schon gut. Ich habe aber noch nicht so viel in der Kasse und muss erst Geld auf der Bank holen.« Kurz überlege ich, ob ich ihm den Hunderter jetzt schon geben soll und den Rest später, entscheide mich aber dagegen – er ist so abgebrüht, dass er den Schein nimmt und trotzdem auf die anderen drei Hunderter bestehen wird. »Komm nachher noch mal vorbei.«

Schon wieder dreihundert Mark, verdammt! Irgendwann wird es Ida auffallen, dass wir weniger Geld haben. Doch mit dieser Angst muss ich genauso leben wie mit der Angst, dass irgendwann meine Spielsucht und noch schlimmer, meine äußerst illegale Nebeneinnahmequelle herauskommt.

»Das ist dann aber das letzte Mal!«, bringe ich so bestimmt wie möglich hervor.

»So, meinst du?«

Dieses verdammte Grinsen in dem jungen Gesicht macht mich beinahe noch wütender als der Verlust der Kohle. Wenn die Traudel wüsste, dass ihr Sohn zu einem kleinen, dreckigen Erpresser geworden ist, würde sie sich im Grab herumdrehen.

»Bis später, Pillendreher. Wir sehen uns auf der Feier«, verabschiedet sich der blonde Lulatsch, schließt die Hintertür leise hinter sich und ich stehe mit meiner Wut allein im Hof.

Ein Blick auf die Uhr verrät mir, dass es erst kurz nach zwölf ist – dieses verdammte Erpresserding hat nur wenige Minuten beansprucht. Wenige Minuten, die mich auch heute wieder um einige hundert Mark ärmer machen. Ich weiß, das kann so auf Dauer nicht weitergehen, aber ich weiß nicht, wie ich das beenden soll.

Tief durchatmend gehe ich über den Hof zurück ins Haus und werfe noch einen prüfenden Blick auf die Hintertür der Apotheke. Agnes braucht offenbar noch ein paar Minuten, bevor sie in ihre Pause geht, und ich frage mich nicht zum ersten Mal, ob sie all das mitbekommt? Und wenn, was genau? Meine junge Angestellte, die seit knapp sieben Jahren bei mir arbeitet, ist äußerst ruhig und immer freundlich. Noch nie habe ich in ihrer Miene Skepsis oder gar Verurteilung lesen können, was für mich den Schluss zulässt, dass sie wirklich so desinteressiert an meinem Leben ist, wie ich vermute.

Übelkeit steigt in mir hoch. Was, wenn Agnes doch oder jemand anderes oder noch schlimmer … Ich stöhne verzweifelt auf. Was, wenn Ida, die mich nahezu vergöttert und mir so viel durchgehen lässt, herausbekommt, dass bei mir nach und nach alles aus dem Ruder läuft?

Kapitel 19

»Hallo, ist es dir nicht zu kalt auf der Bank?«, unterbrach Felix ihre Grübeleien über ihr zerstörtes Smartphone und die trügerische Stille im Dorf, und blieb bei ihr stehen.

»Ich habe mich gerade erst hingesetzt. Es geht also noch.« Sie sah zu ihm auf, betrachtete seine feinen Gesichtszüge und das sanfte Schimmern seiner dunkelblauen Augen, das zu seiner wohlklingenden Stimme passte. »Telefonkonferenz vorbei?«

»Ja, schon länger. Hätte ich mir aber sparen können. Keiner weiß etwas Genaues, nicht mehr und auch nicht weniger als alle anderen aus den Medien mitbekommen.« Schulterzuckend setzte er sich, stellte seine Arzttasche zwischen sie und vergrub die Hände in den Jackentaschen. »Leider gibt es zwei weitere Fälle im Dorf.«

»Wer?«

»Else, die Frau vom Friedel Eichner, der bereits im Krankenhaus ist, und Irmi hat es leider auch erwischt.«

»Die Irmi.« Luca nickte in Richtung Kramladen. »Ist es schlimm?«

»Mmh, ja, schon. Ich habe vorhin den Krankenwagen kommen lassen. Sie hat Atemnot und seit gestern hohes Fieber. Sie dachte erst, es geht, aber dann hat sie heute Morgen Ida angerufen und sie und Agnes haben sich abwechselnd um sie gekümmert. Aber das Krankenhaus ist momentan wohl am besten für sie.«

»Dann breitet sich das Virus ja ziemlich schnell aus«, stellte Luca ein wenig besorgt fest.

»Ja. Zum Glück waren Agnes und Ida so geistesgegenwärtig und haben sich Irmi nur mit Handschuhen und Maske genähert.«

»Sie sind halt vom Fach.«

»Ja.« Er zog seine Jacke ein wenig fester um sich und schwieg.

Auch Luca blieb für eine Weile stumm und sie blickten auf die menschenleere Straße. Vereinzelt hörte man das Herunterlassen von Rollläden und den ein oder anderen Vogel, der ein letztes Zwitschern in der abendlichen Stille von sich gab.

»Adam hat beim Abendessen versichert, dass er kein Mörder ist«, unterbrach Luca das Schweigen. Bereits als Felix aufgetaucht war, hatten ihr die Worte auf der Seele gebrannt.

Felix wandte ihr den Kopf zu und nicht im Mindesten erstaunt nickte er. »Du …«

»Ich finde, ihr solltet darüber wirklich nicht auf dem Marktplatz sprechen, wo euch jeder hören kann. Kommt mit!«

Erschrocken fuhren beide herum und starrten Manuel Fink an, der seinen Worten mit einer Handbewegung Nachdruck verlieh und loslief.

Ohne eine Erwiderung erhoben sich Luca und Felix und folgten Manuel schweigend den Weg am Marktplatz entlang zu seinem Haus.

Erst im Flur sprach Manuel wieder: »Geht schonmal ins Wohnzimmer, ich mache uns Tee.« Er sah Felix kurz an. »Oder willst du in Anbetracht der Ansteckungsgefahr lieber draußen sitzen?«

»Nein. Drinnen sind wir ungestörter, denn so wie die Straßen haben auch die Gärten Ohren.«

Auch wenn die zwei Männer mit keiner Geste ihre jahrelange Vertrautheit verrieten, konnte Luca diese spüren. Als sie Felix folgte, fragte sie sich allerdings, ob sie ihr auch auffallen würde, wenn sie nicht wüsste, dass die beiden ein Paar waren.

Wahrscheinlich nicht, dachte sie und setzte sich auf die Couch, mit Blick in den Garten zu dem Türchen, das zu Felix' Haus führte. Was für eine Heimlichtuerei die zwei doch veranstalten mussten, und das im einundzwanzigsten Jahrhundert.

Nachdem Felix ihre Jacken aufgehängt hatte, setzte er sich neben sie und sagte: »Dass Adam kein Mörder ist, hat Annemie immer fest geglaubt.«

»Aber warum hat sie dann zugelassen, dass er von hier verschwindet und seinen Kontaktabbruch so mir nichts, dir nichts akzeptiert? Als Mutter?!«

»Das ist nicht einfach zu erklären«, antwortete Manuel, der mit einem gefüllten Tablett hereinkam, an Felix' Stelle. »Dafür müssen wir weit ausholen.«

Er setzte sich in den Sessel und Luca musterte ihn eingehend. Sie fand Manuel genauso sympathisch wie Felix. Beide hatten eine unglaublich ruhige und zugleich sehr präsente Art.

»Das mit dem Kontakt zwischen den beiden war einfach schwierig. Annemie hat, wie sie uns selbst sagte, Adam zu sehr gedrängt, wieder nach Hause zu kommen, und da hat er dann irgendwann dicht gemacht. Er wollte nicht mehr an das Unglück, an Joel und ...« Felix brach ab und sah seinen Freund an.

»Und meine Schwester denken«, ergänzte Manuel und schluckte hörbar.

»Annemie hat also nicht geglaubt, dass Adam ein Mörder ist, wie er es in der Nacht geäußert hat. Sie ist, wie anscheinend auch der ein oder andere hier, von einem Unglück ausgegangen. Aber irgendwann hat sie wohl auch keinen Unfall mehr hinter dem Brand vermutet und deshalb meine Großmutter angerufen. Also muss sie jemand anderen verdächtigt haben, oder?« Luca fasste die bisher sehr dürftigen Informationen zusammen.

»Ja, ich denke, so war es«, antwortete Manuel ein wenig zögerlich und schaute zu Felix.

»Du glaubst also nicht, dass Adam etwas mit dem Tod deiner Schwester und deines Neffen zu tun hat?«

Schweigen folgte. Dann sagte Manuel mit einer abwägenden Kopfbewegung vorsichtig: »Ich denke nicht, dass er sie absichtlich umgebracht hat, nein. Aber ich bin mir nicht sicher, was er an dem Abend für eine Rolle gespielt hat.«

»Warum ist Annemie eigentlich ausgerechnet zu euch gekommen? Vor allem zu dir? Du als Verenas Bruder musst Adam doch über all die Jahre gehasst haben.« Luca wunderte sich über sich selbst, dass sie diese Frage nicht früher gestellt hatte. Schließlich waren die zwei Männer deutlich jünger als Annemie Goldbach, sie könnten ihre Söhne sein und eine Freundschaft zu ihnen war in ihren Augen recht seltsam.

Innerlich lachte sie auf, da war es wieder – seltsam!

»Annemie war eine bemerkenswert feinfühlige Frau. Sie wusste schon lange von Felix und mir, und mit ihr konnten wir über uns reden.« Er lächelte ein wenig und suchte den Blick seines Freundes.

»Das mag ja sein, aber für mich hat das eine nichts mit dem anderen zu tun«, entgegnete Luca ein wenig unwirsch und wartete auf eine bessere Erklärung, während sie vorsichtig an ihrem heißen Tee nippte.

Manuel zuckte mit den Schultern und erklärte: »Ich sage ja, wir müssen weit ausholen. Wir, oder besser gesagt ich, hatten über Jahre keinen Kontakt zu Annemie. Ich bin einen Tag nach der Beerdigung zurück nach Hamburg und habe mein Studium wieder aufgenommen.« Ein unwilliges Auflachen kam über seine Lippen. »Ich hatte Adam damals an Annemies Feier noch gesagt, dass ich am nächsten Tag wieder nach Hamburg gehen würde und er meinte: ›Hoffentlich fährst du auch.‹ Zwar bin ich nicht am nächsten Tag gefahren, wie ich es zuerst vorhatte, aber eine Woche später. Ich habe es nicht anders als Adam gemacht – ich wollte von dem ganzen Dorf und dem schrecklichen Unglück nichts mehr wissen.«

»Und ich«, fuhr Felix fort, »hatte zum Unglückszeitpunkt bereits in Hamburg studiert und bin nur für den Tag der Beerdigung hierhergekommen.« Liebevoll sah er seinen Freund an und sagte leise: »Als wir danach beide wieder an der Uni waren, haben wir viel Zeit miteinander verbracht und ich konnte Manuel in seiner Trauer beistehen. Wir haben oft stundenlang zusammengesessen und über alles Mögliche gequatscht, nur Manuel und ich, und irgendwann wurde uns dann klar, dass wir mehr als nur freundschaftliche Gefühle füreinander hatten und warum wir mit den Mädels zu Hause oder auch an der Uni nichts anfangen konnten. In Hamburg war damals die Welt für uns in Ordnung. Wir konnten zusammen sein ohne irgendwelche Heimlichtuereien.«

Felix wandte sich wieder Luca zu. »Und dann habe ich mich an mein Versprechen gehalten und bin 2010 in die Praxis meines Opas eingestiegen.«

Geduldig hörte Luca zu und fragte sich, ob ein solches Leben in vorgegebenen Bahnen erstrebenswert war. Felix schien es nicht wirklich glücklich zu machen.

»Annemie kannte ich natürlich aus meiner Kindheit, aber richtig kennengelernt habe ich sie erst, als sie mit der Catering-Firma, in der sie arbeitete, meine Einstiegsfeier in die Praxis und zugleich Großvaters Ruhestandsfeier organisiert hat«, fuhr Felix fort.

»Wie alt war dein Großvater da? Gab es nicht so ein Gesetz, dass man nur bis zu einem gewissen Alter praktizieren durfte?«

»Ja, das wurde aber 2009 aufgehoben. Aber es hätte ihn eh nicht betroffen, er ist erst 2010 achtundsechzig geworden. Und ich habe ihn ganz nach Plan mit dreißig abgelöst.«

»Er war erst achtundsechzig?« Luca dachte an den alten Mann, der heute somit kurz vor der achtzig stand, und wunderte sich darüber. »Dann muss er aber früh Vater geworden sein, oder?«

»Meine Großmutter sowie meine Mutter haben jeweils mit sechzehn ihre Kinder bekommen und auch so jung geheiratet. Es war beides Mal ein kleiner Skandal im Dorf, der nur noch getoppt wurde von dem Geheimnis um Irmis Vater. Ihre Mutter war irgendwann ...« Er unterbrach sich, sah zu Manuel und winkte dann ab. »Egal. Ich wollte ja von Annemie erzählen. Wir verstanden uns seit meiner Rückkehr 2010 gut und irgendwie hat sich daraus eine Freundschaft entwickelt. Und als Manuel 2015 hierher zurückkam, hat es nicht lange gedauert und ich habe ihr von uns erzählt. Dass ich homosexuell bin, wusste sie zu dieser Zeit bereits.«

Luca nickte nur und sah erwartungsvoll zu Manuel. Jetzt näherten sie sich langsam dem Punkt, um den es ging. »Aber warum hat sich Annemie mit ihrem Verdacht gerade euch anvertraut?«

»Felix hat mich dazu überredet, an einem seiner Treffen mit Annemie in Wilhelmshaven teilzunehmen.«

»In Wilhelmshaven? Das ist doch aber noch ein ganzes Stück entfernt von hier, oder?«

»Mit dem Auto nicht ganz eine halbe Stunde«, wandte Felix ein. »Dort waren wir immer für uns, weit weg von dem Dorftratsch.«

Das verstand Luca nur zu gut.

»Ich war mir unsicher, ob ich Annemie treffen wollte«, fuhr Manuel fort. »Da sie als Adams Mutter ja damals ... Ach, ich war einfach verunsichert, bin aber mit und habe gemerkt, dass sowohl Annemie als auch ich anders über das Verhältnis der Familien Goldbach und Fink dachten als alle anderen hier im Ort. Meine Familie hat außer auf den jährlichen Gedenkfeiern nie über Joel und Verena gesprochen. Es war immer ein Tabuthema bei uns. Annemie dagegen wollte gern über Adam und Joel reden und tat das auch, aber nur mit Felix. Schon bei unserem ersten Treffen, weit weg von dem nervigen Gerede hier ihm Dorf, haben wir festgestellt, wie gut es uns tat, über die Vergangenheit zu sprechen. Ohne Zorn, ohne Anschuldigungen haben wir uns einfach nur an die guten Zeiten mit Joel, Verena und Adam erinnert.« Manuel hob ein wenig hilflos die Schultern und blinzelte die Tränen in seinen Augen weg. »Wir wollten sie nicht einfach vergessen.«

»Und deine Eltern? Haben sie denn wirklich nie mit dir und deinem Bruder über Verena gesprochen? Und was war mit Annemie, sie sind sich doch unweigerlich im Dorf über den Weg gelaufen?«

»Trotz dass Adam damals am Tag nach dem Unglück spurlos verschwunden ist, haben Manuels Eltern Annemie in all den Jahren so gut es ging gemieden. Sonja und sie hatten sich einmal so gut verstanden, aber weder sie noch Hubert haben den Tod von Verena und Joel je verkraftet, und in Adam den Schuldigen gesehen.« Auch Felix zuckte nun ein wenig hilflos mit den Schultern. »Einer musste ja schuld sein.«

»Und obwohl sie glaubten, Adam sei schuld, hatten sie nichts unternommen?«, bohrte Luca nach und wurde hellhörig.

»Ja, nichts«, antwortete Manuel.

»Der Mann, von dem sie glaubten, er sei schuld am Tod ihrer Tochter und ihres Enkelkindes ist einfach verschwunden und sie haben *nichts* unternommen?« Luca war verwirrt. Was war nach dem verheerenden Feuer in diesem Dorf passiert? Abermals verfluchte sie ihr zerstörtes Handy. Sie hätte bereits weitaus mehr Informationen über den Brand vor zwanzig Jahren, wenn sie ihren Chef anrufen könnte. Sie nahm sich vor, das gleich morgen früh von Daniels Festnetz aus zu tun, damit sie sich nicht weiter mit lückenhaften Berichten zufriedengeben musste. Hier war bei den Ermittlungen ganz offensichtlich einiges schiefgelaufen, wenn nicht sogar vorsätzlich vertuscht worden.

Pit Angerer

Kneipenbesitzer

9:52 Uhr
Mittwoch, den 9.3.2000, Butwanjendorf

»Und nein, ich gehe nicht mit! Diese eingebildete Schnepfe muss immer eine Extrawurst braten. Kann sie nicht wie jeder andere in Butwanjendorf hier bei uns feiern? Oder ist sie sich zu fein dafür? Aber von uns die Stühle und das Geschirr und die Gläser will sie haben. Ich weiß nicht, warum du zugestimmt hast, ich hätte Nein gesagt. Soll sie sich doch ihr Zeug besorgen, wo der Pfeffer wächst, diese hochnäsige …«

Luzi hört nicht auf herumzumeckern und ich bin ehrlich gesagt mehr als genervt von ihrem Gekeife. Muss meine Frau denn immer aus allem rund um die Annemie so ein Drama machen? Gut, ich fand es am Anfang auch nicht so toll, dass die Gute ihren Fünfzigsten nicht bei uns feiern will, sondern bei sich zu Hause. Aber im Endeffekt ist es ihre Entscheidung und wir haben sie zu akzeptieren.

»Ach komm, Luzi, es reicht jetzt. Du hast dich knapp drei Monate darüber aufgeregt, irgendwann ist mal gut.«

»Du wieder.« Sie funkelt mich wütend an, während sie Weingläser in eine Kiste stellt. »Du und all die anderen

Mannsbilder seid doch blind und taub, wenn es auch nur um die kleinste Kritik an der Annemie geht.«

Wie ich diese Momente hasse. Jetzt heißt es wieder, glaubhaft zu versichern, dass das Blödsinn ist und ich nur Augen für sie habe.

»Ach, Luzichen, du weißt doch, dass keine andere Frau dir das Wasser reichen kann.« Was natürlich absoluter Quatsch ist. Zwar liebe ich meine Luzi und das schon seit bald vierzig Jahren, aber die rehäugige Annemie ist die Frau, die ich am liebsten an meiner Seite haben würde. Die Annemie hat von jeher eine solch sanfte Art, dass man sie als Mann einfach beschützen will.

Luzi zieht kurz die Brauen zusammen, lächelt dabei jedoch ein wenig geschmeichelt. Aber nur für Sekunden, dann bringt sie auch schon wieder die nächste Attacke gegen Annemie vor: »Hätte die besser mal ihren Jungen, diesen Krawallmacher, gut erzogen, anstatt den Kerlen hier die Köpfe zu verdrehen.«

»Luzi, es ist Jahre her, dass der Adam unsrem Klaas eine verpasst hat«, sage ich entnervt und schüttle den Kopf. Unglaublich, dass man so nachtragend sein kann; unser Klaas war bei diesem Vorfall um die zwanzig gewesen und der Adam gerade einmal vierzehn. Und dabei geht es meiner Frau nicht um den Adam, der zugeschlagen hat, nein, es geht um Annemie, die als Mutter versagt hat. Dabei hatte es unser Klaas in meinen Augen damals verdient. Zu behaupten, Adams Vater, der finstere Ferdi, hätte rumgehurt, brachte Adam zum Ausrasten. Mit Recht, man sagt nichts Schlechtes über den toten Vater eines anderen – Punkt.

Ohne weiter auf meine Frau zu achten, schnappe ich mir eine der Kisten mit Tellern und trage sie durch die offene Kneipentür. Es ist echt anstrengend mit ihr, wenn sie so feindselig drauf ist. Dabei ist Luzi herzensgut und man kann alles von ihr haben. Aber halt nicht jeder. Und die Annemie gehört schon mal gar nicht dazu.

»Moin, Pit, bist du am Ausliefern für die Feier von der Annemie?« Der Elektromeister Wagner hat mit seinem Sohn Christian auf dem Beifahrersitz mit seinem Kleinbus angehalten und die Scheibe runtergekurbelt.

»Moin, Kurt. Ja, wir packen alles zusammen und fahren es dann hin.«

»Wir müssen erst noch mal nach Nordendamm, bevor wir so gegen elf die Öfen hinbringen und beim Aufstellen der Zelte helfen.«

Er strahlt übers ganze Gesicht, was mir nicht verborgen bleibt. Auch der Wagner Kurt findet die Annemie immer noch toll, war er doch einer derjenigen gewesen, die in ihrer Jugend vehement um sie geworben haben. Das war noch bevor er die damals sechzehnjährige Hilde geschwängert und Hals über Kopf geheiratet hat. Ihre Tochter Agnes war nur wenige Monate später zur Welt gekommen.

»Vielleicht sehen wir uns ja noch. Wenn nicht, dann heute Abend auf ein paar Bierchen.« Ich nicke zum Gruß, als er den Gang einlegt und winkend weiterfährt.

»Moin, Pit«, grüßt mich im selben Moment unsere junge Beiköchin Marit, die um die Ecke geschlendert kommt. »Kann ich dir oder Luzi helfen?« Wie immer ist sie arbeitseifrig, und ich freue mich darüber, eine so engagierte junge Frau ausbilden zu dürfen. Deswegen habe ich auch kein Problem damit, dass sie sich heute ein paar Mark bei der Annemie dazu verdient. Ich habe ihr extra einen Tag freigegeben, da wir die Kneipe heute sowieso nicht öffnen.

»Moin, Marit. Geh doch rein und hilf Luzi beim Zusammenpacken.«

Sogleich verschwindet sie in unserer Kneipe und ich hebe die schwere Kiste mit Tellern auf die Ladefläche des Transporters. Genüsslich stecke ich mir eine Zigarette an und schau in Richtung Deichpfad, wo Gunnar mühselig auf Krücken gestützt seine morgendliche Runde dreht. »Moin, Gunnar, auch schon wieder unterwegs?«

»Joo, moin, Pit«, ruft er und zeigt auf meine Zigarette. »Rauchen ist schädlich, alter Junge, lass es lieber.«

Ich lache. Seit unserer Jugendzeit derselbe Spruch, wenn er mich sieht.

Er biegt in unsere Straße ein und humpelt auf mich zu. »Die Vorbereitungen laufen wohl auf Hochtouren?« Er zeigt auf meine Ladefläche.

»Ja. Wir sind gut in der Zeit.«

Er kommt noch einen Schritt näher und fragt: »Sag mal, du hast doch gesagt, der Adam hat sich auch bei dir Geld geliehen. Wann wollte der das denn zurückzahlen?«

Hastig halte ich den Finger auf meine Lippen und schiele Richtung Kneipentür. »Ich weiß nicht genau.«

»Ich nämlich auch nicht. Ich habe auch ehrlich gesagt gar nicht gefragt.«

Leise, damit Luzi uns bloß nicht hört, frage ich: »Wofür er das Geld wohl braucht?«

»Was weiß ich. Ich hab's ihm auch nur gegeben, weil meine Traudel immer so große Stücke auf ihn gehalten hat, seit er sie damals gerettet hat.«

»Ja, das verstehe ich.« Es war so vor rund zehn Jahren eine kleine Sensation gewesen, als der junge Adam, ohne an sich zu denken, die Traudel aus ihrem brennenden Autowrack gezogen hatte, nachdem sie kurz vor Butwanjendorf verunglückt war. Der Goldbachjunge war vielleicht gerade mal so vierzehn gewesen und hat geistesgegenwärtig reagiert. Dass er Feuerwehrmann geworden ist, ist kein Wunder – bei seinem Mut.

»Mich wundert ja, dass er nicht einfach seinen Schwiegervater angepumpt hat.« Gunnar kommt noch einen Schritt näher und sagt leise: »Oder meinst du, an den Gerüchten ist was dran, und der alte Fink hat sich auf krumme Geschäfte eingelassen?«

»Ich habe leider auch so etwas gehört«, antworte ich bedauernd und schaue mich um – die Straßen bei uns in Butwanjendorf haben manchmal Ohren. Flüsternd bestätige ich das Gerücht: »Ich habe läuten hören, dass Hubert mit Kundengeldern spekuliert hat.«

»Verdammter Mist nochmal, wenn das stimmt, bringt er einige von uns ganz schön in Schwierigkeiten«, murmelt Gunnar und hebt grüßend seine Kappe. »Wollen wir mal hoffen, dass an den Gerüchten nichts dran ist. Mach's gut, Pit.«

»Mach's gut, Gunnar.« Ich trete meine Kippe aus und hoffe dasselbe. Beinahe jeder im Dorf hat sein Geld beim Fink auf der Bank. Aber sollte was dran sein, ist es kein Wunder, dass Adam vor ein paar Tagen einige von uns Alten angepumpt hat. Zwar hat er mich und auch die anderen darum gebeten, Stillschweigen darüber zu bewahren, aber ich weiß auf jeden Fall schon mal von Gunnar und dem Pastor, und wer weiß, ob das alle sind. Das sollte ihm eigentlich bewusst sein, dass in unserem Örtchen so gut wie nichts geheim bleibt.

Ich schaue mich erneut um und hoffe, dass niemand das Gespräch gehört hat. Als Wirt wird mir vieles anvertraut und mich dabei zu erwischen, wie ich über so manch gut gehütetes Geheimnis rede, wäre wohl nicht gerade vorteilhaft fürs Geschäft.

»Pit!«

»Ja, ich komme.« Seufzend gehe ich zurück in die Kneipe, gewappnet, Luzis Meckerei weiter zu ertragen, aber der Gedanke an Adams Geldprobleme lässt mich mit einem Mal nicht mehr los. Wofür braucht er bloß so schnell so viel Kohle?

Kapitel 20

War hier wirklich etwas vertuscht worden?

Luca richtete sich ein wenig verwundert auf und fixierte zuerst Manuel und dann Felix, der nur entschuldigend die Schultern hob. »Gab es keine weitere Untersuchung? Obduktion? Anklage? Verurteilung?«

»Nein, nichts davon«, sagte Felix mit einem Seitenblick zu Manuel.

Luca sah zwischen den beiden Männern hin und her. »Könnt ihr bitte Klartext reden? Mein Kopf ist noch ein wenig zu träge, um Rätsel zu lösen.«

»Du hast ja auch ganz schön was abbekommen. Wird es denn langsam wieder?«, wollte Manuel wissen.

»Na ja, mein Arzt ist zuversichtlich.« Sie schenkte Felix ein kurzes, schiefes Lächeln. »Aber wie gesagt, mein Hirn funktioniert noch nicht wieder zu hundert Prozent.«

»Magst du ihr von der Brandnacht erzählen?«, bat Felix seinen Freund und nickte ihm aufmunternd zu.

Manuel zögerte zunächst, fing dann aber an zu sprechen: »Nach dem Feuer, als es gelöscht war, und wir erfahren hatten, dass …« Auch heute noch, zwei Jahrzehnte später, fiel es Manuel sichtlich schwer, über den Tod seiner Schwester und seines Neffen zu reden. »… dass Verena und Joel dabei umgekommen waren, und Adam gestanden hatte, er sei der Mörder, haben wir ihn zusammengeschlagen. Vater, Roman und ich. Vor seinem Haus, neben den Leichenwagen, in denen Joel und Verena lagen, und vor den Augen aller Dorfbewohner. Er hat sich nicht einmal gewehrt, sondern schier darum gebettelt, dass wir ihn totschlagen.« Er verstummte kurz, bevor er mit brüchiger Stimme sagte: »Und ich hätte in diesem Moment nichts lieber getan.«

Schweigend hörte Luca zu und malte sich dabei aus, wie entsetzlich diese Szene gewesen sein musste.

»Keiner hat uns aufgehalten. Nicht unser Polizist Helge, nicht Felix' Großvater, der mit den Notärzten die Totenscheine ausgestellt hatte, und auch nicht Adams Freund Jan oder einer seiner anderen Feuerwehrkumpanen. Niemand. Nur Annemie hat weinend darum gebettelt, dass wir aufhören sollten, und dann haben uns ein paar Sanitäter von ihm weggezogen und ihn in den Krankenwagen verfrachtet.« Manuel verstummte und schloss die Augen, als ob er dadurch ausblenden könnte, was er damals alles durchlebt hatte.

»Was ist dann passiert?«, wollte Luca wissen, nachdem sie das lange Schweigen von Manuel nicht mehr aushielt. Normalerweise war sie bei ihren Verhören geduldig, aber diese Geduld fehlte ihr momentan einfach.

»Annemie ist noch in der Nacht zu Adam ins Krankenhaus gefahren und dann am späten Vormittag ins Haus meiner Eltern gekommen. Sie sagte uns, dass Adam sich selbst entlassen hat und nie wieder nach Butwanjendorf zurückkehren will. Meine Eltern waren zunächst außer sich und wollten, dass Adam für den Brand zur Rechenschaft gezogen wird. Doch mein Bruder und ich wussten zu diesem Zeitpunkt bereits von Jan, der mit einem Brandsachverständigen den Brandhergang rekonstruiert hat, dass es keine weiteren Ermittlungen geben würde. Es war ein Unfall, trotz Adams Worten in der Nacht zuvor. Und Annemie hatte eh keinerlei Zweifel an Adams Unschuld. Sie war sich zwar sicher, dass er sein Geständnis in der Nacht nur unter Schock gemacht haben muss, sah aber keinen Weg, das zu beweisen, da er zu allem schwieg.« Manuel stand abrupt auf und ging unruhig im Wohnzimmer auf und ab.

Luca ordnete das soeben Gehörte für sich: Adam hatte sich nach wenigen Stunden selbst entlassen; Manuels Eltern suchten die Schuld bei Adam – zurecht, wie sie fand, schließlich hatte er zugegeben, er wäre ein Mörder. Da er aber schwieg und am Tag nach dem Brand einfach verschwand, konnte Annemie nie ihre Zweifel an Adams Schuld durch eine neuerliche Aussage seinerseits zu ihrer eigenen Zufriedenheit ausräumen.

»Und dann meinte Annemie, dass wir ja wüssten, wie labil Verena war und dass sie an dem Abend durch ihre

Tabletteneinnahme und den Alkohol vielleicht nicht mehr zurechnungsfähig gewesen sein und den Brand durchaus selbst verursacht haben könnte. Das hatte die Kripo bereits in der Nacht vermutet und es wurde am frühen Morgen durch einen Sachverständigen bestätigt. Meinen Vater trafen Annemies Worte bis ins Mark, aber sowohl Roman als auch Mutter und ich, konnten nur zustimmend nicken«, fuhr Manuel leise fort und lehnte sich gegen die Fensterbank.

»Demzufolge ist doch klar gewesen, dass Adam unschuldig war«, überlegte Luca laut und atmete ein wenig erleichtert auf. »Und die Unfallursache war wirklich eine umgestoßene Kerze?«

»Ja«, antworteten Felix und Manuel gleichzeitig.

»Aber was war mit Adams Aussage, er wäre ein Mörder? Laut Livke hat Rosi Westermann ihn das doch sagen hören und noch in der Nacht jedem Dorfbewohner weitergetratscht.«

»Das stimmt. Und ein Mörder ist er für die meisten auch noch immer, egal, was die Untersuchungen damals ergeben haben. Gegenüber Annemie oder einem Außenstehenden wurde er zwar nie so bezeichnet, aber untereinander ...« Es war Manuel deutlich anzumerken, dass ihm das unangenehm war. »Ja, untereinander wurde und wird auch heute noch so über Adam geredet.«

Eike und Lina fielen Luca sofort ein. Beide hatten sich vor ihr über Adam als Mörder geäußert. Aber sollte das in der Tat nie jemand anderem als den Dorfbewohnern zu Ohren gekommen sein? Nach Butwanjendorf kommen keine Fremden! Luca hätte beinahe gelacht, als sie sich an Daniels Worte erinnerte. Wenn in das Dorf wirklich keine Fremden kamen und die Bewohner lieber unter sich blieben, konnte es ja auch schlecht nach außen gedrungen sein.

»Annemie bat uns, darüber Stillschweigen zu bewahren, um eine weitere Untersuchung des Ganzen zu vermeiden. Sie meinte, es würde nur noch mehr Leid verursachen, als wir eh schon alle erfahren hatten.« Erneut wanderte Manuel umher, als er weitersprach: »Meine Mutter war unglaublich in diesem Moment. Weinend nahm sie die ebenfalls schluchzende Annemie in die Arme und stimmte ihr zu. Keiner wollte noch mehr leiden.«

»Stillschweigen? In diesem Kaff? Bei all dem Getratsche, das ich in den paar Tagen schon mitbekommen habe, kann ich das kaum glauben.« Kopfschüttelnd fragte sie: »Und wie habt ihr es geschafft, dass tatsächlich das ganze Dorf geschwiegen hat? Und warum haben sich scheinbar wirklich alle darauf eingelassen, wo doch Adam beinahe jedem verhasst war?«

»Noch am gleichen Abend war in der Kirche eine Gedenkstunde für Joel und Verena«, brachte Manuel zaghaft hervor und sah zu Felix.

»Der ganze Ort war da. Ich auch, nachdem mich mein Opa morgens angerufen hatte. Annemie und Sonja hatten dem Pastor von dem morgendlichen Gespräch bei den Finks erzählt und ihn gebeten, in seiner Trauerrede von Adam und seinem Verschwinden sowie der Bitte der Familien um Stillschweigen über Adams in großer Trauer ausgesprochenen Worte zu bewahren.«

Fassungslos hörte Luca Felix zu. In ihrem Hirn ratterte es. Natürlich könnte die Polizei, selbst wenn sie von Adams nächtlichem Schuldeingeständnis gehört hätte, dieses auf seinen emotionalen Ausnahmezustand geschoben haben. Aber bestimmt wäre jeder Kriminalbeamte hellhörig geworden und hätte weiter nachgeforscht. Hätte.

»Wurden die Leichname denn obduziert?«, wollte sie wissen.

»Nein«, antwortete Manuel leise. »Nachdem ein Unfall als Todesursache festgestellt war, blieb es uns Angehörigen überlassen, ob wir eine Obduktion wollten.«

Felix achtete überhaupt nicht auf Lucas Einwand und Manuels zaghafte Antwort, er sprach einfach weiter von der Trauerfeier: »Mit der Ankündigung des Pastors, dass der so vielen verhasste Adam Goldbach für immer aus unserem Ort verschwunden sei, haben sich alle darauf eingelassen. Ganz Butwanjendorf würde schweigen und …«

»Das ist doch Irrsinn«, fiel Luca ihm ins Wort. »Und undenkbar. Es hätte weitere Ermittlungen geben müssen. Hat die Kripo da nicht nochmal nachgebohrt? Und …« Luca war aufgebracht, fühlte sich in ihrem ausgeprägten Gerechtigkeits- und Wahrheitsdenken gestört und wedelte hektisch mit den Armen.

»Jeder Butwanjendörfer hat geschwiegen, unserer Familie und Annemie zuliebe«, fuhr Manuel fort, ohne auf ihren Einwand einzugehen. »Also gab es keine weiteren

Untersuchungen. Es wurde als Unglücksfall deklariert. Eine umgefallene Kerze hatte den Brand im Wohnzimmer verursacht und Verena und Joel sind an einer Rauchgasvergiftung gestorben. Adam war auf seiner nächtlichen Joggingtour gewesen, und als er zurückkam, ist er ins brennende Haus, um Verena und Joel zu retten, konnte sie aber nur noch tot bergen. Das war's. Verena und Joel waren tot und Adam aus Butwanjendorf verschwunden.«

»Das ist Irrsinn«, wiederholte Luca aufgebracht. »Es hätte weitere Untersuchungen geben müssen!«

»Es war aber so …« Manuel sah Luca mit blassem Gesicht und zittrigen Lippen an. »… und bis zu Annemies Tod und deinem sowie Adams Erscheinen hier war auch irgendwie alles gut in unserem Dorf. Aber jetzt?«

»Manuel«, sagte Felix mahnend und schüttelte den Kopf. »Vergiss bitte nicht, dass sich Annemie vor zwei Wochen mit ihren Zweifeln bezüglich der Brandnacht an uns gewandt hat.«

Manuels Augen füllten sich mit Tränen und er murmelte nur matt: »Es war alles gut.«

»Alles gut?« Luca erhob sich, ignorierte wenig mitfühlend Manuels Tränen und sagte empört: »Ein ganzes Dorf gibt sich mit einem Gutachten zufrieden und schweigt, obwohl die meisten von einem Verbrechen ausgehen, für das sie Adam verantwortlich machen. Und das heißt hier bei euch: *Alles gut?* Ihr seid doch alle nicht mehr ganz bei Trost. Und außerdem, was haben Adam und mein Erscheinen damit zu tun? Was passiert ist, liegt zwanzig Jahre zurück und wenn nicht jeder hier geschwiegen hätte, hätte sich das Unglück vielleicht wirklich aufgeklärt. Vielleicht als Unglück, oder auch als Verbrechen. Der Polizei hat damals ein wichtiger Fakt gefehlt – es hatte sich jemand zu einem Mord bekannt.«

Manuel zuckte ein wenig zusammen, fing sich dann jedoch schnell wieder und gab mit einem aufgesetzten Lächeln zu: »Ich weiß, dass du recht hast, aber Schweigen war eben einfacher für uns alle.«

»Einfacher! Einfacher!«, ereiferte sich Luca. »Es war *vielleicht* ein Unfall? *Vielleicht* hatte Adam Schuld *oder* auch Verena *oder* beide? *Vielleicht* aber auch jemand ganz anderes? *Oder* es war Vorsatz und irgendjemand hat dieses Feuer gelegt, warum auch immer? Und wieder könnten es Verena *oder* Adam gewesen sein, aber auch jeder andere hier aus diesem verdammten Dorf. Das alles hätte weiter polizeilich untersucht werden müssen, um den Tathergang aufzuklären und den vermeintlich Schuldigen, sollte es denn einen geben, zur Rechenschaft ziehen zu können. Vielleicht läuft in diesem erbärmlichen Kaff ein Straftäter herum, der damals …«

»… Manuels Schwester und den kleinen Joel umgebracht und dir sowie Livke vor drei Tagen aufgelauert hat, weil Livke in deiner Anwesenheit in Plauderlaune gekommen ist?«, vollendete Felix ihren Satz unsicher.

»Was?« Verwirrt starrte Luca von Felix zu Manuel.

»Wir haben uns Gedanken um eure Unfälle gemacht und sind der Meinung, dass es so einen eigenartigen Zufall kaum geben kann«, erklärte Felix seine Worte. »Livke hat auf der Gedenkfeier getratscht und nicht gerade leise. Außerdem wissen wir von Annemie, dass Livke ihr irgendetwas von der Brandnacht und verdächtigen Männern am Haus erzählt hat, und sie herausbekommen wollte, was die dort zu suchen hatten. Erst Livke hat Annemie dazu gebracht, das Unglück von damals aus einem anderen Blickwinkel zu sehen.«

Zwar hörte Luca ihm aufmerksam zu, aber gleichzeitig schwirrte es in ihrem Kopf. Ihr und Livke sollte jemand aufgelauert haben? War ihr kleiner, selbstverschuldeter Sturz vielleicht überhaupt keiner gewesen? Und Livkes beinahe zur gleichen Zeit stattgefundener Unfall ebenfalls nicht? Unmöglich, wie soll das funktioniert haben? K.-o.-Tropfen?! Da waren sie wieder. Vorhin hatte sie den Gedanken noch weit von sich geschoben, aber jetzt?

Was hat mir die muntere Dorftratsche in ihren vielen Geschichten bloß Verfängliches erzählt, grübelte sie, und ihr war augenblicklich klar, dass irgendetwas an Felix' Worten der Wahrheit entsprechen musste.

»Deine Platzwunde am Hinterkopf kam mir komisch vor, als ich sie gestern zum ersten Mal gesehen habe. Die Hutkrempenregel aus meiner Studienzeit ist mir eingefallen.«

»Was?« Instinktiv griff Luca sich an den Hinterkopf. »Du meinst, ich könnte einen Schlag verpasst bekommen haben?« Sie wusste, dass die Regel aus der forensischen Traumatologie besagt, dass Verletzungen oberhalb einer gedachten Hutkrempe durchaus von einem Schlag stammen können, während eine Wunde unterhalb dieser Linie wahrscheinlich durch einen Sturz entstanden ist. »Verdammt nochmal, das bedeutet ja, dass ...«

Felix blickte zunächst zu Manuel, der nur hilflos mit den Schultern zuckte, und schaute dann zu Luca. Mit energischer Stimme sprach er aus, was in diesem Moment alle drei dachten: »Ja, es könnte wirklich sein, dass in Butwanjendorf ein Mörder unter uns lebt.«

Björn Klarmann

Fabrikarbeiter

7:23 Uhr
Mittwoch, den 9.3.2000, Butwanjendorf

Ein lautes Türschlagen reißt mich unsanft aus meinem Tiefschlaf. Verdammt, ich habe heute Spätschicht, muss erst nach zwölf weg und könnte noch stundenlang von einem besseren Leben träumen, wenn meine zickende Ehefrau nicht schon am frühen Morgen spinnen würde.

Agnes ist seit kurzem ein anderer Mensch. Sie meint, daran wäre die Schwangerschaft schuld, was ich schwer hoffen will, aber irgendwie nicht glaube. Sie war doch anfangs nicht so launisch. Gut, sie schiebt jetzt eine gewaltige Kugel mit sich rum, sitzt mehr auf Toilette als jemals zuvor und beschwert sich über dauerhaftes Sodbrennen, aber die Aussicht, in knapp acht Wochen unser Kind zu bekommen, sollte doch wohl all das wert sein.

Ich habe noch keine Lust aufzustehen, und drücke mein Gesicht wieder tief ins Kissen. Meine Glieder strecke ich weit aus, schließlich habe ich das ganze Bett für mich. Bereits seit zwei Monaten schläft meine Holde im zukünftigen Kinderzimmer. Sie bräuchte Ruhe und könne bei meinem Geschnarche nicht schlafen, hat sie im Januar aus heiterem Himmel angekündigt und war noch am selben Abend aus unserem ehelichen Bett verschwunden. Den Sex, der zwar nur mittelmäßig ist, aber in den ersten Monaten der Schwangerschaft zum Glück noch regelmäßig war, hat sie komplett gestrichen – ihr ist nicht danach. Nach was mir ist, interessiert sie natürlich nicht.

Manchmal kommen mir Zweifel, ob wir mit unserer recht überstürzten Heirat vor gut einem Jahr nicht doch einen Fehler gemacht haben. Schließlich haben wir uns kaum gekannt, und meine Eltern, die eingefleischte Nordendammer sind, haben mich gewarnt, ein Mädchen aus dem eigentümlichen Butwanjendorf zu heiraten. Aber sie hat mir gefallen, weil sie leicht zu haben war, und zudem besitzt ihre Familie Geld. Ihren Eltern gehört das Elektrogeschäft im Ort samt einem großen Anwesen. Ihr Opa, der alte Doktor, hat sicher Kohle zum Scheißen, die er seinen drei Enkeln, der Agnes, ihrem Bruder Christian und dem Felix, dem Cousin der beiden, vermachen wird. Und zu unserer Hochzeit haben uns die Alten doch glatt das Haus hier geschenkt. Natürlich mag ich Agnes auch gern, sie ist ruhig und nervt kaum. Und wenn ich es richtig anstelle, werde ich bald weniger in der Fabrik und sie dafür weiterhin Vollzeit in der Apotheke arbeiten. Dann kann ich meinen Hobbys nachgehen – der Jägerei, Skatspielen und mich öfters mit meinen Kumpels aus Nordendamm treffen.

Und ich könnte mein Verhältnis zu der geilen Verena noch besser pflegen. Momentan müssen wir immer so verdammt aufpassen. Ihr Macker muss auf der Arbeit sein, meine Alte auch und dann muss ich noch frei haben – alles zusammen schwer hinzubiegen.

Ich stehe auf und trotte ins Bad und denke dabei an unseren letzten Fick. Der war zwar erst vor drei Tagen auf dem Rosenmontagsball beim *Angerer*, aber die könnt ich jeden Tag knallen. Jeden Tag! Sie war als heiße Hexe unterwegs und ich wie üblich als Jäger. Ich habe trotz eisiger Kälte am Feldrand hinter der Kirche meine Munition verschossen …

Ha, was für eine geniale Metapher.

Und sowohl ich als auch dieses durchtriebene Luder waren absolut befriedigt gewesen. Weder ihr Mann noch meine Alte haben etwas mitbekommen, wir waren aber auch so was von spitz, dass das Ganze kaum länger als fünf Minuten gedauert hat.

Adam kommt mir in den Sinn, als ich so auf dem Klo sitze, und mir wird plötzlich ganz anders. Wenn der mitbekommt, was da läuft, dann sind wir tot – die Verena und auch ich. Aber obwohl ich weiß, in was für eine Gefahr ich mich begebe, kann ich nicht aufhören, sie zu treffen. Sie ist wie ein Magnet. Ich weiß, dass sie das nicht nur für mich ist. Hinter ihr sind noch viele andere her, und die meisten von denen sind auch schon mal zum Schuss gekommen. Aber selbst das kann mich nicht davon abhalten, sie bei jeder Gelegenheit zu poppen. Sie ist einfach endgeil.

Bei meinen sofort emporsteigenden lüsternen Gedanken werde ich augenblicklich hart, lehne mich ein wenig zurück und mit einem Stöhnen fange ich an, mir einen runterzuholen.

Die Badezimmertür wird aufgerissen und ich sehe erschrocken zu Agnes.

»Oh, 'tschuldigung, aber es war nicht …« Kurz sieht sie mich entsetzt an, dann geht ihr Blick nach unten und ihre Miene versteinert.

Etwas verlegen versuche ich vergeblich meine Erektion nach unten zu drücken und frage barsch: »Was machst du hier? Musst du nicht auf der Arbeit sein?«

»Ich …« Sie wird hochrot und stottert herum. »Ich wollte … ich muss nur noch was …« Sie schaut kurz zum Badezimmerschränkchen, dreht sich dann jedoch abrupt um. »Ach, egal«, schnauft sie und verschwindet aus dem Bad.

Was war denn mit der los? Hat sie etwa ihr Mittelchen gegen Sodbrennen vergessen? Oder das Abführmittel? Kann sie sich doch alles in der Apotheke geben lassen. Verdammt!

Meine Erektion hat sich verflüchtigt. Übellaunig stehe ich auf, zieh mir die Hose hoch und wasch mir die Hände. Als ich in den Flur gehe, steht sie noch da und schaut mich mit undurchdringlicher Miene an.

»Moin«, sage ich. »Du hast mich mit deinem Lärm vorhin wieder mal geweckt. Kannst du nicht ein wenig rücksichtsvoller sein?«

»Ich …« Es sieht so aus, als wolle sie mir eine patzige Antwort geben, aber offenbar besinnt sie sich und nuschelt: »Es tut mir leid.«

»Schon gut«, sage ich recht gönnerhaft. »Sei einfach morgen leise, wenn du gehst.«

Agnes nickt nur, scheint noch kurz etwas zu überlegen, und dreht sich dann um zum Gehen. »Bis heute Abend. Du kommst doch, wie abgemacht, nach der Arbeit zu Annemies Geburtstagsfeier, oder?«

»Ja klar, ich bin so gegen neun da.« Oder vielleicht auch schon früher, aber das erfährst du bestimmt nicht. Um nichts in der Welt werde ich mir die Chance auf ein kurzes Stelldichein mit Verena entgehen lassen. »Bis später.«

Eilig verschwinde ich im Schlafzimmer, schließe die Tür hinter mir und vergesse augenblicklich meine frigide Frau – der Gedanke an Verena dagegen törnt mich wie immer an.

Kapitel 21

Hartnäckig ignorierte Luca das Klopfen an der Wohnungstür. »Wer lesen kann, ist klar im Vorteil«, knurrte sie, drehte sich in ihrem Bett um und zog die Decke über den Kopf.

Sie war gestern Abend gegen halb neun Uhr in die Dachwohnung ihres Bruders zurückgekehrt, ohne sich bei Daniel zurückzumelden. Sie hatte vernommen, dass Adam noch bei ihm war und der weiblichen Stimme nach zu urteilen auch Lina, und hatte sich die Treppen hochgeschlichen – sie war einfach zu müde und zudem immer noch aufgebracht, von ihrem Gespräch mit Felix und Manuel gewesen. Auf der Anrichte im Flur hatte sie Zettel und Stift gefunden und eine Notiz in den Rahmen der Wohnungstür geklemmt: *Bitte nicht stören! Will nur schlafen!*

Und das hatte sie dann auch getan, tief und traumlos, bis sie gegen sechs Uhr das erste Mal ein Klopfen geweckt hatte.

Kurz hatte sie das Licht angemacht und überlegt, aufzustehen, sich dann jedoch dagegen entschieden. Als sie die kleine Lampe wieder ausschalten wollte, hatte sie auf dem Nachttisch einen Briefumschlag bemerkt.

Irritiert hatte Luca ihre Brille geschnappt, den Umschlag aufgerissen und die wenigen Worte gelesen. Zu ihrem eigenen Erstaunen war sie kein bisschen überrascht oder gar geschockt von der Mitteilung, sondern hatte sie sich absolut ruhig wieder unter die Decke gekuschelt, um nur kurz darauf abermals einzuschlafen.

Erst eine knappe Stunde später war sie durch erneutes Klopfen, das sie ebenfalls unbeantwortet ließ, wachgeworden und saß seitdem auf dem Bett und starrte auf den

Zettel in ihrer Hand. Die innere Ruhe war verflogen und hatte einem alarmierenden Gefühl Platz gemacht.

Unglaublich für Luca, dass sie nicht bemerkt hatte, dass in der Nacht jemand in ihrem Zimmer gewesen sein musste. Wie sollte sonst diese Nachricht hier platziert worden sein?

Normalerweise schlief sie nicht so tief und fest, und sie mutmaßte, dass es wohl noch Nachwirkungen von ihrem Sturz gewesen sein mussten – von dem Überfall auf mich, verbesserte sie sich gedanklich.

Auf dem einfachen, weißen Briefumschlag stand in kräftigen Druckbuchstaben ihr Name – LUISA FREY. Und der Inhalt war ein ebenso einfaches, weißes Blatt, auf dem in der gleichen Schrift stand:

GIB RUHE ODER DEIN NÄCHSTER STURZ
ENDET NICHT NOCH EINMAL HARMLOS!!!

Das war eindeutig eine Drohung. Aber von wem? Wer hatte den Brief auf ihren Nachttisch gelegt?

Daniel? Nie!

Adam? Falls er wieder die Nacht im Nebenzimmer verbracht haben sollte, hätte er durchaus die Möglichkeit gehabt. Allerdings war er nach Rücksprache mit Daniel und Luca bereits die Nacht zuvor ins Haus seiner Mutter übergesiedelt. Doch konnte Luca ihn deshalb eindeutig als Briefeschreiber ausschließen? Nein, eigentlich nicht. Und dennoch tat sie es.

Und was war mit Lina?

»Quatsch!«, murmelte Luca.

Aber wer sonst könnte es gewesen sein? Wer hatte alles einen Schlüssel zu Daniels Haus? Alma Fuhrmann?

Amüsiert stellte sie sich vor, wie die knapp Hundertjährige sich vor der Tür fidel aus ihrem Rollstuhl schwang und auf Zehenspitzen durch das Haus schlich.

Vielleicht ihr Sohn, der Ortsbürgermeister?

Oder verschlossen die Dorfbewohner ihre Häuser nicht? Wäre bei diesem rückständigen Kaff eine weitere Möglichkeit – Leben wie vor hundert Jahren.

Lucas Kopf rauchte.

Die Worte von Felix: »Ein Mörder könnte in Butwanjendorf unter uns leben«, waren für sie nicht mehr ganz so unrealistisch. Und trotz des Drohbriefes und der Vorstellung, sie war vielleicht zusammengeschlagen worden, empfand sie keine greifbare Bedrohung, eher ein Gefühl von: Na warte, dich schnapp ich mir! Hier stellten sich ganz klar ihre Ermittlerfähigkeiten vor die normale menschliche Regung der Angst.

Sollte sie sich mit dem Schreiben an den hiesigen Polizisten wenden? Wenn sie das tat, wusste es bestimmt kurz darauf der Bürgermeister samt Gattin und dann wahrscheinlich jeder andere im Dorf. Aus unerfindlichen Gründen traute Luca Helge Kammbaum nicht. Er wirkte auf sie wie das Schoßhündchen von Gernot Fuhrmann und sie konnte sich durchaus vorstellen, dass er sogar korrupt war. Was hatte ihre Oma über ihn nochmal gesagt? Er war schon damals sehr reserviert und teils unwirsch ihr gegenüber gewesen, als diese mehr über die Brandursache hatte wissen wollen. Annemie Goldbach fiel Luca ein. Adams Mutter hätte sich mit ihren vagen Vermutungen doch eher an den Dorfpolizisten gewandt, wenn sie diesem vertraut hätte, als an eine alte Kommissarin a.D. hunderte Kilometer entfernt.

»Bestimmt«, bekräftigte sie laut ihre Gedanken und beschloss, auf eigene Faust herauszubekommen, wer sich Zugang zu ihrem Zimmer verschafft hatte, um ihr zu drohen.

Zum dritten Mal am heutigen Morgen vernahm Luca ein Klopfen, das in sehr kurzer Zeit zu einem Hämmern wurde, welches von Adams kräftiger Stimme noch übertönt wurde.

»Luisa, mach bitte auf. Wir machen uns Sorgen und wenn du jetzt nicht aufmachst, breche ich die Tür auf.«

»Was?« Luca fuhr hoch und schüttelte verärgert den Kopf. »Die Tür aufbrechen, weil ich meine Ruhe haben will? Geht's noch?«, brummte sie vor sich hin und stand genervt auf.

Während sie sich hastig ein langes Shirt überzog und grummelnd in den Flur schlurfte, wunderte sie sich augenblicklich über eines: Offenbar hatte ihr nächtlicher Besucher die Wohnungstür wieder verschlossen – sehr merkwürdig.

Luca riss die Tür auf und wollte Adam wütend anfahren, verharrte allerdings, als sie seine dunklen Züge sah, die zunächst Ärger und Besorgnis widerspiegelten, sich jedoch bei ihrem Anblick ein wenig erhellten.

Trotz der wirren Gedanken hüpfte ihr Herz unkontrolliert davon, wie bereits in den vergangenen Tagen. »Was soll der Klopfterror?«, fragte sie dennoch recht barsch und versuchte so, ihre Nervosität zu überspielen.

»Wir haben uns Sorgen gemacht.«

»Ihr?« Luca stellte sich auf die Zehenspitzen, um über Adams Schulter in den Flur zu spähen. »Ich sehe nur dich.«

»Dein Bruder konnte nicht mehr länger bleiben, er musste zur Arbeit und hat mich angerufen, als er deinen Zettel«, er hob das Papier vom Boden auf und hielt es ihr hin, »gefunden hat und du auf sein Klopfen hin nicht aufgemacht hast.«

»Ich habe einfach nur in Ruhe ausschlafen wollen.« Luca nahm das Blatt, zerknüllte es und warf es achtlos hinter sich auf die Flurkommode. »Hat er denn keinen Zweitschlüssel?«

»Nein, der hängt bei Irmi im Laden und die ist leider ...«

»Im Krankenhaus, ich weiß. Warum hat Lina keinen, sondern Irmi?«

»Irmi hat alle Schlüssel.«

»Was meinst du mit, sie hat alle Schlüssel?«

Adam lachte kurz auf. »Seit der Eröffnung des Brahmschen Ladens während des Krieges hängt dort wie an einer Hotelrezeption ein Schlüsselkasten mit allen Zweitschlüsseln der Haushalte des Ortes.«

Luca fiel zunächst auf diese weitere kuriose Eigenart des Dorfes nichts ein und so schüttelte sie nur verständnislos den Kopf. Im nächsten Moment registrierte sie jedoch, dass somit der Kreis der Personen, die sich letzte Nacht Zutritt zu ihrem Zimmer verschafft haben könnten, auf über zweihundert stieg. Unglaublich.

Adam bemerkte ihre Irritation und sagte: »Ich weiß, das ist ziemlich ungewöhnlich.«

»Du sagst es.« Luca schob ihre Gedanken beiseite und wollte von ihm wissen: »Und mein Bruder ist arbeiten? Samstags?«

»Ja, in der Fabrik haben sie eine Sechstagewoche.«

»Ah.«

»Geht es dir gut?« Er zeigte auf das Pflaster an ihrer Schläfe.

»Ja, danke. Mir geht es gut. Ich habe keine Kopfschmerzen mehr und fühle mich ausgeruht.«

Luca nahm seinen durchdringenden Blick wahr, der sie von oben bis unten musterte, und zuppelte unwillkürlich an ihrem Shirt, das ihr nur knapp über den blanken Po reichte.

»Du siehst auch gut aus. Die Brille steht dir, sie macht dich irgendwie ...« Er zögerte und schaute ihr nicht ins Gesicht, sondern auf ihre nackten Beine. »... irgendwie noch attraktiver.«

Reflexartig nahm Luca die Brille von der Nase und legte sie neben den zerknüllten Zettel auf die Kommode. Sie mochte ihre Sehhilfe nicht und zeigte sich so gut wie nie damit. Sofort konnte sie Adam nur noch schemenhaft erkennen, aber das war ihr egal – seine Nähe spürte sie auch ohne Sicht erschreckend präsent. Ein wohliger Schauer jagte über ihren Körper, als sie realisierte, wie sehr sie die Anziehung zwischen ihnen genoss.

Für einen Moment herrschte Stille und beide nahmen die sich aufladende Atmosphäre deutlich wahr. Einer von ihnen musste nur den ersten Schritt machen und sie würden jeden Augenblick im ein paar Meter entfernten Bett landen.

»Ich mache mich dann mal fertig«, sagte Luca und unterband für sich somit jegliches leidenschaftliche Denken. Sie war viel zu sehr Kommissarin, als dass sich irgendwelche Gefühle vor ihren Ermittlerinstinkt stellen konnten. Sie wollte jetzt unbedingt herausfinden, was in diesem Dorf alles schieflief.

»Okay«, stimmte Adam ein wenig brüsk zu und wandte sich zum Gehen. Auf der ersten Treppenstufe drehte er sich nochmal um. »Dein Bruder hat übrigens unten den Frühstückstisch gerichtet. Wollen wir gemeinsam essen?«

»Gern, gib mir eine Viertelstunde«, antwortete Luca ohne Zögern und schloss die Tür. Es war an der Zeit für sie, endlich mehr über die Brandnacht zu erfahren – aus Adams Sicht.

Luca saß am Tisch in Daniels kleiner Küche und beobachtete Adam, wie er frischen Kaffee aufbrühte. Ungeduldig tippte sie an ihre Tasse, nicht wegen der Leere darin, sondern weil sie schnellstens so einiges erfahren wollte, aber nicht genau wusste, wie sie anfangen sollte. Sie vermutete, dass Adam dicht machen würde, wenn sie zu aggressiv vorging, und beschloss, sich vorsichtig heranzutasten.

Grübelnd starrte sie auf sein breites Kreuz. Auch heute trug er wieder ein graues T-Shirt, das seine muskulösen Arme mit den vielen Tattoos äußerst beeindruckend wirken ließ.

Die Tätowierungen!

Ihr heißer Sex auf der Zugtoilette kam ihr in den Sinn. Direkt unter seinem Kehlkopf bis zum Brustkorb befand sich eine riesige Engelstätowierung, die sie fasziniert berührt hatte. Sie erinnerte sich, dass sie raue, in sich zusammengezogene Haut unter der Körperkunst ertastet hatte.

»Verdeckst du mit deinen Tätowierungen auf der Brust und an deinen Armen die Verbrennungen, die du damals erlitten hast?« Raus war es, ohne weiter nachzudenken, ohne Vorsicht. Na toll, Frau Oberkommissarin, so viel zu langsam herantasten, stöhnte sie innerlich.

Adams Kopf ging ruckartig herum und seine noch vor wenigen Sekunden entspannten Züge verhärteten sich im Nu. »Ja«, antwortete er einsilbig.

»Magst du mir von der Brandnacht erzählen?«, fragte sie behutsam, sah ihn dabei mitfühlend an und griff nach einer Scheibe Brot.

Adams ganzer Körper spannte sich an und er stellte heftig die Kaffeekanne auf den Tisch vor sie. Schweigend setzte er sich ihr gegenüber und sah ihr zu, wie sie erst ihm und dann sich selbst eingoss. Minutenlang sagte er nichts, sondern nahm sich ebenfalls eine Brotscheibe und bestrich sie mit Butter und Marmelade.

In der Hoffnung, er würde irgendwann etwas sagen, ließ Luca ihn geduldig nach seinem eigenen Erzähltempo suchen und versuchte, wie sie es als Kriminalbeamtin gewohnt war, dem allen mit Neutralität entgegenzusehen.

»Ich weiß nicht, was genau damals passiert ist«, begann er und trank einen Schluck Kaffee. »Ich bin hinter unserem Haus im Garten liegend wach geworden und habe durch das große Terrassenfenster die Flammen im Wohnzimmer wüten sehen.«

»Um wie viel Uhr hast du das Feuer bemerkt?«, wollte Luca wissen, um sich ein besseres Bild machen zu können.

»Gegen halb zwei in der Nacht«, erwiderte Adam und fuhr mit leiser Stimme fort: »Ich bin aufgesprungen, durch die unverschlossene Terrassentür rein, die Treppe hoch zu Joels Kinderzimmer, habe ihn durch die Flammen im Wohnzimmer und den dichten Rauch, der schon im ganzen Obergeschoss war, nach draußen gebracht und bin dann schnell wieder ins Haus, um nach Verena zu schauen. Als ich eine gute Stunde zuvor zu meiner Joggingtour aufgebrochen war, hat sie …«

»Du gehst nachts joggen?«, unterbrach sie ihn.

»Ja. Ich habe eigentlich jede Nacht eine Runde gedreht, um den Kopf frei zu pusten. Ich tue es auch heute noch. Oder besser gesagt … wieder.« Er stockte und schluckte schwer. »Ich mache mir bis heute Vorwürfe, weil ich damals nicht zu Hause war, als das Feuer ausbrach.«

Sein Gesichtsausdruck nahm schlagartig einen solch schmerzvollen Zug an, dass es Luca schier das Herz zerriss. Das grauenvolle Unglück holte ihn gerade mit voller Wucht ein – Adam hatte sein Kind und seine Frau tot aus einem brennenden Haus geborgen. Schrecklich!

»Auf alle Fälle hatte Verena auf der Couch geschlafen, als ich das Haus verließ, aber da war sie nicht mehr. Ich wollte dann erneut die Treppe hoch zu unserem Schlafzimmer rennen, aber da sah ich sie zwischen Wohnzimmer und unserer offenen Küche auf dem Boden liegen. Als ich zu ihr bin, muss eine Verpuffung stattgefunden haben, wahrscheinlich von einer der Haarsprayflaschen, die sie immer und überall rumstehen hatte.« Er hob kurz sein Shirt an und zeigte auf die Brust. »Das Laufshirt hat sich hier eingebrannt.«

»Und dann hast du auch Verena aus dem Haus gerettet?«

Ein zunächst stummes Nicken war ihr Antwort genug und sie wollte ihn nicht weiter bedrängen.

»Gerettet?!«, stieß er jedoch unerwartet verbittert hervor. »Sie lagen nebeneinander auf der Wiese und haben nicht mehr geatmet«, brachte er mühsam beherrscht vor. »Ich wusste sofort, dass sie tot waren, wollte es aber nicht wahrhaben. Wäre ich zu Hause gewesen oder hätte das Feuer früher entdeckt, hätte ich sie bestimmt retten können.«

»Warum hast du gesagt, du wärst ihr Mörder?«, fragte Luca leise und beobachtete ihn genau.

Tief atmete Adam ein, presste dann die Luft aus seinen Lungen und sagte eisig: »Weil ich es zu diesem Zeitpunkt wirklich geglaubt habe.«

Gunnar Brecht

Seniormetzgermeister

6:12 Uhr
Mittwoch, den 9.3.2000, Butwanjendorf

»Verdammte Krücken«, fluche ich nicht zum ersten Mal heute und pfeffere die vermaledeiten Dinger gegen die nächste Hauswand. Was genau betrachtet natürlich bescheuert ist, ich brauche sie schließlich, aber ich hadere auch heute mit dem Umstand, dass ich nicht so mobil sein kann, wie ich will. Meine Hüft-OP ist erst knapp drei Wochen her und es geht alles langsamer voran, als ich mir wünsche. Ich bin es einfach nicht gewohnt, in meiner Bewegung eingeschränkt zu sein.

Stöhnend hangele ich mich an der Fensterbank von unserem Dorfarzt entlang und bücke mich unter Schmerzen nach den zwei Gehhilfen.

Als ich mich wieder aufrichte, wird auch schon der Rollladen hochgerissen und Tillmann öffnet verschlafen das Fenster.

»Alles klar bei dir, Gunnar?«

»Was soll schon klar sein, wenn man dahinvegetiert wie ein altes Stück Vieh?«, knurre ich ihn an und hebe eine Krücke hoch. »Diese Drecksdinger hier.«

»Ach komm schon, Gunnar, sei ein wenig geduldiger. Altern ist zwar kein Zuckerschlecken, aber ein paar Jahre müssen wir bis zur Rente noch durchhalten.«

»Du hast gut reden, du weißt schließlich, wie es mit deiner Praxis weitergeht. Wenn der Felix fertig mit seinem Studium ist, dann kannst du dich zur Ruhe setzen. Ob mein Junior je meine Metzgerei übernimmt, steht noch in den Sternen.«

»Aber er hat doch letztes Jahr seinen Meister gemacht«, sagt Tillmann so, als würde das alle Probleme lösen.

»Ja und? Wurde ja auch Zeit mit achtundzwanzig. Viel können tut er trotzdem nicht und ich muss alles immer wieder kontrollieren, vor allem die Bücher mit den Ein- und Ausgaben. Ich trau dem Tobias nämlich nicht«, gebe ich unumwunden zu. Es mag ja jeder hier im Dorf versuchen, seine Problemchen hinter verschlossenen Türen zu halten – ich nicht!

Gut, dass meine liebe Traudel, die bereits vor neun Jahren verstorben ist, nicht mehr mitbekommt, wie faul und verschlagen unser Ältester ist. Schon zweimal war die Polizei bei uns und hat ihn mitgenommen. Einmal wegen angeblicher Körperverletzung, aber die Anzeige wurde wieder zurückgezogen, und einmal wegen Drogenbesitzes. Fünftausend Mark hat mich dem seine Scheiße gekostet. Aber die stottert er ab, auf Heller und Pfennig! Unser dreiundzwanzigjähriger Jan dagegen ist gut geraten und arbeitet bei der Berufsfeuerwehr in Nordendamm, wo er auch vor kurzem hingezogen ist.

Ich wundere mich zwar, dass Tillmann nichts zu meinem Misstrauen gegenüber Tobias sagt, aber bin eigentlich auch ganz froh darüber. Stattdessen streckt er sich ausgiebig und gähnt laut. »Ich mach mich mal fertig, heute wird die Praxis ganz schön voll. Es haben sich einige eine Erkältung eingefangen und die wollen ein Wundermittelchen, um für Annemies Feier heute Abend fit zu sein. Bis dann, Gunnar.«

»Joo«, murmle ich nur und biege schwer gestützt auf diese grässlichen Krücken um die Ecke in den schmalen Durchgang in Richtung Marktplatz.

Meine Morgenrunde ist, seit ich wieder einigermaßen beweglich bin, immer die Kurze. Einmal ums Karree und dann heim zum Frühstücken. Und gegen zehn Uhr breche ich für meinen nächsten Spaziergang auf, der meist ein wenig länger ist. Ich muss die verdammte Hüfte schnellstens fit bekommen, damit ich alsbald wieder zwischen meinem Fleisch stehen kann.

»Oh, Moin, Gunnar.«

Erschrocken sehe ich auf, als mich der Sven an der Bushaltestelle am Marktplatz begrüßt und stehenbleibt. Um diese Uhrzeit treffe ich normalerweise niemanden.

»Moin. Was machst du denn so früh schon unterwegs?« Ich schaue in Richtung des Ortsausgangs, aus der er gekommen war.

»Ach, ich habe mir nur ein bisschen die Beine vertreten.« Er grinst schief und räuspert sich.

»So, so, Beine vertreten?!« Skeptisch fixiere ich ihn und erkenne sofort, dass er lügt. Fein angezogen und mit einer leichten Fahne kommt er wohl kaum von einem Spaziergang. Wahrscheinlich war er die Nacht wieder bei irgendeinem willigen Mäuschen und hat seinem Ruf als Casanova alle Ehre gemacht. »Leg dich mal besser hin, bevor deine Ida aufwacht«, knurre ich kopfschüttelnd und humple über die Straße.

»Werde ich machen. Tschüss, Gunnar.«

Unser feiner Apotheker ist wirklich eine falsche Schlange. Daheim sitzen Frau und Kinder, seinen Laden führt die gute Agnes von den Wagners und er macht sich ein schönes Leben. Ich frag mich nur, was mein Tobias zurzeit mit ihm hat. Schon mehrmals habe ich aus meinem Fenster beobachtet, wie mein Sohn zum Sven aufs Anwesen gehuscht ist. Immer am Seiteneingang und mit einem Rundumblick, als wollte er schauen, dass ihn niemand sieht. Ob Tobias sich vom Sven irgendwelche aufputschende Medikamente beschafft? Wundern würde es mich nicht, nachdem er ja bereits Drogen konsumiert hat.

Gott, was habe ich bei dem Kerl nur falsch gemacht?

Ich humple in mein Haus und gehe erst einmal in die Metzgerei, um nachzuschauen, ob Tobias vom Schlachthof zurück ist.

»Moin, Vater.«

»Moin. Wie weit bist du?«

»Ich bin ganz gut in der Zeit …«, erwidert er und fügt hinzu: »Aber ich wäre noch schneller, wenn wir endlich eine Entschwartungsmaschine kaufen würden.«

Ich ignoriere ihn einfach, wasche mir rasch die Hände und inspiziere das Fleisch. Sein ewiges Gejammer wegen der altersschwachen oder nicht vorhandenen Geräte geht mir auf den Geist. Früher hatten wir auch nicht so einen neumodischen Schnickschnack und haben alles mit unseren eigenen Händen bearbeitet.

»Vater, wegen der Anschaffungen der Maschinen und dem Geld dafür müssen wir …«

Er unterbricht sich, als ich mich umdrehe und ihn zornig fixiere. Ich weiß genau, auf was er hinauswill. Ihn ärgert es maßlos, dass ich Adam Geld geliehen habe. Aber Adams Bitte klang sehr dringend und außerdem vertraue ich dem Jungen weitaus mehr als meinem eigenen Fleisch und Blut. Die Neuanschaffungen haben auch noch ein paar Monate Zeit und bis dahin wird Adam bestimmt alles zurückgezahlt haben. Bestimmt.

»Da reden wir noch drüber, aber nicht jetzt!«, herrsche ich ihn an und zeige auf die frischen Schweinelenden. »Die sind nicht sauber pariert.«

Der Blick meines Sohns verdunkelt sich und mir ist klar, dass er am liebsten Widerworte geben würde, aber sich dann doch zurückhält.

»Mach deinen Kram ordentlich. Ich gehe jetzt hoch frühstücken.«

Ohne weiter auf ihn zu achten, verlasse ich die Metzgerei und quäle mich die Treppen hoch.

Natürlich hat er recht und wir müssen uns über Geld unterhalten, aber vor allem interessiert mich eines: Wie finanziert er momentan sein teures Hobby rund um seine Musikanlagen? Beinahe jeden Tag kommen irgendwelche Pakete für ihn. Wo hat er das Geld dafür her? Der Kerl wird doch keine krummen Geschäfte machen? Zuzutrauen wäre es ihm – und wer weiß, wozu der noch alles fähig ist?

Diese verdammt Kommissarin …

… diese Luisa Frey ist ein Störenfried in unserem Dorf. Warum ist sie gerade jetzt aufgetaucht, wo ich aufatme, dass Annemie nicht mehr weiter herumschnüffeln kann? Die hat mich die letzten Wochen ganz schön ins Schwitzen gebracht. Aber zum Glück hat ihr Herz nicht mehr mitgespielt. Ich will mir gar nicht ausmalen, auf was Annemie noch alles gekommen wäre, anhand ihrer sorgfältig zusammengetragenen Notizen, die ich Gott sei Dank in einer Nacht und Nebelaktion unbemerkt vernichten konnte. Doch jetzt muss ich mir Gedanken um die Deppenschwester machen. War der kleine Unfall der Frau Kommissarin nicht Warnung genug, um sich um ihren eigenen Kram zu kümmern? Was ist sie auch so neugierig und horcht die Livke aus? Livke, die alte Tratsche. Hoffentlich muss die noch lang im Krankenhaus bleiben – der Balken hat sie leider etwas verfehlt …

Zwanzig Jahre war alles gut und jeder, außer in den letzten Wochen Annemie, glaubte an einen Unfall. Jeder! Aber diese Luisa wühlt mir zu sehr in der Vergangenheit herum und ich habe Angst, dass nach und nach der ein oder andere Dorfbewohner hellhörig wird.

Auch wenn sie mich nicht sieht – ich sehe sie und weiß genau, mit wem sie schon alles über das Feuer geredet hat. Ich hoffe für sie, sie nimmt den Drohbrief ernst, sonst muss ich mir was einfallen lassen.

Ich muss sie irgendwie aufhalten – aber wie?

Kapitel 22

Es war kurz vor Mittag, als Luca in Annemie Goldbachs Haus aus dem großen Küchenfenster über den Garten hinüber zum Nachbargrundstück schaute, wo sich hinter einer gepflegten Hecke Adams Haus befand. Genau wie vor wenigen Tagen, als sie dort herumgeschnüffelt hatte, wunderte sie sich auch jetzt darüber, kaum Brandschäden zu entdecken.

»Der Brand hat sich vom Wohnzimmer aus, das zum Feld hin liegt, ausgebreitet«, beantwortete Adam Lucas ungestellte Frage, nicht ahnend, dass sie die Brandstelle schon besichtigt hatte. »Wenn man über die Terrasse reingeht, muss alles verbrannt sein.« Er stand unschlüssig hinter ihr und konnte den Blick nicht von seinem Haus abwenden.

Ja, im Wohnzimmer sieht es noch schrecklich aus, dachte Luca und wollte von ihm wissen: »Warum sind die Schäden nie behoben worden?«

»Ich war nicht da und Mutter hatte ich verboten, irgendetwas an dem Haus machen zu lassen.«

»Warum?« Luca drehte sich zu ihm um und sah ihn prüfend an.

Einen finsteren Blick sowie ein Schulterzucken waren alles, was sie als Antwort bekam.

Sanft fragte sie: »Warst du seitdem jemals wieder dort?«

»Nein!« Adam schüttelte heftig den Kopf, wandte sich ab und setzte sich an den Küchentisch. »Du hast mich doch gefragt, ob ich meiner Schwester von meinem Verdacht, Mutters Haus wäre durchsucht worden, etwas gesagt habe, und ich habe verneint«, wechselte er rasch das Thema. »Mir ist aber eingefallen, dass ich Maria am Abend auf der Trauerfeier, als wir zusammen in der

Kneipe gestanden haben, darauf angesprochen habe, ob Mutter ihr etwas über ihre Vermutungen wegen der Unglücksnacht erzählt hat.«

»Was habt ihr genau gesprochen?« Luca ließ sich sofort auf seinen Themenwechsel ein und nahm gespannt neben ihm Platz.

»Ich habe Maria gesagt, was Mutter mir gegenüber geäußert hat. Sie war erstaunt und keineswegs erfreut darüber. ›Nein! Muss das ganze Drama wirklich noch mal aufgerollt werden, reicht es nicht, dass du wieder hier bist und für Unruhe sorgst?‹, war ihre recht kühle Erwiderung gewesen, und …«

»Was hast du genau zu ihr gesagt?«

»Ähm …« Kurz überlegte er und gab dann wieder: »›Hat Mutter dir gegenüber auch etwas darüber gesagt, dass sie glaubt zu wissen, wer an dem Brand damals schuld war?‹, habe ich sie gefragt.«

»War noch jemand in eurer Nähe, der euer Gespräch mitbekommen haben könnte?«

Adam schüttelte zunächst den Kopf, überlegte dann aber laut: »Wir standen in der Kneipe am Tresen, ich mit dem Rücken zum Saal, und während wir sprachen, ist die Tür einige Male aufgegangen. Aber soweit ich mich erinnere, ist keiner an uns vorbei. Vermutlich sind alle nach rechts Richtung Toilette abgebogen.«

Also hätten einige der Einwohner etwas mitbekommen können, überlegte Luca, genau, wie manch einer von ihnen bestimmt Wortfetzen von Livkes vielen Tratschgeschichten ihr gegenüber aufgeschnappt hatte. Sie dachte an ihre angeblichen Unfälle und das Drohschreiben. Irgendjemand muss ziemlich viel Angst haben, sie könnte etwas herausbekommen. Aber wer?

»Weißt du, wer euch da alles hat stehen sehen?«

»Nein. Wie gesagt, ich stand mit dem Rücken zum Saal.«

»Meinst du, Maria ist jemand aufgefallen?«

Er zuckte mit den Schultern. »Mag schon sein, aber wahrscheinlich nicht bewusst. Wir haben zwar recht intensiv geredet, aber mit gesenkten Köpfen und immer darauf bedacht, nicht zu laut zu werden.«

»Also wusste auf jeden Fall deine Schwester von dem Verdacht und eventuell noch einige der anderen Dörfler«, schlussfolgerte sie und für einen Moment herrschte Stille, bevor Luca die Schultern straffte und auf die Schränke in der Küche zeigte. »Hast du hier überall nachgesehen, nach was vielleicht gesucht worden ist?«

»Nein, ich habe nur in ihrem Arbeitszimmer, wo sie ihre Unterlagen aufbewahrt, nachgeschaut. Da ist mir ja auch die Unordnung aufgefallen.« Adam stand auf, ging voraus in den Flur und Luca folgte ihm in den gegenüberliegenden Raum, in dem außer einem Schreibtisch zahlreiche mit Büchern und Aktenordnern gefüllte Regale standen.

»Wann hat deine Mutter dir von ihrem Verdacht erzählt?«

»Vor gut zwei Wochen, als ich sie auf ihre Bitte hin angerufen habe.«

»Und dich hat es nicht weiter interessiert?«

»Nein.«

»Warum nicht? Und warum dann jetzt?«

»Weil ich bei unseren Telefonaten nichts davon hören und ihr somit auch nicht glauben wollte. Und das würde ich auch jetzt noch nicht tun, hätte ich nicht das Gefühl, dass jemand hier eingebrochen ist. Wäre nichts an ihrer Vermutung dran, müsste doch niemand ihre Sachen durchwühlen.«

Luca lehnte sich an den Schreibtisch und sah Adam ernst an. Sie glaubte ihm nicht ganz. Seine Schwester hatte er schließlich sofort nach seiner Ankunft und bevor sie gemeinsam hier im Haus gewesen waren auf den Verdacht seiner Mutter angesprochen. Anscheinend hatten ihn die Anrufe und der Tod seiner Mutter kurz darauf doch beunruhigt.

»Sie scheint sich aber mit ihrer Vermutung ziemlich sicher gewesen zu sein, denn sie hat vor wenigen Wochen Felix …« Kurz verstummte sie. Sollte sie Manuel erwähnen? Aber dann würde Adam sicherlich nachhaken, warum seine Mutter ausgerechnet auch Manuel, seinem Schwager, von ihrem Verdacht berichtet hatte, und Luca würde in Erklärungsnot geraten. So fuhr sie eilig fort: »… gegenüber geäußert, dass sie nicht mehr glaube, dass der Brand ein Unfall gewesen war.«

»Felix gegenüber?«, wiederholte Adam mit finster zusammengezogenen Brauen. »Warum? Und woher weißt du das?«

»Er hat es mir gestern anvertraut, als ich ihn am Marktplatz getroffen habe.«

»Wann war das?«

»Nach dem Abendessen.«

Adam war irritiert. Offenbar hatte er nicht damit gerechnet, dass Luca außer Haus gewesen war, während er Daniel in dessen Wohnung beruhigt hatte. »Wie kam er dazu, ausgerechnet mit dir darüber zu reden?«

»Anscheinend brennt es auch ihm auf der Seele.«

»Er war zwar damals nicht im Ort«, sagte er nachdenklich, »war aber doch bestimmt wie alle anderen fest der Meinung, ich wäre schuld an allem. Davon werden ihn schon sein Großvater und sein Onkel, der Elektro Wagner, überzeugt haben.«

»Felix weiß nicht, was du für eine Rolle in der Nacht gespielt hast, aber er glaubt nicht, dass du sie ...« Sie zögerte ein wenig, fand es hart, auszusprechen. »... sie umgebracht hast.«

»Gut«, sagte Adam und die Erleichterung war ihm deutlich anzuhören.

»Ja. Gut«, fand auch Luca und war ebenfalls erleichtert, wenn auch aus einem anderen Grund. Sie war nicht dabei, überraschend Gefühle für einen Mörder zu entwickeln, was ihr durchaus Angst bereitet hätte, sondern für einen von der Vergangenheit gezeichneten Mann – damit konnte sie leben.

Hastig schob sie den Gedanken beiseite und bestimmte: »Wir teilen uns besser auf. Du schaust dich hier und in jedem anderen Raum im Untergeschoß um, und ich gehe nach oben. Ich denke, wir müssen nach einem Notizzettel suchen, Bildern, Zeitungsberichten oder Ähnlichem. Vielleicht auch Sprachaufnahmen. War deine Mutter so fortschrittlich?«

»Ich glaube eher nicht«, antwortete Adam und begann, ohne weiter nachzufragen, Bücher aus einem der Regale zu ziehen.

Luca verschwand im oberen Stockwerk und suchte zunächst das Schlafzimmer der kürzlich Verstorbenen auf. Mit Ausnahme des Badezimmers war es der kleinste Raum auf der Etage und bestand nur aus einem Französischen Bett, einem nicht allzu großen Schrank und einem Nachttisch. Luca brauchte nicht lange, um alles einmal gründlich zu durchsuchen, und ging dann in das nächste Zimmer.

Sie sah sofort, dass es sich um Marias altes Zimmer handeln musste, was ihr die geblümte Tapete sowie die Poster verschiedener Boybands aus den frühen 90ern verrieten. Kurz verharrte sie, um sich in Annemie Goldbach hineinzuversetzen, und ging dann schnurstracks in den nächsten Raum.

Schon beim Betreten wusste sie, dass das Adams Jugendzimmer gewesen sein musste. Graue Wände, die jedoch mit ein paar Winnie Pooh Aufklebern verziert waren. Keine Gardinen an den Fenstern, sondern blaue Rollos. Ein alter, schwarzer Schreibtisch samt Leselampe, auf dem einige lose Blätter und Stifte lagen. In einer Ecke stand ein kleines Bettchen, über dem ein hübsches Mobile hing, und davor lag ein bunter Teppich, auf dem eine durchsichtige Plastikkiste mit Babyspielzeug stand. Vermutlich hatte Annemie angefangen, Adams altes Zimmer für Joel herzurichten, wenn er bei ihr übernachten durfte.

Luca war sich sicher, dass genau hier eine liebende Mutter und trauernde Großmutter viel Zeit verbringen würde, wenn sie ihren Sohn und Enkel vermisste. Und hier würde sie wahrscheinlich auch ihre Gedanken und Vermutungen zusammentragen.

Luca setzte sich an den Tisch, knipste das Licht an und schaute sich alles genau an. Dann öffnete sie die Schubladen, in denen sich aber außer ein paar unbeschriebenen Blöcken, einem Lineal, mehreren Bleistiften und einem ausgetrockneten Klebestift nichts weiter befand. In ihre Überlegungen vertieft, drehte Luca sich auf dem Stuhl und stieß sich dabei immer wieder an der Tischplatte ab. In Adams altem Zimmer waren der Schreibtisch und das Babybett die einzigen Möbelstücke, kein Schrank, keine Regale. Seufzend stand Luca auf, löschte das Licht und ging zurück in den Raum, den sie Maria zuordnete.

Nachdem sie alle drei Zimmer sowie das Bad auf den Kopf gestellt hatte, lief Luca die Treppen wieder hinunter und traf Adam in der Küche an, wo er recht planlos aus dem Fenster starrte.

Schweigend stellte sie sich neben ihn. Egal, was hier Sonderbares ablief, es war schwer für Adam und sie wollte ihm helfen, Licht in die ganze Sache rund um die Nacht von damals zu bringen. Wäre er nicht unschuldig, warum hätte er sie sonst mit seinen Vermutungen konfrontiert und sie um Hilfe gebeten? Luca glaubte ihm, dass er kein Mörder war, und war sich ebenfalls sicher, dass nicht er hinter dem Drohschreiben an sie steckte.

»Ich habe nichts gefunden. Du?«, fragte er, ohne sie anzusehen.

»Nein.«

»Hast du einen Plan?«

Luca schüttelte leicht den Kopf. »Noch nicht wirklich. Es sind echt viele Fragezeichen in meinem Hirn. Ich denke, ich werde heute nochmal ein wenig herumspazieren, um vielleicht einen der Butwanjendörfer zu treffen und auszufragen.«

»Meinst du, dir erzählt jemand was?«

»Vielleicht der eine oder andere. Oder auch niemand. Mal sehen. Aber manchmal sind es die Dinge, die verschwiegen werden, die wichtig sind.« Luca drehte sich um und setzte sich an den Küchentisch. »Und ich denke, in eurem Dörfchen hat beinahe jeder ein Geheimnis. Wenn ich davon ein paar herausbekomme, kommen wir eventuell weiter. Denn …« Sie brach kurz ab und wartete, bis Adam sich zu ihr setzte. »Denn nach Livkes Erzählungen liebt oder hasst beinahe jeder hier dich und deine Familie.«

»Meine Mutter wurde von allen geliebt. Mein Vater und ich waren die gehassten Personen.«

»Da stimme ich dir nur teilweise zu. Deine Mutter wurde geliebt, ganz klar. Sie muss ein wirklich liebenswerter und herzlicher Mensch gewesen sein.«

Adam nickte und zeigte auf die große schwarze Kreidetafel an der Wand, auf der hinter jedem gezeichneten Herzchen mit druckvollen Buchstaben geschrieben stand:

Rosi für Geburtstag Kuchen backen
Almas Zimmerblumen umtopfen
Daniel und Lina bei den Hochzeitsvorbereitungen helfen
Maria zum Essen einladen

»Guck doch. Und alles mit Herzchen versehen. Müsste da nicht auch mal stehen: Mittwoch – Gernot macht meinen Garten oder Florian bringt den Sperrmüll weg, oder irgend so einen Mist halt? Sie war immer für andere dagewesen, wollte aber selbst nie jemandem zur Last fallen.«

Adam wirkte richtig aufgebracht und Luca verstand, was er meinte. Seine Mutter war immer für alle da, aber waren die anderen es auch für sie gewesen? Adam war es auf jeden Fall jahrelang nicht, und auch das wird an ihm nagen.

»Kein Wunder, dass ihr Herz das alles nicht mehr mitgemacht hat. Sie hat sich schon immer zu viel zugemutet«, stellte er traurig fest.

»Sie hatte eben ein großes Herz.« Sachte legte Luca eine Hand auf seine. »Aber auch du wurdest nicht nur gehasst, sondern von vielen Frauen geliebt und von manch einem der Männer geschätzt. Und auch Verena hat laut Livkes Erzählungen und den Aufzeichnungen meiner Oma offenbar viel Hassliebe zu spüren bekommen.«

»Aufzeichnungen deiner Oma?«

Luca wurde bewusst, dass sie Adam noch nichts von den Gesprächen seiner Mutter und ihrer Großmutter erzählt hatte. »Ich weiß nicht, ob du mitbekommen hast, dass meine Oma und deine Mutter seit Daniel hier lebt ab und an Kontakt hatten. Und in den letzten Wochen hat sie meine Großmutter zweimal angerufen und sie um Rat gebeten.«

»Aha«, gab er nur desinteressiert wirkend von sich. Anscheinend war er über diesen Schritt wenig verwundert, nachdem seine Mutter bereits Felix eingeweiht hatte.

Da Adam weiter vor sich hinschwieg, verharrte auch Luca stumm und betrachtete die Kreidetafel, während es in ihrem Kopf arbeitete.

Sie musste unbedingt noch einmal den alten Brecht zu sprechen bekommen. Da Livke als Informationsquelle ausfiel, war er vermutlich der einzige Mensch, von dem sie, wenn bestimmt auch widerwillig, unverblümte Wahrheiten erfuhr. Und ein erneutes Gespräch mit Felix und Manuel stand auch ganz oben auf ihrer Liste.

Mit einem Mal fiel ihr etwas auf, was sie schlagartig unruhig werden ließ. »Mir ist da gerade so ein Gedanke gekommen«, sagte sie zu Adam und stand auf. »Ich bin gleich wieder da.«

Er gab keine Antwort, sondern warf Luca lediglich einen Blick zu, den sie so bei ihm schon gesehen hatte – kummervolle schwarze Augen, die zugleich eine unterdrückte Wut widerspiegelten.

Kapitel 23

Bereits zum zweiten Mal klingelte Luca an dem Haus der Brechts in der Dorfstraße. Abwartend stand sie vor der Metzgerei, aber niemand öffnete. Weit weg konnte der alte Brecht jedoch nicht nur wegen des beschwerlichen Gehens nicht sein, sondern auch, weil die Sperrungen an den Ortsausgängen weiterhin Bestand hatten, wie Luca auf ihrer kleinen Beobachtungstour durch das Dorf feststellen konnte. Mittlerweile waren neben den Polizeisperren auch jede Menge Reporter eingetroffen. Mit einem weiteren Coronafall der ansässigen Friseurin Marina Baggio, die am frühen Morgen ins Krankenhaus eingeliefert wurde, war Butwanjendorf in den Nachrichten zu einem Gesprächsthema geworden. Die hohe Corona-Inzidenz in dem kleinen Ort war der Presse durchaus mehrere Schlagzeilen wert und so lauerten diverse Reporter den Butwanjendörfern auf, um das ein oder andere Interview führen zu können. Allerdings ignorierten die eigenbrötlerischen Einwohner die Aufmärsche rund um ihren Ort und blieben lieber zu Hause oder unter sich.

Nachdem Luca vor gut einer Stunde in Adams altem Zimmer den vermuteten und in ihren Augen recht bedeutsamen Hinweis gefunden hatte, den sie ihm aber vorerst verschweigen wollte, waren Adam und sie getrennte Wege gegangen. Während sie sich für einen Ortsrundgang entschied, um vielleicht auf ein paar neue Informationen zu stoßen, wollte Adam zunächst zum Friedhof und im Anschluss im Elternhaus die Schriftstücke seiner Mutter ordnen.

Auf ihrem Weg durch das Dorf hatte sie Rosi Westermann getroffen, die heute zwar sehr knapp angebunden gewesen war, aber trotzdem hatte Luca erfahren, dass die Friseurinhaberin erst vor gut zehn Jahren den Salon, der seit 1999 leer stand, wiedereröffnet hatte. Somit scheidet diese Informationsquelle aus, dachte Luca zunächst enttäuscht und war schon im nächsten Augenblick entsetzt über ihre eigene Empathielosigkeit.

»Der Gunnar ist zum *Angerer* gelaufen und hofft dort wohl auf ein Bier, um seinen Ärger runterzuspülen«, sagte die auf der gegenüberliegenden Straßenseite vorbeieilende Apothekenangestellte Agnes und Luca drehte sich zu ihr um.

»Danke. Geht's etwa zur Arbeit?«, entgegnete sie ein wenig verwundert.

»Ja. Wir machen um vierzehn Uhr wieder auf«, antwortete Agnes, ohne stehen zu bleiben.

In diesem Dorf gibt es wohl noch ganz oldschool eine Mittagspause und mittwochnachmittags sind die Geschäfte alle geschlossen, aber samstags haben sie den ganzen Tag auf? Ach, was wundere ich mich überhaupt, hier ist doch sowieso alles anders als im normalen Leben, dachte Luca leicht amüsiert und machte ein paar schnelle Schritte über die Dorfstraße, um zu Agnes aufzuschließen. »Warum muss der alte Metzgermeister seinen Ärger runterspülen?«

»Gunnar ist total aufgebracht, weil wir isoliert worden sind«, erklärte Agnes und blieb an dem großen Tor neben dem Apothekeneingang stehen.

»Kommt er denn sonst aus dem Dorf raus?«

»Nein, nie! Es geht ihm ums Prinzip.«

»Was für ein Prinzip?«

Agnes zuckte mit den Schultern und drückte das Tor auf. »Keine Ahnung. Das weiß er wohl selber nicht. Er ist eben ein alter Grummler.«

»Wissen Sie eigentlich, wie es Irmi geht?«

»Unverändert. Sie hat nach wie vor Fieber und Atemnot.«

»Die Arme. Gut, dass sie auf eine Freundin wie Sie zählen kann. Felix hat mir erzählt, dass Sie und die Apothekergattin sich um Irmi gekümmert haben.«

»Das ist doch selbstverständlich. Jeder guckt hier auf dem Land nach jedem«, antwortete Agnes ein wenig von oben herab. So als ob man sowas in der Stadt nicht kennen würde.

»Ja, das weiß ich jetzt auch. Ich habe von dem Schlüsselbrett in Irmis Laden gehört. Ein wahrer Vertrauensbeweis, wo doch ein jeder Zugriff darauf hat.« Luca lachte in ihren eigenen Ohren ein wenig gekünstelt auf. »Wir Städter finden so etwas ja verrückt.«

»Ja, vielleicht. Wir Dörfler nicht. Schönen Tag noch.«

Luca streckte die Hand aus, um die Apothekenangestellte daran zu hindern, das Tor zu schließen, und bat: »Darf ich mit reinkommen und ein paar Fragen stellen?«

Misstrauisch verzog sich Agnes' Miene – reden taten einige der Dorfbewohner zwar gern, aber interessierte Fragen beantworten mochte keiner von ihnen.

»Worüber?«

»Über meinen Bruder und …« Luca überlegte krampfhaft, wie sie die recht schweigsame Frau dazu bringen konnte, sich mit ihr zu unterhalten? Zu ihrem Glück fiel ihr ein, dass Livke erzählt hatte, dass Agnes als junge Frau in Adam verliebt gewesen war, und fügte hinzu: »Adam.«

Der Gesichtsausdruck von Agnes veränderte sich, was Lucas geschärfter Blick sofort wahrnahm – ein Glanz trat in ihre Augen und die Wangen der Mittvierzigerin färbten sich zart rot. Vielleicht, hoffte Luca, hatte sie in ihr ja jemanden gefunden, der ihr mit wenigen Worten ein treffendes Bild von der Brandnacht vermitteln konnte.

Luca war guter Dinge, dass ihr Plan aufging, denn Agnes öffnete das Tor weit und bat sie mit einer Handbewegung herein. Sie trat in den weitläufigen Hof und schaute sich um, als Agnes bereits zu einer Hintertür des Apothekengebäudes ging.

»Wohnt hier Sven Leber mit Familie?« Sie zeigte auf den Anbau gegenüber, zu dem eine steile Treppe hochführte.

»Ja. Aber nur noch der jüngere Sohn ist zu Hause. Der Marc ist schon an die dreißig und hat nach Nordendamm geheiratet.«

Gerade als Luca das Tor hinter sich schließen und Agnes folgen wollte, ging die Tür des Apothekerhauses auf und Sven Leber trat mit einem breiten Lächeln heraus. Luca erkannte sofort, dass er sie bereits aus einem Fenster gesehen haben musste, er wirkte nämlich keineswegs überrascht.

»Liebe Luisa, was verschafft uns die Ehre?«, fragte er übertrieben höflich und eilte die Treppen hinab.

»Luca, bitte«, verbesserte sie nach alter Angewohnheit.

»Sie möchte mit mir ein wenig über Daniel und Adam plaudern«, erklärte Agnes dem Apotheker und Luca bekam dabei mit, wie sich die beiden einen kurzen, fragenden Blick zuwarfen.

Für einen Moment war sie irritiert, erinnerte sich aber sofort an all die misstrauischen Blicke, die sie seit ihrer Ankunft erreicht hatten. Für die Butwanjendörfer war sie eine Fremde. Zudem Polizistin, die jetzt auch noch Fragen stellte. Nichts, was die verschlossene Dorfgemeinschaft zu brauchen schien. Und nun stand sie zum Ärger manches Bewohners als Oberkommissarin in dieser Gemeinschaft, in der alle quarantänebedingt chancenlos waren, sie in Kürze wieder loszuwerden.

»Wenn Sie Lust haben, können Sie sich ja gern zu uns gesellen«, lud Luca den Apotheker freundlich ein und machte einen Schritt zurück zu dem immer noch offenen Tor, als Sven Leber dicht vor ihr stehen blieb.

»*Lust* hätte ich schon, aber …« Bedeutungsvoll beendete er den Satz mit einem Augenzwinkern und fügte hinzu: »Nenn mich doch bitte Sven, liebe Luca. In unserer kleinen Gemeinde duzen wir uns doch alle.«

Komischerweise empfand Luca keinen Ekel, der sie normalerweise bei einer so plumpen Anmache überkam. Der gut sechzigjährige Apotheker hatte eine für sie undefinierbare Art an sich, die es ihr schwer machte, ihn abstoßend zu finden. Anders als beim hiesigen Ortsvorsteher und Fabrikbesitzer Gernot Fuhrmann; beim bloßen Gedanken an ihn stellten sich Lucas Nackenhaare auf. Sie wusste nicht warum, aber sie mochte den aalglatten Ortsbürgermeister einfach nicht.

»Luisa!«

Bevor sie noch etwas auf die »Lustanspielung« des Apothekers erwidern konnte, hörte sie ihren Namen dunkel, abgehackt und voller Erstaunen ausgerufen hinter sich und drehte sich um.

»Ich suche dich schon seit einer ganzen Weile. Wo warst du?« Ihr Bruder stand mit emotionsloser Miene vor ihr und starrte erst sie und dann Sven an. »Moin, Sven.«

»Moin, Daniel. Deine Schwester wollte sich ein wenig mit mir unterhalten und …«

»Das geht jetzt nicht«, unterbrach Daniel den Apotheker heftig, und Luca bemerkte anhand dessen überraschten

Gesichtsausdrucks, dass es für ihren Bruder sehr ungewöhnlich sein musste, jemandem ins Wort zu fallen. »Ich habe extra früher Feierabend gemacht, um mich um sie zu kümmern.« An Luca gewandt fragte er: »Wie geht es dir?«

»Danke, gut.« Unwillkürlich fasste sie an das Pflaster an ihrer Schläfe und wunderte sich gleichzeitig, dass sich weder Agnes noch Sven nach ihrem Befinden erkundigt hatten.

»Komm!«

Daniel griff vorsichtig nach ihrem Arm, und Luca hatte nichts dagegen, mit ihm zu gehen – es schien ihm wichtig zu sein. Sie warf dem Apotheker einen entschuldigenden Blick zu und verabschiedete sich: »Auf Wiedersehen.«

»Tschüss«, kam es enttäuscht über Sven Lebers Lippen und ein lauteres »Tschüss« erklang von der Tür einige Meter entfernt.

»Bis dann, Agnes. Wir werden die Tage bestimmt noch die Möglichkeit für ein Gespräch haben.«

Die Apothekenangestellte antwortete nicht mehr, doch bevor Luca ihrem Bruder aus dem Hof folgte, erhaschte sie den besorgten Blick, den Sven Leber in Agnes' Richtung warf. Sehr eigenartig, schoss ihr durch den Kopf und nahm sich vor, garantiert noch einmal wiederzukommen.

Mit einer kleinen Bewegung löste sie beim Gehen Daniels Hand von ihrem Arm und fragte: »Du hast extra wegen mir früher Schluss gemacht?«

»Ja. Du bist doch verletzt.«

»Danke, aber das ist schon wieder gut. Mach dir bitte keine Sorgen.«

»Ich koche jetzt für uns. Es ist Fastenzeit und da essen wir kein Fleisch. Also gibt es Salzkartoffeln mit Fisch und Karottengemüse.« Er lief mit großen Schritten den Wiesenpfad in Richtung des schmalen Durchgangs zwischen den Häusern entlang.

Ihr Magen begann zu knurren und sie freute sich auf eine warme Mahlzeit. Luca war nicht wählerisch und ihr schmeckte beinahe alles. »Hört sich gut an.«

Daniel nickte zufrieden, zeigte auf ein Haus zu ihrer Rechten und sagte ausdruckslos: »Der Friedel Eichner ist vorhin auf die Intensivstation gekommen und wird beatmet.«

»Oh.« Mehr fiel Luca dazu nicht ein. Zu ihrer eigenen Verwunderung verschwendete sie in Butwanjendorf, wo das Infektionsgeschehen dramatisch angesichts der Einwohnerzahl war, kaum einen Gedanken an eine weltweite Pandemie. Doch sie wusste aus einem kurzen Blick in die Nachrichten am Vormittag, dass sie genau in einer solchen steckten.

Ihre Gedanken drehten sich zurzeit ausschließlich um die Brandnacht, was für sie als Polizistin auch nur allzu logisch war. Luca erinnerte sich sogleich an den geplanten Anruf bei ihrem Chef, um Akteneinsicht über den Brand zu bekommen, den sie bisher noch nicht getätigt hatte. Denn trotz des zerstörten Handys, ihrem Verdacht, dass sie niedergeschlagen wurde und dem Auftauchen des nächtlichen Drohbriefs fühlte sie sich hier im Dorf seltsamerweise wie in einer geschützten Blase.

Luca umfasste ihre Tasche fester, in der sich der Hinweis, den sie aus dem Haus von Annemie Goldbach mitgenommen hatte, befand. Als ihr Augenmerk beim Grübeln in der Küche von Adams Mutter auf die beschriebene Kreidetafel gefallen war, war Luca nämlich der Gedanke gekommen, dass Annemie Goldbach trotz ihrer Herzensgüte eine sehr energische Frau gewesen sein musste, was sich in ihrer Handschrift widerspiegelte.

Der gefundene Hinweis war ein unbeschriebener Zettel, der scheinbar achtlos von einem DIN-A4-Block abgerissen auf dem Schreibtisch in Adams Jugendzimmer gelegen hatte und der ihr erst beim zweiten, genaueren Hinsehen aufgefallen war. Mit einem kurzen Blick hatte sie dann erkannt, dass sich die Wörter von einem anderen Zettel, der nicht mehr vorhanden war, durchgedrückt hatten. Hastig hatte sie das Papier eingesteckt und alles, was sie auf die Schnelle und ohne genauere Sichtung dabei entziffert hatte, war:

Meine Gedanken zum 9. auf 10. März 2000!

Daniel:
War er wirklich da?

Kapitel 24

Als Luca mit ihrem Bruder vor dessen Haus stand und gerade mit ihm reingehen wollte, überlegte sie es sich noch einmal anders. »Ich gehe nochmal kurz beim *Angerer* rein und komme gleich nach«, verabschiedete sie sich und eilte über die Straße, bevor Daniel die Chance hatte, sich nach dem Grund zu erkundigen.

Der Gedanke, ihm beim Kochen zusehen und sich womöglich auch noch unterhalten zu müssen, stresste Luca aus unerklärlichen Gründen und sie fragte sich, warum sie so wenig Wert auf seine Anwesenheit legte. Daniel tat nahezu alles, damit sie sich bei ihm wohlfühlte, doch sie verspürte keinerlei Verlangen, längere Zeit mit ihm allein zu verbringen. Sein Name auf Annemie Goldbachs Zettel bescherte ihr ein mulmiges Gefühl – warum stand Daniel dort im Zusammenhang mit der Brandnacht und das auch noch an erster Stelle? Was konnte er mit dem Ganzen zu tun haben? Er war gerade einmal fünfzehn Jahre gewesen. Ein Kind. Ein Idiot!

Augenblicklich schämte sich Luca für ihre Gedanken. Daniel war ganz offensichtlich zu einem gutherzigen Mann herangewachsen, und das dank Annemie und Alma. Auch wenn er heute noch immer schwer von Begriff war, war er dennoch alles andere als ein Idiot. Er hatte es für seine Möglichkeiten weit gebracht und führte ein zufriedenes Leben. Wahrscheinlich weitaus zufriedener, als es Luca selbst momentan tat. Ihr Bruder lebte an einem Ort, in dem er heimisch war – sie hauste in einer kleinen Wohnung, die wenig zum Nachhausekommen einlud. Er war im Begriff, eine Frau zu heiraten, die er liebte – sie hatte vor ein paar Monaten endlich die Scheidung von ihrem betrügerischen Ehemann hinter sich gebracht, von dem sie schon vier Jahre getrennt lebte. Daniel war unverblümt und in Lucas Augen grundehrlich – sie dagegen vertuschte ihren Ausrutscher, damit es für sie keine unangenehmen Folgen hatte. Und dann war da noch Daniels bedingungslose Liebe zum Vater – die Liebe, die ihr vor zwanzig Jahren verlorengegangen ist und die sie sich insgeheim zurückwünschte. War sie vielleicht einfach nur eifersüchtig auf ihn, weil er ein unbeschwertes und erfreuliches Leben besaß, und sie sich momentan von einem Dilemma ins nächste bugsierte?

Seufzend trat sie in die Kneipe ein und traf dort wirklich Gunnar Brecht an, der in ein Gespräch mit Pit Angerer vertieft an der Theke saß. Sofort war Luca wieder fokussiert auf ihr Vorhaben, mehr über die Brandnacht vor zwanzig Jahren zu erfahren.

»Moin. Was verschafft uns die Ehre?«, begrüßte sie der Seniorkneipenbesitzer mit einem erstaunten Lächeln, als sich die Tür hinter ihr schloss.

Der alte Brecht drehte sich schwerfällig auf dem Barhocker um, und Luca konnte ganz deutlich erkennen, dass er mit sich haderte, ob ihm ihr Erscheinen gefiel. »Moin. Geht's besser?«

»Danke, ja. Die Wunden heilen laut Felix hervorragend. Was macht deine Arthritis?«

Die Miene des alten Mannes erhellte sich. Er hatte ihr Friedensangebot in Form ihres Duzens erkannt und akzeptierte es kommentarlos. »Nervt.« Mit einem Kopfnicken klopfte er auf den Barhocker neben sich und sagte an Pit gewandt: »Zapf der Deern mal ein frisches Bier.«

Lächelnd nahm Luca neben ihm Platz und wehrte sich nicht gegen den Alkohol am hellichten Tag. Ein Bier würde sie schon vertragen, wenn auch sie dann dringend etwas essen musste. Sie nahm das frisch gezapfte Gebräu, das Pit ihr hinstellte, und prostete den beiden Männern wortlos zu, bevor sie einen kräftigen Schluck nahm. Für einen Augenblick überlegte sie sich dabei ihre Vorgehensweise, um einige Informationen zu erhalten, und entschied sich kurzerhand für ihre gewohnte Herangehensweise – einen Frontalangriff.

»Ich weiß, ihr redet alle nicht gern über die Vergangenheit, aber da ich wohl noch für eine Weile hier festsitzen werde, will ich meine berufliche Neugierde befriedigen, und ein wenig über den damaligen Brand herausfinden. Mir ist da einiges zu Ohren gekommen und meinem Bruder macht die ganze Sache offenbar auch heute noch sehr zu schaffen. Mich würde interessieren, warum?«

Die zwei über Achtzigjährigen sahen sich erstaunt an und tranken hastig einen weiteren Schluck ihrer gerade abgesetzten Biere.

»Mir scheint es so, als ob jeder hier das Verbrechen deckt, das damals scheinbar stattgefunden hat«, ging Luca weiter in die Offensive und fixierte die Männer dabei.

»Blödsinn«, knurrte der alte Brecht, umfasste seinen Stock, der am Tresen lehnte und klopfte unruhig mit diesem gegen seinen Hocker. Nunmehr ganz offensichtlich nicht mehr so erfreut sie zu sehen, stieß er barsch hervor: »Es war ein Unglück. Fertig!«

Pit sagte gar nichts dazu, sondern murmelte nur etwas von »Muss mal was schauen gehen« und verschwand für sein Alter recht flink aus dem Schankraum.

»Aber Adam hat doch damals von sich als Mörder gesprochen und wenn ich den Geschichten von Livke Glauben schenken darf, dann waren er und die Verena bei vielen im Dorf nicht sehr beliebt.« Die Anrufe Annemies bei ihrer Großmutter erwähnte sie zunächst nicht.

»Das hat er im ersten Schock gesagt«, verteidigte Gunnar Brecht Adam prompt. »Der hätte niemals sein Kind und die Verena gefährdet oder Schlimmeres.«

»Aber er war doch unbeliebt, oder?«

»Bei manchen«, grummelte er und verbesserte sich dann selbst: »Na eigentlich bei den meisten im Ort.« Sein Klopfen mit dem Stock wurde heftiger und Luca merkte, wie sehr ihn das Thema aufregte. »Aber zu Unrecht. Der Adam war ein wilder Bengel, aber mit einem großen Herzen genau wie seine Mutter. Er hat ein paar dumme Dinge in seiner Jugend gemacht, aber nie kam dabei ernsthaft jemand zu Schaden. Er war immer grundehrlich und hat zugegeben, wenn er Scheiße gebaut hat. Er hat sich als Erwachsener nie etwas zuschulden kommen lassen und auch das Geld, das er sich geliehen hat, hat er uns allen nach seinem Weggang sofort zurücküberwiesen.«

»Geld?« Davon hörte Luca zum ersten Mal.

Der alte Metzgermeister merkte offenbar, dass er etwas verraten hatte, was sie noch nicht wusste, und knallte zornig über sich selbst den Stock gegen die Theke. »Ja, Geld. Er hat es geliehen und zurückgezahlt. Fertig.«

Bevor sich ihr knurriger Gesprächspartner weiter über seine unbedachte Äußerung ereifern konnte, wechselte Luca das Thema auf Adams Frau. »Ich weiß auch, dass Verena bei vielen unbeliebt war. Meinst du, irgendjemand hat sie tatsächlich so sehr gehasst, dass er sie loswerden wollte? Auf welchem Weg auch immer?«

Mit mürrischer Miene sah Gunnar sie an und trank sein Glas dabei leer. »Du solltest einen alten Mann nicht so aufregen, ich könnte gleich tot umfallen.«

»Ich glaube nicht, dass dich so leicht etwas umhaut«, erwiderte Luca trocken, stand auf und ging wie selbstverständlich hinter die Theke, um ihm ein neues Bier zu zapfen. Genauso selbstverständlich stellte sie es dem Alten wortlos lächelnd hin, kam zurück und setzte sich wieder auf den Hocker. »Livke sagte auch, beinahe jeder Kerl hier war in Verena verliebt und manch einer hatte etwas mit ihr.«

»Sie war leider eine leicht zu habende Deern. Und ja, jeder im Dorf wollte eine der beiden Finkweiber, aber ihre Mutter, die Sonja, ist ihrem durchgeknallten Mann schon immer treu.«

Etwas verschämt trank er einen Schluck, und Luca war klar, dass früher auch der Metzgermeister selbst ein Auge auf die nunmehr über siebzigjährige Sonja Fink geworfen haben musste.

»Schau dir deinen Bruder an«, sagte er plötzlich und hob den Kopf. »Er war damals ganz vernarrt in Verenas Anblick, das konnte jeder sehen. Aber sie war immer unglaublich gemein zu ihm, und die Wut, die ihn dann jedes Mal ergriffen hat, war in seiner Miene ganz deutlich erkennbar gewesen. Die Verena hat so was mit Männern gemacht und kaum einer konnte sich ihr entziehen.«

»Daniel war noch ein Kind«, warf Luca reflexartig ein und ihr wurde heiß und kalt zu gleich. Ihr Bruder konnte mit dem Ganzen doch nichts zu tun haben, er war zu jung gewesen, zu dumm und zudem Adam treu ergeben. Aber warum stand dann sein Name auf den Notizen von Annemie Goldbach?

»Der Kerl war damals schon ein Hüne und jeder hatte gehörig Respekt vor ihm. Als er einmal ausgerastet ist, hat das ganze Dorf darüber gesprochen. Daniel war wie wild gewesen, aber der Adam hat ihn damals beruhigen können. Und nun mal ehrlich, dein Bruder ist ein unberechenbarer Idiot.«

Jemanden nicht ausstehen zu können, weil er die Wahrheit sagte, war eigentlich nicht gerade Lucas Stil, aber die bisher vorhandene Sympathie für den alten Mann wandelte sich in diesem Augenblick beinahe in Antipathie. Sie selbst durfte ihren Bruder gedanklich als Idioten bezeichnen und ebenfalls im Stillen seine Unberechenbarkeit als beängstigend empfinden, aber niemand anderes durfte das.

Warum eigentlich, fragte sie sich erstaunt. Bis vor wenigen Tagen war Daniel ihr doch vollkommen egal gewesen und selbst jetzt legte sie keinen großen Wert auf seine Gesellschaft. Und plötzlich tobte in ihr ein Racheengel, der ihren kleinen Bruder verteidigen wollte – was für eine Farce. Oder näherte sie sich ihm unterbewusst etwa doch langsam an, obwohl sie glaubte, niemals wieder eine familiäre Bindung zu ihm verspüren zu können?

Der alte Brecht legte eine Hand auf ihren Arm und murmelte beruhigend: »Dein Bruder ist ein Guter, der niemandem etwas Böses will. Ich habe das nur gesagt, weil nahezu jeder der jungen Kerle in Verenas Anwesenheit seinen klaren Menschenverstand verloren hatte. Und die Weiber haben sie gehasst. Alle.«

Luca blickte auf und ihre nur für wenige Sekunden anhaltende Abneigung gegen den grantigen Seniormetzgermeister verschwand im Nu. »Er ist mein Bruder«, brachte sie zögernd hervor.

»Das hast du aber ganz schön viele Jahre vergessen. Und wo wir gerade dabei sind.« Durchdringend sah er sie an. »Du hast auch einen Vater. Eltern werden viel zu oft für das eigene Fehlverhalten verantwortlich gemacht und dann vergessen.«

Verblüfft und im gleichen Moment von Zorn gepackt, wollte Luca zu einer heftigen Erwiderung ansetzen, bremste sich aber, als sie seine Worte sacken ließ. Ihr war klar, dass jeder im Dorf wusste, wie sie über ihren Vater dachte, dafür hatte Daniel gesorgt. Und dass sie sich über zwei Jahrzehnte weder für den einen noch den anderen interessiert hatte, war eine Tatsache, die sich nicht leugnen ließ. Sie glaubte zwar, dass Gunnar Brecht von seinem eigenen Verhältnis zu seinem im Knast sitzenden Sohn auf ihres zu ihrem Vater schloss, aber nachdenklich stimmte sie es trotzdem.

Luca stand auf, kramte ein wenig Kleingeld aus ihrer Hosentasche, legte es auf den Tresen und sagte recht kleinlaut: »Danke.«

Sie eilte aus der Kneipe, ärgerte sich ein wenig darüber, nichts wirklich Neues erfahren zu haben, und schloss die Haustür ihres Bruders auf. Luca wollte gerade an seiner Wohnungstür klopfen, als ihr heiß und kalt zugleich wurde. Sie hatte doch etwas Neues mitgeteilt bekommen – ihr Bruder hatte dieser Verena eine Art Hassliebe entgegengebracht und war unberechenbar gewesen. War er das auch heute noch? Sie selbst hatte ihn, seit sie hier war, bereits mehrmals in großer Aufruhr erlebt.

Leise entfernte sie sich von Daniels Tür und schlich die Treppe hoch, die Tasche mit dem losen Zettel aus Annemie Goldbachs Haus fest an sich gedrückt. Nachdem sie die Tür schloss, zog sie hastig ihre Jacke und die Schuhe aus, ging in die Küche und legte die Papiere und einen Bleistift auf den Tisch. Ganz vorsichtig begann sie das Blatt mit dem Stift zu schraffieren und überaus deutlich kamen eng geschriebene Sätze zum Vorschein, die Lucas Neugierde noch weiter weckten – und dennoch gleichzeitig ängstigten.

Meine Gedanken zum 9. auf 10. März 2000!

Daniel:
War er wirklich da?
Hat damals etwas beobachtet, sagt aber nicht, was.
Warum? Hat er vor irgendwas/irgendwem Angst?
Oder weiß er vielleicht doch nicht mehr?
Will er Adam schützen? Denkt er überhaupt so weit?

Verena:
Wann hat ihre gravierende Veränderung begonnen?
Hat sie außer ihren verschriebenen Medikamenten
noch irgendwelche Substanzen zu sich genommen?
Das könnte ihr launenhaftes, nahezu manisches
Verhalten erklären.

Livke:
Weiß viel, damals wie heute.

Weiß sie mehr über die Nacht, als sie sagt?
Meint, sie hätte Sven, Gernot und noch jemanden in der Nacht gesehen.
Plappert oftmals auch Unsinn – aber was die Nacht betrifft???
Erpresst sie vielleicht jemanden? Wäre ihr zuzutrauen …

Jan:
Weiß gar nichts!
Würde er Adam schützen, wenn er was wüsste?

Irmi:
Weiß viel aus dem Ort, ist aber keine Klatschtante.
Verwaltet alle Schlüssel.
Verhältnis zwischen Irmi und Verena und Irmi und Adam?
Adam und sie mögen sich gern – wie Geschwister!

Tillmann:
????

Manuel und Felix:
Glauben auch nicht, dass Adam ein Mörder ist.

Agnes:
Hat Adam immer geliebt!
Hat Verena gehasst – würde aber doch NIE ein Kind ermorden.
Hat nur wenige Tage nach dem Brand ihr Kind verloren und Björn hat sich von ihr getrennt.
Wichtig??? Nein!

Gernot:
Hatte was mit Verena, auch noch, als sie mit Adam verheiratet war.
Hatte er Angst, sie verplappert sich?
Wusste meine Maria davon???

Sven:
Hatte was mit Verena UND noch so vielen anderen.
Hat er Verena damals verbotene Medikamente

gegeben, die sie so seltsam werden ließen? Livke hat so eine Andeutung gemacht.

Ida:
Ist eifersüchtig auf JEDE Frau – aber wäre sie fähig, ein Haus anzuzünden? Irrsinn!!!

Tobias:
Hasste Adam, vergötterte Verena.
Gewaltbereit! Dubiose Kreise! Gefängnis!

Mein Adam:
Hat gestanden!
Hat trotz Abmachung, dass Joel bei mir schläft, seinen Sohn mitgenommen!!! Wäre unser kleiner Engel bei mir gewesen, hätte er überlebt!!!
War beim Ausbruch des Feuers offenbar NICHT im Haus!
Wichtig! Warum will er auch heute noch immer nicht mit mir darüber reden? Interessiert es ihn nicht?

Nochmal Daniel:
Ich bin mir sicher, er war da. Aber warum war er bei Adams Haus?????

»Verdammter Mist! Was hat Daniel bloß mit dem ganzen Unglück zu tun?«, murmelte Luca entsetzt vor sich hin und wünschte augenblicklich, sie hätte sich nicht dazu entschlossen, Adam bei seinen Nachforschungen zu helfen. »Was hat Daniel in der Brandnacht bei Adams Haus gewollt?«

Diese nervige Kommissarin …

… schnüffelt einfach weiter herum. Waren ihr denn weder Sturz noch Drohbrief Warnung genug? Und dann noch diese elende Quarantäne, die ihre baldige Abreise unmöglich macht.

Sie muss verschwinden! Aber wie?

Verdammt, ich brauche einen Plan – einen wohldurchdachten Plan und nicht so eine spontane Aktion wie vor zwanzig Jahren.

Ich habe es so satt und bin so elendig müde, über Zweijahrzehnte mit dieser Schuld und der Angst vor dem Entdecktwerden zu leben.

Denken! Ich muss nachdenken! Und dann handeln!

Kapitel 25

Luca langte, trotz grüblerischer Gedanken, mit Heißhunger zu. Daniel konnte wirklich gut kochen und es schmeckte ihr ausgezeichnet. Ein wenig wunderte sie sich, dass ihr Bruder Adam nicht zum späten Mittagessen eingeladen hatte. Allerdings wusste sie, dass dieser zum Friedhof und anschließend noch einige Sachen im Haus seiner Mutter ordnen wollte und vermutete deshalb, dass es Adam zeitlich nicht gepasst hatte.

Sie hatte die Notizen von Annemie Goldbach sacken lassen und sich entschlossen, Daniel behutsam dazu zu bringen, ihr von der Nacht des Feuers zu erzählen. Noch immer war sie ein wenig geschockt, dass der damals Fünfzehnjährige irgendetwas beobachtet haben könnte, was zur Lösung des Falls beitragen würde.

Was für ein Fall, dachte sie innerlich augenrollend. Bisher gab es nur zahlreiche vage Vermutungen und wenig brauchbare Hinweise, um das Unglück als wirklichen Fall bezeichnen zu können. Mit Ausnahme des Schreibens an sie, das eine ganz klare Drohung enthielt, sowie den Unfällen von ihr und Livke, von denen sie mittlerweile überzeugt war, dass es Überfälle waren. Beides zusammen ließen letztendlich das Brandunglück von damals wie einen aktuellen Kriminalfall aussehen.

»War Doktor Felix Siefer heute nochmal da, um nach deinem Kopf zu schauen?«, fragte Daniel und sah sie dabei prüfend an.

»Nein. Aber das muss auch nicht sein, mir geht es gut.«

»Du bist kein Arzt.«

»Nein, bin ich nicht«, erwiderte sie lächelnd. »Aber ich kenne meinen Körper seit siebenunddreißig Jahren und weiß, wann es mir gut oder schlecht geht. Mach dir bitte keine Sorgen.« Sie schöpfte sich nochmals Kartoffeln und Gemüse nach und fragte nun ihrerseits: »Du bist wirklich froh darüber, dass Adam wieder hier ist, oder?«

Daniel nickte eifrig und Luca stellte fest, dass sie nunmehr zwei Dinge entdeckt hatte, die positive Emotionen bei ihrem Bruder hervorrufen konnten – seine Arbeit und Adam.

»Wie kamst du eigentlich als Junge dazu, den Kontakt mit Adam zu suchen, nachdem er nach dieser schrecklichen Brandnacht verschwunden ist?«, begann sie sich vorsichtig heranzutasten, und erkannte dabei sofort, wie Daniel sich beim Erwähnen des Feuers versteifte und seine Miene ängstlich wirkte.

Das Besteck in seinen Händen zitterte leicht, als er antwortete: »Adam mochte mich. Er hat mich nicht als Idiot gesehen.«

»Ja, das weiß ich, aber du wusstest doch, was er nach dem Feuer gesagt hat. Hast du denn nicht wie alle anderen geglaubt, er wäre schuld am Tod von seiner Frau und seinem Kind?« Na ja, sich behutsam herantasten sieht anders aus, dachte sich Luca, als die Worte über ihre Lippen waren und Daniels Gesichtsausdruck nun ganz deutlich Angst widerspiegelte.

»Adam hat nichts Böses getan!«, brachte ihr Bruder blitzschnell und sehr bestimmt hervor.

Luca ließ ein paar Sekunden verstreichen, bevor sie seine Worte bekräftigte: »Das glaube ich dir. Ich denke auch nicht, dass Adam Verena und Joel etwas angetan hat. *Aber* …« Sie betonte das Aber, ließ dann den Satz in der Luft hängen und beobachtete Daniel genau.

Die Namen der beiden Brandopfer auszusprechen, verfehlte nicht die Wirkung, die Luca hervorrufen wollte – die zwei Verstorbenen wurden somit wieder Realität und selbst der meist emotionslose Daniel erinnerte sich nun an seine Gefühle ihnen gegenüber.

Mit einem lauten Poltern fiel sein Stuhl um, als er hektisch aufsprang und Lucas Körper spannte sich automatisch an. Ihre Härchen stellten sich an den Armen auf und ihre Schultermuskeln begannen zu schmerzen – Gefahr!

»Kein *Aber*«, stieß er heftig hervor und seine wässrig blauen Augen stierten sie zornig an. »Adam hat den süßen Joel und die schöne Verena geliebt. Nie hätte er ihnen etwas antun können. Nie!« Er rang nach Luft, als ob er einen steilen Berg emporklimmen würde. »Er war nicht da ... Doch, er war da ... Aber er konnte nichts tun, weil ...« Daniel brach ab und sein Blick wandelte sich. Luca konnte nun ganz deutlich Panik in seinen Augen erkennen.

Bedächtig schob sie ihren Stuhl zurück und stand ebenfalls auf. Sie streckte eine Hand ein wenig nach ihrem Bruder aus, berührte ihn jedoch nicht. »Gut. Kein *Aber*. Adam hat nichts getan. Und das weißt du so genau, weil du ...« Erneut beendete sie den Satz nicht, um eine Reaktion zu provozieren. Doch als Daniel darauf nichts sagte, sie nur weiterhin mit großen, verängstigten Augen ansah, fuhr sie in sanftem Tonfall, aber dennoch unerbittlich fort: »Das weißt du so genau, weil du in der Nacht des Feuers alles beobachtet hast?«

Daniel stieß einen gellenden Schrei aus und Luca fürchtete, er würde sich auf sie stürzen. Sie wich zurück, hielt sich die Hände schützend vor den Kopf und ließ ihren Bruder dabei nicht aus den Augen. Sie brauchte keine Antwort mehr, seine Reaktion sagte ihr alles – Daniel war in der Brandnacht bei oder in Adams Haus gewesen. Was hatte er dort bloß getan?

Als er sich nicht, wie von ihr befürchtet, auf sie stürzte, sondern brüllend und mit Tränen in den Augen aus der Küche stürmte, atmete Luca heftig ein und aus und senkte die Arme. Sie trat in den Wohnungsflur und beobachtete, wie er in sein Schlafzimmer stürmte und die Tür hinter sich zuschmiss. Trotz seines anhaltenden Gebrülls hörte Luca, wie er den Schlüssel umdrehte, und sie verharrte mit ängstlich klopfendem Herzen.

Was, wenn Daniel etwas mit der vertuschten Straftat vor zwanzig Jahren zu tun hatte, fragte sich Luca beinahe hilflos und wusste zunächst nicht, wie sie mit der Situation umgehen sollte.

Nur wenige Minuten später konnte sie einen klaren Gedanken fassen und entschied sich zunächst einmal für die Butwanjendorfer-Variante der Problembewältigung – sie würde über ihr Wissen schweigen.

»Aber warum hast du Daniel überhaupt mit der Brandnacht konfrontiert?«, fragte Adam säuerlich, schmiss die

Tür seines Elternhauses hinter sich zu und eilte Sekunden später mit Luca die Straße entlang.

»Ich dachte ehrlich gesagt nicht, dass er so austicken würde«, gestand Luca ein wenig zerknirscht und sah seitlich in die finstere Miene Adams. Aus ihrer Butwanjendorfer-Variante, erst einmal über ihr Wissen zu schweigen, war leider nichts geworden. Daniel hatte anhaltend in seinem Zimmer getobt und irgendwann wusste sie sich nicht mehr zu helfen und war zu Annemie Goldbachs Haus gelaufen, wo sie zum Glück Adam antraf.

»Nicht? Denk doch mal an gestern. Daniel ist nicht wie wir, er ist speziell und man muss rücksichtsvoll mit ihm umgehen. Das wüsstest du auch, wenn du nicht jahrelang den Kontakt zu ihm gemieden hättest.«

Er klang verbittert und vorwurfsvoll, was Luca dazu veranlasste, ihn am Arm zu packen und abrupt mit ihm stehenblieb.

»Geht's noch, Herr Moralapostel? Ich habe einen Fehler gemacht, okay, aber doch nur, weil ich dir dabei helfen soll, deinen …« Sie wusste überhaupt nicht, wie sie das Ganze hier nennen sollte. »… deinen Fehler oder was weiß ich auch immer wieder gutzumachen. Wenn *du* nicht jahrelang den Kontakt zu deiner Mutter und diesem bescheuerten Dorf gemieden hättest, wäre die Sache womöglich schon längst aufgeklärt, falls es denn wirklich was zu klären gibt.«

Aufgebracht von seinem Seitenhieb und immer noch verwirrt von Daniels Ausraster ließ sie ihren Frust an ihm aus. Auch als sie bemerkte, wie Adam zusammenzuckte, als sie seine Mutter erwähnte, stoppte sie sich nicht.

»Ich werde ab sofort nichts mehr unternehmen, was deine Nachforschungen angeht. Sie gehen mich nämlich nichts an und interessieren mich nicht!« Bitte, bitte, lass Daniel wirklich nichts mit dem ganzen Mist zu tun haben, betete sie innerlich und nahm ihre Hand von Adams Arm. »Viel Glück dabei, meinen Bruder zu beruhigen.«

Ohne sich noch einmal umzusehen, lief sie an der Ecke zu Daniels Straße einfach weiter, doch schon nach wenigen Metern war ihr kurzweiliger Zorn auf Adam verraucht. Sie befanden sich schließlich allesamt in einer Ausnahmesituation und in solchen herrschte ab und an ein rauer Ton. Luca war es in ihrem Beruf mit den Kollegen nicht anders gewohnt.

Nachdem sie ein paar Minuten auf dem Gehweg stehengeblieben war und nachgedacht hatte, steuerte sie zielstrebig auf das Haus von Felix zu und klingelte bei ihm. Sie wollte ihn mit einigen ihrer Informationen aus Annemies Notizen konfrontieren, denn er schien ihr am geeignetsten für ein Gespräch darüber zu sein. Jedoch wollte sie ihm gegenüber auch nicht all ihr Wissen preisgeben, schon gar nicht Annemies Anmerkungen über Daniel. Viel eher wollte sie dafür sorgen, dass Felix' wie auch Adams Wühlen in der Vergangenheit erst einmal im Sand verliefen, solange sie nicht mit Sicherheit wusste, dass Daniel mit all dem nichts zu tun hatte. Wie sie das jedoch herausfinden oder gar beweisen sollte, stellte sie vor ein weiteres Rätsel.

»Siggi«, sagte sie leise, als sie erneut bei Felix klingelte. Ihren Chef, der ihr vielleicht ein paar Tipps geben konnte, hatte sie noch immer nicht angerufen.

»Moin, Luca.«

Sie drehte sich herum und lächelte Felix entgegen. »Hallo. Da kann ich ja lang klingeln.«

Er hob seine Arzttasche ein wenig an. »Hausbesuche.«

»Du hast wohl kein Wochenende«, sagte Luca mitfühlend.

»Nein. Und das wird in der bevorstehenden Pandemie bestimmt nicht besser werden«, gab er bedauernd zurück. »Willst du kurz mit reinkommen? Leider habe ich nicht viel Zeit.«

»Ja, gern.«

Felix schloss die Tür auf und bereits wenige Minuten später saß Luca mit einer Tasse Tee am Esstisch im Wohnzimmer und erzählte ihm von ihrem Fund.

»Ich konnte trotz der eng beschriebenen Zeilen vieles sehr gut lesen, Annemie hatte eine kräftige Schrift. Sie schrieb, dass du und Manuel auch nicht glauben, dass Adam ein Mörder ist. Außerdem schließt sie mehrere Butwanjendorfer als Tatverdächtige aus, Irmi, Ida, Jan und …« Luca trank einen Schluck und fuhr dann fort: »Eigentlich verdächtigt sie niemanden wirklich. Sie sagt über Livke, dass sie eine Klatschtante ist, die vielleicht mehr weiß, als diese zugibt, und sie traut ihr Erpressung zu. Außerdem stand da, dass Agnes schon immer in Adam verliebt war und Verena gehasst hat. Bei dem jungen

Brecht, diesem Tobias, schreibt sie genau das Gegenteil, dass er Verena vergöttert und Adam gehasst hat. Und die zwei Schwerenöter, Sven Leber sowie ihr Schwiegersohn Gernot, sollen ein Verhältnis mit Verena gehabt haben. Und dann noch das, was du ja schon weißt, dass Livke kurz vor dem Feuer Gernot und Sven gesehen haben soll und noch irgendjemand anderen.« … der gut ihr Bruder hatte sein können, was Luca jedoch am Ende ihrer Zusammenfassung verschwieg.

Für einen Moment ließ Felix all die Informationen auf sich wirken und sagte dann ein wenig unsicher: »Mich stört mittlerweile irgendwie das Wort ›Tatverdächtiger‹. Vielleicht ist ja wirklich alles nur ein Unglück gewesen? Hast du schon mit Adam darüber geredet, warum er damals von sich als Mörder gesprochen hat?«

Luca schaute ihn verwundert an. Warum ruderte Felix mit einem Mal zurück und wollte wieder an ein Unglück glauben? Hatten nicht er und Manuel Annemies Verdacht, dass irgendetwas nicht mit rechten Dingen zugegangen war, geteilt? Zwar kam ihr sein plötzlicher Sinneswandel angesichts Daniels Anwesenheit am Brandhaus gelegen, aber seltsam kam es ihr trotzdem vor. Hatte es etwas mit Manuel und seiner Familie zu tun? Komischerweise waren die Finks bisher kein Thema gewesen, selbst Annemie hatte sie mit keiner Zeile erwähnt. »Nein, ich habe noch nicht mit Adam darüber geredet«, beantwortete sie seine Frage und fixierte ihn dabei. »Warum sollte es jetzt auf einmal wieder ein Unglück gewesen sein? Gestern haben Manuel und du noch ganz anders geredet.«

Felix zuckte mit den Schultern, nuschelte irgendwas von »Ach, ich weiß ja auch nicht«, warf dabei einen Blick auf seine Armbanduhr und stand auf. »Dann sollte das vielleicht zuerst mit Adam geklärt werden, bevor wir uns hier weiter in Vermutungen verstricken.«

Luca trank ihren Tee leer und erhob sich ebenfalls. »Ja, vielleicht.«

»Luca?«

»Ja?« Sie schaute Felix an und nahm die Resignation in seinen Zügen ganz deutlich wahr.

»Vielleicht sollten wir alle hier im Dorf, vor allem Manuel und seine Familie und auch Adam, endlich mit all dem endgültig abschließen, und nicht noch mehr alte Wunden aufreißen. Ich denke, wir sind alle müde – seit zwanzig Jahren mit diesem schmerzvollen Ereignis zu leben, hat jeden auf seine Art mehr oder weniger ausgelaugt.«

Luca nickte leicht und sagte erneut zweifelnd: »Ja, vielleicht?!«

Sichtlich erleichtert räumte Felix mit wenigen Handgriffen das Teegeschirr auf das Tablett und mied dabei Lucas Blick, als er es nahm, um aus dem Wohnzimmer zu gehen.

»Liege ich mit meiner Vermutung richtig, dass du Manuel zuliebe auf die Bremse trittst? Will er nicht wissen, was wirklich geschehen ist? Jetzt wo Adam wieder da ist, besteht doch die Chance, alles aufzuklären. Egal wie.« Luca konnte einfach nicht aus ihrer Haut – auch wenn vieles gegen weitere Nachforschungen sprach, war es ihr wichtig, die Wahrheit zu erfahren. Und so bohrte sie noch weiter nach, als Felix verharrte und sie nur stumm ansah: »Was ist, wenn es stimmt, und Livke und ich wurden wirklich niedergeschlagen?«

»Ich hoffe sehr, es war nicht so«, erwiderte er leise und stellte das Tablett ruckartig zurück auf den Tisch.

»Weil wir dann wieder von einem ›Tatverdächtigen‹, schlimmstenfalls von einem Mörder ausgehen müssten?«

»Ja.«

»Und dann?«

Verzweifelt hob Felix die Hände. »Dann müssten wir herausbekommen, was damals wirklich passiert ist.«

»Das sehe ich auch so«, stimmte Luca ihm ein wenig bedauernd zu. Ganz Kommissarin beschloss sie augenblicklich ihren nächsten Schritt – sie musste mit Adam Klartext reden, um herauszufinden, was er noch von der Brandnacht wusste und bereit war, ihr zu erzählen.

Kapitel 26

Ich habe seit Jahren nicht mehr regelmäßig drei Mahlzeiten am Tag zu mir genommen«, sagte Luca, als Adam auf den Stuhl am Küchentisch zeigte und sie bat, Platz zu nehmen. Es war kurz vor zwanzig Uhr und sie hatte eigentlich damit gerechnet, auch Daniel in seiner Wohnung anzutreffen, aber es stand nur Adam am Herd. »Wo ist Daniel?«

»Daniel schläft samstagabends immer bei Lina.«

»Ah, klar, immer.« Eine weitere Regelmäßigkeit im Leben ihres Bruders, wie Luca keineswegs verwundert feststellte. Sie wollte gerade einen kleinen Scherz darüber machen, unterließ es aber beim Blick in Adams verbissene Miene. Es schien so, als lägen ein paar harte Stunden hinter ihm.

Nachdem sie von Felix zurückgekommen war, hatte sie Adam mit ihrem Bruder reden hören und war zunächst nochmal in ihr Zimmer gegangen, um ihnen genügend Zeit für ihr Gespräch zu geben.

»Willst du gar nicht wissen, wie und ob ich deinen Bruder beruhigen konnte, nachdem du ihn unnötigerweise so aufgeregt hast?« Er hackte mit einem Messer Zwiebeln auf einem Brettchen und rührte zwischendurch ein paar Nüsse in einer kleinen Pfanne um.

»Doch, klar. Konntest du?«, wollte sie hastig wissen und ärgerte sich sogleich über seinen vorwurfsvollen Ton. *Sie* konnte schließlich am wenigsten für dieses emotionale Chaos, was die Geheimniskrämerei in all den Jahren verursacht hatte.

»Ja. Wenn auch er mir nicht verraten hat, was genau ihn so aus der Fassung gebracht hat«, knurrte Adam und sah sie finster an. »Zwanzig Jahre habe ich es hinbekommen,

Daniel nicht mit der Brandnacht zu konfrontieren, und du schaffst es …«

»*Ich*? Sag mal, was stimmt bei dir nicht?« Luca fuhr augenblicklich hoch. »Du hast ja wohl davon gesprochen, dass du ein Mörder bist, was nicht für Daniels Ohren bestimmt war. Was für überhaupt niemandes Ohren hätte bestimmt sein sollen, wenn es eh nicht der Wahrheit entsprach.«

Noch während sie richtig in Fahrt geriet, verinnerlichte sie sich Adams Worte nochmals. Daniel hatte ihm also nicht verraten, dass Luca selbst ihn so aus der Fassung gebracht hatte, als sie ihn mit der Feststellung konfrontierte, dass er in der Nacht des Feuers offenbar alles beobachtet hatte. Das bedeutete, keiner außer ihr wusste, dass ihr Bruder sehr wahrscheinlich in der Brandnacht am Tatort gewesen war. Sie musste es also weiterhin niemandem auf die Nase binden, aber war das klug? Was, wenn Daniel damals … Luca wollte dem Gedanken nicht weiter nachgehen und entschied sich, Adam noch mehr seiner Fehler vorzuhalten, um von Daniel abzulenken.

»Nur wegen deiner Bitte, ich solle dir beim Nachforschen helfen, habe ich Daniel auf diese Nacht angesprochen. Was mich im Nachhinein wirklich ärgert, weil ich den Falschen gefragt habe. Du bist derjenige, der Licht ins Dunkle bringen sollte. Du bist der Einzige, der das wirklich kann! Hast du das Feuer gelegt? Wissentlich oder vielleicht auch nicht vorsätzlich, sondern im Suff? Was das alles nicht weniger schlimm machen würde, aber es wäre wenigstens kein Mord.« Luca beobachtete seine Mimik und jede seiner Bewegungen ganz genau, als er das Messer beiseitelegte, die kleine Pfanne von der heißen Platte schob und sie ausdrehte.

Adam hatte schweigend gelauscht, während sich seine Gesichtsfarbe von Hochrot in Leichenblass wandelte.

Obwohl sie erreichte, was sie wollte, nämlich Adam in die Enge zu treiben, um ihn von Daniel abzulenken, fühlte es sich falsch für Luca an. Das ist doch alles Irrsinn, dachte sie. Wie kann ich jemandem, mit dem ich vor wenigen Tagen grandiosen Sex hatte, eine Gewalttat zutrauen? Oder anders gesehen, wie kann jemand, dem ich eventuell eine Gewalttat zutraue, eine derart große Anziehung auf mich ausüben?

»Ich habe das Feuer nicht gelegt!« Adam sprach mit so viel Nachdruck, dass kein Zweifel mehr bestehen konnte, dass er die Wahrheit sagte.

Und Luca zweifelte auch nicht länger – augenblicklich wusste sie, dass Adam ein Opfer der Umstände gewesen war. Welche das waren, würde sie noch herausbekommen, aber das Wichtigste war für sie geklärt – sie war nicht dabei, irgendwelche noch undefinierbaren, aber auf jeden Fall vorhandenen Gefühle für einen Brandstifter oder gar Mörder zu vertiefen.

»Jetzt kommen wir zu dem Begriff Mord.« Er lehnte sich mit dem Rücken an die Küchenzeile und verschränkte die Arme. »Deine Definition gefällt mir nicht. Besser gesagt, die Definition mag richtig sein, aber du legst sie für dich aus, wie du sie brauchst.«

»Was meinst du jetzt damit?«

»Nicht vorsätzlich im Suff ist kein Mord?! Also ist dein Vater, den du seit Jahren als Mörder beschimpfst, womit du deinen Bruder und auch deine Großmutter über all die Zeit wissentlich verletzt hast, wohl doch nicht so schuldig, wie du es all die Jahre siehst?«

Luca explodierte innerhalb weniger Sekunden, sprang auf und schrie ihn an: »Hast du sie noch alle? Hier geht es nicht um mich oder meinen verdammten Vater, sondern um dich. Nur um dich!«

»Dass ich kein Mörder bin, haben wir schon geklärt. Dass du deinen Vater als Mörder bezeichnest, nicht«, erwiderte Adam ungerührt und kniff die Augen zusammen. »Warum kannst du ihm nicht verzeihen, Luisa?«

»Verzeihen? Was gibt es da zu verzeihen? Er hat gesoffen, ist Auto gefahren und hat einen Unfall gebaut, bei dem meine Mutter ums Leben kam. Das ist für mich vorsätzlicher Mord!« Luca zitterte nun am ganzen Leib und wäre Adam am liebsten an die Kehle gesprungen. Wie konnte er es wagen, sie dermaßen anzugehen?

»Ein einziger Fehler«, sagte Adam mit einem Mal resigniert und setzte sich schwer auf einen Küchenstuhl. »Wir machen nur einen einzigen Fehler und werden dafür ein Leben lang gestraft.«

»Man muss für seine Vergehen büßen!«, sagte sie hart und wischte dabei beiseite, dass ihr eigener Fehler, der nur wenige Wochen zurücklag, ohne Folgen für sie geblieben war.

»Ich büße schon lange genug. Es reicht.«

Aus Luca wich die Wut und auch sie nahm schwer auf ihrem Stuhl Platz – war es wirklich irgendwann so weit, dass man seine Strafe abgebüßt hatte? Selbst ihr Vater?

»Es tut mir leid, ich wollte dich eben nicht so hart angreifen.« Adam sah sie zerknirscht an, nahm wie selbstverständlich ihre Hand und streichelte zart darüber.

Und Luca ließ es wie selbstverständlich geschehen, als wären sie ein über Jahre verbundenes Paar, das sich nach einem Streit versöhnte. Weder stellte sich das ihr wohlbekannte Gefahrensignal noch das stets auftretende Herzrasen ein – lediglich ein warmes, angenehmes Gefühl breitete sich in ihrer Brust aus.

Adam schien in ihrer Mimik zu lesen, wie gut ihr diese kleine Geste tat, und rückte mit seinem Stuhl ein wenig an sie ran. Wortlos zog er sie in seine Arme.

Eng umschlossen und umhüllt von seiner Wärme entspannte sich Luca und genoss die schweigende Vertrautheit zwischen ihnen.

Minuten verstrichen, die ihnen einen kleinen kostbaren Moment schenkten, den beide offenbar so dringend nötig hatten – der dauerhafte Druck schwächte jeden auf seine Weise.

»Irmi muss bis heute büßen«, begann Adam unvermittelt, schob Luca ein wenig von sich und sie hatte zunächst Probleme, die Zusammenhänge zu verstehen. »Sie büßt dafür, dass ihre Mutter und mein Vater einen Fehler begangen haben. Und dabei ist Irmi vollkommen unschuldig. Mein Vater hat nie dafür gebüßt, weil Gerda ihn geschützt hat und somit auch meine Mutter, die nie erfahren hat, dass ihr über alles geliebter Ferdi kurz vor ihrer Hochzeit der Gerda ein Kind gemacht hat. Und wenn ich sage, kurz vor der Hochzeit, meine ich das so. Irmi ist einen Monat vor Maria geboren.« Seine Worte sprach er leise aus, so als ob sie ihn so weniger schmerzen könnten. »Schuld und Schutz hängen für mich ganz eng zusammen. Man schützt den einen und verletzt den anderen. Mein Vater ist gestorben, als ich erst zwei war, und trotzdem hat mich seine Schuld Jahre später heimgesucht. Ich habe als Kind zwar ab und an von dem dörflichen Tratsch gehört, dass er, der von Mutter immer als unfehlbar dargestellt wurde, ein Ehebrecher gewesen sein soll, dem aber keinen Glauben geschenkt. Auch als ich mit ungefähr vierzehn vom Klaas Angerer, der das wohl in der Kneipe aufgeschnappt hatte, erzählt bekam, dass mein Vater vermutlich Irmis Erzeuger sei, tat ich auch das zunächst als dummes Gerede ab. Allerdings hat es doch irgendwie glaubhaft für mich geklungen, sodass ich begann, Irmis Mutter, die ich gern mochte und der ich schon als kleiner Junge oft im Laden geholfen habe, mit anderen Augen zu sehen. Als ich dann meinen ganzen Mut zusammengenommen hatte, um Gerda damit zu konfrontieren, hat mir ihr Entsetzen und Schweigen als Antwort genügt.« Adam machte eine kurze Pause und holte tief Luft. »Irmi sieht aus wie ihre Mutter, hat aber Vaters, also meine Augen.«

»Weiß Irmi es?« Luca wusste nicht, wohin sie das Gespräch mit Adam führen würde, aber sie empfand es erstaunlicherweise als wohltuend, über Schuld, Schutz und vor allem auch Sühne zu reden. »Und die anderen Dorfbewohner?«, fügte sie hinzu und glaubte nicht daran, dass so etwas ein Geheimnis bleiben konnte.

»Es gab nur immer mal wieder Gerüchte. Allerdings nicht nur um meinen Vater, sondern auch um den verstorbenen Mann von Alma sowie Tillmann und sogar unseren Pastor. Dass wirklich mein Vater der Erzeuger war, wussten letztendlich nur Gerda und dann irgendwann ich.«

»Und Irmi?«, wiederholte Luca.

»Sie weiß es noch nicht. Ich wollte es ihr jetzt, da meine Mutter tot ist und sie somit nicht mehr mit dem Ehebruch ihres Mannes konfrontiert werden kann, sagen. Aber dann kam Irmi ins Krankenhaus. Bitte behalt das alles für dich«, bat er eindringlich.

Luca nickte. »Wie hast du mit der Lüge deines Vaters gelebt?«

»Schlecht. Ich hatte eine Phase, in der ich glaubte, ich kann tun und lassen, was ich will – es wird eh keine Folgen haben. Also behandelte ich Mädchen wie Objekte für mein jugendliches Verlangen, ohne große Wertschätzung ihrer Gefühle.«

»Bis Verena kam?«

Abwägend neigte er den Kopf und sagte dann: »Jein. Als wir das erste Mal zusammenkamen, wollte ich sie einfach nur ins Bett bekommen, weil sie so heiß war. Als ich das geschafft hatte, was nicht allzu schwer gewesen war, verlor ich recht schnell das Interesse an ihr so wie sie auch an mir. Die Schnelligkeit ihrer Bereitschaft und der recht ausgefallene Sex hätten mich eigentlich schon damals darauf kommen lassen müssen, dass sie sexuell recht schräg drauf und vor allem unersättlich war«, fügte er nachdenklich hinzu.

»Wie meinst du das mit der schnellen Bereitschaft? Das klingt sehr machohaft, als ob Frauen auch im einundzwanzigsten Jahrhundert noch nicht Sex haben könnten, wann und mit wem, wo und wie sie wollen«, begehrte Luca auf und spürte zu ihrem Entsetzen, wie Blut in ihre Wangen schoss.

Entschuldigend hob Adam die Hände und stellte seine Worte klar: »Es geht hier nur um Verenas Art und um mich, wie ich damit umgegangen bin.« Für wenige Sekunden huschte ein Lächeln über sein Gesicht. »Dass mit uns im Zug war und bleibt einzigartig.«

Erleichtert nickte Luca. »Okay.«

Adams Lächeln wich und er strich sich nachdenklich über den Bart. »Angie war für mich eigentlich die erste Frau, die ich wirklich respektiert habe. Sie war nämlich nicht nur hübsch, sondern noch intelligent und liebevoll. Durch sie habe ich mich verändert, wurde zu einem besseren Mann. Was der armen Angie letztlich leider nur Schmerz gebracht hat, war für mich und meine Entwicklung superwichtig gewesen.«

»Wann wart ihr zusammen?«, wollte Luca wissen und stellte sich die große, dunkelhaarige Apothekenangestellte Agnes, die Adam so gefühlvoll Angie nannte, mit ihm vor. Irgendwie passte das Bild für sie nicht, obwohl sie rein äußerlich harmonieren würden.

»Ich war noch keine zwanzig und habe wirklich gedacht, ich liebe sie. Aber als Verena von ihrer Lehrzeit aus Bremen zurückkam, wurde mir ganz schnell klar, dass Verena die Einzige ist, die ich will. Leider.«

»Kein Wunder, dass Agnes deine Frau gehasst hat.«

»Wie kommst du darauf?«, fragte er verwundert.

Luca verschwieg auch weiterhin die Notizen, die sie bei seiner Mutter gefunden hatte. »Livke.«

»Ah.« Adam gab sich mit der Antwort zufrieden.

Kurz berührte sie sanft seine Hand auf dem Küchentisch und bat: »Erzähl weiter.«

»Also erst nachdem ich mit Angie zusammen war, konnte ich mich von der unsteten und meiner Meinung nach auch frauenverachtenden Art befreien und habe Verena wirklich von ganzem Herzen geliebt.« Er lehnte sich zurück und schloss die Augen. »Leider war Verena recht selbstzerstörerisch unterwegs und hat so auch mir immer wieder wehgetan. Ich war vor Liebe blind für ihre Fehler, obwohl ich wusste, dass sie mir nicht treu war und sowohl mit Gernot als auch mit Tobias oder auch Sven was am Laufen hatte.« Adam stockte für einen Moment, öffnete die Augen und sagte leise: »Sie wollte viel Sex, sehr viel. Und dabei wollte sie immer hart rangenommen und wenn möglich sogar geschlagen werden. Einen Wunsch, den ich ihr nicht erfüllen konnte. Ich hatte nichts gegen heftigen Sex, der nicht immer nur zärtlich sein musste, aber sie zu erniedrigen und zu schlagen, kam für mich nicht infrage.«

Während Luca sein längeres Schweigen abwartete, fragte sie sich, ob die anderen Männer Verena das gegeben hatten, was sie offenbar gewollt hatte.

»Für die anderen Kerle war das ganz offensichtlich kein Problem gewesen. Verena hatte öfters blaue Flecken und tiefrote Striemen.«

»Warum hast du sie nicht verlassen, oder sie dich, wenn sie doch bei anderen gefunden hat, was du ihr nicht geben wolltest?«

»Ihre Abhängigkeit? Mein Masochismus? Oder auch die Überzeugung, dass ich sie, oder sie mich, ändern könnte? Ich weiß es nicht genau.« Hilflos zuckte Adam mit den Schultern.

»Warum hast du sie geheiratet?«

»Liebe«, kam es wie aus der Pistole geschossen. »Und Joel war unterwegs.«

Alles, was Adam ihr bisher erzählt hatte, erklärte für sie immer noch nicht, warum er sich selbst als Mörder bezeichnet hatte. »Bitte lass uns zu dem Feuer zurückgehen. Warum in Gottes Namen hast du dich dafür verantwortlich gefühlt?«

»Es gab so viele Anzeichen, dass irgendwann etwas Schreckliches passieren würde. Aber ich habe sie alle ignoriert, weil ich so von mir selbst eingenommen war. Ich dachte, ich bekomme das alles allein hin – Verenas

Depression, ihren Alkoholmissbrauch, ihr ständiges Fremdgehen, ihren Hass auf mich und vor allem auf unser Kind.« Adam schüttelte verzweifelt den Kopf und fuhr sich mehrmals über den Bart, bevor er weitersprach: »Mutter wollte helfen, genau wie Verenas Eltern oder der Pastor. Auch Irmi riet mir, Hilfe zu suchen, aber ich habe allen gesagt, dass es keine größeren Probleme gäbe und wir uns nur zusammenraufen müssten. Ich wollte Verena vor allen anderen, aber vor allem vor sich selbst schützen. Allerdings habe ich damit nur bewirkt, dass sie keine Hilfe von außen, von erfahrenen Therapeuten, bekommen konnte, die sie doch so dringend nötig gehabt hätte.«

»Meinst du«, fing Luca vorsichtig an, als Adam für längere Zeit verstummt war und nur vor sich hinstarrte. »Meinst du, Verena könnte das Feuer selbst gelegt haben?«

Tränen traten in seine Augen, als er kaum merklich nickte. »Ich war schuld, dass sie keine Hilfe bekam. Ich habe sie nach einem weiteren Streit betrunken allein gelassen, obwohl ich wusste, wie schlecht sich der Alkohol mit den Antidepressiva vertragen hat. Ich habe Joel nicht bei meiner Mutter schlafen lassen, weil …« Er winkte ab und rieb sich mit der Hand die Augen. »Ich selbst war angetrunken in dieser Nacht und bin trotzdem zum Joggen. Wie egoistisch von mir. Wie dumm. Zwar hatte ich das Babyfon dabei, aber … aber wie wir heute wissen, hat es mir nichts genützt.«

Luca lauschte aufmerksam seinen Worten und verstand endlich seinen kurz nach dem Feuer ausgestoßenen Satz, er wäre ein Mörder. Doch alles andere konnte sie nicht so stehenlassen. »Ich verstehe deine Schuldgefühle, die sich über die Jahre bei dir angehäuft haben. Und ich kann noch nicht mal sagen, dass diese grundlos waren, aber dennoch trägst du nicht die Schuld an dem Feuer. Wie so oft hat es anscheinend viele kleine unglückliche Umstände gegeben, die letztendlich zu dieser großen Tragödie geführt haben. Du hast es doch auch geschafft, Verena damals so viele, für mich ehrlich gesagt unentschuldbare Dinge nachzusehen. Warum schaffst du es nicht, dir selbst zu verzeihen?«

Ein wenig bitter lachte Adam auf. »Du stellst die falsche Frage, es geht zuerst nicht darum, ob ich mir verzeihen kann, sondern, ob ich Verena überhaupt je verziehen habe.«

Mit seinem Kopfschütteln beantwortete er diese Frage bereits für sich selbst. »Habe ich ihr wirklich verziehen, dass sie mich zum Narren gehalten und unser Kind nicht geliebt hat? Oder habe ich einfach nur in meiner Selbstherrlichkeit gedacht, das kann alles nicht sein und es mir zur Aufgabe gemacht, sie ändern zu wollen? Sie davon überzeugen zu können, dass sie mich und Joel einfach lieben muss?« Adam schüttelte noch heftiger den Kopf. »Nein, ich habe ihr nicht verziehen. Nie! Ich hatte einen Plan, schon seit Wochen. Ich hatte mir von mir wohlgesonnenen Butwanjendorfern Geld für einen Neustart geliehen. Ich wollte sie mit Joel am Tag nach Mutters Geburtstagsfeier verlassen.« Adam sah auf und blickte Luca mit wässrigen Augen an. »Keiner wusste davon, selbst Mutter nicht. Ich wäre mit Joel verschwunden, für immer – und er wäre noch am Leben.«

Kapitel 27

Adam hatte Verena also nie verziehen!

Darauf wusste Luca nichts zu erwidern. Was sollte sie auch sagen? War sie nicht selbst jemand, der nur sehr schwer verzeihen und eine von ihr einmal getroffene Verurteilung zurücknehmen konnte?

Mit gesenktem Blick fing sie an, von dem Unfall mit ihren Eltern zu erzählen: »Wir waren bei unserer Oma gewesen. Vater hatte, wie so oft, etwas getrunken, ließ sich aber nicht davon abhalten, selbst zu fahren. Er hat die Kontrolle verloren und wir sind gegen einen Baum geprallt.«

Sie hob die Lider, sah zu Adam und erkannte, dass er sich keineswegs über ihren plötzlichen Mitteilungsdrang wunderte – in seinem Blick Mitgefühl.

»Mutter war sofort tot. Daniel hatte schwerste Kopfverletzungen. Vater ist seitdem ab dem Rücken abwärts gelähmt. Ich hatte lediglich ein paar blaue Flecken. Er hat getrunken, ist gefahren und hat billigend in Kauf genommen, Menschenleben zu gefährden. Wie kann ich ihm das verzeihen?«

Hastig wischte Luca sich eine Träne aus dem Augenwinkel, als sie Adams Hand leicht auf ihrer spürte.

»Das muss schrecklich für dich gewesen sein. Du warst erst zwölf, oder?«

»Ja, und Daniel zehn. Er hat unsere, und vor allem Daniels Leben zerstört«, brachte Luca leise hervor.

»Du klingst nicht wirklich wütend, auch nicht resigniert, eher als ob du zweifeln würdest«, stellte Adam fest und traf zu Lucas Verwunderung damit genau den wunden Punkt – sie zweifelte an allem, aber vorrangig an sich selbst.

»Vor ein paar Wochen habe ich mich nach der Arbeit in eine Kneipe gesetzt und sinnlos betrunken. Es war ein harter Tag gewesen, wirklich hart. Wir hatten einen Familienmord. Eine Mutter hat ihren Mann und die drei Kinder erschossen und … Ach … « Luca winkte ab, augenblicklich bedrückt beim Gedanken an das Drama. Ein wenig verloren hob sie die Schultern, fuhr jedoch mit fester Stimme fort: »Das ist und soll aber auf keinen Fall eine Entschuldigung für mein Verfehlen sein. Ich habe zu viel getrunken, bin dann trotzdem in meinen Wagen gestiegen und losgefahren. Zum Glück kam ich nicht weit. In der ersten Kurve habe ich die Kontrolle verloren und bin gegen ein parkendes Auto geprallt. Gott sei Dank wurde niemand verletzt.« Langsam hob sie den Kopf, wischte sich über ihre feuchten Wangen und suchte Adams Blick. »Wie kann ich nur meinen Vater verurteilen und bin doch keinen Deut besser als er?«

Adam und Luca schauten sich an, während ihre Hände auf dem Küchentisch miteinander verbunden waren.

Für einen Moment schwiegen sie und hingen ihren eigenen Gedanken nach, bevor Adam irgendwann die Stille unterbrach: »Ich war in Therapie, weil ich meinen Beruf als Feuerwehrmann nicht mehr ausüben konnte.«

»Hat sie dir geholfen?«

»Nur teils. Aber als Feuerwehrmann habe ich nie wieder gearbeitet. Da ich schon früher ehrenamtlich in einem Behindertenheim geholfen hatte, habe ich mir irgendwann eine Stelle als Betreuer in einer Behindertenwerkstatt gesucht und bin dort seit Jahren beschäftigt.«

»Deswegen dein toller Umgang mit Daniel.«

»Ich kann mich gut auf Menschen mit geistiger Beeinträchtigung einlassen. Sie sind meist sehr feinfühlig und liebenswert.«

»Das finde ich beeindruckend. Ich selbst bin da eher voreingenommen, auch wenn ich das nicht sein sollte.«

»Je öfter man mit ihnen zu tun hat, desto leichter fällt einem der Umgang mit ihnen. Versuch es bei deinem Bruder, du wirst sehen, bei ihm hast du leichtes Spiel, er vergöttert dich.«

»Na, wohl eher dich.« Sie schenkte ihm ein dankbares Lächeln. »Ich bin dir, deiner Mutter und auch Alma, eigentlich diesem ganzen seltsamen Dorf dankbar, dass ihr ihn damals aufgenommen und euch all die Jahre um ihn gekümmert habt. Er ist sehr glücklich hier.«

Und das soll er auch bleiben, schob Luca in Gedanken hinterher – doch dafür müsste sie aufhören, in der Vergangenheit zu kramen. Allerdings war das leichter gesagt als getan.

*

»Guten Morgen, Siggi«, begrüßte Luca ihren Chef am Telefon und setzte sich auf die Couch in der Wohnung ihres Bruders.

»Auch dir einen schönen Sonntagmorgen. Bist du nicht, wie es sich in einem Dorf gehört, in der Kirche?«

»Ich habe mich gedrückt«, erwiderte Luca auf seine frotzelnde Bemerkung.

Und das entsprach der Wahrheit. Daniel war vor kurzem von Lina nach Hause gekommen, um seinen besten Sonntagsanzug, wie er Luca gegenüber betonte, anzuziehen, und hatte ihr auffordernd mitgeteilt, dass der heutige Gottesdienst am Friedhof im Freien stattfinden würde. Luca hatte Kopfschmerzen vorgetäuscht, sich für später mit ihm an der Fabrik für einen Rundgang verabredet und war, nachdem sie gehört hatte, wie er das Haus verließ, in seine Wohnung gegangen, um endlich den Anruf bei ihrem Chef in Mainz zu erledigen.

Trotz ihres Vorhabens, alles auf sich beruhen zu lassen und nicht weiter in der Vergangenheit zu kramen, waren ihr in der Nacht einige Dinge eingefallen, die er für sie überprüfen sollte, und die legte sie ihm nun ausführlich dar. Anhand seines interessierten Nachhakens merkte sie, dass er sich alles genauestens notierte, um schnellstens herauszufinden, was sie wissen wollte.

»Okay, alles verstanden. Gib mir eine Stunde und melde dich dann wieder.«

Eine Stunde, die Luca nutzte, um sich fertigzumachen und dabei über den gestrigen Abend mit Adam und ihre Gefühle für ihn nachzudenken.

Sie legte die Finger auf ihre Lippen und meinte, den zarten Kuss zum Abschied noch zu spüren, genau wie das Kitzeln seines Bartes auf ihrer Wange. In nicht einmal sechs Tagen entwickelte sie Gefühle für einen Mann, die sie so vorher noch nie erlebt hatte. Innig hoffte sie auf einen einigermaßen guten Ausgang der ganzen Geschichte hier in Butwanjendorf. Nur dann, glaubte sie, hätten Adam und sie vielleicht auf neutralem Boden eine Chance auf einen etwas unproblematischeren Neubeginn.

Nachdem Luca die Wartezeit mit Grübeln über ihre Beziehung zu Adam und mit nochmaligem Durchgehen der Notizen Annemies überbrückt hatte, lauschte sie nunmehr den Ausführungen ihres Chefs.

Eine immer größere Unruhe erfasste sie und sie drückte den Hörer fest ans Ohr, während sie fragte: »Und im Polizeibericht stand wirklich nirgends etwas davon, dass jemand sich als Mörder bezeichnet hatte?«

»Nein, nirgends, da wäre doch sonst weiter nachgeforscht worden«, entgegnete Siggi verwundert.

»Stimmt.«

»Das war jetzt alles, was ich aus dem Polizei- sowie dem Krankenhausbericht von 2000 über diesen Adam Goldbach und aus dem Bericht des Notarztes über Verena Goldbach-Fink erfahren habe.«

Mit diesen weiteren Details müsste Luca nun eigentlich wieder Adam konfrontieren, da sie einige neue Fragen aufwarfen.

Eigentlich?! Luca war sich nämlich absolut unsicher, ob sie das wirklich wollte. Es waren ganz offensichtlich Medikamente oder gar Drogen im Spiel – bei Adam und auch seiner Frau.

»Und jetzt habe ich noch den von dir gewünschten Unfallbericht von '95.«

»Ja. Okay.« Luca fröstelte. Noch nie hatte sie sich für die offizielle Version interessiert. Wenn ihre Großmutter etwas zu dem Unfallhergang sagen wollte, hatte Luca auf stur geschaltet und gar nicht erst zugehört. In ihren Augen wollte ihre Oma immer nur ihren Sohn – Lucas bisher so verhassten Vater – schützen.

Die zunächst unwichtigen Fakten wie Personenzahl, Automarke, Unfallort und Uhrzeit überhörte Luca beinahe, so sehr konzentrierte sie sich auf eine ruhige Atmung, um sich für das zu wappnen, was sie gleich kommen würde.

»Unfallursache war eine von einem LKW gefallene, leere Palette, der dein Vater ausweichen wollte, dabei die Kontrolle über den Wagen verlor und gegen einen Baum geschleudert ist. Die rechte vordere Seite des Autos wurde nahezu vollkommen zerstört und ...«

»Jaja, weiter.« Luca sah noch heute das Bild von ihrer Mutter vor sich, die eingeklemmt von Blech schräg vor ihr gekauert hatte – sie brauchte dazu keine formelle Beschreibung. »Bitte überspring, wie wer durch den Zusammenprall verletzt wurde.« Sie holte noch einmal tief Luft und wollte nach dem Alkoholpegel ihres Vaters fragen, als sie schlagartig realisierte, was Siggi ihr als Erstes vorgelesen hatte. »Die Unfallursache soll wirklich eine heruntergefallene Palette gewesen sein?«, brachte sie mühsam hervor.

»Ja. So steht es hier. Und hier noch schnell die restlichen Fakten, ich habe einen Anruf auf der anderen Leitung. Die Blutprobe deines Vaters hat 0,7 Promille ergeben und er bekam Teilschuld. Luca, wir hören uns. Bleib gesund.«

Er legte auf und Luca starrte fassungslos auf den Hörer.

Teilschuld. Nur 0,7 Promille. Palette.

All diese Worte schossen ihr unaufhörlich durch den Kopf und sie konnte, nein, sie wollte sie nicht begreifen. Für sie hatte festgestanden, dass ihr Vater stockbetrunken die Kontrolle über das Auto verloren und ihre Mutter dadurch getötet hatte – so und nicht anders waren ihre jahrelangen verbitterten Erinnerungen gewesen.

Während sie schwerfällig von der Couch aufstand und einen Blick auf die Uhr warf, drängte sich ein Schluchzen in ihrer Kehle hoch. War es wirklich wahr, dass sie fünfundzwanzig Jahre ihres Lebens ihren Vater für etwas bestraft hatte, was objektiv gesehen eine Verkettung verhängnisvoller Umstände gewesen war?

Hartnäckig drückte sie die Tränen zurück, eilte die Treppe hoch und schlüpfte rasch in ihre Joggingkleidung. Ein ausgiebiger Lauf an der frischen Luft würde ihr Hirn von den kreisenden Gedanken freipusten.

Vor dem Haus schaute sie nach links, von wo kirchlicher Gesang an ihr Ohr drang. Der Gottesdienst am Friedhof war in vollem Gang, da würde sie bei ihrer Runde durchs Dorf – eine andere Möglichkeit hatte sie dank der Absperrungen schließlich nicht – bestimmt keiner Menschenseele begegnen. Sie lief bis zur Hauptstraße, bog nach links ab an Adams und dem Haus seiner Mutter vorbei bis zur Dorfstraße und bog auch dort wieder links ab. Vorbei an der Apotheke, der Metzgerei, der Bäckerei und dem Marktplatz, und stoppte dann verwundert vor Irmi Brahms Laden.

Licht war an und als sie einen genauen Blick zwischen dem vielen Krimskrams im Schaufenster in das Geschäft warf, sah sie Sven und Ida Leber hinter dem Tresen stehen. Warum waren die zwei nicht beim Gottesdienst? Und was machten sie in Irmis Laden?

Neugierig öffnete sie die Ladentür. »Guten Morgen.«

Vom Läuten der Türklingel und Lucas Erscheinen erschrocken, fuhren die Köpfe der Lebers herum und sie starrten sie verwirrt an.

»Moin«, brachte Sven als Erster hervor. »Was tun Sie denn hier?« Kein »Schön, Sie zu sehen« oder »Was verschafft mir die Ehre«, wie bei den anderen Malen kam über seine Lippen – der Apotheker wirkte eher ertappt und ein wenig ungehalten.

»Ich habe Licht gesehen und frage mich das Gleiche. Was machen Sie hier?«

Nicht ganz so brüsk wie ihr Mann, aber auch nicht gerade freundlich, ergriff Ida das Wort: »Irmi bestellt sonntags immer die frischen Biowaren für montags und wir schauen die alten Bestellungen durch, um das für sie zu erledigen.«

»Wie nett von Ihnen«, sagte Luca lächelnd und warf einen Blick auf einen großen Kasten, in dem zahlreiche Schlüssel hingen. »Ist das der berühmte Budwanjendorfer-Ersatzschlüssel-Kasten? Sehr interessant. Ich gehe davon aus, dass Sie den Zweitschlüssel von Irmi haben.«

»Ja, den haben wir in der Apotheke hängen. Bereits mein Großvater hatte ihn dort von Irmis Großeltern.« Sichtlich genervt von Lucas Auftauchen, wandte sie sich an ihren Mann. »Wir sind ja fertig, Schatz, lass uns gehen.«

Als Sven ihr weder antwortete noch Anstalten machte, sich von der Stelle zu bewegen, sondern Luca nur durchdringend ansah, drehte sie sich auf dem Absatz um und rauschte mit erhobenem Kopf und verbissener Miene an Luca vorbei aus dem Geschäft.

»Sie schnüffeln sehr viel in unserem Örtchen herum, *Frau Frey*«, stellte er fest, als sich die Tür hinter seiner Frau schloss.

Weder sein betontes *Frau Frey* noch die Miene des Apothekers waren so freundlich wie die Tage zuvor und Luca erinnerte sich an seine Worte auf der Trauerfeier: *Wir wollen doch nicht, dass Sie sich bei einem weiteren Alleingang durch den Ort Ihre hübschen Finger verbrennen.* Sie hatte in diesem Moment nicht gewusst, ob es eine Drohung oder eine Warnung gewesen war. Jetzt konnte Luca seine Worte jedoch sehr genau einordnen.

»Schreiben Sie eigentlich gern Briefchen, Herr Leber?«, fragte sie provozierend und wartete gespannt auf seine Reaktion. Wer konnte besser an den Haustürschlüssel ihres Bruders kommen als eine Person, die außer der im Krankenhaus liegenden Irmi noch Zugang zu allen Schlüsseln im Ort hatte?

Kaum merklich zuckte er zusammen und noch bevor er zu einer Antwort ansetzen konnte, hakte sie nach: »Und wie sieht es eigentlich mit rezeptpflichtigen Medikamenten aus? Kann man die, oder besser gesagt, konnte die der ein oder andere Mitbürger vielleicht bei Ihnen auch so unter der Hand bekommen?«

Der Apotheker wurde leichenblass und ein verkniffener Zug bildete sich um seinen Mund, was Luca in diesem Moment Antwort genug war.

»In Adams Blut wurden damals Betäubungsmittel festgestellt. Seltsamerweise steht in dem Arztbericht von Verena wiederum nichts von Medikamenten. Meines Wissens hat sie doch Antidepressiva genommen, oder? Aber die führen doch nicht dazu, so ein manisches Verhalten, wie es mir geschildert wurde, an den Tag zu legen. Hat sie vielleicht noch andere Mittelchen genommen, die Sie ihr illegal besorgt haben?«

Erneut brauchte sie keine Antwort, die Mimik des Apothekers sprach Bände – seine Augen weiteten sich und Angst spiegelte sich in seinen Zügen wieder.

Ohne abzuwarten, ob er noch etwas sagen würde, drehte sie sich um und schritt langsam aus dem Laden. »Nichts für ungut. Sie müssen jetzt nicht darüber nachgrübeln. Morgen ist ja auch noch ein Tag und dann werde ich mich bestimmt mit einigen weiteren Bewohnern im Dorf unterhalten. Dem Pastor oder der Agnes, vielleicht auch mit dem alten Doktor? Möglicherweise wissen die Näheres? Einen schönen Tag noch.«

Als Luca auf den Gehweg trat atmete sie zunächst einmal kräftig durch und lief dann, gedanklich immer mehr der Zusammenhänge kombinierend, den Wiesenpfad in Richtung des schmalen Durchgangs zum Deichpfad entlang. Hatte der feine Apotheker Adams Frau tatsächlich zusätzliche Mittelchen besorgt, die sie in eine Abhängigkeit geführt hatten? Wundern würde es sie nicht.

Abrupt blieb sie für einen Moment stehen. Aber was war mit Adam gewesen? Hatte auch er irgendwelche Substanzen wissentlich zu sich genommen? Oder waren sie ihm heimlich verabreicht worden? Aber warum? Und wie? Und vor allem, von wem?

Kapitel 28

Als Luca aus dem schmalen Durchgang um die Ecke auf den Deichpfad bog und den alten Doktor erblickte, der gerade sein Hoftor aufschloss, konnte sie ihr Glück kaum fassen – zu ihm wollte sie als nächstes.

»Moin, Doktor Siefer, hätten Sie ein paar Minuten für mich?«, begrüßte sie ihn.

»Moin. Warum?«, entgegnete er nicht gerade begeistert und öffnete das Tor.

Luca blickte zu den anderen Häusern in der Straße, vor denen sich einige Bewohner entweder noch unterhielten, wie vor seinem Anwesen der Malermeister Westermann samt Frau Rosi sowie dem alten Brecht, oder auf ihrem Grundstück verschwanden, wie schräg gegenüber Agnes Klarmann, die gerade ihr Hoftor quietschend hinter sich zuzog.

Die Kirche war also aus und Luca mahnte sich, nicht zu vergessen, dass sie sich bald mit Daniel an der Fabrik treffen wollte.

»Es dauert auch nicht lang«, sagte Luca, überging einfach seine Frage nach dem Warum und stellte unauffällig einen Fuß in die Einfahrt, damit er das Tor nicht schließen konnte.

Tillmann Siefer seufzte und trat schwerfällig ein wenig zur Seite, sodass Luca in den Hof eintreten konnte.

»Was wollen Sie? Wenn es um Ihre Wunden geht, klopfen Sie drüben bei meinem Enkel. Der war nicht beim Gottesdienst.« Er drehte sich um und murmelte leise vor sich hin: »Genau wie sein gottloser Freund, diese Tunte.«

Bei dem alten Mann ist das Einundzwanzigste Jahrhundert ganz offensichtlich noch nicht angekommen, dachte

Luca entsetzt und hatte Mitleid mit Felix. Kein Wunder, dass er und Manuel sich nicht offiziell zu ihrer Homosexualität bekennen wollten, wenn selbst sein Großvater, der, wie es für sie aussah, von der Beziehung wusste, sich dermaßen abfällig äußerte.

»Sie haben doch damals den Tod von Verena und deren Sohn festgestellt. Sind Sie sich eigentlich hundertprozentig sicher gewesen, dass Adams Frau an einer Rauchgasvergiftung gestorben ist, wie Sie es im Totenschein notiert haben? Könnte nicht auch eine Überdosis Medikamente ihren Tod verursacht haben?«

»Klar, und der Kleine hat sich auch ein paar Tabletten zu viel gegönnt oder wie«, entgegnete der alte Arzt abfällig und schnaubte auf. »Was soll das? Es war eine Rauchgasvergiftung, fertig!«

Wie so oft auch in ihren Verhören waren Luca die unausgesprochenen Worte, die Mimik und der Tonfall ihres Gegenübers mehr Antwort als das, was sie zu hören bekam.

»Und warum haben Sie nichts in Ihrem Bericht davon geschrieben, dass Adam Hämatome hatte, die offenbar von einer Schlägerei rührten, so wie es dann im Krankenhausbericht stand.«

»Wie verdammt nochmal sind Sie an diesen Bericht gekommen? Es gibt schließlich so etwas wie ärztliche Schweigepflicht.«

Abermals wich er ihrer Frage aus und stimmte Luca damit noch misstrauischer. »War Verena eigentlich bei Ihnen in Behandlung?«

»Arztgeheimnis«, spuckte Tillmann Siefer nun sichtlich angesäuert aus.

Prüfend sah Luca ihn an, achtete auf jede Regung und spürte ganz deutlich, dass der Mann etwas verbarg. »Danke für das überaus aufschlussreiche Gespräch. Ihnen noch einen schönen Sonntag.« Sie wartete seinen Gruß, der, und da war sie sich ziemlich sicher, nicht kommen würde, gar nicht ab und trat auf die Straße. Bevor sie das Tor jedoch schloss, fragte sie: »Ach, was mich noch interessieren würde, kennen Sie in Ihrem Alter eigentlich den rechtsmedizinischen Begriff Hutkrempenregel?«

»Natürlich kenne ich den und weiß, was das ist. Auch unsere Generation hat Ahnung vom Fach.« Grußlos drückte er das Tor zu und ließ Luca auf dem Gehweg stehen.

Auch mit einer gezielten Provokation konnte man erfahren, was man wissen will. In der Ehre angegriffen hatte der liebe Doktor Luca verraten, dass er sehr wohl in Erwägung hätte ziehen können, dass man sie niedergeschlagen hatte. Warum hatte er es also nicht getan?

Ein Blick auf die Armbanduhr verriet ihr, dass ihr vor dem Treffen mit Daniel an der Fabrik keine Zeit mehr zum Umziehen oder gar für eine Dusche blieb.

»Was machst du denn hier?«

Erschrocken fuhr sie zusammen, als Adam plötzlich in Laufklamotten aus dem Durchgang kommend vor ihr stand.

»Ich war ebenfalls joggen«, antwortete sie schnell. »Und treffe mich gleich mit Daniel, er will mir die Fabrik zeigen.«

»Du siehst blass aus, geht es dir gut?« Ganz selbstverständlich strich er ihr eine Haarsträhne aus dem Gesicht und schaute sie besorgt an.

Ein lautes Husten veranlasste Adam, die Straße entlang zuschauen, auf der nach und nach immer mehr Gottesdienstbesucher ihren Heimweg antraten. Kurz entschlossen zog er Luca am Ärmel mit sich um die Ecke in den schmalen Durchgang. »Geht es dir gut?«, wiederholte er seine Frage und umschloss dabei ihre Hände.

»Ja … ja, alles gut«, brachte sie ein wenig verwirrt durch seine vertrauliche Geste hervor und versank in seinen dunklen Augen.

»Ich bereue es, gestern Abend nicht bei dir geblieben zu sein.«

Luca verharrte stumm, als er sich vorbeugte und sie wie aus dem Nichts zärtlich küsste.

Ihr Herzschlag raste davon – hier passierte etwas, was sie kaum kontrollieren konnte. Und das machte ihr Angst.

Sie entzog ihm ihre Hände, legte sie auf seine Brust und drückte ihn halbherzig von sich. »Wir … wir sollten …«

»… uns ein Zimmer suchen?!«, beendete er hoffnungsvoll ihren Satz, erkannte aber sogleich in ihrem Blick, dass sie das nicht vorhatte.

»Nein.« Luca schüttelte den Kopf und trat einen Schritt zurück. »Sag mal, hast du früher irgendwelche Tabletten eingeworfen? Barbiturate oder Benzodiazepine vielleicht?«

»Was?« Adam war absolut erstaunt und hob ratlos die Hände. »Was ist das für eine seltsame Frage?«

»Sind nicht alle Fragen und Antworten hier im Dorf seltsam?«, erwiderte sie und blickte ihn mit einem unguten Gefühl an – warum antwortete er nicht auf diese einfache Frage? »Und hast du dich vielleicht kurz vor dem Feuer mit jemandem geprügelt?«

In seiner sich verdüsternden Miene konnte sie ganz deutlich ein »Ja« lesen. Ein »Ja«, das Luca augenblicklich alarmierte – was war kurz vor dem Feuer noch alles passiert?

»Luisa!«

Bevor Adam ihre Fragen nach den Medikamenten oder einer Prügelei beantworten konnte, wobei sich Luca nicht wirklich sicher war, ob er das überhaupt vorhatte, kam Daniel aus dem schräg gegenüberliegenden Kirchweg und rief nach ihr.

»Ich muss los«, sagte Luca zu Adam, warf ihm noch einen intensiven Blick zu, den er wortlos erwiderte, und lief dann über die Straße zu ihrem Bruder.

»Hallo, Luisa.«

»Hey. Es tut mir leid, aber ich bin noch kurz aufgehalten worden und konnte mich deswegen nicht mehr umziehen.« Sie zeigte an sich herunter und kam sich ein wenig schäbig neben Daniel im Sonntagsoutfit vor.

»Okay.« Ihr Bruder nickte, schaute dann von ihr zu Adam, der sich noch nicht vom Fleck bewegt hatte, und rief ihm zu: »Hallo, Adam. Du kommst doch später, oder?«

»Ja, ich bin Punkt sechs zum Abendessen da.« Adam hob kurz die Hand und setzte seine Joggingtour zurück durch den schmalen Durchgang fort.

Sichtlich erfreut murmelte Daniel ein »Gut« vor sich hin, drehte sich dann mit einem knappen »Komm!« zu Luca und steuerte die Straße entlang auf das Fabrikgebäude zu.

Als sie auf dem Gelände ankamen, trat gerade Gernot Fuhrmann mit einer großen Schaufel in der Hand aus dem Garten eines der drei Wohnhäuser, die sich ebenfalls auf dem Firmengelände befanden, und kam mit einem aufgesetzten Lächeln auf sie zu. »Luisa, schön, Sie zu sehen. Wir haben Sie beim Gottesdienst vermisst. Geht es Ihnen wieder besser?«

Er wischte sich seine wurstigen Finger an der Arbeitshose ab, ergriff ihre Hand und drückte sie, was Luca augenblicklich anekelte. Zudem fiel ihr ein, dass er wohl wirklich einer der Liebhaber von Adams Frau gewesen war, was sie sogleich noch mehr anwiderte. Hastig entzog sie ihm ihre Hand und sagte: »Luca.«

»Natürlich. Luca. Kommen Sie gut zurecht mit Ihrem Quarantäneaufenthalt?«

»Ja, danke.«

»Entschuldigen Sie mein Aussehen, ich wollte gerade im Garten ein paar größere Sträucher einsetzen.«

»Luisa und ich wollen ...« Ihr Bruder verstummte abrupt, als der Fabrikbesitzer mit einem mahnenden Blick zu ihm die Schaufel ein wenig anhob.

Luca empfand die Geste als nahezu beängstigend, und Daniels Reaktion fiel dementsprechend aus. Sein Mienenspiel wechselte innerhalb von Sekunden von erschrocken in nahezu panisch, was Luca angesichts einer solchen Drohgebärde keineswegs verwunderte. Erstaunt registrierte sie, wie sich die Augen ihres Bruders fast im selben Moment verengten und ein verbissener Zug um seinen Mund den ängstlichen Ausdruck ablöste. Bei den letzten Aufeinandertreffen der zwei Männer hatte Luca keinerlei Spannung zwischen ihnen wahrgenommen, sie hatte eher darauf getippt, dass Daniel in Gernot Fuhrmann so etwas wie eine wohlwollende Vaterfigur sah. Doch davon war in diesem Augenblick nichts mehr zu spüren. Es kam ihr so vor, als hätte sich in Daniels Kopf ein Schalter umgelegt und er sah den Ortsbürgermeister nicht mehr als Freund, sondern eher als Feind an. Aber warum?

»Wissen Sie was, liebe Luca? Für Sie schmeiße ich mich schnell in frische Kleidung und mache mit Ihnen den versprochenen Rundgang durch mein Allerheiligstes.« Mit stolzgeschwellter Brust zeigte Gernot Fuhrmann auf die Fabrik und sagte abschätzig und mit noch immer in Daniels Richtung erhobener Schaufel: »Ich selbst kann Ihnen sowieso alles viel besser zeigen und erklären als er hier.«

Von der überheblichen Art des Ortsvorstehers abgestoßen, schüttelte Luca den Kopf. »Danke, nein, mein Bruder ...«

»Er hat Adam niedergeschlagen«, stieß Daniel unvermittelt hervor und sein Blick drückte nunmehr so viel Wut aus, dass es Luca eiskalt über den Rücken lief.

»Was?«, brachte sie nur irritiert hervor und sah von dem erbleichenden Fabrikbesitzer zu dem hochrot anlaufenden Daniel.

»Sie … Sie …« Ihr Bruder ballte die Fäuste und ging einen Schritt auf Gernot Fuhrmann zu. »Sie waren da! Sie haben ihn geschlagen! Mit der Schaufel!«

Luca begriff zwar in diesem Moment nicht, um was es überhaupt ging, aber sie wusste, dass sie unbedingt ihren Bruder beruhigen musste und fasste daher vorsichtig nach dessen Arm. »Daniel, bitte.« Gott, verdammt, wo ist Adam, wenn man ihn braucht, dachte sie verzweifelt, als Daniel ihre Hand mit einem kräftigen Ruck abschüttelte.

»Der spinnt doch, der Idiot«, stieß der Ortsvorsteher, in den langsam wieder Leben kam, hervor und hob die Schaufel an. »Komm her und ich zieh dir eine über, du undankbarer Trottel.«

Wahre Gesichter zeigen sich in Ausnahmesituationen, stellte Luca nun restlos angewidert fest und kickte Gernot Fuhrmann mit einem gezielten Tritt die Schaufel aus der Hand. »Verschwinden Sie oder Sie lernen mich kennen!«

Zu überrascht, um zu reagieren, trat der Bürgermeister wirklich den Rückzug an und verschwand eine Reihe Flüche ausstoßend in seinem Haus. »Du bist gefeuert, Heller. Ich werde gleich Helge anrufen, dass er dich gemeingefährliches Arschloch in Gewahrsam nimmt.«

Daniel, der am ganzen Körper zitterte, eilte ein paar Schritte hinter Gernot Fuhrmann her, stoppte aber, als Luca flehend rief: »Daniel, bitte, mach dich nicht unglücklich. Der Kerl ist es nicht wert.« Sein kurzes Verweilen nutzte sie, um zu ihm zu eilen und abermals die Hand auf seinen Arm zu legen. »Lass uns nach Hause gehen, bitte.«

Daniels Zittern verstärkte sich, als die Anspannung aus seinem Körper wich und Tränen in seine Augen traten. Mit einem nunmehr wieder ängstlichen Blick zum Haus ließ er sich von Luca vom Gelände führen, um auf der Straße sofort schnellen Schrittes den Deichpfad entlang in Richtung seines Hauses zu eilen.

Luca hielt Schritt mit ihm und überlegte krampfhaft, was Daniel so zum Ausrasten gebracht hatte. Vielleicht war bei ihrem Bruder beim Anblick von Gernot Fuhrmann mit der Schaufel eine lang verdrängte Erinnerung hochgekommen? Und vielleicht hatte diese Erinnerung mit dem damaligen Feuer zu tun?

Wie kann ich nur möglichst einfühlsam aus ihm herausbekommen, an was er sich erinnert, überlegte Luca, als

Daniel kurz vor dem Anwesen des Malermeister Westermann abrupt stoppte.

»Gernot Fuhrmann hat Adam mit der Schaufel geschlagen«, sagte Daniel abgehackt wie immer. »Er wollte zu der schönen Verena. Adam wollte das nicht und dann haben sie sich geschlagen. Gernot Fuhrmann hat die Schaufel auf seinen Kopf gehauen. Dann ist er weg, als Adam am Boden lag. Und dann kam Sven Leber aus dem Haus.«

Was? Gernot? Sven? Luca versuchte, sich einen Reim darauf zu machen, und fragte behutsam: »War das vor dem Brand in Adams Haus?«

»Ja.«

»Und wo warst du?«, fragte sie abermals behutsam.

Daniel senkte den Blick. »Hinter den Hecken zum Feld.«

»Warum?«, wollte sie verwirrt wissen und wusste im gleichen Moment, dass das unwichtig war. »Vergiss es. Wie lange warst du da? Hast du gesehen, wie das Feuer entstanden ist?« Verdammt, nicht zu viele Fragen auf einmal, mahnte sie sich und hoffte sehr, ihr Bruder würde nicht plötzlich dicht machen.

»Sie war so schön«, sagte Daniel ganz leise und mit immer noch gesenktem Blick.

Luca erkannte, wie sehr er sich auch heute noch für seine damaligen Gefühle Verena gegenüber schämte.

Abrupt fuhr sein Kopf hoch und er sagte fest: »Ich will zu Lina!«

Zu Lina? Na, klar. »Gut. Kein Problem. Lass uns zu ihr gehen. Wo wohnt sie?«

»*Ich* will zu Lina!«, wiederholte er laut und betonte das Ich besonders stark.

Noch bevor Luca richtig verstand, rannte er über die Straße und bog schnurstracks in den Durchgang zum Marktplatz ein. Sollte sie hinter ihm her? Nein, er hatte ihr in seiner ihm eigenen unmissverständlichen Art klargemacht, dass nur *er* zu Lina wollte und *sie* dabei nicht brauchte!

Luca stand ein wenig hilflos auf der mittlerweile menschenleeren Straße, als quietschend ein Hoftor neben ihr aufging und sie mit einem freundlichen »Moin, Luca« begrüßt wurde.

»Oh, hallo.« Noch immer verwirrt überlegte sie, ob sie zu Daniel nach Hause gehen sollte, um dort auf ihn zu warten, oder es besser war, doch lieber zunächst Adam aufzusuchen. Er wüsste bestimmt, was jetzt zu tun wäre. »Haben Sie zufällig Adam gesehen?«, fragte sie ein wenig verkrampft lächelnd.

»Nein, tut mir leid. Geht es Ihnen gut? Wollen Sie vielleicht auf einen Tee hereinkommen?«

Tee? Warum nicht? Die norddeutsche Lösung auf Probleme würde auch ihr jetzt guttun. »Gern. Ich wollte mich eh noch ein wenig mit Ihnen unterhalten«, sagte Luca, trat in den Hof und schloss das quietschende Tor hinter sich.

»Die Haustür ist offen. Gehen Sie ruhig schon mal vor, ich hole nur noch schnell etwas.«

Luca nickte und ging die paar Stufen zum Haus empor. Im Flur zog sie ihre Laufschuhe aus und stellte sie neben eine Reihe von Schuhen unter der Garderobe. Sie wollte gerade ihre Jacke ausziehen, als die Haustür hinter ihr ins Schloss fiel – und dann folgte ein schier unerträglicher Schmerz und jäh umgab sie Dunkelheit …

Diese herumschnüffelnde Kommissarin …

… konnte es ja nicht lassen. Ständig stellt sie Fragen. Jedem.

Und das hat sie jetzt davon! Gut, dass dieser Anruf kam, um mich zu warnen. Aber ich musste wieder schnell handeln, zu schnell.

Und jetzt? Was soll ich bloß tun? Sie muss weg. Ich muss sie beseitigen, sonst nimmt mir diese verdammte Schlampe meine letzte Chance auf ein wenig Glück.

Aber ich habe noch keinen Plan. Es geht alles zu schnell. Wie damals.

Warum? Warum geht alles in meinem Leben schief?

Kapitel 29

Dröhnen. Elendig hämmerndes Dröhnen herrschte in Lucas Kopf, und ein ekliger Blutgeschmack in ihrem Mund brachte sie zwar zum Würgen, doch ihr Mageninhalt blieb drin. Ihre Augen konnte sie nicht öffnen, zu schwer drückten ihre schmerzenden Lider. Und als sie sich vorsichtig bewegte, spürte sie ein unangenehmes Kribbeln in den Fingern.

Verdammt nochmal, warum bin ich schon wieder wie ausgeknockt, wunderte Luca sich und ein leichtes Panikgefühl stieg in ihr auf, als sie mit den Fingern an etwas Rauem entlangfuhr.

Ein Seil? Ihre Arme, auf die sie sich bisher durch den heftigen Kopfschmerz nicht konzentriert hatte, waren nach oben gebunden. Gebunden?

Sie zog einmal kraftvoll und schrie auf, als ein höllischer Schmerz von ihren Handgelenken bis in ihre Schultern fuhr. »Scheiße nein«, kam es schwach über ihre Lippen und das zuvor verspürte leichte Panikgefühl steigerte sich. Rasend schnell schnürte sich ihre Kehle zu.

Atmen! Ruhe bewahren und atmen! Und dann Augen auf, mahnte sie sich mit all der Willenskraft, die sie aufbringen konnte. Doch auch wenn sich ihr Herzschlag ein wenig beruhigte, brachte sie nicht genug Energie auf, um den Befehl durchführen zu können.

Ruhe. Atmen. Jetzt! Jetzt musst du es schaffen, animierte sie sich erneut und bekam es wirklich zustande, ihre Augen ein wenig zu öffnen. Müde und schmerzvoll, aber sie bewegte die Lider und sah …

Nichts! Dunkelheit umgab sie. Resigniert schloss sie die Augen wieder – für »nichts« lohnte sich die quälende Mühe nicht.

Okay, konzentrier dich auf alles, was du wissen musst, um dich eventuell irgendwie befreien zu können, war ihr nächster Gedanke.

Sie spürte ihren schmerzenden Steiß, der unbequem auf einer harten, kantigen Erhebung ruhte, und ihre bitzelnden Beine, die offenbar ebenfalls zusammengebunden waren. Arme und Beine gefesselt, aber keinen Knebel im Mund, das bedeutete für Luca, sie musste irgendwo sein, wo sie keiner hören konnte – selbst wenn sie aus Leibeskräften schrie. Diese Energie konnte sie sich also sparen.

Aber wo war sie?

Es konnte nur irgendwo im Dorf sein – es gab zurzeit keine Möglichkeit, unentdeckt aus Butwanjendorf rauszukommen.

Luca bewegte vorsichtig ihren Hintern, um festzustellen, auf welchem Untergrund sie saß. Er war uneben, kantig und kalt, genau wie das Gemäuer in ihrem Rücken, was sie nunmehr zum ersten Mal richtig wahrnahm.

Ein Keller also, schlussfolgerte sie. Super, es gab bestimmt in jedem Haus einen. Weiterdenken und Augen auf, damit ich mich an die Dunkelheit gewöhnen kann!

Den Schmerz ignorierend hob sie die Lider und wartete ab. Die Kontaktlinsen in ihren Augen brannten, was für sie bedeutete, dass sie sie vor längerer Zeit eingesetzt haben musste. Normalerweise reagierte sie nach gut zwölf Stunden so empfindlich und nach weiteren zwei Stunden spürte sie dann deutlich die Verkrümmung der Linsen. Sie wollte nachrechnen, wie viel Uhr es in etwa sein könnte, aber ihr Hirn verweigerte sich ihrem Wunsch.

Egal, weiter, trieb sie sich innerlich an.

Wo war sie zuletzt gewesen? In der Fabrik? War sie vielleicht irgendwo in den Kellern der Textilfabrik? War es noch Sonntag? Tag oder Nacht?

Wer tat ihr all das hier an? Sie musste erneut niedergeschlagen worden sein. Aber von wem?

War Gernot Fuhrmann ihr gefolgt und hatte ihr mit dieser verdammten Schaufel eine über den Schädel gezogen? Zuzutrauen wäre es ihm.

Mein armer Kopf, so viel musste er noch nie aushalten, dachte sie den Tränen nah. Was, wenn etwas zurückblieb? Sie vielleicht eine Hirnblutung bekam? Luca stöhnte laut auf. Als wäre es in diesem Augenblick wirklich wichtig, über solche Folgen nachzudenken. Die ersten Tränen liefen ihre Wangen hinab, als sie sich verinnerlichte, dass sie wohl beunruhigter über ihre jetzige Ausgangssituation sein sollte.

Abermals stieg Panik in ihr hoch und sie zerrte unter größter Kraftaufbringung an dem Seil um ihre Hände. Der Schmerz, der sie im gesamten Körper durchfuhr, brachte sie an den Rand einer Ohnmacht. Nur mit eisernem Willen schaffte Luca es, nicht vollkommen das Bewusstsein zu verlieren.

Immer mehr Tränen quollen aus ihren Augen und sie hoffte sehnlichst, jemand würde nach ihr suchen. Daniel? Oder sogar Adam?

Aber vielleicht glaubten die zwei, ihr wäre alles zu viel geworden und sie hätte sich trotz Quarantäneauflage aus dem Dorf gestohlen. Quatsch, warum sollten sie das denken, beruhigte Luca sich.

Atmen! Und Ruhe bewahren!

Ihren Bruder konnte sie nicht richtig einschätzen, dafür ließ er sie zu wenig hinter seine vorherrschende emotionslose Fassade blicken. Aber er würde sich doch bestimmt Sorgen machen und überall nach ihr fragen. Ja, gewiss würde er das tun.

Und Adam? Der fremde und dennoch für sie auf eigenartige Weise vertraute Mann war weiterhin ein Rätsel für sie. Warum hatte Adam nicht von der Prügelei mit Gernot erzählt, als er erwähnte, dass Verena mit dem heutigen Bürgermeister und auch anderen Männern ein Verhältnis hatte? Die Untreue von Verena war in Lucas Augen ein wirklich guter Grund für ihn, seiner Frau etwas anzutun. Aber doch niemals seinem Sohn!

Entsetzt schloss Luca für einen Moment die Augen, als ihr eine mögliche Wahrheit in den Sinn kam, über die sie bisher nicht nachgedacht hatte – und das eigentlich auch jetzt nicht wollte.

Was, wenn Adam und Daniel gemeinsam in das Feuer verstrickt waren? Was, wenn Adam damals, betrunken und laut Krankenhausbericht mit Medikamenten zugedröhnt und zudem außer sich vor Wut, seine betrügerische Ehefrau zur Rede gestellt hatte, es zum Streit gekommen war, bei dem er sie verletzt, und um das zu vertuschen, das Haus angesteckt hatte?

Was, wenn Daniel nicht nur die Prügelei mit Gernot, sondern auch das alles beobachtet hatte? Und Adam den minderjährigen, dummen Jungen von seiner Unschuld überzeugt hatte?

Was aber, wenn es anders gewesen war? Wenn Adam dazugekommen war, als Daniel Verena Leid angetan hatte, weil sie ihn wegen seiner kindlichen Schwärmerei verhöhnt hatte, und Adam dann aus Rache für ihr Fremdgehen Daniels Tat mit dem Brand verschleiert hatte?

Alles wäre möglich – doch gleichzeitig war für sie alles wiederum vollkommen unmöglich.

Sie konnte nicht glauben, dass Adam auch nur in einer einzigen Sekunde vergessen hätte, dass sein Sohn im oberen Stockwerk schlief, egal wie zugedröhnt oder betrunken oder auch voller Wut er gewesen sein mochte.

»Nein, weder Daniel noch Adam haben Verena etwas angetan!«, sagte Luca laut, so als müsse sie sich selbst davon überzeugen.

Im nächsten Moment zuckte sie angstvoll zusammen, als ein Lichtschein in ihr Gesicht strahlte.

»Richtig! Die zwei haben nichts damit zu tun. Ich allein bin für Verenas und den Tod des kleinen Joel verantwortlich«, ertönte eine ihr bekannte Stimme und Luca wurde augenblicklich schlecht vor Angst.

Offenbar war sie von Anfang an nicht allein gewesen. O Gott, nicht gut, gar nicht gut, dass ich die Stimme erkennen kann. Keine Maske, die sie verzerrt, bedeutet keine Gnade für mich, schlussfolgerte Luca panisch und wollte instinktiv an dem Seil reißen. Doch sie beherrschte sich gerade noch und mahnte sich innerlich, besonnen zu bleiben – sie würde ihre Kräfte bestimmt noch brauchen.

Sie musste denken, aber die panische Unruhe ließ das nur bedingt zu. Konzentriere dich aufs Wesentliche, Luca, du kannst das, redete sie sich ein und nahm einen tiefen Atemzug, um sich zu beruhigen.

Ein Gedanke schoss ihr in den Kopf, der sie augenblicklich ein wenig Hoffnung fassen ließ: Sie wäre nicht noch am Leben, wenn ihr Peiniger nicht reden wollen würde – was ihr wiederum Zeit verschaffen würde.

Atmen! Ruhe bewahren!

Sie räusperte sich und bat leise: »Bitte nimm die Lampe aus meinem Gesicht.«

Kommentarlos wurde ihr Wunsch erfüllt und sie hob langsam die Lider. Der Schein strahlte kurz auf ihre Beine, die in ihrer verdreckten und zerrissenen Laufhose steckten, bevor er von ihr wegwanderte.

Unter den halb gesenkten Lidern nahm Luca wahr, dass der Lichtschein nun das Gesicht ihres Entführers beleuchtete. Sie atmete noch einmal tief ein und schaute dann auf.

Ihr Gehör hatte sie nicht getäuscht, stellte sie fest und so fragte sie mit möglichst selbstsicherer Stimme: »Warum nur hast du all das getan?«

Ihre Frage wurde mit einem hysterischen Lachen, das in Lucas Ohren überhaupt nicht zu der Person passte, quittiert.

Minutenlang herrschte Stille, die Luca nur ertrug, weil sie sich weiter Gedanken um Fluchtmöglichkeiten machte. Sie musste es irgendwie hinbekommen, die Fesseln um ihre Handgelenke zu lösen. Vorsichtig zog sie ihre Hände auseinander, ignorierte dabei die Schmerzen und wiederholte das Ziehen mehrmals. Ihre Augen gewöhnten sich langsam an das schwache Licht und sie hielt wachsam die Frau wenige Meter vor sich im Blick.

»Warum ich das alles getan habe? Würdest du mir glauben, wenn ich aus Liebe sage?«

Luca entspannte ihre Muskeln in den Händen und sagte so ruhig, wie es ihr nur möglich war: »Ich würde es dir genauso glauben, wie wenn du aus Hass sagen würdest. Ich denke, die zwei Gefühle sind hier eng miteinander verbunden.«

Erneute Stille trat ein und Luca studierte eilig das maskenhaft wirkende Gesicht im Schein der Taschenlampe. Bleich, zerbissene Lippen, gerötete Augen und Tränenspuren auf den Wangen.

In ihr keimte ein wenig Hoffnung – die Frau schien Mitgefühl zu haben. Oder … Luca wurde schlecht bei ihrem zweiten Gedanken … Oder es war pures Selbstmitleid, und sie war bereits so verzweifelt und wusste, dass alles aussichtslos war, sodass sie nur noch zum Äußersten greifen konnte, wenn sie weiterhin unentdeckt bleiben wollte. Und dafür würde ihrer Entführerin nichts anderes übrigbleiben, als Luca zu töten!

Luca verspürte den Drang, an den Seilen zu reißen und um Hilfe zu schreien, unterdrückte jedoch die erneut aufkeimende Panik, indem sie tief einatmete. Einmal, zweimal und dann bat sie: »Darf ich einen Schluck Wasser haben?« Luca wollte ein Gespür dafür bekommen, ob ihre Kidnapperin milde gestimmt war.

»Oh. Wasser. Natürlich.« Sie legte die Taschenlampe auf den Boden, stand auf und trat auf Luca zu.

Gut. Sehr gut. Sie hat Wasser für mich mitgebracht. Sie ist also besorgt. Gut. Sehr gut, überschlugen sich Lucas Gedanken und sie begann, noch ein kleinwenig mehr zu hoffen – hoffen auf ein gutes Ende für sich selbst.

Als ihr die kleine Plastikflasche an die Lippen gedrückt wurde, trank Luca ein paar Schlucke. »Danke.«

Die Flasche fand ihren Platz neben Luca, und die Frau, die bisher auf Luca relativ souverän gewirkt hatte, sackte schluchzend vor ihr auf den kalten Boden.

Das alles konnte sie nur durch den schwachen Schein der auf den Steinen liegenden Taschenlampe erkennen. Und auch nur, weil sie jeden Schmerz, der in ihrem Kopf herrschte, sowie das Brennen in ihren Augen komplett ausschaltete. Luca hatte ihren Körper auf Überleben programmiert und in diesem Moment keimte in ihr wirkliche Hoffnung auf, das ganze hier zu überleben.

»Ich wollte nicht, dass Joel stirbt. Nie!« Die Frau schlug die Hände vors Gesicht und schrie dabei gellend auf. »NIE! Er hätte nicht da sein dürfen. Nicht der kleine Joel!«

Luca nutzte den Zusammenbruch trotz wieder steigendem Panikgefühls aus und riss heftig an den Seilen. Sie ignorierte sowohl den qualvollen Schmerz, als auch die Tränen, die ihr die Wange herunterliefen, und fragte trotz ihrer aussichtslosen Lage mit sanfter, einfühlsamer Stimme: »Warum?«

Ruckartig stand die Frau auf, was Luca sofort veranlasste, ihre Befreiungsbemühungen einzustellen und genauestens die Mimikveränderung ihrer Entführerin zu beobachten – denn mit einem Mal war darin blanker Hass zu lesen.

»Nur sie sollte sterben. SIE!«

Kapitel 30

Auch wenn Luca sich den Grund für den Mord an Verena denken konnte, fragte sie zaghaft: »Aber warum nur, Agnes?«

Der hasserfüllte Blick wich. Stattdessen schlug die Apothekenangestellten die Hände vors Gesicht und ihr Schluchzen schwoll wieder an.

»Kannst du mich bitte Angie nennen?«, unterbrachen die zaghaft hervorgebrachten Worte das Schluchzen kurzzeitig.

»Natürlich, Angie.«

Ein nahezu herzzerreißendes Aufschluchzen ertönte und minutenlang war es das Einzige, was den Raum beschallte.

Luca sagte eine ganze Weile nichts, ließ Agnes, die nur wenige Meter vor ihr stand, jedoch nicht aus den Augen, während sie unauffällig weiter am Knoten um ihre Handgelenke herumfingerte. Irgendwann, als die Apothekenangestellte sich zu beruhigen schien, fragte sie vorsichtig: »Wer hat dich denn immer Angie genannt?«

Luca hörte ihr erneut heftiges Aufschluchzen und stoppte ihr Zerren an dem rauen Seil. Einerseits weil sie spürte, wie Blut an ihren Handgelenken herunterlief und andererseits weil Agnes sich vor sie setzte und nach der Taschenlampe griff, um Luca für wenige Sekunden direkt ins Gesicht zu strahlen.

»Meine Oma Käthe hat mich immer so genannt.« Agnes senkte die Lampe ein wenig, richtete jetzt ihren verheulten Blick auf Luca und aus ihr sprudelte ungefiltert ihre Lebensgeschichte heraus: »Meine Eltern hatten viel zu tun, um ihr kleines Elektrogeschäft aufzubauen, und so verbrachte ich die meiste Zeit bei meiner Oma Käthe, die ich abgöttisch geliebt habe …«

Luca hörte Agnes zu, wie sie immer mehr Einzelheiten aus ihrer Kindheit preisgab, und versuchte dabei, mit unauffälligen Bewegungen, die Fesseln um ihre Hände zu lockern.

»... wie Opa Tillmann, den ich unheimlich bewunderte. Wegen ihm wollte ich einmal Ärztin werden, um Menschen zu helfen.« Sie stockte kurz, hielt dann den Lichtschein so, dass sie in Lucas Miene schauen konnte und fragte: »Klingt doch wie der blanke Hohn, oder? Ich wollte Menschen helfen, und dann habe ich zwei auf dem Gewissen.«

Luca wartete stumm ab und hoffte, dass der Lichtschein wieder von ihrem Gesicht wegwandern würde.

Agnes senkte tatsächlich die Taschenlampe und sprach wie in Trance, als ob sie in lang vergangenen Zeiten abtauchen würde, weiter: »Meine glückliche Kindheit endete im Sommer '82; kurz vor meiner Einschulung passierten nämlich zwei Dinge. Meine Eltern bekamen ihren sehnlich gewünschten Stammhalter, meinen Bruder Christian, und nur wenige Tage darauf starb meine geliebte Oma Käthe.«

Luca konnte nicht erkennen, ob Agnes erneut in Tränen ausbrach, aber an der belegten Stimme erahnte sie ihr nur schwer unterdrücktes Weinen.

»Einfach so«, flüsterte sie beinahe tonlos, räusperte sich dann und fuhr ein wenig kraftvoller fort: »Von heut auf morgen war sie nicht mehr da. Ich hatte mich noch nicht einmal richtig verabschieden können.«

Eine kurze Redepause entstand, die Luca schier wahnsinnig machte. Panik schwappte nunmehr in Wellen über sie und sie wusste nicht, was sie sich mehr wünschte – dass Agnes schwieg und verschwand oder nie aufhören würde zu erzählen.

»Ich glaube, mit meiner Oma Käthe habe ich die glücklichste Zeit in meinem Leben verbracht. Nachdem sie weg war, wurde alles anders – alles!«

Agnes schien Luca vollkommen vergessen zu haben, was diese ausnutzte, um weiter die Seile zu weiten, was ihr bereits ein kleinwenig gelungen war. Doch sie spürte, wie ihre Kräfte nachließen und stoppte, als sie ihre Fingerspitze ein wenig in den Knoten schieben konnte.

»Oma Käthe hatte einen Hirnschlag. Mit erst achtunddreißig Jahren! In der Praxis, während ich in ihrem Garten mit Puppen gespielt habe ...«

Es folgten viele weitere Erinnerungen an diesen Tag und die Zeit danach. Und während Luca bemüht war, Agnes aufmerksam zuzuhören, sackte ihr Kopf vor Erschöpfung immer wieder auf die Brust.

Abermalige Stille.

Panik kroch in Luca hoch und schnürte ihr die Kehle zu. War das Ende gekommen?

Ich muss etwas sagen, dachte sie mit rasendem Herz und besann sich auf ihre nächsten Worte. »Du hast noch nie mit irgendjemanden über deine innige Beziehung zu deiner Oma gesprochen, oder?«

Schüttelte sie den Kopf? Luca konnte es nur erahnen und hoffte, mit ihrer Frage, den Redefluss von Agnes in Gang zu halten – Luca brauchte diese Zeit so dringend.

»Oma Käthe nannte mich immer Angie, weil sie den Namen Agnes für ein so liebes Kind wie mich zu hart fand. Ihre Worte, nicht meine«, fügte sie mit einem trockenen Lachen hinzu und sagte dann mit seltsam veränderter Stimme: »Aber nicht nur sie nannte mich Angie … Auch meine einzige große Liebe nennt mich so, auch heute noch – Adam!«

Urplötzlich hielt sie den Schein der Taschenlampe in Lucas Gesicht und sagte nunmehr nicht mehr wehmutsvoll, sondern recht kühl: »Du musst ja wissen, wie groß Adams Anziehung ist.«

Luca schnappte erschrocken nach Luft. Ihr kurzes, recht schnell öffentlich gewordenes Stelldichein mit Adam auf der Toilette beim *Angerer* fiel ihr ein, und ihr war klar, dass auch Agnes davon gehört hatte.

Luca atmete erleichtert aus, als Agnes nach wenigen Sekunden die Taschenlampe wieder senkte. »Doch das mit Adam kam erst Jahre später. Wenn ich aber auf diese Wochen im Sommer '82 zurückschaue, weiß ich, dass sich damals eine leichte Melancholie in mir breitgemacht hat und ich viel zu viel über den Tod nachgedacht habe.«

Ihr erneutes Schweigen veranlasste Luca einfühlsam zu sagen: »Keine Sechsjährige sollte allein mit ihrer Trauer sein.«

»War ich aber. Ich war immer allein. Nie hat mich nach Oma Käthes Tod jemand gefragt, wie es mir geht«, stieß sie bitter hervor. »Doch, Adam hat es auch getan, aber für viel zu kurze Zeit.«

Luca wusste in diesem Moment, als sich Agnes' Tonlage wieder unangenehm veränderte, dass sie, sobald ihre Entführerin Adam erwähnte, noch achtsamer sein musste – beim Gedanken an ihn schien Agnes jeden Moment die Nerven zu verlieren.

»Kurz vor meiner Einschulung hatte ich bereits eine Sache fürs Leben gelernt – der Tod ist grausam und bringt nichts außer Kummer! Und von da an wurde alles nur noch schlimmer.« Agnes Stimme hatte jegliche Traurigkeit verloren und klang nun hart.

Luca hatte es zwischenzeitlich geschafft, ihren Zeigefinger in den Knoten zu schieben, und damit begonnen, diesen zu lockern. Eine irrsinnige Kraftanstrengung mit den schmerzenden Händen über dem Kopf, die ihr den Schweiß auf die Stirn trieb. Der plötzlich in ihr Gesicht gehaltener Lichtkegel stoppte ihre Bemühung abrupt.

»Ich habe Verena kennengelernt und sie wurde zu meiner besten Freundin. Diese falsche Schlange.« Agnes leuchtete über Luca an die Wand auf das Seil um ihre blutenden Handknöchel. »Wo wir bei falscher Schlange sind, meinst du, ich merke nicht, dass du versuchst, dich zu befreien, während du so tust, als hörst du mir mitfühlend zu?«

Angstvoll starrte Luca sie an, als der Lichtschein auf einen Gegenstand fiel, den Agnes aus der Jackentasche nahm – einen Elektroschocker.

»Ich weiß wirklich noch nicht, was ich mit dir tun werde, aber ich weiß, du hast keine Chance auf eine Flucht. Solltest du dich befreien, werde ich das Ding benutzen, also hör bitte auf, an dem Seil herumzuzerren.« Beinahe flehend bat sie darum. »Ich möchte dir nämlich eigentlich nichts tun.«

Um Himmels willen, wie krank ist sie, fragte sich Luca, und zudem auch noch aufmerksamer, als ich dachte. Sie nickte Agnes nur leicht zu, entspannte ihre Hände und schonte erst einmal ihre Kräfte. Sie musste auf einen besseren Moment warten.

»Meine Geschichte mit Verena ist schnell erzählt: Ich vergötterte sie über Jahre, doch sie benutzte mich die ganze Zeit, und als ich dahinter kam, ließ sie mich fallen.« Sie spuckte die letzten Worte regelrecht aus und sprang auf.

Der Kegel der Lampe wanderte mit ihr in der Dunkelheit umher und Luca beobachtete sie angstvoll.

»Wie sie jeden benutzt hat. Auch Adam. Dabei war *ich* mit fünfzehn das erste Mal in ihn verliebt – *ich*!« Sie stoppte ihr Herumlaufen, leuchtete Luca wieder ins Gesicht und fragte gefährlich ruhig: »Bist du in ihn verliebt?«

Luca zuckte hilflos mit den schmerzenden Schultern. »Ich kenne ihn doch nicht.«

»Aber vögeln durfte er dich trotzdem«, schrie Agnes mit einem Mal aus voller Kehle und sprang auf sie zu.

Luca sah den Schlag kommen, konnte aber nichts dagegen tun, als die Taschenlampe hart auf ihren Wangenknochen krachte. Heftig kippte ihr Kopf zur Seite und sie stieß einen schmerzvollen Schrei aus.

»Ich war so in ihn verliebt und liebe ihn seit damals innig, aber er konnte dieser Schlampe nicht widerstehen und hat mich einfach verlassen«, heulte Agnes auf und schlug erneut auf Luca ein. »Und du hast dich auf der Kneipentoilette von ihm vögeln lassen und bist die nächste Schlampe, die ihn mir wegnehmen will. Jetzt, wo er endlich wieder hier in meiner Nähe ist und ich ihn von meiner Liebe überzeugen kann, kommst du daher.«

Warm lief Blut über ihr Gesicht und der eisenhaltige Geschmack in ihrem Mund ließ Luca würgen. Trotz der qualvollen Schmerzen kämpfte sie hartnäckig gegen eine Ohnmacht an und murmelte: »Hast du mich vorm *Angerer* niedergeschlagen?«

»Ja, natürlich«, keifte Agnes, riss dabei Lucas Kopf an deren Haaren hoch und leuchtete ihr direkt in die Augen, die Luca daraufhin vor Schmerz zusammenpressen musste. »Ich habe erst dir eine verpasst und bin dann in die Kirche, in der ich auf Livke, diese elendige Klatschtante und Erpresserin, gewartet habe.«

Livke eine Erpresserin? Das war auch die Vermutung von Adams Mutter gewesen. »Und dann?«, brachte Luca stöhnend hervor und kämpfte weiter gegen eine Ohnmacht. Sie hoffte, mit ihren Fragen Agnes davon abzuhalten, weiter auf sie einzuschlagen.

»Ganz einfach. Ich wohne gleich hinter der Kirche und es gibt eine alte, geheime Verbindung durch die Keller.« Sie ließ Lucas Haare los und begann wieder herumzulaufen. »Rate mal, wo du dich befindest?«

Sie war wirklich noch im Dorf. Sie könnte also gefunden werden. Luca war klar, dass das ziemlich unwahrscheinlich war, aber sie wünschte es so sehr.

Agnes' Worte machten jedoch alles zunichte. »Aber mach dir keine Hoffnungen. Den Gang hier kennt nur der Pastor, und der ist zu dämlich, um irgendwelche Schlüsse zu ziehen.«

Für einen Moment war es totenstill und Luca schluckte schwer an ihren Tränen des zunichtegemachten Hoffnungsschimmers.

Kapitel 31

Eine geraume Zeit war vergangen, in der Luca sich krampfhaft hatte bei Sinnen halten müssen, während Agnes nur stumm die Taschenlampe auf sie gerichtet hielt.

Luca schmeckte Blut und Tränen, fühlte unsagbaren Schmerz in ihren Armen, ihrem Kopf, ihrem ganzen Körper und war an einem Punkt, wo sie kaum noch Hoffnung verspürte. Der Wunsch, jetzt einfach wegzudämmern, um nichts mehr mitzubekommen, wuchs in ihr. Doch irgendwo ganz tief in ihr schlummerte eine Kämpferin und sie hob, trotz des Lichtscheins in ihrem Gesicht, schwerfällig die Lider.

»Keine Angst«, sagte Agnes plötzlich sanft und leuchtete mit der Taschenlampe auf den Boden. »Wenn ich dich umbringe, wird es nicht schmerzvoll für dich sein. Ich werde dir erst Pillen geben, damit du nichts mehr spürst. Verena hat auch nichts gespürt.«

Agnes war total verrückt, da war sich Luca absolut sicher und deshalb für sie auch nicht einzuschätzen. In einem Moment weinte sie, im nächsten schrie sie herum und schlug auf Luca ein, und dann wiederum sprach sie mit einer solch sanften Stimme eine so grausame Tatsache aus.

Trotz dass ihre Aussichten auf einen guten Ausgang schwanden, versuchte Luca weitere Details von Agnes' irrer Geschichte zu erfahren, um Zeit zu schinden. »Wie hast du ...« Sie brach ab, als ihr Blut vom Wangenknochen in den Mund lief und ihr Magen sich erneut unangenehm bemerkbar machte.

»Sie hat mit meinem Mann Björn gevögelt«, unterbrach Agnes sie mit schriller Stimme, ließ die Taschenlampe fallen und trat einen Schritt auf Luca zu. »In unserem

Ehebett, als ich schwanger war. Und auch auf dem Rosenmontagsball. Und beinahe auch auf Annemies Feier, wenn Livke sie nicht gestört hätte. Ich habe alles gesehen. Sie hat mir nicht nur Adam genommen …«

Luca konnte im schwachen Schein der am Boden liegenden Taschenlampe Agnes' Gesicht nicht erkennen, wappnete sich aber augenblicklich für einen weiteren Schlag, als sie ihre veränderte Stimmlage beim Erwähnen von Adam wahrnahm.

»Und jetzt willst du ihn haben«, zischte sie und obwohl Luca vorbereitet war, erschrak sie über die Heftigkeit des Fausthiebs in ihrem Gesicht. »Ich habe euch gestern gesehen. Du hast ihn in den kleinen Durchgang gezerrt und geküsst.« Ein weiterer Hieb gegen Lucas Kopf folgte. »Und hätte Daniel dich nicht gerufen, wärst du Schlampe ihm bestimmt noch an die Wäsche.«

Gestern? Also ist heute Montag, war das Erste, was ihr einfiel. Ein kurzes innerliches Aufbegehren folgte: Nicht ich habe ihn geküsst, sondern er mich. Und dann machte sich eine Gleichgültigkeit in ihr breit, die unter normalen Umständen nicht Lucas Art war. Egal! Egal, ob noch ein Schlag kommt, ich will nicht mehr, ich kann nicht mehr, schwirrten die niederdrückenden Gedanken in ihrem Kopf herum. Matt und mutlos wartete sie auf den nächsten Schlag oder die erlösende Ohnmacht. Doch nichts dergleichen passierte.

»Zum zweiten Mal hat diese dreckige Fink-Schlampe einen Mann in ihre Fänge bekommen, der mir gehört hat. Sie musste für all das büßen.« Agnes entfernt sich wieder von Luca, wanderte unruhig umher und sprach dabei über die Vergangenheit mehr zu sich als zu Luca. »Sie war zu mir in die Apotheke gekommen, um Schmerzmittel zu bekommen. Ich wusste, dass sie bereits Antidepressiva nahm und konnte ihr offiziell nichts zusätzlich geben. Also habe ich ihr heimlich verschreibungspflichtige Barbiturate besorgt, die ich meinem Opa aus dem Arzneischrank geklaut habe. Der Medikamentenmix hat sie durchknallen lassen, schneller als ich dachte.« Hart lachte sie auf. »Ich habe ihren verwirrten Anblick so sehr genossen, aber noch mehr, dass Adam endlich ihr wahres Ich zu spüren bekam. Am Tag von Annemies Feier habe ich allerdings mitbekommen, dass ihre Eltern sie am nächsten

Tag zu einem Drogentest schleppen wollten, und da musste ich handeln. Schnellstens. Mir war ziemlich klar, dass sie in der Nacht durch all die Tabletten und den Alkohol ausgeknockt sein würde, und habe deshalb beschlossen, dass das die Todesnacht dieser Drecksschlampe werden würde.«

»Aber … aber Joel?« Luca kämpfte nunmehr doch hartnäckig gegen eine Ohnmacht und hoffte, mit ihrer Frage abermals Agnes' mitfühlende Seite zu wecken.

Hoffnung. Ich muss nur Hoffnung haben und aushalten, beschwor sie sich und schluckte Blut herunter.

»Das …« Agnes kam zu ihr, trat unsanft mit der Fußspitze Lucas Beine auseinander, sodass sie sich vor sie knien konnte, und umschloss mit ihren Händen Lucas Gesicht. »Das wollte ich nicht. Nie. Er hätte eigentlich bei Annemie sein sollen. Dass Adam ihn doch mit nach Hause genommen hat, wusste ich nicht. Ich habe ihn noch bei seiner nächtlichen Joggingtour getroffen, aber er hat nichts gesagt. Adam war weg, Joel meines Wissens bei Annemie und ich hatte freie Bahn. Ich hätte Joel niemals etwas antun können. Niemals!« Sie schluchzte auf und verstärkte den Druck ihrer Hände auf Lucas Wangen.

Trotz der aussichtslosen Lage war da endlich etwas, was Luca so dringend brauchte – Mitgefühl, Reue. Ein gutes Zeichen, ein wirklich gutes Zeichen, sagte sie sich innerlich vor und hoffte, sie redete sich das nicht nur ein.

»Nachdem ich Verena an dem Tag beobachtet und erkannt hatte, wie abgedreht sie durch die ganzen Medikamente war, stand mein Entschluss felsenfest. Sie muss weg! Also habe ich mir den Schlüssel von Adams Haus bereits am Nachmittag bei Irmi in einem unbeobachteten Moment geschnappt und bin in der Nacht, als Adam auf seiner Joggingtour war, bei ihnen eingedrungen. Verena lag auf dem Boden zwischen Wohnzimmer und Küche und Sven beugte sich über sie.«

»Sven?«

»Ja.« Hart lachte sie auf. »Sven, mein Chef und seit diesem verhängnisvollen Tag auch Komplize.«

»Er hat mir den Drohbrief geschickt«, sagte Luca matt und erinnerte sich an die schuldbewusste Miene des Apothekers, als sie ihn in Irimis Laden darauf angesprochen hatte. Ihr fielen auch die Blicke ein, die Agnes und er die

Tage getauscht hatten und die sie selbst als normale Reaktion in diesem Dorf abgetan hatte. Was aus ihrer jetzigen Sicht ein Fehler war, aber wie hätte sie das erahnen können?

»Ja, hat er«, bestätigte Agnes kalt. »Und wer glaubst du hat am Dienstag auf der Trauerfeier dafür gesorgt, dass Livke und du von jetzt auf gleich wie besoffen gewirkt habt? Sven hat euch K.-o.-Tropfen untergemischt! Ich konnte es nicht tun, weil ich ja draußen auf dich warten musste, um dich niederzuschlagen, und dann einen Spurt nach Hause und durch den Keller in die Kirche hinlegen musste, um Livke rechtzeitig ein Brett auf den Kopf fallen zu lassen. Kaum zu glauben, oder?« Sie bewegte Lucas Kopf, den sie noch immer krampfartig umschlossen hielt, hin und her wie ein Kopfschütteln.

Kein Schmerz, ich spüre keinen Schmerz mehr, sagte sich Luca innerlich vor und glaubte in diesem Moment sogar ihrer Vorstellungskraft – sie spürte nichts mehr.

»Aber zurück zu dem alles entscheidenden Abend. Sven war panisch, als ich in Adams Wohnzimmer kam, stammelte er etwas von ›zu viele Tabletten, die ich ihr gegeben habe‹.« Nunmehr hysterisch lachte Agnes auf und drückte ihre Hände brutal auf Lucas Wangen.

»Keine Schmerzen. Nichts«, murmelte Luca tonlos.

»Auch der feine Apotheker hat sie mit diversen Tabletten versorgt. Kein Wunder, dass Verena so durchgeknallt auf alle gewirkt hatte. Sven war am Ausrasten, total überfordert und hat nur rumgestottert: ›Ich glaube, sie ist tot‹, und ›Adam liegt hinten im Garten, Gernot hat ihn mit einer Schaufel niedergeschlagen‹, und ›Er wird jeden Moment aufwachen und seine leblose Frau finden‹.«

Sie stand wieder auf und Lucas Kopf, nun nicht mehr von Agnes' krallenartigem Griff umschlossen, sackte matt auf die Brust.

Ich muss den Schmerz weiterhin ausblenden, appellierte Luca an die Kämpferin in sich und strengte unter Aufbringung all ihrer Kraft ihre müden Hirnzellen an. Das hatte Daniel ihr doch auch erzählt? Erst der Kampf zwischen Gernot und Adam, dann war Adam mit der Schaufel niedergestreckt worden und dann war Sven Leber aus dem Haus gekommen, oder? Krampfhaft versuchte Luca, sich zu erinnern, aber so wie ihre Kräfte schwanden,

schwanden auch ihre Erinnerungen und erneut ihre ganze Hoffnung.

»Ich wusste, was zu tun ist, und tat, was ich sowieso vorhatte. Dass Sven mir von Nutzen war, habe ich sofort kapiert. Also habe ich ihn mit der Anweisung in den Garten geschickt, Adam nochmals niederzuschlagen, sollte er aufwachen, bevor ich rauskommen würde. Mein armer Adam, aber ich hatte keine Wahl. Zum Glück war er so weggetreten, dass Sven ihm nichts mehr antun musste.«

Luca hörte ehrliches Bedauern auch nach all den Jahren noch. Wie sehr musste Agnes ihn doch geliebt haben – und immer noch lieben.

»Ich weiß viel über Todesursachen, habe mich lange über alles schlau gemacht«, fuhr Agnes nun wieder kühl fort. »Also habe ich die Kerze auf dem Wohnzimmertischchen entzündet, sie aufs Couchkissen gelegt, das innerhalb weniger Sekunden gebrannt hat und keine zehn Minuten später stand das ganze Wohnzimmer in Flammen. Sven und ich sind übers Feld abgehauen, bevor jemand das Feuer entdecken konnte.«

Luca hob mühsam den Kopf und schaute in Agnes' verzerrte Grimasse, die sie trotz schwachen Lichtscheins, der immer noch auf dem Boden liegenden Taschenlampe, und müden Augen genau erkennen konnte, und begann am ganzen Körper zu zittern. Die Geschichte näherte sich dem Ende – was für sie bedeutete, dass auch ihr Ende nahte.

»Alles wäre gutgegangen, hätte Adam Joel wie geplant bei Annemie schlafen lassen. Verena wäre aus dem Weg geräumt gewesen. Ich hätte mich von Björn getrennt. Und Adam hätte mit mir, dem kleinen Joel und meinem ungeborenen Baby eine Familie gegründet.« Ihre Grimasse wandelte sich und sie fing an zu weinen. »Doch mit Joels Tod habe ich auch Adam verloren. Am nächsten Tag war er weg. Einfach weg. Und zwei Tage später habe ich mein ungeborenes Kind verloren.« Sie schluchzte und fiel auf die Knie. »Das war bestimmt die Strafe Gottes für meine grausame Tat an dem kleinen Joel. Ich hatte alles verloren. Alles.«

Für Luca endete mit einem Mal diese unfassbare Geschichte, und sie wusste nicht, was sie tun konnte, um weiter am Leben zu bleiben. Panik erfasste sie und mit all ihrer verbliebenen Kraft riss sie noch einmal an den Seilen, gab aber nach wenigen Sekunden mit einem Schrei des Schmerzes auf – sie war gefangen und konnte nichts dagegen tun.

Wenige Meter von ihr entfernt kniete eine zutiefst verletzte, kranke Frau, die zugleich eine kaltblütige Mörderin war. Dass sie nicht vor einem weiteren Mord zurückschreckte, bewies ihre Attacke auf Livke, und Luca glaubte kaum, dass sie ihr gegenüber Milde walten lassen würde – schließlich war sie die neue, verhasste Konkurrentin um ihre große Liebe Adam.

Agnes stand noch immer schluchzend auf und kam mit dem Elektroschocker in der Hand auf Luca zu. Ihr Versprechen, ihr den Schmerz mit Tabletten zu nehmen, hatte sie anscheinend vergessen.

»Und jetzt, wo Adam wieder da ist und ich mit ihm ein neues Leben anfangen könnte, kommst du daher«, stieß sie hasserfüllt hervor, griff nach der Taschenlampe auf dem Boden und blieb direkt vor Luca stehen.

Resigniert schloss Luca die Augen und tauchte ab in eine Gedankenwelt, in der sie weder Schmerz noch Tod fürchten musste. Bilder ihrer Kindheit mit ihrer geliebten Mutter rauschten genauso vorbei wie die Gesichter ihres Vaters, ihres Bruders und auch ihrer Großmutter. Als Adams kantige Züge mit dem stechenden Blick vor ihrem inneren Auge erschienen und sie sich an die wenigen Momente mit ihm erinnerte, flog ein leichtes Lächeln über ihre Miene.

In dem Augenblick, als die durchgedrehte Apothekenangestellte sich zu ihr herunterbeugte, spürte Luca dankbar, wie ihr Körper ihr eine wohltuend schützende Ohnmacht gönnte, und sie hörte nur aus weiter Ferne Agnes' jämmerliches Aufschluchzen.

»Ich habe alles verloren in meinem Leben, was mir je wichtig war. Und es tut mir alles so unendlich leid.«

Sonntag, den 10. Mai 2020

Ehrenthal am Rhein

»Und dann … ja, und dann muss sie total ausgetickt sein, was ich zum Glück nicht wirklich mitbekommen habe.« Luca hob den rechten Arm gen Himmel, den linken konnte sie noch immer nicht richtig bewegen, und stieß ein Stoßgebet aus: »Danke, liebes Universum, dass du mir frühzeitig die Sinne geraubt hast.« Mit einem selbstironischen Grinsen beendete sie ihren gut einstündigen Bericht über die Vorkommnisse in Butwanjendorf. »Glauben Sie mir, lieber Kommissar Bechtel, in dem Moment, als ich Agnes' schluchzende Worte ganz leise wahrgenommen habe, ist jegliche Hoffnung geschwunden und ich hatte mich mit meinem Schicksal abgefunden.«

»Zum Glück ist ja alles gutgegangen.« Ihr ehemaliger Vorgesetzter, mit dem sie leider nur wenige Monate im Mainzer Kommissariat hatte zusammenarbeiten dürfen, zeigte lächelnd auf die herrliche Aussicht von der Terrasse aus. »Ein wirklich sehr schönes Fleckchen hier am Rhein, um sich wieder vollständig zu erholen.«

»Ja. Ich bin auch sehr froh, hier sein zu dürfen. Glauben Sie mir, im Krankenhaus zu liegen, ist ja sowieso schon übel, aber auch noch während dieser Pandemie, das war echt hart.« Über sechs Wochen hatte Luca mit zahlreichen Knochenbrüchen und einem Schädel-Hirn-Trauma abgeschirmt von ihrer Umwelt in einer Klinik in Bremerhaven gelegen.

»Diese Irre hat wirklich ganze Arbeit geleistet.« Der Kommissar a.D. schüttelte mitfühlend den Kopf, als er auf Lucas stark in Mitleidenschaft gezogenes Bein schaute, das sie auf einem Stuhl abgelegt hatte.

Die Verbände waren ab und dank des sonnigen Wetters hatte Luca eine kurze Hose anziehen können, was sie unglaublich genoss – endlich wieder Luft an ihrer geschundenen Haut.

»Sie muss auf meinen Beinen rumgesprungen sein wie auf einem Trampolin. Und dann die Tritte und Schläge …« Luca brach abrupt ab, als sie spürte, wie ihr Herz anfing zu rasen. Panik kündigte sich an.

Sie kannte das Gefühl einer nahenden Panikattacke, hatte es in den letzten Wochen im Krankenhaus nur zu oft durchlebt. Manchmal sehnte sie sich nach den vierzehn Tagen im künstlichen Koma zurück, in das sie nach ihrer Rettung aus dem Kellerloch versetzt worden war – der friedliche Schlaf und ihr Nichtwissen hatten sie vor diesem emotionalen Kontrollverlust geschützt.

»Entschuldigung«, brachte sie mit zitternder Stimme hervor, setzte sich mühevoll ein wenig aufrechter auf den Stuhl, schloss die Augen und atmete tief ein.

Der pensionierte Hauptkommissar beobachtete seine junge Kollegin, die bereits zum dritten Mal am heutigen Nachmittag gegen ihre lähmende Angst kämpfte, und wünschte, er könnte mehr tun, als ihr nur dabei zuzuschauen.

Einen tiefsitzenden Groll löste seine Machtlosigkeit in ihm aus, und er dachte an die vielen gestörten Menschen, die trotz schwerer Straftaten frei herumliefen – er selbst hatte in seiner Laufbahn einige von ihnen gesehen und zum Glück die meisten aus dem Verkehr ziehen können.

Luca brauchte fünf Minuten, um mit wieder normalisiertem Pulsschlag das Gespräch fortführen zu können. »Nachdem sie so ausgetickt ist und mich halb totgetreten hat, muss sie über ihr eigenes Handeln so entsetzt gewesen sein, dass sie Hilfe geholt und sich gestellt hat. Oder aber sie hatte die Aussichtslosigkeit einer weiteren Vertuschung eingesehen. Aus welchem Grund sie mir letzten Endes dann doch das Leben gerettet hat, das werden wir wohl nie erfahren.«

»Sie wird wohl nach einer langen Gefängnisstrafe in die Geschlossene wandern«, vermutete Bruno Bechtel und hoffte, damit recht zu behalten.

»Vermutlich.«

»Und der Apotheker?«

»Er sitzt ein und wird wegen Beihilfe sowie Verstoß gegen das Arzneimittelgesetz angeklagt. Seine Frau hat ihn rausgeschmissen und die Scheidung eingereicht. Sie wusste von alldem nichts. Nichts von den K.-o.-Tropfen und seinem Drohbrief an mich, und auch nichts von seinen Verbrechen vor zwanzig Jahren.« Ungläubig schüttelte Luca den Kopf. »Eine Zweijahrzehnte alte Vergangenheit hat so viele Menschen in wenigen Tagen eingeholt.«

»Ich sag es auch heute noch: Jedes Verbrechen kommt irgendwann heraus. Denken Sie nur an den Fall in Oppenheim 2009. Ein Staatsanwalt erschießt drei Menschen vor dem Gerichtsgebäude in Mainz und erst drei Jahre später klären sich die Zusammenhänge auf dubiosen Umwegen auf.«

Luca erinnerte sich genau an den Fall, da sie gen Ende der Aufklärung ins Kommissariat zu Bechtel und ihrem jetzigen Chef Siggi Abel versetzt worden war. Sie war fasziniert von der Leidenschaft des Hauptkommissars gewesen, einen Fall bis ins kleinste Detail lösen zu wollen. Auch nach seiner kurz darauf stattgefundenen Pensionierung hatten Siggi und sie Kontakt zu ihm gehalten, und sich für viele verzwickte Fälle Rat bei ihm geholt. Zu dem alten Kommissar hatte sich mit der Zeit eine kollegiale Freundschaft entwickelt, die Luca nicht mehr missen wollte.

»Wo wir gerade bei der Verbrechensauflösung sind, fallen mir die schrecklichen Vorfälle Ihrer Jugendfreundin ein, von denen Sie mir erzählt haben. Auf diesem Kreuzfahrtschiff, der MS VISA…«

»Der *MS VISTARUBY*«, half Luca ihm aus.

»Ja, genau. Wie ist das alles eigentlich ausgegangen? Wir haben seit Ihrem letzten Anruf nicht mehr darüber gesprochen.«

»Oh, auch das war ein wirklich rätselhafter Fall.« Luca seufzte und überlegte, wo sie anfangen sollte, sparte sich jedoch den Atem, als der Kommissar abwinkte.

»Zu viel Durcheinander. Davon können Sie mir ja später noch berichten. Bleiben wir doch erstmal in Butwanjendorf. Wie hat Ihr Bruder das alles verkraftet?«

»Dank Adam ganz gut. Er ist während des Lockdowns in Butwanjendorf geblieben und hat sich rührend um Daniel gekümmert.« Ein Lächeln huschte über ihr Gesicht, als sie an die zwei Hünen dachte, wie sie Schulter an Schulter vor dem Krankenhaus gestanden und ihr, die von einer Schwester im Rollstuhl am Fenster platziert worden war, zugewinkt hatten. »Nächsten Monat heiratet Daniel seine Lina. Nach all den Vorkommnissen findet die Feier aber nur im kleinen Kreis statt. Wir sind, glaube ich, knapp zehn Leute. Und dann renovieren sie das Haus von Annemie, von dem er die Anteile von Adam und Maria abgekauft hat, und ziehen dort ein.«

»Und wo arbeitet er jetzt?«

»Weiterhin in der Fabrik. Alma Fuhrmann hat ihrem Enkel gehörig die Leviten gelesen, woraufhin Gernot sich bei Daniel entschuldigen und logischerweise auch den Rausschmiss zurücknehmen musste.« Luca rollte ein wenig die Augen. So ganz verstand sie nicht, warum ihr Bruder bei einem solch widerwärtigen Kerl nach wie vor arbeiten wollte, aber Adam hatte ihr erklärt, dass es für Daniel wohl das Beste wäre, seine gewohnte Struktur beizubehalten. Und damit hatte er auch sogleich Lucas Idee, dass Daniel mit Lina vielleicht aus Butwanjendorf wegziehen sollte, im Keim erstickt. Jede Veränderung war für Daniel eine riesige Hürde, er brauchte seine Ordnung – und diese war in dem kleinen Ort in Norddeutschland endlich wiederhergestellt. Beinahe auf jeden Fall. Es gab auch dort viele Veränderungen und dadurch eine Neuordnung.

»Und wie hängt eigentlich der alte Arzt in dem allen mit drin?« Interessiert brachte Bechtel nach und nach all seine Fragen an, die sich ihm nach Lucas Bericht noch aufdrängten.

»Hätte der alte Siefer sich an seinen geleisteten hippokratischen Eid gehalten, wäre einer Menge Menschen vieles erspart geblieben. Auch mir!« Luca klopfte mit der Krücke, die am Tisch lehnte, gegen den Stuhl, auf dem ihr noch immer stark lädiertes Bein ruhte. »Er hatte nie gemeldet, dass in seiner Praxis über Monate Medikamente verschwunden sind. Medikamente, die Agnes nur allzu gern Verena zugesteckt hat, um sie in diese schreckliche Abhängigkeit zu führen, die mit erheblichen physischen Störungen einherging. Und seinen Verdacht, dass Verena wahrscheinlich bereits vor Ausbruch des Feuers tot gewesen war, hat er verschwiegen und den

Totenschein lediglich auf Rauchgasvergiftung ausgestellt. Da er das aber nicht allein konnte, hat er noch am Unglücksort einem ihm gut bekannten Notarzt einen Batzen Geld angeboten, und somit seine Unterschrift und sein Schweigen erkauft.«

»Unglaublich. Da konnte er aber von Glück reden, dass keine Obduktion stattgefunden hat.«

Luca nickte nur, denn genau das hatte sie sich auch schon gedacht. Hätte Manuels Familie damals auf eine Obduktion bestanden, wäre alles mir Sicherheit viel früher ans Licht gekommen.

»Aber wie konnte er so etwas nur tun?«

»Er wollte seine Enkelin schützen. Mehr nicht.« Luca erinnerte sich nur zu gut an Adams Worte: *Man schützt den einen und verletzt den anderen.* »Bereits als die ersten Medikamente in seiner Praxis verschwunden sind, hat er seine Enkelin in Verdacht gehabt. Als er dann in den Wochen vor dem Feuer mitbekommen hat, wie es um Verena mental bestellt war, hat er Agnes sogar darauf angesprochen. Sie hat ihm allerdings glaubhaft versichert, nicht zu wissen, wovon er rede. Sie muss in dem Moment wirklich überzeugend gewesen sein. Doch in der Brandnacht hatte er nach dem Heimkommen von der Feier bei Annemie Goldbach Agnes' quietschendes Tor mehrmals auf- und zugehen hören. Und als er dann die leblose Verena untersucht hatte, war er fest davon überzeugt, dass seine Enkelin etwas mit dem ganzen Unglück zu tun haben musste. Was genau passiert war, wusste er zwar nicht, aber er hatte trotz seines Verdachts nichts unternommen.«

»Verdammt nochmal, so einen Arzt kann man doch nicht praktizieren lassen«, empörte sich Bruno Bechtel und schlug resolut mit der Hand auf den Tisch.

»Ja, kann man nicht. Auch wenn es ihm in seinem Alter vermutlich nicht mehr viel ausmacht, wurde Tillman Siefer die Approbation entzogen.«

»Gut so!« Der Kommissar a.D. nickte heftig und wollte dann wissen: »Hat er denn seine Enkelin je auf all das angesprochen?«

»Ja. Einmal, am Abend nach dem Brand auf der Trauerfeier für Joel und Verena. Agnes muss ziemlich neben sich gestanden haben und auf seine Frage, ob sie was über den Tod der beiden wisse, nur mit den Schultern gezuckt und geflüstert haben: ›nicht Joel, nicht Joel.‹ Tillmann Siefer hat all die Jahre zu niemandem etwas gesagt und Agnes auch vor einer polizeilichen Untersuchung geschützt, aber er hat nie wieder mit seiner Enkelin gesprochen, außer es hat sich in der Öffentlichkeit nicht vermeiden lassen.«

Für eine Weile schwiegen sie und schauten einem Flusskreuzfahrtschiff zu, das den Rhein entlangschipperte.

»Und der Enkel des Alten, was ist mit ihm?«

»Felix und dessen Freund Manuel ziehen gemeinsam nach Hamburg. Sie haben sich nicht offiziell geoutet, aber ich denke, jeder kann eins und eins zusammenzählen. Ihnen selbst ist es aber mittlerweile auch egal. Sie wollen übrigens die Tage mal hier vorbeischauen, worauf ich mich schon sehr freue.«

»Und was ist mit der Praxis?«

»Noch gibt es keinen Nachfolger. Genauso wenig wie für die Apotheke und auch Agnes' Eltern haben ihr Elektrogeschäft Knall auf Fall aufgegeben und sind samt Tillmann und Sohn Christian nach Oldenburg gezogen. Die Scham über Agnes' schreckliche Gewalttaten hat sie fortgetrieben.« Was Luca absolut verstehen konnte. Sie könnte sich auch nicht vorstellen, in einem kleinen Ort zu leben, wo jeder wusste, dass die eigene Tochter eine irre Verbrecherin ist.

»Gibt es denn nicht auch etwas Positives aus diesem Kaff zu berichten?«, fragte Bruno Bechtel ein wenig hoffnungsvoll, weil es ihm irgendwie leidtat, wie sehr dieses ganze Dorf auseinanderzufallen drohte.

»Doch, gibt es. Tobias, der ältere Sohn des alten Brecht, kommt bald aus dem Knast und hat sich mit seinem Vater ausgesprochen. Er scheint wirklich geläutert zu sein und will wieder in der Metzgerei einsteigen.« Das freute Luca sehr für Gunnar. Zu ihrer eigenen Verblüffung hatte der knurrige Alte am Tag ihrer Entlassung aus dem Krankenhaus mit Jan und Livke vor dem Eingang gestanden, um sie zu verabschieden. »Und auch Livke geht es Gott sei Dank wieder gut. Ihre anfangs massiven sprachlichen Ausfälle sind Geschichte und sie kann wieder reden wie ein Wasserfall«, ergänzte Luca lachend. »Sie hat mich erst vorgestern angerufen und ich kam eine halbe Stunde nicht zu Wort.«

»Ihr armer Mann.«

»Ja, manchmal tut er mir auch leid, aber er will es offenbar nicht anders. Von einer nahenden Scheidung, wie es der alte Brecht befürchtet hat, ist nicht mehr die Rede. Die zwei hat der schreckliche Anschlag wachgerüttelt und sie wollen alles dafür tun, um ihre Ehe zu retten.«

»Nicht immer muss alles schlecht ausgehen«, murmelte der alte Kommissar und schaute Luca besorgt an, als sie einen schmerzvollen Zischlaut von sich gab.

»Was ist?«

Noch bevor Bruno Bechtel fragen konnte, war Adam aufgesprungen und an Lucas Seite. Er hatte die ganze Zeit ein paar Meter entfernt in einem Liegestuhl gelegen, die Sonne genossen und dabei ein Buch gelesen. Bei jeder Panikattacke und jedem unterdrückten Stöhnen Lucas hatte er jedoch aufgesehen, mit dem alten Kommissar Blicke ausgetauscht und sich erst wieder entspannt zurückgelehnt, wenn Luca befreit zu atmen angefangen hatte. Er kannte diese Attacken bereits, seit er Luca vor zehn Tagen in sein Haus nach Ehrenthal geholt hatte und sich seitdem fürsorglich um sie kümmerte.

»Ich …« Luca fiel das Luftholen schwer. »Meine Rippen«, keuchte sie.

Ohne weiter nachzufragen, legte Adam eine Hand sanft in ihren Nacken und stellte die Lehne des Stuhls vorsichtig zurück, sodass Luca sich ein wenig ausstrecken konnte. Zahlreiche Rippenbrüche verursachten auch nach Wochen noch ab und an Schmerzen, wenn sie zu lange in aufrechter Position saß.

»Soll ich euch noch etwas zu trinken holen?«, wollte Adam wissen, nachdem er sich versichert hatte, dass Luca wieder normal atmete.

»Einen Schnaps für mich«, bestellte Luca zaghaft lächelnd und hob den gesunden Arm.

»Für mich noch eine Cola, bitte.« Bechtel beobachtete Luca und nahm den beinahe träumerischen Gesichtsausdruck wahr, als sie Adam nachschaute. »Er gefällt Ihnen, oder?«

»Ist das so offensichtlich?« Luca grinste ein wenig verlegen. »Ich kann also nicht leugnen, dass Adams Anwesenheit mir guttut?«

»Nein, er gehört für mich augenscheinlich zu Ihrem Erholungsprogramm.« Bechtel lachte auf und fügte hinzu:

»Sie können sich glücklich schätzen, so gut umsorgt zu werden.«

»Ich weiß. Ohne Adam hätte ich nicht gewusst, wie ich die Zeit bis zur Reha in drei Wochen überbrücken sollte, und hätte wohl in eine Pflegeeinrichtung gemusst. Als er mir am Telefon versicherte, dass er mich in der Klinik abholen und mit zu sich nach Ehrenthal nehmen würde, war ich unglaublich froh. Er hat mir sein kleines Arbeitszimmer gleich hier«, sie zeigte auf das Fenster neben der Terrassentür, »mit einem Pflegebett und Fernseher eingerichtet und sich auch für diese Zeit beurlauben lassen. Er kümmert sich wirklich den ganzen Tag um mich und ...«

»Und die Nächte«, unterbrach ihr früherer Chef sie augenzwinkernd.

Lächelnd schüttelte Luca den Kopf. »Nein, so weit sind wir noch nicht.« Sie wollte ein »wieder« hinzufügen, verkniff es sich jedoch. »Aber Sie können mir glauben, dass ich sehr dankbar bin und seine Fürsorge zu schätzen weiß.«

»Was schätzt du?« Adam trat mit den gewünschten Getränken und einem Bier für sich wieder auf die Terrasse, deutete auf einen Stuhl am Tisch und fragte: »Darf ich?«

»Klar«, sagten Bechtel und Luca unisono und nahmen ihre Getränke entgegen.

»Du hättest dich von Anfang an dazusetzen können.« Luca warf ihm einen liebevollen Blick zu und berührte kurz seine Hand. »Wir haben keine Geheimnisse.«

»Ich weiß. Aber ich wollte euer Wiedersehen nicht stören.« Adam hob seine Bierflasche. »Prost.«

Als Luca ihren Schnaps getrunken hatte, hielt sie Adam ihr leeres Gläschen hin und bat: »Schmerz vorbei. Bitte setz mich wieder aufrecht hin.«

Während Adam vorsichtig die Lehne ihres Stuhls aufrichtete, fragte der Kommissar: »Ich weiß, das ist jetzt vielleicht zu neugierig, aber wie hat Irmi darauf reagiert, dass sie Ihre Halbschwester ist?«

Adam und Luca schauten sich kurz an und lachten los.

»Ihre erste Reaktion war: ›Jetzt ist mir auch klar, warum ich dich nie besonders attraktiv fand.‹«

Der alte Kommissar musste ebenfalls lachen. »Sehr souverän würde ich sagen. Geht es ihr eigentlich wieder gut? Hat sie die Corona-Infektion ohne Nachwehen überstanden?«

»Ja. Beides mal ja. Sie ist wirklich äußerst souverän mit dem Ganzen umgegangen und hat sogar, zur Erleichterung meiner Schwester Maria, auf den ihr zustehenden Erbteil an unserem Elternhaus verzichtet.«

Bruno Bechtel schaute zufrieden. Ihn freute es, dass die Guten in diesem verworrenen Fall, besser gesagt in diesem seltsamen Dorf, fast alle auch gut aus dem ganzen Dilemma, ob Virus oder persönliche Katastrophe, herausgekommen waren. »Was mich zum Schluss noch brennend interessieren würde, wenn Sie erlauben …« Er sah Adam fragend an und fuhr erst fort, als dieser ein wenig skeptisch nickte: »Wie kam es, dass man Medikamente in ihrem Blut nachgewiesen hat? Ich gehe jetzt einfach mal davon aus, dass Sie als Feuerwehrmann nichts eingenommen haben, was Sie in ihrem Beruf hätte beeinträchtigen können.«

Zunächst herrschte Stille und erst als Luca behutsam ihre Hand auf seine legte, antwortete Adam zögerlich: »Ich …« Sein Blick wanderte von Lucas sanft lächelnden Lippen auf ihre Hände und es war nur allzu deutlich, dass er ihre Berührung genoss. »Wir haben uns, seit Luca hier ist, wirklich ausgiebig über die letzten Tage vor dem Feuer unterhalten und ich gehe davon aus, dass Verena mir irgendwelche der Medikamente, die sie von Sven oder Agnes bekommen hat, heimlich untergemischt haben muss.« Er zögerte erneut und fuhr sich durch den Bart. »Sie hatte mir tags zuvor bei einem Streit angedroht, uns alle drei, mich, Joel und schließlich sich selbst, umbringen zu wollen … wer weiß, vielleicht hat sie es in jener Nacht wirklich vorgehabt. Vielleicht? Wir wissen es nicht, und ich will es ehrlich gesagt auch gar nicht mehr wissen.«

Der Kommissar nickte verstehend mit dem Kopf und beteuerte: »Das tut mir leid zu hören. Und Sie müssen darüber auch nichts weiter sagen.«

»Oh, schon okay. Es ist Teil der Therapie, die ich wieder angefangen habe, über Ereignisse aus der Vergangenheit, und mögen sie noch so schrecklich sein, zu reden und sie dadurch aufzuarbeiten.« Adams zunächst finstere Miene erhellte sich ein wenig, als er zu Luca schaute. »Und ich habe viel aufzuarbeiten.«

»Wir«, fügte Luca hinzu und umschloss mit ihren Fingern seine Hand. An ihren alten Chef gewandt fügte sie hinzu: »Auch ich bin in Therapie und gehe viele Themen an, die ich zuvor vermieden habe. Schuld, Schutz und vor allem auch Sühne haben uns jahrelang auf die unterschiedlichste Art und Weise negativ beeinflusst und damit ist jetzt Schluss.« Sie atmete tief durch und ein sanftes Lächeln flog über ihr Gesicht. »Ich habe mich entschieden, meinen Vater zu besuchen. Zum ersten Mal seit fünfundzwanzig Jahren. Mir …« Luca stockte und sie drückte mit einem immer breiteren Lächeln Adams Hand ganz fest. »*Uns* ist nämlich klar geworden, dass wenn wir einem Neubeginn auf neutralem Boden eine Chance geben wollen …«

»Was im Bereich des Möglichen liegt«, unterbrach Adam sie grinsend und zuckte eine wenig mit den Schultern, als er zu Bruno Bechtel sagte: »Unser Kennenlernen war sehr ungewöhnlich und nun geben wir uns einfach ein wenig mehr Zeit.«

»Genau.« Auch Luca grinste, wurde aber sofort wieder ernst, als sie aus tiefer Überzeugung sagte: »Egal, wie Adams oder meine oder vielleicht auch unsere gemeinsame Zukunft aussehen wird, wir wissen jetzt, dass Vergessen und Verdrängen niemals das Verzeihen ersetzen können.«

Butwanjendorf

Personenverzeichnis

Lucas Familie
Luisa-Carola (Luca) Frey geb. Heller / Oberkommissarin
Daniel Heller / Bruder von Luca / Textilfabrikarbeiter / wohnhaft bis 2018: Deichpfad 18, aktuell: Gartenstraße 7
Evelyn Heller / Mutter von Luca und Daniel / (10.3.1995 verstorben)
Lothar Heller / Vater von Luca und Daniel / Heimbewohner
Carola Heller / Oma von Luca und Daniel / Kommissarin a.D. / (6.3.2020 verstorben)

Lucas Kollegen
Siggi Abel / Hauptkommissar
Bruno Bechtel / Hauptkommissar a.D.

Adams Familie
Adam Goldbach / Feuerwehrmann / wohnhaft bis 2000: Hauptstraße 9
Annemie Goldbach / Mutter von Adam und Maria / (6.3.2020 verstorben) / wohnhaft bis zum Tod: Hauptstraße 7
Ferdinand Goldbach / Vater von Adam und Maria / (2.8.1979 verstorben)
Verena Goldbach-Fink / Ehefrau von Adam / (10.3.2000 verstorben)
Joel Goldbach / Sohn von Adam und Verena / (10.3.2000 verstorben)

Verenas Familie
Hubert Fink / Vater von Verena, Roman und Manuel / Bankier / wohnhaft: Wesersicht
Sonja Fink / Mutter von Verena, Roman und Manuel / wohnhaft: Wesersicht
Roman Fink / älterer Bruder von Verena / Bankier / wohnhaft: Deichpfad 7
Manuel Fink / jüngerer Bruder von Verena / Maschinenbauingenieur / wohnhaft seit 2015: Am Marktplatz 2

Textilfabrikantenfamilie
Alma Fuhrmann / verwitwet / Textilfabrikgründerin / wohnhaft: Deichpfad 18
Ole Fuhrmann / Sohn von Alma / Miteigentümer der Textilfabrik und Ortsbürgermeister von bis 1991-2011 / wohnhaft: Deichpfad 16
Dorit Fuhrmann / Ehefrau von Ole / (2010 verstorben) / wohnhaft bis zum Tod: Deichpfad 16
Gernot Fuhrmann / Sohn von Dorit und Ole / Miteigentümer der Textilfabrik und Ortsbürgermeister seit 2011 / wohnhaft: Deichpfad 14

Maria Fuhrmann geb. Goldbach / Ehefrau von Gernot / Schwester von Adam / wohnhaft bis 2001: Hauptstraße 7, aktuell: Deichpfad 14
Florian Fuhrmann / Sohn von Maria und Ole / wohnhaft: Deichpfad 14

Dorfbewohner
Pit Angerer / Kneipenbesitzer / wohnhaft: Gartenstraße 12
Luzi Angerer / Kneipenbesitzerin / wohnhaft: Gartenstraße 12
Klaas Angerer / Sohn von Luzi und Pit / Kneipenbesitzer / wohnhaft: Gartenstraße 14
Marit Angerer geb. Fricker / Ehefrau von Klaas / Kneipenbesitzerin / wohnhaft: Gartenstraße 14

Irmi Brahms / Kramladenbesitzerin / wohnhaft: Dorfstraße 1

Gunnar Brecht / verwitwet von Traudel (1991 verstorben) / Seniormetzgermeister / wohnhaft: Dorfstraße 7
Tobias Brecht / älterer Sohn von Gunnar / Metzgermeister / wohnhaft: Dorfstraße 7
Jan Brecht / jüngerer Sohn von Gunnar / Feuerwehrmann / wohnhaft seit 2005: Hauptstraße 12
Livke Brecht geb. Trapp / Ehefrau von Jan / Bedienung und Küsterin / wohnhaft: Hauptstraße 12

Helge Kammbaum / Polizist / wohnhaft: Hauptstraße 6
Ines Kammbaum / Ehefrau von Helge / wohnhaft: Hauptstraße 6

Agnes Klarmann geb. Wagner / Apothekenangestellte / wohnhaft: Deichpfad 1
Björn Klarmann / Ehemann von Agnes / Fabrikarbeiter / wohnhaft bis 2000: Deichpfad 1

Sven Leber / Apotheker / wohnhaft: Dorfstraße 6
Ida Leber / Ehefrau von Sven / wohnhaft: Dorfstraße 6

Balthasar Löwisch / Pastor / wohnhaft: Kirchweg 5

Lina Mankel / Daniels Freundin / Büroangestellte in der Textilfabrik / wohnhaft: Dorfstraße 17

Tillmann Siefer / verwitwet von Käthe (1974 verstorben) / Altdoktor / wohnhaft: Deichpfad 10

Felix Siefer / Enkelsohn von Tillmann / Doktor / seit 2010 wohnhaft: Deichpfad 8

Kurt Wagner / Elektromeister / wohnhaft: Gartenstraße 13
Hilde Wagner / Ehefrau von Kurt, Mutter von Agnes und Christian / wohnhaft: Gartenstraße 13
Christian Wagner / Elektrofachangestellter / wohnhaft: Gartenstraße 13

Dirk Westermann / Malermeister / wohnhaft: Gartenstraße 8
Rosi Westermann / Ehefrau von Dirk, Mutter von Eike / wohnhaft: Gartenstraße 8
Eike Westermann / Sohn von Dirk und Rosi / Arbeiter im elterlichen Malerbetrieb / wohnhaft: Gartenstraße 8

Weitere Dorfbewohner
Marina Baggio / Friseursalonbesitzerin / wohnhaft: Hauptstraße 1
Gerda Brahms / Mutter von Irmi / (1997 verstorben)
Friedel Eichner / Altbürger / wohnhaft: Wiesenpfad 3
Else Eichner / Ehefrau von Friedel / wohnhaft: Wiesenpfad 3
Katja Habermann / Friseurinhaberin / (1999 verstorben)
Fips Langer / Bäckermeister / wohnhaft: Dorfstraße 5
Melanie Zaun / ehemalige Babysitterin von Joel / wohnhaft: Deichpfad 4
Bernd Zaun / Ehemann von Melanie / wohnhaft: Deichpfad 4

Neugierig auf einen weiteren spannenden Roman?

Ende 2023 erscheint

Still wacht die See

Das heitere und sorgenfreie Crewleben der lebenslustigen Friseurin Kat auf dem Kreuzfahrtschiff *MS VISTARUBY* wird von einer Reihe rätselhafter Unfälle erschüttert – **beängstigend, rachsüchtig und voller Intrigen**.

Danke

Mein erster Dank geht nach Fertigstellung dieses Buchs an meine Geduld :-)
Bisher ist mir keine Geschichte von Anfang an so klar im Kopf erschienen und hat sich trotzdem so schwer aufs Papier bringen lassen.
Im November 2018 auf einer Bahnfahrt nach Norddeutschland kam mir die Idee und nun, knapp vier Jahre später, schreibe ich endlich diese von Herzen kommenden Dankesworte.

Danke an alle, die mich auf der Reise nach Butwanjendorf ins Hier und Heute sowie in die Vergangenheit begleitet haben.

Mein größter Dank gilt nach wie vor meiner wortgewandten und meine Ideen mitlebenden Lektorin **Uli** und deren akribischer Tochter **Jenny**, die wie immer Korrektur gelesen hat.

Und natürlich, wie bereits in der Widmung erwähnt, **danke ich meinen Testleserinnen**, ohne die dieser Roman nicht zu dem geworden wäre, wie du ihn hast lesen dürfen.

Ein ganz lieben Dank an meine traumhafte Tochter Carmen, die mir wieder eine wunderbare Illustration gezeichnet hat sowie an **meinen Mann und meine zwei Söhne**, die wie bei jedem Roman fest an mich und meinen Erfolg glauben.

Danke an Dich, liebe Leserin, lieber Leser, dass du mir und meiner Geschichte deine kostbare Lesezeit geschenkt hast.

Und von Herzen Danke an alle Bloggerinnen, die mich auch dieses Mal wieder tatkräftig mit ehrlichen Rezensionen und kreativen Posts unterstützen.

Über die Autorin

»Ewig brennt die Erinnerung« ist bereits Mary Kuniz' zweiter Roman im Genre »Crime/Thrill« und wird ganz bestimmt nicht ihr letzter sein – weitere Ideen spuken bereits in ihrem Kopf herum.
In diesen spannenden Erzählungen verbindet sie für sich wunderbar den schmalen Grad zwischen Liebe, Hass, Vertrauen und Argwohn – und ist beim Schreiben oft selbst von ihren Ideen überrascht.

Die Autorin und Mutter von drei erwachsenen Kindern bezeichnet sich selbst als lebensfrohe, bodenständige Träumerin und lebt ihren eigenen Traum seit über zwanzig Jahren in einem kleinen Dorf in Rheinhessen, in dem sie mit ihren Mann eine Heimat gefunden hat. Mit einem wunderschönen Blick auf die Weinberge findet sie Zeit und Muse, die in ihrem Kopf herumschwirrenden Ideen zu ordnen und auf Papier zu bringen, um für ihre LeserInnen weitere gefühlvolle und auch spannende Geschichten zu schreiben.

Für alle wichtigen Infos rund um die Bücher von Mary Kuniz:

Website: **www.marykuniz.de**
Facebook: **https://www.facebook.com/marykuniz**
Instagram: **marykuniz_autorin**
Amazon-Autorenseite: **www.ogy.de/baat**
Mail: **kontakt@marykuniz.de**

Die weiteren Werke der Autorin finden Sie auf den nächsten Seiten.

Vergiss die Vergangenheit

Der erste Romantikthriller von Mary Kuniz
Perfide. Spannend. Unvorhersehbar.

Eine grausame Schändung der *Schwester*.
Ein unfassbarer Mord des *Vaters*.
Ein *Mann*, der nicht verstehen kann.
Eine *Frau*, die nur vergessen will.
Eine *Suche*, die nie geführt wurde.

Vincenzo Montebello begibt sich auf die Suche nach Wahrheiten, um die schmerzvolle Vergangenheit endlich verstehen, vergessen und verzeihen zu können. Dabei trifft er auf eine Frau, deren Leben ebenfalls von unsagbarem Leid geprägt und unausweichlich mit seinem verbunden ist.
Wird es ihnen möglich sein, gemeinsam Licht in die Geheimnisse um die entsetzlichen Verbrechen zu bringen? Und können sie sich trotz langsam aufkeimender Gefühle füreinander überhaupt vertrauen?

»Der alte Grundsatz ›Auge um Auge‹ macht schließlich alle blind.« Martin Luther King

Die »Begegnungen«-Reihe

Gretas Geschichte – eine Romanreihe, die von außergewöhnlichen und unsagbar wertvollen Begegnungen, von überraschenden Wiedersehen und tragischen Abschieden handelt. Auch wenn die vier Bände aufeinander aufbauen, endet doch jeder Teil ohne quälenden »Cliffhanger«, sodass du mit dem Lesen aufhören kannst, wann immer für dich persönlich das Ende von Gretas Geschichte gekommen ist.

Band 1

Band 2

Band 3

Band

Erscheint im Winter 2023!

Die »Finnisch«-Trilogie

Ein unverhoffter Kuss, wiederentdeckte Gefühle und jede Menge Chaos. Hat die Liebe zwischen der introvertierten Mainzerin Emilia und dem finnischen Rockstar Panu eine Chance?
Die romantische Finnland-Reihe als ebooks exklusiv bei Amazon.

Tanz mit den Sternen

Mit Herzblut und Willensstärke zum kleinen Glück –
ein anrührender und motivierender Roman.

Die zweiunddreißigjährige Schauspielerin Maia Moore, einst berühmter Kinderstar in den Staaten und seit kurzem wieder in Deutschland lebend, muss jeden Cent umdrehen. Rollenangebote bekommt die Deutschamerikanerin schon länger keine mehr und das Ersparte fließt in die Behandlung ihrer pflegebedürftigen Mutter.
Für einen Hoffnungsschimmer sorgt die überraschende Teilnahme an der Samstagabendshow *Tanz der Stars*. Endlich bietet sich Maia die Chance, wieder an Bekanntheit zu gewinnen – und dabei noch dem attraktiven Profitänzer Cord May näherzukommen.
Allerdings klingt das verlockender, als es letzten Endes ist. Denn Cord präsentiert sich als äußerst launenhaft und anspruchsvoll und kratzt mehr als nur einmal an Maias Selbstbewusstsein.
Doch Maia ist es gewohnt, sich mit einem aufgesetzten Lächeln im Gesicht und einem Schokoriegel in der Hand nicht unterkriegen zu lassen.
Aber was, wenn das Lächeln bröckelt und die Schokolade schmilzt? Findet Maia dennoch ihr Lebensglück? Oder gerade deswegen?

Irgendwann vielleicht Wir

Eine romantische Geschichte über die unmögliche Möglichkeit der Liebe – **leidenschaftlich, kompliziert, beherzt.**

Helena Treu führt seit Jahren ein glückliches und zufriedenes Leben, bis plötzlich ihre geliebte Großmutter stirbt und ihr eine Finca auf Ibiza vermacht.
Nicht nur ihr Wunsch, auf die Baleareninsel auszuwandern, erfordert Mut. Die weitaus größere Herausforderung birgt die Begegnung mit dem gutaussehenden und charmanten Schreiner Jo. Obwohl er zwölf Jahre jünger ist als Helena, stellt er ihr Leben vollkommen auf den Kopf – und stiehlt sich gleichzeitig gegen ihren Willen in ihr Herz. Und Helena merkt: Sie will sich gar nicht gegen eine neue Liebe wehren. Sie will mit Jo zusammen sein, egal, was andere über das ungleiche Paar denken. Doch bald gibt es die ersten Schwierigkeiten, und damit kommen die Fragezeichen.
Hat die außergewöhnliche Liebe von Helena und Jo überhaupt eine Chance? Und kann sie Helenas eigenen Zweifeln standhalten? Oder ergreift Helena doch die Flucht nach Ibiza?

Wenn Träume plötzlich funkeln

Ein Roman über sehnsuchtsvolle Träume,
bevorstehende Veränderungen,
fast schon vergessene Briefe und perfekte Pläne –
widersprüchlich, feinfühlig, speziell.

Ich bin absolut glücklich! ✓
Ich bin wahnsinnig glücklich verheiratet! ✓
Ich habe eine wunderbare Tochter, die Lilly heißt! ✓
Ich bin Hotelfachfrau und Innenarchitektin! ✓
Ich habe mir den Traum von einem kleinen Hotel am See erfüllt …

Das Leben der knapp vierzigjährigen Cara Sandberg läuft ausnahmslos perfekt und lediglich ihren Traum von einem Hotel am See konnte sie sich bislang noch nicht erfüllen. Das ändert sich jedoch, als der Hotelerbe Falk Baringhaus plötzlich in ihr Leben tritt und ihr die Verwirklichung genau dieses innigen Wunsches ermöglicht.
Doch nicht nur dadurch bekommt Caras bis dahin absolut heile Welt unerwartet Risse – ihr fester Glaube, mit ihrem Ehemann Robert alt zu werden, gerät mit einem Mal ins Wanken …

Printed in Poland
by Amazon Fulfillment
Poland Sp. z o.o., Wrocław

11611884R00221